L'AMORE PERICOLOSO

J. L. BUTLER

L'AMORE PERICOLOSO

Traduzione di
RACHELE SALERNO

PIEMME

Questo libro è un'opera di fantasia. Personaggi e situazioni sono frutto dell'immaginazione dell'autrice e hanno lo scopo di conferire veridicità alla narrazione. Qualsiasi somiglianza con eventi o luoghi o persone, vive o scomparse, è del tutto casuale.

Pubblicato per

PIEMME

da Mondadori Libri S.p.A.

Mine

Published by arrangement with Furniss Lawton
Traduzione di Rachele Salerno per Studio editoriale Littera

ISBN 978-88-566-6877-3

I Edizione ottobre 2019

Anno 2019-2020-2021 - Edizione 1 2 3 4 5 6 7 8 9 10

A JP

Nota sulla traduzione dei termini legali

Il sistema legale inglese comprende due figure di avvocato: il *solicitor*, che si occupa principalmente della fase di raccolta prove precedente al processo e cura i rapporti con il cliente; e il *barrister*, che generalmente si occupa di istruire il processo e discutere i casi davanti al giudice in tribunale, ma non stabilisce direttamente il primo contatto con il cliente. I ruoli nel corso degli anni si sono avvicinati, ma la distinzione continua a esistere. All'interno del romanzo useremo indifferentemente "avvocato", a eccezione dei casi in cui risulterà necessario specificare.

Ogni *barrister* è membro di una delle quattro Inns of Court: Middle Temple, Inner Temple, Lincoln's Inn e Gray's Inn. Le Inns sono strutturate come veri e propri quartieri, costituiti da edifici più o meno prestigiosi (le Court), dove i *barrister* esercitano la professione nelle Chambers, uffici di professionisti che operano però autonomamente, dividendo le spese di funzionamento.

Vuole che sua moglie scompaia. E lo vuoi anche tu...

Prologo

Non ricordo molto della notte in cui sarei dovuta morire. È strano come la mente sia in grado di modificare i ricordi sgradevoli, ma immagino che capiti a tutti. Se chiudo gli occhi, però, mi sembra quasi di poter riascoltare i suoni di quella notte di maggio. L'ululato di un vento insolitamente freddo, lo sbatacchiare della finestra della camera da letto, il fragore del mare contro i ciottoli in lontananza.

Pioveva.

Questo lo ricordo, perché il martellare ritmico delle gocce contro il vetro è ancora vivido nella mia memoria. Per qualche istante fu ipnotico. Per un minuto riuscì a coprire il rumore dei suoi passi all'esterno: *tap, tap, tap*. Suole contro il lastricato, un incedere lento e inesorabile.

Sapevo che stava arrivando e sapevo cosa dovevo fare.

Rintanata sotto il piumone sul letto in ferro battuto, mi sforzai di mantenere la calma. Il debole bagliore emesso da una fila di lampioni sul sentiero lungo la costa filtrava nella stanza. Di solito, per quanto potesse sembrare spettrale, trovavo rilassante la penombra, ma quella notte il buio mi faceva sentire più sola, come se stessi fluttuando nel vuoto, senza niente che mi tenesse ancorata al suolo.

Strinsi i pugni, pregando di veder spuntare alla finestra la confortante alba di un nuovo giorno. Ma non avevo bisogno di guardare un orologio per sapere che mancavano ancora diverse ore, e a quel punto sarebbe stato troppo tardi. I passi avevano raggiunto la casa e il debole tintinnio metallico di una chiave inserita nella serratura riecheggiò su per le scale. Era difficile distinguere i suoni in quell'edificio così vecchio e grande, e io ero stanca...

Come avevo fatto a finire in una situazione del genere? Mi ero trasferita a Londra per cambiare vita, per crescere e incontrare persone interessanti. Per innamorarmi. E invece eccomi qua: un esempio da *non* imitare.

Sentii la porta d'ingresso aprirsi. Uno spiffero gelido filtrò attraverso le fessure della finestra, facendomi rabbrividire. La stanza era tanto fredda da sembrare un obitorio: una similitudine macabra, ma quanto mai azzeccata. Io ero sdraiata come una mummia: braccia lungo i fianchi e dita tremanti infilate sotto le cosce immobili come pesi morti che mi tenevano ancorata al letto.

Quando sentii i passi alla fine delle scale, sfilai le mani da sotto il corpo e le posai sulla superficie fredda del piumone. Stringevo le dita, premendo le unghie contro i palmi, ma almeno ero pronta a battermi. Il mio spirito combattivo da avvocato cominciava a riaffiorare.

Esitò per un momento davanti alla porta della camera da letto, un istante che si condensò in un silenzio agghiacciante. Non era stata una buona idea andare laggiù. Chiusi gli occhi, ricacciando indietro una lacrima.

Un leggero fruscio di legno sulla moquette e la porta si aprì. Ogni singola fibra del mio corpo mi gridava di saltare fuori dal letto e correre, ma dovevo aspettare. Dovevo capire se lo avrebbe fatto davvero.

Il cuore mi martellava nel petto, ero come paralizzata dalla paura. Cercavo di tenere gli occhi chiusi, ma avvertivo lo stesso la sua presenza. Ormai riuscivo persino a percepire il suo respiro.

La sua mano premuta contro la mia bocca, il suo tocco freddo contro le mie labbra secche e raggrinzite. Spalancai gli occhi e mi ritrovai un volto coperto a pochi centimetri dal mio. Avevo un bisogno disperato di leggere la sua espressione, di sapere cosa stesse pensando. Volevo gridare, tentare disperatamente di liberare le mie labbra dalla sua stretta, ma poi rinunciai. E aspettai che accadesse.

Tre mesi prima

1

Ero tornata in ufficio da appena cinque minuti, quando avvertii una presenza sulla soglia.

«Forza, rimettiti il cappotto. Usciamo» disse una voce che riconobbi senza dover alzare lo sguardo.

Continuai a scrivere, concentrandomi sul rumore della mia stilografica che graffiava il foglio – un suono ormai antiquato nell'era digitale – sperando che se ne andasse.

«Dai, muoviti» insisté, reclamando la mia attenzione.

Gli lanciai un'occhiata e gli rivolsi un sorriso tirato.

«Paul, sono appena uscita dall'aula. Ho del lavoro da sbrigare, ordinanze da scrivere...» replicai, estraendo alcuni fogli dalla borsa. Notai che aveva uno strappo nella pelle e presi mentalmente nota di farla riparare.

«Andiamo a pranzo al Pen and Wig» continuò lui, prendendo il mio cappotto nero dall'appendiabiti vicino alla porta e tenendolo in modo da aiutarmi a infilarlo.

Esitai ancora un momento, ma alla fine mi rassegnai all'inevitabile. Paul Jones era una forza della natura e tentare di opporre resistenza era tempo sprecato.

«C'è un'occasione particolare?» chiesi, guardandolo come se un'uscita all'ora di pranzo fosse una proposta assurda. Nella maggior parte dei casi, in effetti, lo era: negli ultimi sei mesi mi ero ridotta a mangiare un panino alla scrivania quasi tutti i giorni.

«Da Mischon's hanno una nuova associata. Non sarebbe male se la incontrassi.»

«La conosco?»

«Si è appena trasferita qui da Manchester. Andrete d'accordo.»

«Ah, vogliono conquistare i clienti con il fascino del Nord...» sorrisi, calcando di proposito la mia inflessione dialettale per accentuare l'effetto comico.

Presi la borsa e uscimmo dal mio ufficio, percorrendo una lunga rampa di scale fino agli studi ai piani inferiori. Sembrava di essere in una città fantasma, anche se a quell'ora – era da poco passata l'una – non era insolito, visto che gli impiegati erano in pausa pranzo, i telefoni tacevano e gli avvocati si trovavano ancora in tribunale oppure stavano rientrando da un'udienza.

Quando uscimmo in strada, il vento gelido di febbraio mi sferzò il viso, mozzandomi il fiato. Oppure fu la vista degli edifici di Middle Temple, che riusciva ancora a sorprendermi nonostante lavorassi in quella zona da quindici anni. Quel giorno la bellezza di quell'insieme di palazzi risultava particolarmente tetra. Stretto tra il fiume e Fleet Street, Middle Temple – una delle quattro Inns of Court – è un labirinto di chiostri e edifici storici, un angolo della capitale rimasto fermo nel tempo, uno dei pochi ancora illuminati dai lampioni a gas; il posto ideale per i giorni umidi e grigi come quello.

Affondai le mani nelle tasche mentre ci avviavamo a piedi verso il pub.

«Com'è andata la giornata?»

Tipico di Paul, il suo modo discreto per chiedere se avessi vinto.

Ci teneva a seguire l'andamento dei nostri casi, un tratto che apprezzavo. Sapeva essere incoraggiante, a volte persino paterno, anche se non avevo mai pensato che le sue premure fossero disinteressate. Spesso il lavoro per noi *barrister* arrivava grazie al passaparola e alle raccomandazioni personali, e Paul – la persona che si occupava di gestire l'intero sistema – otteneva una percentuale di commissione su tutti gli incassi.

«Hai un caso interessante per le mani questo pomeriggio, o mi sbaglio?» chiese.

«Un incontro preliminare con un *solicitor* e il suo cliente. Un divorzio. Con un bel giro di denaro, a quanto pare.»

«Di che cifra parliamo? Ne hai idea?»

«Non una cosa alla Paul McCartney.» Sorrisi. «Ma comunque qualcosa di grosso.»

Paul scrollò le spalle. «Peccato. Non ci farebbero male un paio di casi da prima pagina. Comunque bel lavoro, signorina Day. Un divorzio di quel calibro di solito viene affidato a un avvocato della Corona* ma in questo caso ci hanno chiesto specificamente di te.»

«È merito di Dave Gilbert. Ogni anno gli regalo un ottimo scotch e la cosa dà dei frutti.»

«Forse sa che in realtà sei tu il miglior avvocato di Londra. Verrei anch'io a bussare alla tua porta se la mia signora scappasse con un miliardario» ammiccò Paul.

Il Pen and Wig è un tipico pub nel quartiere di Temple che sfama gli avvocati e dà loro da bere fin dall'epoca vittoriana, e si trova a una manciata di minuti dai nostri uffici. Quando entrammo nell'accogliente sala rivestita di pannelli in legno trassi un respiro di sollievo, godendomi l'improvvisa esplosione di aria calda.

Notai con una certa sorpresa un gruppetto di colleghi accomodati in una saletta rialzata in fondo al locale. Era strano vederli tutti insieme nello stesso posto a meno che non si trattasse di un evento di lavoro a cui tutti erano invitati a partecipare.

«Che succede?»

«Buon compleanno!» Paul sorrise. Charles Napier, l'avvocato più autorevole di Burgess Court, si voltò e iniziò a sbracciarsi per salutarmi sopra le teste delle nostre due nuove praticanti.

* I *barrister* possono aspirare a far parte del cosiddetto Queen's Counsel, ottenendo così il titolo di "avvocati della Corona". Un giurista generalmente deve lavorare almeno per dieci anni come *barrister*, e dimostrare la propria eccellenza, per potere ambire a questo titolo. Poiché i membri del Consiglio tradizionalmente indossano indumenti di seta, il fatto di acquisire questo status viene familiarmente indicato come "prendere la seta".

«Quindi non mi hai portata qui per incontrare un avvocato?» chiesi con un certo imbarazzo. Malgrado si trattasse di un aspetto fondamentale del mio lavoro in tribunale, detestavo trovarmi al centro dell'attenzione. Inoltre, avevo fatto di tutto per tenere nascosto il fatto che quel giorno avrei compiuto trentasette anni, non ultimo perché preferivo dimenticare la mia inarrestabile marcia verso i quaranta.

«Non questa volta» sorrise Paul, guidandomi attraverso la sala.

«Cavolo, un successone» sussurrai, sapendo quanto fosse difficile conciliare gli impegni di tutti e riuscire a riunire così tanti colleghi.

«Non montarti la testa. Sembra che il vecchio Charlie sia in lizza per la Corte suprema. Penso che fosse dell'umore giusto per festeggiare e abbia promesso di offrire champagne a tutti se fossero venuti.»

«E io che pensavo volessi davvero brindare alla mia salute...»

«Che cosa beve la festeggiata?» chiese Paul.

«Un'acqua tonica!» risposi mentre si allontanava verso il bar, lasciandomi a raggiungere Vivienne McKenzie, uno degli avvocati più esperti di Burgess Court. «Buon compleanno, Fran» esclamò, stringendomi in un abbraccio affettuoso.

«Penso di aver raggiunto l'età in cui voglio far finta che sia un giorno come un altro» dissi, togliendomi il cappotto e appendendolo a una sedia.

«Sciocchezze» ribatté Viv allegramente. «Ho vent'anni più di te e mi piace ancora pensare che il compleanno rappresenti la speranza di un nuovo inizio, e tanti buoni propositi. In fondo è un po' come il Capodanno, ma con meno cliché e senza l'ansia di fallire una volta arrivati al giorno dell'Epifania.» Poi continuò con aria complice: «A proposito, sai che giorno è domani?».

«Il giorno dopo il mio compleanno?»

«Domani verrà pubblicata la lista dei legali insigniti della nomina di avvocati della Corona. Il che significa...»

«Che si realizzerà il sogno della vita di qualcuno» sorrisi.

«Significa che si riapriranno le domande per le nomine del prossimo anno» replicò lei con fare teatrale.

Sapevo già cosa stava per dire. Lasciai vagare il mio sguardo nella sala, nella vana speranza di evitare quella conversazione.

«Pensi di candidarti?» continuò.

«No» risposi con una convinzione che sorprese persino me.

«Non sei troppo giovane, lo sai?»

Alzai gli occhi con aria fintamente infastidita. «Proprio quello che ogni donna vuole sentirsi dire il giorno del suo compleanno...»

«Be', lo intendevo come complimento.»

Viv mi stava studiando con attenzione. Conoscevo bene quello sguardo. Le narici leggermente tese, le sopracciglia sollevate di pochi millimetri, i suoi occhi grigi che non battevano ciglio. Aveva una straordinaria mimica facciale e negli anni l'aveva messa a frutto in tribunale, ottenendo grandi successi. Agli inizi, da praticante, la osservavo in aula e quando tornavo a casa mi esercitavo a imitarla allo specchio.

«Sei uno dei nostri giovani più promettenti» disse, con trasporto. «I *solicitor* ti adorano e non esitano ad affidarti i loro casi. Mi vengono in mente almeno una decina di giudici che sarebbero disposti a scriverti delle eccellenti lettere di referenze. Devi iniziare a credere in te stessa.»

«Non sono sicura che sia il momento giusto per candidarmi.»

«Vino e acqua tonica per le signore» ammiccò Paul, alle prese con due calici, una bottiglia di Pinot grigio e una lattina di Schweppes.

«Come facevi a sapere che era il mio compleanno?» Sorrisi, prendendogli i bicchieri.

«Io so tutto quello che succede a Burgess Court... è il mio lavoro.»

Versò il vino e alzò lo sguardo. «Allora, avvocato della Corona. Che ne pensi, Fran?»

«Non ora, Paul» risposi, cercando di sfuggire all'interrogatorio.

«E perché? Le candidature si aprono domani» insisté, lanciando un'occhiata a Vivienne.

L'imponente schiena davanti a me si contrasse e si girò. «Penso sia ora di unirmi a questa conversazione» disse una profonda voce baritonale.

«Ciao, Tom» dissi, alzando lo sguardo sul mio collega. Era più alto di me di diversi centimetri e aveva il fisico scolpito dalle regate sul Tamigi. «Pensavo che a Eton ti avessero insegnato le buone maniere» lo rimproverai bonariamente.

«Sì, ma non riesco a fare a meno di origliare, soprattutto se la conversazione è interessante» sorrise, versandosi un secondo bicchiere di vino.

«Allora?» m'incalzò Paul. «Cosa ne pensano i giovani più brillanti di Burgess Court? Vi interesserebbe indossare una bella toga di seta oppure...»

«Be', io sono già ai blocchi di partenza, aspetto soltanto il segnale. Tu no, Fran?»

«Non è una gara, Tom.»

«Invece sì» ribatté lui. «Ricordi il nostro primo giorno di praticantato? Se non sbaglio dicesti che, nonostante la mia "presunta istruzione di eccellenza e straordinaria sicurezza in me stesso", saresti arrivata alla toga di seta prima di me e di tutto il nostro anno.»

«Devo averlo detto per infastidirti» risposi, fingendo che quell'argomento non mi interessasse.

«Eri molto seria.»

Lo guardai. A dire il vero ero sorpresa che Tom Briscoe non fosse ancora stato nominato avvocato della Corona. La sua carriera era in ascesa, stava diventando il legale di riferimento per le mogli trofeo desiderose di liberarsi dal giogo di un matrimonio infelice. E, d'altra parte, quale donna non avrebbe desiderato essere difesa da lui? Affascinante, intelligente e single, Tom Briscoe non garantiva loro soltanto assistenza giuridica, rappresentava una speranza.

«Penso che Charles stia per fare un discorso» disse Tom,

indicando con un cenno Paul che faceva tintinnare un cucchiaio contro il suo bicchiere di vino. «Vado a cercare un posto in prima fila.»

Paul uscì per fare una telefonata e rimasi sola con Viv.

«Sai qual è il problema di Tom?»

«Troppo testosterone?» suggerii ironica, osservandolo flirtare con una delle praticanti.

«Dovresti almeno pensarci» disse Viv cambiando argomento, in tono più serio.

«Tutto quel tempo, la fatica e i soldi investiti per candidarsi... E per cosa alla fine? Due terzi delle candidature vengono comunque rifiutati.»

«Hai fatto i compiti a casa.» Viv incrociò la braccia e sorseggiò il vino con aria assorta. «Sai, Francine, ho una teoria semplice per spiegare il divario di genere negli stipendi.»

«Ovvero?»

«Le donne non chiedono.»

Sbuffai.

«Non sto scherzando. L'ho già visto succedere. Gli uomini, più o meno a ragione, credono nel loro valore.» Tacque per qualche istante. «Qual è il vero problema? Cosa ti frena?»

«Le persone come Tom.»

«Non permettergli di influenzarti» rispose, alzando gli occhi al cielo.

«Non è lui. È il sistema» mormorai, dando voce alla paura e alle paranoie che mi accompagnavano da quando ero diventata avvocato. «Non puoi negare che sia un ambiente snob.»

«Le cose stanno cambiando» replicò Viv nella sua perfetta dizione da scuola privata che mi ricordava che non poteva davvero riuscire a mettersi nei miei panni.

«Quanti sono gli avvocati della Corona che hanno frequentato la scuola pubblica, Viv? Quante donne, quanti originari della provincia, quanti appartenenti a una minoranza etnica? La maggior parte dei nostri colleghi sono ancora uomini bianchi dell'alta borghesia usciti da Oxford o Cambridge, come Tom.»

«Ero convinta che l'avresti considerata una sfida» disse, mentre un più insistente rumore di metallo sbattuto contro il vetro riecheggiava nel pub. «Hai solo bisogno di un caso importante, Fran. Qualcosa con cui farti notare.»

«Il caso che mi cambierà la vita» commentai.

«Una cosa del genere.» Viv sorrise soddisfatta e ci voltammo entrambe per ascoltare Charles.

2

Rimasi al Pen and Wig soltanto per un drink, poi tornai in ufficio. Decisi di fare il giro lungo, attraversando un labirinto di vicoli silenziosi, in modo da poter fumare una sigaretta in pace. Non erano nemmeno le due, ma sembrava che il giorno stesse già volgendo al termine. I rami spogli degli alberi si stagliavano contro il cielo color acciaio, mentre una massa di nuvole scure incombeva sui tetti, avvolgendo la città in un'oscurità invernale.

Rientrai alle due in punto, in perfetto orario per un appuntamento programmato alle due e un quarto. Nei nostri uffici, le Chambers di Burgess Court, ci occupiamo prevalentemente di diritto di famiglia, solo occasionalmente trattiamo qualche caso penale. Siamo un gruppo piuttosto giovane e da noi si respira un'aria poco formale, il che probabilmente spiega perché abbiano accolto anche me, una che arriva dal Nord, con la cicatrice di un piercing al naso e un'istruzione statale.

Sono specializzata in due settori: finanza matrimoniale e casi di separazioni con figli. Pensavo che il secondo ambito sarebbe stato potenzialmente più interessante e che mi avrebbe dato maggiore soddisfazione, ma nella pratica molto spesso significa venire a contatto con situazioni difficili e dolorose... E così adesso preferisco occuparmi di gestione del patrimonio in casi di divorzio, possibilmente tra persone facoltose, per la ragione del tutto superficiale che di solito il lavoro è meno angosciante e, a prescindere dalla durata del processo, si ha la certezza che la parcella verrà pagata. Non vado a casa convinta di aver salvato il mondo, ma so di essere brava nel mio lavoro e, se non altro, il mio stipendio basta a coprire il mutuo di un piccolo appartamento non lontano dal centro di Londra.

David Gilbert, il *solicitor* che aveva richiesto la mia collaborazione, mi stava già aspettando alla reception. Indossava un pesante cappotto di lana, anche se il suo cranio calvo e lucido era scoperto.

«Ho appena incrociato Vivienne» disse, alzandosi per darmi un bacio sulla guancia gelata. «A quanto pare c'è stata una gita al pub per il compleanno di qualcuno e non me l'hai nemmeno detto.»

«Mi avresti portato un regalo?» scherzai.

«Come minimo sarei venuto in ufficio con una bottiglia di champagne. Buon compleanno, comunque. Come ti senti?»

«Più vecchia. Più saggia.»

«Il signor Joy ci raggiungerà tra poco.»

«Devo salire un attimo di sopra. Vuoi iniziare a entrare?» proposi, indicando la sala riunioni. «Il signor Joy, quando arriva, può accompagnarlo Helen.»

Mi arrampicai fino al mio ufficio, un bugigattolo sotto la grondaia in cima all'edificio. Era poco più grande di uno sgabuzzino per le scope, ma almeno non dovevo condividerlo con nessuno, un privilegio raro.

Raccolsi i fascicoli, presi una penna dalla tazza e mi passai la lingua sui denti, augurandomi di avere ancora un pacchetto di Tic Tac sulla scrivania per coprire l'odore di alcol e fumo di sigaretta.

Quando tornai al piano inferiore, la sala riunioni era stata allestita come di consueto per l'arrivo di un cliente, con un vassoio di tramezzini e un piattino di biscotti di Marks & Spencer al centro del tavolo. La macchinetta per il caffè a pompa che non riuscivo mai a far funzionare campeggiava minacciosa su una cassettiera vicino alla porta, accanto a una fila di bottigliette di Evian.

David stava parlando al cellulare. Alzò lo sguardo e mi pregò di pazientare ancora un minuto.

«Acqua?» chiesi, gesticolando verso il nostro buffet.

«Caffè» sussurrò in risposta.

Presi una tazza e, decisa ad affrontare il problema con determinazione, premetti il pulsante in alto sulla macchinetta. Non accadde niente, così schiacciai di nuovo, questa volta più forte, finendo per rovesciarmi del caffè sul dorso della mano.

La bevanda bollente mi bruciò la pelle, facendomi trasalire per il dolore.

«Tutto bene?»

Qualcuno mi porse un tovagliolo, che usai per tamponarmi la mano dolorante.

«Detesto questo aggeggio» mormorai. «Dovremmo comprarci una macchinetta normale, magari una con le cialde.»

«Ah guarda, io mi accontenterei di un bollitore.»

Alzai lo sguardo su un uomo in abito elegante che mi fissava con intensità e per un attimo dimenticai il bruciore.

David chiuse la telefonata e si voltò verso di noi. «Vi siete già presentati?»

«No» risposi in fretta.

«Martin Joy, Francine Day. Oggi è il suo compleanno. Forse possiamo infilare una candelina in uno di quei fantastici biscotti e cantarle la canzone.»

«Auguri» disse Martin senza smettere di guardarmi. «Dovrebbe mettere dell'acqua fredda sulla mano.»

«Arrivo tra un momento» dissi, girandomi per gettare il fazzoletto nel cestino. Quando tornai al tavolo, Martin aveva già versato due tazze di caffè. Andò a sedersi al lato opposto rispetto al mio, vicino a David, dandomi così la possibilità di osservarlo con attenzione. Non era particolarmente alto, ma la sua presenza riempiva la stanza, una caratteristica che ho notato spesso nelle persone di successo. Il suo vestito era di ottima fattura e la sua cravatta esibiva un perfetto nodo Windsor. Dimostrava una quarantina d'anni, ma non avrei saputo dargli un'età precisa. Non c'era traccia di grigio tra i capelli scuri, e alle luci intense della sala riunioni la sua barba aveva riflessi rossicci. Le sopracciglia dritte incorniciavano gli occhi color verde muschio. Due rughe di espressione sulla fronte conferivano intensità allo sguardo, suggerendo che non fosse una persona facile con cui negoziare.

Abbassai lo sguardo e cercai di raccogliere le idee. Ero nervosa, ma in fondo lo ero sempre durante il primo incontro con un nuovo cliente. Com'è naturale, mi piaceva fare da subito una buona impressione. E per di più non era facile trattare con persone che davano l'impressione di credere di essere più sicure e intelligenti di te.

«Immagino che tu abbia letto il fascicolo» esordì David. «Martin è la parte chiamata in giudizio, sua moglie ha chiesto il divorzio e io ho pensato che saresti stata perfetta per dibattere il caso.»

«Quindi sarà lei a combattere per me in tribunale» intervenne Martin, fissandomi esplicitamente.

«Come le avrà già spiegato David, in realtà è nell'interesse di tutti evitare un lungo dibattimento in tribunale» risposi, bevendo un sorso di caffè.

«Di tutti a parte gli avvocati» replicò Martin, automaticamente. Sapevo come funzionava. Mi ero trovata in quella situazione abbastanza spesso da non offendermi più. In questo campo, il diritto di famiglia, i clienti hanno la tendenza a essere irritati e frustrati, anche – soprattutto – con i loro legali, di conseguenza i primi incontri sono spesso tesi. Avrei preferito che non fosse seduto di fronte a me, col tavolo a dividerci: mi piaceva trasmettere da subito ai miei clienti l'idea che eravamo tutti dalla stessa parte. «In realtà, sono membro di un'associazione che si chiama Soluzione. Favoriamo un approccio non conflittuale alle controversie coniugali, riducendo al minimo – quando possibile – le udienze di fronte a un giudice e incoraggiando soluzioni legali collaborative.»

«Soluzioni legali collaborative» ripeté lentamente. Non ne

ero sicura, ma mi sembrava che si stesse prendendo gioco di me scimmiottando il mio freddo burocratese. Mi stava giudicando. Una donna. Una provinciale. Una novellina.

Si sporse in avanti e mi guardò.

«Non voglio rendere le cose difficili, signorina Day, non sono un uomo irragionevole. Voglio che questo processo sia il più equo possibile, ma non posso limitarmi a far finta di niente e lasciare che mia moglie si prenda tutto ciò che vuole.»

«Temo che non spetti a lei né alla signora Joy definire cosa significhi "equo"» commentai con cautela. «Sarà la legge a stabilirlo.»

Poi cambiai atteggiamento: «Conosciamo la sua posizione di partenza?». La sera prima avevo passato un paio d'ore a studiare il caso e mi sentivo preparata, ma preferivo comunque ascoltare le parole del diretto interessato.

«Mia moglie vuole metà di tutto. Le case, i soldi, la società... Più una percentuale sui guadagni futuri.»

«Che lavoro fa?» chiesi.

«Dirigo un fondo di arbitraggio su titoli convertibili.»

Annuii come se sapessi cosa significava.

«Sfruttiamo le anomalie dei valori di mercato.»

«Quindi lei è uno speculatore?» domandai.

«Si tratta di investimenti.»

«E ha successo?»

«Sì. Molto.»

Ripensai alle parole di Vivienne McKenzie sugli uomini e la loro esuberante autostima che li spinge a credere di essere i padroni del mondo.

«Abbiamo soltanto trenta dipendenti, ma è un'attività estremamente redditizia. Ho fondato l'azienda con il mio socio, Alex Cole. Possiedo il sessanta per cento delle azioni, lui il resto. La maggior parte delle mie entrate deriva dalle quote nell'impresa. Mia moglie preme per una valutazione più alta possibile delle mie partecipazioni e preferirebbe denaro liquido alle azioni.»

«Quando ha iniziato l'attività?» continuai, annotando tutto.

«Quindici anni fa.»

«Prima di sposarsi, quindi» sussurrai. Secondo il fascicolo che avevo letto erano sposati da undici anni.

«Forse dovremmo dare un'occhiata alle dichiarazioni dei redditi» propose David Gilbert.

Annuii. Avevo visto le dichiarazioni dei redditi di Martin e di sua moglie. Quella di lui era incredibilmente simile a tante altre che avevo visionato nel corso degli anni: proprietà immobiliari sparse per il mondo, automobili, opere d'arte e conti bancari esteri.

Feci scorrere il dito sul documento presentato dalla moglie. Donna Joy, una trentaquattrenne residente a Chelsea, aveva le classiche spese ingenti ed entrate ridotte delle donne nella sua posizione.

Il documento era lungo diverse pagine, ma riuscii a mettere a fuoco i dettagli più significativi.

«Spesa annuale per il pranzo ventiquattromila sterline» lessi ad alta voce.

«Un sacco di sushi» commentò Martin.

Alzai lo sguardo e i nostri occhi si incontrarono. Avevo pensato esattamente la stessa cosa.

«Sostiene di non poter lavorare, fragilità psicologica...» aggiunsi.

Martin sbuffò in modo sommesso.

«Ha mai lavorato?»

«Quando ci siamo incontrati, era la responsabile di un negozio di abbigliamento, ma ha dato le dimissioni dopo il matrimonio. Diceva di voler studiare, così le ho pagato un sacco di corsi – di arte, perlopiù – e le ho messo in piedi un atelier. La sua attività la svolge lì, ma non lo definisce un vero e proprio lavoro per ottenere di più dal divorzio.»

«Vende le sue opere?»

«Un po'. In tutta onestà, è più un hobby che nutre il suo ego, ma le sta bene così. E i suoi quadri non sono male.»

Il suo viso si addolcì e mi sorpresi a chiedermi che aspetto avesse sua moglie. Non era difficile immaginarla: bella, un po' bohémienne, di sicuro complicata da accontentare. Non l'avevo mai incontrata, eppure mi sembrava di conoscerla.

«E quello che c'è scritto qui... è tutto?»

«Vuole sapere se sto nascondendo qualcosa?»

«Devo essere informata di ogni cosa: fondi pensionistici, conti bancari esteri, partecipazioni azionarie, trust. Non vogliamo sorprese. E poi le garantisco che sua moglie sta a sua volta indagando sulle sue attività.»

«Allora, qual è la sua idea?» chiese Martin alla fine. La sua camicia era di un bianco quasi abbagliante.

«Sua moglie è ancora giovane, ma durante il matrimonio ha goduto di un tenore di vita molto alto. Avete avuto quello che definiamo un matrimonio di media lunghezza: la sua proposta di accordo sarebbe stata più solida se foste rimasti insieme per quindici anni, sotto i sei anni avrebbe potuto accampare invece di sicuro ancor meno pretese.»

«Quindi siamo nella zona grigia che la legge adora.»

«Le misure per il coniuge finanziariamente più debole sono generose in questo paese. Di solito si parte da una equa divisione del patrimonio. Ma possiamo sostenere che sua moglie non abbia davvero contribuito all'accumulo di ricchezza, e che la sua attività sia una risorsa del tutto indipendente dal legame coniugale.» Mi fermai un attimo, rileggendo rapida il documento. «E poi non avete figli. Questa è un'ottima cosa.»

Lo guardai e mi resi conto che avrei dovuto esprimermi con più tatto. Per quanto ne sapevo, la relazione poteva essere finita proprio per quel motivo. Nonostante la mia attività di avvocato divorzista in certi casi non riuscivo davvero a comprendere i motivi di alcune di quelle separazioni. Le persone a volte volevano divorziare e io le aiutavo a ottenere l'accordo migliore, ma – fatta eccezione per i casi più eclatanti di infedeltà o comportamento irragionevole – non individuavo mai la *vera* motivazione che li aveva portati alla rottura. Spesso non riuscivo proprio a cogliere cosa spingesse una coppia che un tempo si amava sinceramente a odiarsi, come succedeva a volte.

«Vogliamo concludere in fretta, e senza strascichi» disse David.

«Assolutamente.» Annuii.

«Realisticamente, che genere di divisione dei beni posso mettere in conto, secondo lei?»

Non mi piaceva essere costretta a dare una cifra, ma Martin Joy era il tipo di cliente che si aspetta una risposta.

«Dovremmo iniziare da settanta e trenta e partire da lì.»

Abbassai la penna. Mi sentivo esausta, non avrei dovuto bere il vino a pranzo.

Martin scosse la testa, fissando la scrivania. Pensai che sarebbe stato felice all'idea di non dover dividere tutto al cinquanta e cinquanta, ma sembrava sconvolto.

«E poi cosa succede?»

«Il primo incontro è fissato fra dieci giorni.»

«E verranno prese delle decisioni?»

Durante il colloquio mi era sembrato tranquillo, ma cominciavo a vedere i primi segnali di angoscia.

Scossi la testa. «Sarà un incontro preliminare.»

«D'accordo» commentò con un certo disagio.

Nel frattempo fuori si era fatto buio. Si alzò per uscire e si sistemò i polsini della camicia sotto la giacca. Prima uno e poi l'altro. Infine mi guardò.

«A presto, allora, signorina Day. Attendo con impazienza il nostro prossimo incontro.»

Allungai la mano e, mentre stringeva le sue dita attorno alle mie, mi resi conto che anch'io ero impaziente di rivederlo.

3

Dopo il lavoro mi piaceva prendere l'autobus per tornare a casa, e non solo perché soffro di claustrofobia e non ho simpatia per la metropolitana. Il 19 mi portava da Bloomsbury fino a casa, a Islington. Non era la soluzione più veloce, ma era il mio modo preferito di viaggiare. Mi piaceva camminare lungo Fleet Street e Kingsway fino alla fermata dell'autobus e guardare le cabine telefoniche rosse fuori dall'Old Bailey e la chiesa di St. Clement Danes, soprattutto quando le sue campane lamentose intonavano la melodia di una vecchia filastrocca per bambini. Una volta sull'autobus, mi divertivo ad assaporare le immagini e i suoni della città. Al mio arrivo nella capitale, passavo intere giornate sul 19, con il viso schiacciato contro il vetro, a osservare le immagini che scorrevano davanti ai miei occhi: Sadler's Wells, le luci scintillanti del Ritz, i negozi esclusivi di Sloane Street, poi giù fino a Cheyne Walk e Battersea Bridge. Era una versione concentrata del meglio che la città aveva da offrire, tutto al modico prezzo di un biglietto per l'autobus. Era la Londra dei miei sogni infantili.

Mi sedetti e iniziai a pulire la condensa sul finestrino con la punta delle dita. Forse avrei dovuto fare uno sforzo maggiore per il mio compleanno. Persino David Gilbert, uno dei più grandi maniaci del lavoro di mia conoscenza, era convinto che sarei uscita a bere qualcosa per festeggiare. Il fatto di essere diventata più vecchia non mi sembrava una ragione sufficiente per modificare la mia routine settimanale. Uno dei più grandi pericoli di fare un lavoro come il mio è la completa rinuncia alla vita sociale. La zona di Temple pullula di pub e le persone con cui uscire non mancavano, ma avevo sempre pensato che i sacrifici fossero la premessa necessaria del successo.

Estrassi il cellulare dalla borsa e telefonai al mio takeaway cinese di fiducia. Non riuscivo a scegliere tra il manzo con il basilico fresco e il pollo con i fagioli gialli, così li ordinai entrambi, insieme a una porzione di ravioli e chow mein. Che cavolo... era pur sempre il mio compleanno!

Mentre chiudevo la chiamata ripensai alla mia conversazione con Viv McKenzie sulla candidatura come avvocato della Corona e mi chiesi come sarebbe stato assumere un tale ruolo.

Negli ultimi cinque anni la mia vita non aveva subito grandi cambiamenti. Vivevo nello stesso appartamento ai margini di Islington da prima di compiere trent'anni, mi ero costruita una routine ordinata: andavo in palestra le stesse due sere tutte le settimane e ogni agosto passavo dieci giorni in Italia per le vacanze. Due storie di breve durata avevano interrotto un lungo periodo di vita da single. Vedevo i miei amici meno regolarmente di quanto avrei dovuto. Ogni singolo dettaglio della mia quotidianità era organizzato secondo una confortante ripetitività: tutte le mattine andando al lavoro prendevo lo stesso caffè da Starbucks e una copia di «Big Issue» dall'edicolante rumeno all'uscita della metropolitana di Holborn. Una parte di me si compiaceva di questa rassicurante routine e non vedeva motivo di cambiarla.

Sbirciando attraverso le gocce d'acqua sulla superficie fredda del finestrino, mi accorsi che avevamo raggiunto Highbury Lane. Diedi un colpetto al pendolare addormentato accanto a me e scesi dall'autobus, proseguendo a piedi fino al mio appartamento, lungo la strada che conduce a Dalston. Ormai ero vicina a casa e, nel notare il faro di un motorino per le consegne accostare e fermarsi, mi sfuggì un gemito. Iniziai a correre, ma il marciapiede era bagnato. Rischiai di scivolare, sibilai un'imprecazione e rallentai fino a fermarmi, rovistando nella borsa in cerca del portafogli, mentre biglietti e involucri di cioccolatini precipitavano a terra come fiori caduti da un albero. Mi chinai per raccoglierli, ma lo scooter stava già ripartendo.

Quando arrivai alla porta d'ingresso del mio palazzo ero senza fiato. Una sagoma sulla soglia reggeva una busta di plastica bianca piena di contenitori di carta.

«Mi devi ventitré sterline» disse il mio vicino Pete Carroll, un dottorando dell'Imperial College che si era trasferito nell'appartamento al piano di sotto un anno e mezzo prima.

«Gliel'hai data la mancia?» chiesi preoccupata.

«Sono uno studente, mica ho soldi da buttare» rispose, con sufficienza.

Mi chiesi se fosse il caso di inseguire il ragazzo delle consegne visto che ero una loro cliente abituale. Mi regalavano sempre le nuvolette di gamberi e non volevo dover cambiare takeaway o rischiare di essere scambiata per una tirchia.

«Li ho chiamati solo un quarto d'ora fa. Di solito ci mettono un secolo a consegnare...»

Porsi a Pete una banconota da venti sterline e una da cinque ed entrai nel nostro ingresso, dove raccolsi la posta e la infilai in borsa.

«Darsi al cibo da asporto già il martedì non è il massimo, lasciatelo dire» sorrise Pete, incrociando le braccia come se fosse a disagio.

«È il mio compleanno» ribattei senza nemmeno pensarci.

«Ah, in effetti mi sono chiesto cosa fossero quelle buste colorate sparpagliate tra la posta. E non esci?»

«È metà settimana. Devo lavorare.»

«Noiosa.»

«Devo prepararmi, domani ho un'udienza in tribunale.»

«Che palle. Ti trascino di peso al pub.»

«No, Pete, ho un sacco da fare. Mi toccherà lavorare anche mentre mangio queste leccornie» dissi, sollevando il sacchetto.

«So che suona strano come festeggiamento di compleanno, ma capita quando hai quasi quarant'anni.»

«Non accetto un no» ribatté con uno zelo che mi convinse che faceva sul serio.

«Penso di aver comprato troppo cibo. Posso offrirti un chow mein se mi porti qualcosa da bere. Ma tra un'ora devo rimettermi al lavoro.»

«Dammi un minuto» disse lui, sorridendo.

Pete entrò nel suo appartamento al piano terra mentre io salivo le scale per raggiungere il mio.

Lasciai la porta socchiusa, appesi il cappotto all'attaccapanni e posai la borsa nell'ingresso. Mi tolsi le scarpe, assaporando la sensazione della moquette morbida sotto i piedi, e slacciai il primo bottone della camicetta.

Il mio appartamento era il mio santuario. Un rifugio freddo, tranquillo e ordinato, ideale per una sola persona, e mi pentii subito di aver invitato qualcuno a condividerlo.

Rassegnandomi all'idea di avere compagnia, estrassi due piatti dalla credenza della cucina, proprio mentre Pete compariva all'ingresso con una confezione da quattro birre.

«Passami un bicchiere. Non mi sembri il tipo che beve dalla lattina.»

Mi versò un bicchiere di birra con la schiuma, poi aprì un'altra lattina per sé, mentre io portavo la cena in salotto.

«Così hai quasi quarant'anni» disse, sedendosi sul divano accanto a me. «Non li dimostri.»

«Ne ho trentasette» dissi, realizzando quanto poco ci conoscessimo. Io e Pete parlavamo più della maggior parte dei vicini di Londra: ci incontravamo alla fermata dell'autobus e lui era sempre disposto ad aggiustarmi il computer e aiutarmi con piccole riparazioni in casa. In un'occasione la scorsa estate l'avevo incontrato mentre passavo davanti al pub vicino casa mentre beveva una birra a un tavolino all'aperto. Mi aveva invitata a unirmi a lui e avevo accettato perché faceva caldo, era una bella giornata e la palestra mi aveva messo sete, ma non lo consideravo un amico.

«A proposito, ieri ho ricevuto una lettera dall'amministratore del palazzo» disse, rimuovendo il foglio di alluminio da uno dei contenitori. «Alla fine il tetto dovrà essere rifatto e di conseguenza ci toccherà versare quindicimila sterline.»

«Cazzo.»

«Capisco che quindicimila sterline non sembreranno poi una gran cifra a un avvocato importante come te... » scherzò.

«Sì, come no...»

«Ammettilo, sei ricca sfondata.»

«Niente affatto, lo giuro» risposi, scuotendo la testa. «Sono un semplice avvocato tra tanti, e sono pure piena di debiti, molti lavori non me li hanno neanche ancora pagati.»

«Ma lo faranno. E a quel punto sarai ricca.»

Ricca. Sbuffai. La mia famiglia pensava che lo fossi, ma tutto era relativo, specialmente a Londra, dove lavorando con personaggi come Martin Joy era facile vedere la propria situazione finanziaria da un'altra prospettiva. Certo, se fossi diventata avvocato della Corona le cose sarebbero cambiate: mi avrebbero assegnato casi importanti, il mio onorario sarebbe raddoppiato e forse un giorno mi sarei potuta permettere una delle case georgiane di Canonbury che mi avevano spinta a venire ad abitare in zona, e davanti alle quali in quel momento potevo solo limitarmi a sospirare.

Pensai alle quindicimila sterline che avrei dovuto tirare fuori in qualche modo, concedendomi un sorso di birra di consolazione, anche se sapevo che non avrei dovuto bere.

«Sai, oggi ho avuto a che fare con una persona che spende ventiquattromila sterline all'anno in pranzi» dissi, intingendo un raviolo nella salsa di soia.

Pete scosse la testa. «E stai rinunciando a festeggiare il tuo compleanno per questa gente...»

Rise. Non aveva tutti i torti.

«Rappresento il marito in quel divorzio. Ma ti farà piacere sapere che il caso di domani, quello per cui dovrei prepararmi adesso, è di sicuro più meritevole.»

«Un altro povero ricco marito in attesa di farsi fottere» sorrise.

«In realtà no. Il mio cliente è un uomo che rischia di non poter più vedere i suoi figli. Una persona normale che ha sorpreso sua moglie a letto con un altro.»

«La gente...» commentò Pete tranquillamente.

Annuii. «Scommetto che sei felice di dover trattare solo con i computer. Con oggetti privi di sentimento.»

«Per ora.»

«Per ora?»

«Be', alcuni esperti di intelligenza artificiale sostengono che un giorno i computer saranno in grado di riprodurre modalità e comportamenti umani.»

«Ma è un pensiero terrificante. Finiremo per diventare tutti inutili, no?»

«Alcuni lavori sono più a prova di futuro di altri.»

«Come gli avvocati divorzisti?»

«Mettiamola così: va bene saper riprodurre i comportamenti umani, ma le macchine seguono comunque degli schemi e si muovono sulla base della logica. Direi che per quanto riguarda amore e relazioni ne avranno di strada da fare prima di capirci davvero qualcosa. Non ce lo vedo un robot a sostituirti, almeno non nel futuro prossimo.»

«Mi fa piacere, ho un tetto nuovo da pagare.»

Seguì un lungo silenzio. Avevamo finito di mangiare e la conversazione languiva.

«Dovrei mettermi al lavoro.»

Misi da parte gli avanzi e portai i piatti in cucina. Quando mi voltai, vidi Pete in piedi sulla soglia. Fece un passo verso di me e mi prese il viso tra le mani. Sussultai ed ebbi appena il tempo di chiedermi se avesse scambiato quella reazione per una manifestazione di desiderio, perché aveva già posato le labbra sulle mie.

«Pete, sei un amico. E sei ubriaco» dissi, allontanandolo.

«A volte fa bene ubriacarsi.»

Feci un passo indietro. Non potevo dire che il suo approccio fosse stato una completa sorpresa. Avrei dovuto capirlo quando lo avevo trovato ad aspettarmi all'ingresso con il takeaway.

«È la differenza di età il problema, vero?» Percepii una nota di irritazione nella sua voce. Gli uomini e la loro autostima. «Se fossi un uomo di trentasette anni e tu avessi la mia età, nessuno batterebbe ciglio.»

Mi sentivo in colpa, crudele. Non credo si aspettasse un rifiuto. In fondo lo avevo invitato nel mio appartamento, per di più la sera del mio compleanno.

«Mi dispiace» dissi in tono pacato. «So di essere una zitella vecchia e triste, ma sono felice così.»

«Davvero?» mi chiese con aria di sfida.

«Lavoro undici ore al giorno, torno a casa e continuo a lavorare. Non resta spazio per molto altro.»

«Smettila di incolpare il tuo lavoro.»

Un tempo non mi sarebbe importato che Pete non fosse il mio tipo e probabilmente saremmo finiti in camera da letto. Ma non quella sera. Volevo soltanto che lui uscisse.

«Forse dovrei andare» disse in tono piatto.

Annuii e Pete lasciò l'appartamento senza aggiungere altro. Dopo aver chiuso la porta alle sue spalle, mi sporsi in avanti e posai la fronte contro il legno, sbuffando.

«Buon compleanno» sussurrai. Non vedevo l'ora che quella giornata finisse.

4

Mi serviva una borsa nuova, non potevo più rimandare. Nell'ultima settimana lo strappo nella mia fedele e storica Samsonite si era allargato a dismisura. Non avevo mai lavorato tanto, dopo settimane di letargo i nuovi casi si stavano moltiplicando, e i numerosi documenti da trasportare avanti e indietro tra il tribunale e l'ufficio avevano peggiorato la situazione. I miei genitori mi avevano insegnato a fare economia, quindi parte di me credeva ancora fermamente nella possibilità di sistemare la borsa, ma non sapevo a chi rivolgermi. Di questi tempi chi è che fa queste riparazioni? Calzolai? Sarti? Al giorno d'oggi l'unica possibilità sembrava comprarne una nuova.

Lanciai un'occhiata all'orologio e mi accorsi che non erano nemmeno le sette. La zona di Burgess Court era perfetta se cercavi un pub, molto meno per la vendita al dettaglio. Feci un rapido calcolo. Se avessi preso un taxi avrei potuto raggiungere Oxford Street intorno alle sette e un quarto, fare un rapido acquisto, uscire alle sette e mezza e arrivare a casa in tempo per un episodio della serie *ScandiCrime*.

«Stai andando a casa?»

Paul era in piedi sulla porta del mio ufficio con una pila di documenti tra le mani.

«Fra un minuto» risposi, rovistando nel cassetto della scrivania.

«Ho ancora qualcosa per te, se ti interessa.»

Sapevo che avrei dovuto rifiutare, ma dire di no al lavoro non era mai stato tra i miei punti di forza.

«Di cosa si tratta?»

«Una richiesta per un'ingiunzione di congelamento dei beni da consegnare per le nove e mezza di domani.»

Esitai. L'unica ragione per cui avevo deciso di concedermi una serata davanti alla televisione era che il carico di lavoro per il giorno successivo era relativamente tranquillo.

«Posso girarla a Marie o a Tom» propose.

«Dalla pure a me» sospirai. «Ti risparmio l'attesa del corriere.»

Paul mi guardò, un sorriso aleggiava sulle sue labbra. «Sai, a volte non è male avere la serata libera.»

«Dormirò da morta» risposi. Non avendo trovato quello che cercavo nel mio cassetto della scrivania, alzai lo sguardo su di lui. «Non è che per caso hai una ventiquattrore di scorta? La mia borsa è mezza rotta e non sono sicura che riuscirà ad arrivare fino a casa...»

«Sono certo che possiamo fare di meglio di una semplice ventiquattrore per una persona sofisticata come te» rise, scomparendo al piano di sotto. Tornò dopo un paio di minuti con una borsa di tela con lo stemma di Burgess Court.

«Cos'è?»

«Marketing. A proposito, all'interno troverai i moduli per la candidatura ad avvocato della Corona.»

«Un maestro della sottigliezza, come al solito.»

Lasciai l'ufficio e attraversai in fretta Middle Temple, oltrepassando il nostro ampio ingresso elisabettiano e la fontana da cui un getto d'acqua argenteo esplodeva nel cielo notturno. Dopo il tramonto, quando i lampioni a gas si accendevano tremolanti, quel posto diventava lugubre; i chiostri gettavano ombre sulla piazza e il riecheggiare delle scarpe sul lastricato creava l'illusione di essere soli.

Accelerando il passo, mi avviai lungo il vicolo buio e stretto di Devereux Court – una delle arterie che conducono allo Strand – proprio mentre la pioggia cominciava a cadere. Riuscii a trovare un taxi e a saltare a bordo prima che iniziasse a diluviare. L'autista mi chiese dove fossi diretta e gli diedi il nome del primo grande magazzino che mi venne in mente: Selfridges.

Non sono un'amante dello shopping. Quel gene mi manca e non credo sia perché a scuola ero tra gli studenti più poveri, quelli che avevano diritto alla mensa gratuita. Ricordo una cliente, una modella russa, che, un attimo dopo avermi raccontato della sua infanzia passata a raccogliere frutta marcia tra gli scarti dei mercati per dare da mangiare alla sua famiglia, pretese che chiedessi un mantenimento da un milione di sterline al marito – magnate immobiliare – dal quale stava per divorziare. Crescere povero può segnarti in un modo o nell'altro.

Il taxi mi fece scendere su Cumberland Street. A quel punto pioveva a dirotto e i marciapiedi sembravano neri e oleosi. Corsi all'interno del negozio maledicendo il cattivo tempo.

Pochi minuti dopo essere entrata capii di essere nel posto sbagliato. Non andavo da Selfridges da secoli e avevo dimenticato quanto fosse costoso. Le diverse boutique fiancheggiavano il muro perimetrale esterno: Chanel, Gucci, Dior, ognuna simile a una scatola di gioielli, sfarzosa e scintillante. Preferivo i negozi della City, dove tutto era più ordinato, funzionale e meno glamour, perfetto per le persone stressate dal lavoro. Ma nel West End, a Knightsbridge, i negozi sono un'attrazione per turisti e mogli trofeo, labirinti al dettaglio progettati per farti perdere l'orientamento e spendere il più possibile, mentre io volevo solo trovare una borsa e tornare a casa.

Feci un respiro, cercando di convincermi che non sarebbe stato un male guardarmi intorno. In fondo la mia borsa, la mia immagine, sono un biglietto da visita. Attraversai l'area centrale dedicata agli accessori e la mia attenzione fu catturata da uno splendido modello esposto su un piedistallo. La borsa era più piccola di quella che mi ero trascinata in giro negli ultimi cinque anni, la pelle nera morbida e burrosa. Era perfetta per un avvocato della Corona, mi resi conto, mentre la prendevo e cercavo il cartellino del prezzo.

«Mi sembrava di averla già vista» esclamò una voce alle mie spalle.

Mi girai e per un attimo non lo riconobbi. Aveva i capelli bagnati dalla pioggia e un paio di occhiali con la montatura di tartaruga.

«Signor Joy.»

«Martin, possiamo darci del tu» sorrise.

«Scusa, Martin» risposi.

«Shopping terapia?»

Scoppiai a ridere. «Così lo fai sembrare quasi piacevole. No, in realtà è soltanto una missione disperata per sostituire la mia borsa.»

«Una donna a cui non piace fare shopping...» commentò, tenendo gli occhi fissi nei miei.

«Esistono anche quelle.»

«Bella borsa.» Accennò al modello che avevo in mano e io scrollai le spalle.

«Sì, be', non riesco a trovare il cartellino del prezzo, il che non è mai un buon segno. Se devi chiedere quanto costa significa che non puoi permettertela...» dissi, sentendomi subito a disagio. Non avrei dovuto parlare di soldi con un cliente.

«Il tuo compleanno è appena passato, puoi farti un regalo.»

«Già, il compleanno» ripetei, sorpresa che se lo ricordasse. «Sembra passato un secolo.»

Continuava a non staccare gli occhi da me. Riuscivo quasi a contare le gocce di pioggia sulla sua fronte.

«Cosa ci fai qui?»

«Il mio ufficio è proprio dietro l'angolo. Volevo passare dall'enoteca al piano di sotto prima di tornare a casa.»

«Bel programma.»

«Lo spero.»

Seguì un breve silenzio. Avrei dovuto salutare e andarmene, ma non ne avevo alcuna voglia.

«Allora ci vediamo venerdì...»

Annuii. «L'incontro preliminare. È piuttosto innocuo.»

«Innocuo? Il soprannome dell'avvocato di Donna è "Piranha".»

«Be', non ti dico come chiamano me...»

«Allora, la compri?» Il suo tono era dolce e basso, con un accenno di raucedine che mi faceva pensare a notti insonni e tante sigarette.

Abbassai lo sguardo e mi resi conto che stavo ancora stringendo la borsa tra le mani. Le mie dita sudate avevano lasciato due aloni sulla pelle scura. «Purtroppo no. Probabilmente pensano che stia per rubarla» dissi, rimettendola al suo posto. «Dovrei lasciarti andare a comprare il tuo vino.»

Non mi aveva ancora staccato gli occhi di dosso.

«Qualche consiglio dell'ultimo minuto per venerdì? Anzi, vieni con me mentre ci pensi. Aiutami a scegliere un buon vino rosso.»

Lo seguii verso il seminterrato prima ancora di avere il tempo di pensare di rifiutare, consapevole della mia eccitazione che saliva mentre la scala mobile scendeva.

«Da questa parte» mi guidò quando entrammo nell'enoteca.

Rimasi colpita. Era grande, ben fornita e completa di un bancone che sembrava uscito dal set di un film ambientato a Manhattan. Scaffali su scaffali di calici appesi al soffitto. La luce era calda e soffusa.

«Prendi qualcosa o devi scappare?»

«Penso di poter restare per un bicchiere» risposi senza pensarci. Ci incamminammo verso il bancone e Martin accennò a uno sgabello. Il barista mi porse il menu. Non avrei dovuto bere, ma scelsi lo Smash 1909, un delizioso mix di gin, succo di pesca e menta. In fondo, è così che sarebbe andata in un film. Mi appollaiai goffamente sullo sgabello, pregando che il mio cocktail arrivasse in fretta.

«Allora... l'udienza di venerdì.»

Gli lanciai un'occhiata. Probabilmente stava soltanto cercando di strapparmi informazioni gratuite. Non potevo fatturare il tempo trascorso nell'enoteca di Selfridges e di colpo mi sentii delusa e presa in giro.

«Quindi vorresti dei suggerimenti» dissi il più freddamente possibile. «Prima di tutto cerca di restare calmo.»

«Perché, cosa ti aspetti che succeda?» ribatté con un sorriso cinico.

«I toni tendono a diventare piuttosto accesi e di solito si finisce per non concludere niente.»

Il barista tornò con i nostri cocktail. Ne presi un sorso. Era ottimo: dolce e rinfrescante.

Martin fece roteare una cannuccia nel bicchiere. I cubetti di ghiaccio tintinnarono contro il vetro.

«David mi parla molto bene di te.»

Accolsi il complimento con una modesta scrollata di spalle, sforzandomi di mantenere la calma. «David è bravo. Molto bravo. E non lo dico soltanto perché mi ha coinvolto nel tuo caso. Come mai hai scelto lui?» chiesi.

«Ho cercato "migliore avvocato divorzista" su Google ed è venuto fuori il suo nome.»

«È così che funziona, vero? Come cercare un idraulico...»

«Qualcosa del genere» disse, fissandomi da sopra il bicchiere.

«Ti ringrazio anche di aver scelto me: la maggior parte degli uomini preferisce avvocati maschi. Pensano che siano più combattivi, immagino. Quindi tanto di cappello per non aver pensato come un maschio alfa.»

«A dire il vero avevo qualche dubbio su di te» ribatté, posando il bicchiere sul bancone di marmo.

La sua onestà mi colse alla sprovvista. «Ahi» replicai fissando il mio cocktail.

«Sto solo dicendo la verità. Avrei preferito affidarmi a un avvocato della Corona, lo devo ammettere. Il fatto che tu non lo sia mi ha preoccupato, temevo fossi inesperta. Volevo andare sul sicuro.»

«Be',» risposi, tornando a guardarlo, «non tutti gli avvocati scelgono quella carriera. Ne conosco diversi che esercitano da trent'anni e non sono avvocati della Corona, non perché non siano bravi nel loro lavoro, ma perché hanno preferito non tentare quella strada.»

«Ed è il tuo caso?»

«Probabilmente farò domanda quest'anno.»

«Quindi se il processo dovesse andare per le lunghe, non potrò più permettermi di pagarti.»

«Ne dubito.»

«A Francine Day, avvocato della Corona» brindò, facendo tintinnare il bicchiere contro il mio. «Adesso ammetto che sono contento di essere rappresentato da te, anche se non capisco ancora a cosa diamine serva avere due rappresentanti legali, un *solicitor* e un *barrister*.»

Scoppiai a ridere. Era una domanda che mi veniva rivolta spesso e gli diedi la risposta standard. «Un tempo la differenza era l'abilitazione a intervenire in tribunale» spiegai. «Adesso le cose sono un po' cambiate, ma in generale sono i *barrister* gli avvocati più abituati a dibattere in aula. E i *solicitor* spesso ci contattano anche per altre questioni teoricamente di loro competenza, diciamo per i casi più complessi.»

«Quindi stai dicendo che sei più intelligente rispetto a un *solicitor*.»

«Abbiamo abilità diverse, tutto qui.»

«Ah, non fare la modesta...»

«Mmm, forse hai ragione.» Percepii il tono scherzoso della mia voce e mi resi conto che stavo flirtando con lui.

Seguì un lungo silenzio complice.

Martin mi osservò con attenzione, come se mi stesse valutando. Il suo sguardo indagatore mi faceva sentire speciale. «Riesco quasi a immaginarti calpestare i pavimenti di Oxford da studentessa.»

«È così lontano dalla verità che non è nemmeno divertente.»

«Già. Università di Birmingham. Prima della classe.»

Lo fissai sorpresa.

«Il tuo curriculum è sul sito.»

«Mio padre è un autista di autobus. Ho frequentato la scuola pubblica e sono stata la prima della mia famiglia ad andare all'università.»

«Allora io e te non siamo così diversi, in fondo.»

Gli rivolsi un sorriso cinico. Ogni centimetro del suo corpo gridava scuola privata e Oxbridge. Intercettò il mio sguardo. Sapeva cosa stavo pensando.

«Prendiamo qualcosa da mangiare» disse, chiamando il cameriere. Non sono mai stata particolarmente brava a interpretare i segnali degli uomini, ma era chiaro che stava cercando di impressionarmi.

Mangiammo e flirtammo, chiacchierando rilassati tra un boccone e l'altro di cibo, piccoli piatti di tapas per due. Soltanto occasionalmente una fitta di panico mi ricordava che non avrei dovuto essere lì, in un bar poco illuminato insieme a un cliente, pochi giorni prima dell'udienza preliminare per il suo divorzio.

«Un altro bicchiere?»

Notai che il bar si era svuotato. «Meglio di no.»

Si arrotolò le maniche della camicia e fissai i suoi avambracci: forti e abbronzati, con una leggera peluria.

«Probabilmente penserai che io sia un coglione.»

«E perché?»

«Il marito ricco che cerca di fregare sua moglie.»

«Il mio lavoro è aiutarti, non giudicarti.»

«Sì, ma avrai conosciuto tanti uomini come me.»

«Mi piace difendere gli uomini. Fin troppo spesso hanno la peggio, soprattutto quando ci sono di mezzo i figli.»

«Questo lavoro... immagino non incoraggi al matrimonio.»

«Come fai a sapere che non sono sposata?»

«Non lo so, infatti.»

«Non lo sono, infatti» dissi, guardandolo negli occhi un attimo di troppo. L'atmosfera cambiò di colpo.

«Penso che stiano per buttarci fuori» commentò Martin,

guardandosi intorno. Il posto era vuoto. Il cameriere aveva iniziato a riordinare in vista della chiusura. Non poteva essere molto più tardi delle nove, ma sembrava notte fonda. Il barista ci portò il conto su un piccolo vassoio d'argento. Martin lo prese e pagò prima che avessi il tempo di raggiungere il mio portafogli.

«Andiamo» disse, appoggiando la mano destra sulla mia schiena.

Fummo accompagnati all'esterno del negozio da una guardia giurata e uscimmo su Duke Street. Pioveva ancora più forte di quando ero entrata, sembrava quasi che le gocce di pioggia rimbalzassero sui marciapiedi allagati. Affondai i tacchi in una pozzanghera, schizzandomi acqua fredda e sporca sulle calze.

«Dove sono i taxi quando ne hai bisogno?» gridai per sovrastare il rumore del traffico del West End. La mia borsa di tela di Burgess Court era già fradicia e temevo che il modulo di candidatura come avvocato della Corona non sarebbe sopravvissuto al diluvio.

«Eccone uno» esclamò. Riparammo le teste sotto i cappotti, ridendo e gridando mentre correvamo schizzando sulle pozzanghere.

«Dove abiti?» chiese.

«Islington.»

«Allora possiamo dividere la corsa» disse aprendo la portiera. Saltai dentro prima di avere il tempo di pensarci.

5

Mi aspettavo che abitasse in un posto diverso. Notting Hill o Chelsea, mi ero immaginata mentre cercavo di ricordare i dettagli delle sue proprietà immobiliari letti quando mi preparavo al suo caso. Invece Martin chiese al tassista di dirigersi verso est.

«Spitalfields?» chiesi, dopo averlo sentito comunicare le nostre destinazioni al conducente.

«Sei sorpresa?»

«Pensavo fossi un tipo da West London.»

«Non so perché, ma non mi sembra un complimento» disse, guardando fuori dal finestrino.

«No, suppongo di no.»

«L'ho comprato prima del matrimonio, prima di fondare la Gassler Partnership. All'epoca lavoravo alla Deutsche Bank a Finsbury Square, quindi era comodo. A Donna non è mai piaciuto molto. Ci siamo trasferiti appena è riuscita a convincermi, ma non l'ho mai venduto e così, dopo la separazione, sono tornato ad abitarci. Se devi vivere a Londra, tanto vale vivere nella vera Londra. Per me è lì la vera anima di questa città. Si percepisce la grinta dickensiana, i fantasmi di Jack lo Squartatore e Fagin.* Le luci scintillanti della City, i lampioni a gas nei vicoli. È il massimo del melting pot, ci hanno vissuto tutti: ugonotti, ebrei, bengalesi... Si trovano i migliori bagel e il miglior curry di Londra.»

* Fagin, celebre personaggio del romanzo di Dickens *Le avventure di Oliver Twist*.

«Inizi a sembrare un agente immobiliare.»
«Adoro questo quartiere, non voglio andarmene.»
«Perché dovresti?»
«Dividere le proprietà... Scusa, ho dimenticato che non dovremmo parlare del caso.»

Mentre entravamo a Clerkenwell, provai a immaginare Donna vivere nei dintorni. Ormai sapevo quale fosse il suo aspetto: dopo il primo incontro con Martin l'avevo cercata su Google e avevo trovato qualche foto. Donna al Serpentine Party, oppure a una mostra fotografica: lunghi capelli biondo scuro, occhioni da gatta, labbra increspate in un'espressione di sfida. Non sembrava un'artista, sembrava una perfetta moglie di Chelsea, era fuori posto a Spitalfields. Ma anche Martin lo era.

«Ti piace vivere nel posto preferito di Jack lo Squartatore?» chiesi, cercando di alleggerire il tono.

«Messa così sembra che io sia un tipo un po' strano.»
«Be', l'hai detto tu che ti piace questo posto.»
«Ma mi riferivo all'atmosfera, alle chiese di Hawksmoor, alla storia.»
«Vecchio romanticone» lo stuzzicai.

Ci fissammo, senza riuscire a distogliere lo sguardo l'una dall'altro. Le nostre dita si sfiorarono sul morbido rivestimento del sedile posteriore e l'eccitazione scatenata dal suo tocco mi mozzò il respiro. Non ritrassi la mano e Martin si sporse in avanti per parlare con il tassista.

«Prima Spitalfields. Va bene?»

Mi lanciò uno sguardo in cerca della mia approvazione, ma non c'era bisogno che dicessi nulla. Quando mi prese la mano mi sembrò la cosa più naturale del mondo, la cosa che – mi resi conto – non avevo smesso di desiderare fin dal nostro primo incontro a Burgess Court. Ci allontanammo, tenendo gli occhi fissi fuori dal finestrino. Il taxi sembrò accelerare. L'eccitazione era palpabile.

Spitalfields era una Londra in versione ridotta, una strana ma riuscita fusione tra antichità ed era spaziale, frastagliati missili in vetro e acciaio che puntavano verso il cielo accanto a caseggiati fatiscenti e coperti di fuliggine, rimasti immutati dai tempi in cui Jack lo Squartatore si nascondeva nella nebbia. Le tracce della gentrificazione erano ovunque: i vecchi grossisti si erano trasformati in locali messicani alla moda con cactus al neon sulle facciate ottocentesche, laboratori artigianali di sartoria erano diventati atelier di gioiellieri o studi di DJ e guru del web. Anche in una fredda notte di fine inverno, le strade erano gremite di giovani frequentatori di club alla ricerca di birra artigianale e locali alternativi.

Però non tutto era stato toccato dal progresso. La casa di Martin si trovava proprio alle spalle della chiesa di Christ Church, con le sue accecanti lastre bianche, a pochi passi dal mercato in ferro battuto di Spitalfields. In qualche modo quell'angolo di vecchia Londra era sopravvissuto alla Luftwaffe e ai costruttori, trasformandosi in una macchina del tempo fatta di strade acciottolate fiancheggiate da inferriate nere e lampioni a gas. Stretto tra sottili terrazze georgiane con scalinate e battenti in ottone, il palazzo dove abitava Martin era un vecchio magazzino riconvertito che portava ancora il nome dei suoi precedenti occupanti – W.H. MILLER & CO – scolpito nell'arenaria sotto il tetto. Sembrava moderno e al tempo stesso antico, come il set di un film ispirato a un romanzo di Dickens. Mi aspettavo quasi di incontrare Patrick Stewart vestito da Scrooge o di veder comparire un'orda di monelli che cantava *Who Will Buy?*.

Il taxi si fermò e Martin pagò la corsa. Non accennammo nemmeno alla possibilità che continuasse fino a Islington. Scesi dalla macchina e basta.

La strada era deserta, ma mi guardai lo stesso attorno per assicurarmi che nessuno potesse notarmi. Non qui, non in questa strada illuminata da una fioca luce gialla e con le finestre chiuse. Non c'era nessuno, a parte forse i fantasmi.

Martin prese la mia borsa bagnata e inserì una chiave nella porta. L'ampio ingresso buio aveva lo stesso aspetto industriale e ben curato dell'esterno, con mattoni a vista e rifiniture in acciaio.

«Ultimo piano» disse, guidandomi verso un vecchio ascensore originariamente concepito come montacarichi.

I miei tacchi ticchettavano sul pavimento di cemento, riecheggiando in tutto l'edificio. La griglia di ferro si richiuse e l'ascensore sussultò. La luce era fioca. Se fossimo stati in un film, a questo punto avremmo iniziato a baciarci, poi lui mi avrebbe spinta contro la fredda parete di acciaio, tenendomi le braccia sopra la testa e sollevandomi la gonna. Invece restammo immobili a trattenere il respiro per la bellezza di sei piani. Poi l'ascensore si fermò.

«Da questa parte» disse, anche se non ce n'era bisogno: su quel piano c'era un solo ingresso.

Mi fece entrare nell'appartamento per prima, poi si chiuse la porta alle spalle. Dentro era buio, ma la luce filtrava da una serie di alte finestre affacciate sulla City. L'ingresso, vuoto eccetto per una bicicletta da corsa dall'aspetto costoso, era uno spazio cavernoso e asettico, simile a un loft newyorkese, con grandi divani e un tavolo da pranzo sul quale avrebbero potuto trovare posto dodici commensali. Le pareti bianche erano tappezzate di opere d'arte, ma non vedevo molti oggetti personali. Niente soprammobili, fotografie o altri indizi su chi fosse e cosa gli piacesse. L'appartamento mi fece pensare alla suite di un hotel di lusso, un pensiero eccitante.

«È incredibile» sussurrai, rapita dalla vista della cima a forma di siluro del Gherkin.

Mi voltai e osservai Martin mentre si toglieva il cappotto. Restammo immobili per qualche istante a guardarci negli occhi, poi lui mi venne incontro. Il battito del mio cuore accelerò. Per un attimo l'idea che qualcuno potesse vederci attraverso quelle grandi vetrate mi innervosì, ma quel lieve disagio sparì non appena mi fu così vicino da riuscire a sentire il suo respiro.

«Ti sei bagnata.»

«Lo so» sussurrai.

Mi prese il viso tra le mani e mi accarezzò una guancia umida con il pollice. Poi le sue dita scesero sul collo, poi sulle spalle, fino a stringere con delicatezza la parte superiore delle mie braccia.

«Dovresti toglierlo.»

Mi girò e, lentamente, con cautela, come se si stesse muovendo al rallentatore, mi aiutò a sfilare il cappotto.

Chiusi gli occhi, dimenticando il panorama. In quel momento era in piedi dietro di me. Riuscivo a percepire il tessuto inamidato della sua camicia contro la seta sottile della mia. Mi spostò i capelli sulla spalla sinistra. Sentii il suo respiro caldo, poi le labbra sulla mia nuca. Inclinai la testa di lato e inspirai a fondo provando una sensazione di piacere che mi fece rabbrividire.

Forse interpretò il linguaggio del mio corpo come una tacita approvazione a continuare. Volevo che lo facesse. Volevo che aprisse la lampo della gonna e la lasciasse scivolare a terra. Volevo le sue mani sulle curve del mio corpo, sui miei fianchi, fino alla zona nuda delle mie cosce sopra le autoreggenti. Lo volevo.

Le sue dita si spostarono verso la vita dei suoi pantaloni e lo sentii slacciarsi la cintura. Lo scatto del cuoio colpì la parte bassa della mia schiena come uno schiaffo rapido ma doloroso. Iniziai a sbottonarmi la camicetta fino ad aprirla e sentire l'aria fredda sulla pelle. Lui scostò il tessuto e mi baciò la spalla lentamente, come se mi stesse assaporando. Quando la mia camicia scivolò a terra opponendo poca resistenza, mi voltai. Eravamo abbastanza distanti da permettergli di osservarmi. Ero quasi nuda di fronte a lui, in reggiseno, perizoma, autoreggenti e tacchi. Lo vidi sorridere, una piccola curva sul lato destro della bocca, e mi sentii eccitata, non solo al pensiero di quello che stava per succedere, ma anche per il modo in cui lo avevo fatto sentire. Per il mio potere su di lui.

Una parte di me sapeva che saremmo finiti così dal primo momento in cui l'avevo visto. Da quando mi ero ustionata la mano e lui mi aveva offerto un tovagliolino per tamponarmela.

Ci spostammo sul divano, lasciandoci alle spalle una scia di vestiti e biancheria intima. Si sedette e mi prese la mano, attirandomi e facendomi sedere a cavalcioni su di lui. Chiuse gli occhi mentre accarezzavo con le dita i peli morbidi sul suo petto, facendo scorrere le mani sempre più in basso, fino a stringerle intorno al suo pene e guidarlo dentro di me. Non facevo sesso da un po', ma ci sapevo fare, e la sua espressione di piacere era inequivocabile.

Per un istante pensai a Vivienne McKenzie e David Gilbert, immaginai cosa avrebbero detto se ci avessero visti in quel momento. Ma il rossore sulle mie guance non era causato dalla vergogna: era desiderio, un bisogno travolgente di sentirlo dentro di me, più a fondo.

Ruotai i fianchi e inarcai la schiena. Martin mi strinse un seno con la mano e si sporse in avanti per sfiorarlo con le labbra. Stuzzicò il capezzolo con la lingua, mordendolo prima dolcemente e poi più forte, fino a farmi gridare. Sembrava non esserci abbastanza spazio per contenere il nostro piacere, il nostro desiderio. Finimmo sul pavimento e mi accorsi appena delle fibre del tappeto che mi graffiavano la schiena, ma dimenticai tutto non appena sentii le sue mani tra i capelli, la sua bocca affamata che mi divorava le labbra, le guance, i lobi delle orecchie. Era sopra di me e con una mano mi allargava le gambe. Non riuscivo a respirare. Iniziai a boccheggiare mentre la pressione aumentava. Sentivo il calore irradiarsi nel corpo, gridavo, affondavo le unghie nella sua pelle e la mia pancia si contraeva mentre venivo travolta da una violenta ondata di piacere. Avrei voluto catturare quella sensazione, imbottigliarla. Avrei voluto che durasse in eterno. Alzai gli occhi verso il soffitto, aspettando che il mio respiro si regolarizzasse e lo sentii distendersi accanto a me. Mi chiesi quanto tempo avrei dovuto aspettare prima di poter ricominciare.

Il giorno successivo in tribunale mi attendeva un'udienza relativamente semplice. Il congelamento dei beni non è una procedura complessa, ma sarei andata alla grande anche se lo fosse stata.

Nella mia prima settimana in ufficio, Viv McKenzie mi aveva detto che in aula era la fiducia in se stessi a fare la differenza, e quella mattina ero in gran forma. Eloquente, rapida, pronta a deviare qualunque attacco sferrato dall'avvocato avversario. Non importava che avessi letto la documentazione soltanto poco prima, sulla Central Line. Non importava che fossi ancora stanca per una notte passata più a fare sesso su ogni superficie disponibile che a dormire. Non importava che fossi entrata in aula appena pochi minuti prima dell'orario stabilito con indosso gli stessi vestiti del giorno prima e un nuovo paio di calze sessanta denari comprate alla stazione di Liverpool Street. Non avevo bisogno della mia armatura, delle calze, del rossetto rosso, delle camicie fresche di bucato. Mi bastavano i ricordi di lui. Dopo aver scambiato quattro chiacchiere con un collega fuori dal tribunale, tornai in ufficio, passando da Fleet Street e attraversando la zona sacra di Middle Temple. Mi sorprese quanto potesse apparirmi nuovo e diverso quell'ambiente tanto familiare. I cortili ombreggiati e i vicoli che a volte mi innervosivano si erano trasformati in teatri di possibili incontri amorosi furtivi. La sera prima e quella mattina non avevo preso le mie medicine, così temevo di sentirmi persa o nel panico, ma per ora avevo la mente totalmente occupata da Martin, e tutto andava per il meglio.

Mi fermai all'ingresso degli uffici di Burgess Court e chiesi alla receptionist, Helen, se ci fossero dei messaggi per me.

«Ti ho mandato un'email con i nomi di tutti quelli che devi richiamare» rispose, rovistando sotto la scrivania. «Ed è arrivato questo pacco per te.»

Fissai l'enorme scatola nera con nastro di gros-grain con un certo turbamento. Non poteva trattarsi di documenti. Nemmeno il più prestigioso studio legale di mia conoscenza li avrebbe impacchettati in quel modo.

Portai il pacco nel mio ufficio e lo posai sulla scrivania, esitando per qualche istante prima di decidermi a tirare il nastro e aprire la scatola. All'interno trovai un sacco di stoffa contenente una borsa. Quella borsa. La ventiquattrore di morbida pelle nera che avevo visto da Selfridges la sera prima. Mi sentivo la bocca secca e dovetti mordermi un labbro per non sorridere.

La aprii con cautela. Non sapevo quanto costasse, ma sembrava estremamente lussuosa e molto cara. Anche se sapevo chi me l'aveva mandata, infilai una mano all'interno, chiedendomi se avrei trovato un biglietto. Affondai la mano e le mie dita incontrarono qualcosa. Non le linee taglienti e levigate di un foglio di carta, ma un oggetto morbido e ricamato.

Perplessa, lo sfilai dalla borsa e scoppiai a ridere quando mi ritrovai davanti un sottile perizoma in pizzo nero.

«Ehi, Fran» disse la voce di Paul alle mie spalle. «Ho un paio di casi per te.»

Infilai di scatto il perizoma nella borsa e mi sforzai di assumere la mia solita espressione seria, ma quando mi voltai verso Paul non so chi dei due fosse più imbarazzato.

6

Non so chi sia stato il primo a chiamare "Piranha" Robert Pascale, ma considerando la sua reputazione quel soprannome era decisamente azzeccato. Ex consulente finanziario riscopertosi avvocato divorzista, Robert era riuscito a ritagliarsi una redditizia nicchia nella fascia più alta del mercato. La sua specialità erano i casi da prima pagina sul «Daily Mail», quelli che più facevano tremare i ricchi uomini d'affari.

Ma Robert Pascale non aveva l'aspetto di uno spietato predatore. Con i capelli argentei pettinati all'indietro, gli abiti impeccabili e una pochette di seta di una tonalità contrastante nel taschino, sembrava più un dandy della vecchia scuola. Fuori dall'aula era sempre affascinante e, non appena lo vidi nei corridoi del tribunale di Holborn, capii che avrebbe cercato di esercitare quel fascino anche su di me.

Distolse l'attenzione dal cellulare non appena gli arrivai vicino. «Francine, come stai? Hai un aspetto così radioso che ti bacerei se non avessi paura che la mia cliente mi veda e pensi che stia fraternizzando con il nemico.»

Quando sentii menzionare la sua cliente non riuscii a trattenere una risatina nervosa. Ero arrivata presto, senza David e senza Martin, per due ragioni.

La prima: il pensiero di ritrovarmi da sola con Martin mi riempiva di terrore ed eccitazione. Non lo vedevo da quando ero uscita dal suo appartamento di Spitalfields due giorni prima. Il pomeriggio in cui avevo ricevuto la borsa di pelle e il perizoma, come due adolescenti, ci eravamo scambiati qualche messaggio, ma la comunicazione si era stabilizzata su un tono più sobrio quando ero passata a rassicurarlo sull'udienza. L'ansia che ne era seguita mi aveva spinta a pensare che le pillole che avevo saltato avessero fatto più danni di quanto immaginassi.

La seconda: desideravo vedere lei, Donna. Non volevo che il mio primo incontro con la moglie di Martin avvenisse in un'aula senza finestre, quando gli occhi di tutti sarebbero stati puntati su di me e non sarei riuscita a nascondere la mia curiosità e le mie emozioni.

«Sto molto bene, Robert» risposi, lanciando un'occhiata al corridoio. «Allora, dove sono le tue truppe? Pensavo di trovarti impegnato a discutere la strategia.»

«Jeremy Mann è già qui, aspettiamo solo la cliente» disse, digitando un altro messaggio prima di riportare l'attenzione su di me. «Allora. Gira voce che questa volta ti candiderai per la toga di seta.»

Reagii sbuffando bonariamente. Pensai che non sarebbe stato un male per la mia carriera se si fosse saputo in giro che mi stavo candidando.

«Significa che in futuro mi porterai qualche cliente?» gli chiesi senza giri di parole. Robert era uno dei pochi *solicitor* specializzati in diritto di famiglia a non averlo ancora fatto. Sospettavo che dipendesse dal fatto che era uno snob e sotto sotto, malgrado la clientela quasi esclusivamente femminile, anche un po' misogino.

Si chinò e mi toccò una spalla. «Se stai facendo domanda per la nomina ad avvocato della Corona, Francine, vacci piano con le mosse da prima pagina. Tieni un profilo basso. È un divorzio, la vita di due persone, non una vetrina professionale» disse in tono grave.

«Sai che non gioco sporco» risposi. Guardai l'orologio e mi resi conto che David e Martin sarebbero arrivati da un momento all'altro.

Mi scusai e andai a cercare una stanza libera. Poi scrissi un messaggio a David in modo che sapesse dove trovarmi. Estrassi una bottiglietta di acqua dalla borsa, ne bevvi un sorso e mi guardai intorno. La Central Family Court non era imponente come le Royal Courts of Justice sullo Strand, dove secoli di storia del diritto erano come incisi nella pietra; assomigliava più a una scuola, e la stanza dove mi ero seduta era fredda e spoglia.

Dopo alcuni minuti la porta alle mie spalle si aprì e David e Martin entrarono insieme. Mi ero ripromessa di mantenere la calma, ma non appena lo vidi il cuore iniziò a battermi all'impazzata. L'unica cosa a cui riuscivo a pensare erano le parole di un messaggio che mi aveva mandato due giorni prima.

Voglio assaggiare la tua fica.

Evitai le strette di mano, facendo loro cenno di accomodarsi. Appena si sedettero mi lanciai in un discorso su quello che potevamo aspettarci quella mattina.

«Jeremy Mann ha portato Richard Sisman» informai David.

«Chi è?» intervenne Martin.

Presi un altro sorso d'acqua e notai che mi tremava la mano.

«Richard è l'assistente di Jeremy.»

Martin si accigliò. «Non dovremmo avere qualcun altro anche noi?»

Nella sua voce riconobbi una nota di rimprovero e panico.

«Non hai bisogno di nessun altro per un'udienza preliminare.»

«Allora perché loro hanno portato un assistente?»

La sua ostilità mi innervosiva. Cosa mi aspettavo? Che flirtasse con me? Che commentasse la mia borsa nuova di zecca?

«La mia presenza non sarebbe neanche necessaria in queste riunioni preliminari» dissi, sentendo il cuore che batteva più forte.

«Allora perché sei qui? E perché Donna ha addirittura tre avvocati presenti in aula?»

Lanciai un'occhiata a David Gilbert e mi mossi sulla sedia, a disagio.

«Fa parte del loro gioco» spiegai, con tutta l'autorità che fui in grado di esprimere. «Tre avvocati a un incontro preliminare sono l'equivalente di un'esibizione militare di forza, come i russi che fanno sfilare i loro armamenti. Ma è un inutile spreco di denaro. Non sono contraria a certe mosse a priori, in alcuni casi possono anche funzionare. Però Robert Pascale non ha il senso della misura, ed è un vero esperto nello spendere i soldi altrui.»

«Forse è per questo che ha così tanto successo. Bisogna spendere per guadagnare.»

«Martin, devi fidarti di noi.»

I nostri occhi si incontrarono e mi sembrò di riconoscere un'espressione più dolce nel suo sguardo. Sapevo che dovevo prendere la cosa meno sul personale, ma ero decisa a fare tutto il possibile per lui.

«Sono quasi le dieci» dissi, raccogliendo i miei documenti. «Dovremmo andare.»

Camminammo in silenzio verso l'aula, una di quelle piccole, utilizzate per gli incontri meno formali.

Il giudice era già nella stanza, seduto all'estremità di un lungo tavolo per conferenze. Anche Jeremy Mann e il suo assistente avevano preso posto, mentre Robert era in piedi nell'angolo della stanza, intento a controllare i suoi messaggi. Non vedevo Donna Joy da nessuna parte.

Mi accomodai di fronte a Mann e iniziai a sistemare i documenti per fare ordine nei miei pensieri. Posai la penna orizzontalmente sul foglio degli appunti, con la punta verso sinistra, e allineai ai lati una matita e un blocchetto di post-it.

A parte l'occasionale borbottio sommesso, l'unico rumore nella stanza era il ticchettio dell'orologio alla parete.

Erano da poco passate le dieci, ma non c'era ancora alcuna traccia della signora Joy. Lanciai un'occhiata al giudice Barnaby per attirare la sua attenzione. Era un magistrato della vecchia scuola a un passo dalla pensione, un uomo irascibile ma efficiente e, a giudicare dalla ruga sulla fronte, doveva aver fretta di concludere l'ennesima giornata dedicata al fallimento delle relazioni umane.

«Siamo pronti?» chiese alla fine.

Robert Pascale non sembrava molto soddisfatto. «Stiamo solo aspettando la mia cliente» spiegò.

Barnaby batté leggermente la penna contro il tavolo. «E pensa che la vedremo presto?» chiese in tono deciso.

«Da un momento all'altro» rispose Pascale, sbirciando l'orologio. «Vado ad aspettarla fuori, potrebbe essersi persa.»

Non osavo guardare Martin, che aveva iniziato a sussurrare all'orecchio di David a voce così bassa che non riuscivo a sentire quello che stava dicendo.

Robert lasciò la stanza per quella che sembrò un'eternità. Quando sentii la porta aprirsi di nuovo, non riuscii a resistere alla tentazione di voltarmi. Ero già pronta a vederla, impeccabile e spensierata nonostante il ritardo, invece mi ritrovai davanti solo Pascale, che sembrava insolitamente agitato.

«Nessuna traccia» disse.

«Hai provato a chiamarla?» chiese Jeremy Mann in tono ampolloso.

«Ci ho provato, ma la telefonata viene inoltrata alla segreteria. Abbiamo parlato ieri, era pronta per quest'udienza.»

«Forse c'è traffico» commentò Martin senza troppa convinzione.

«Aspettiamo ancora cinque minuti» disse Barnaby deciso. «Ho molti impegni oggi.»

«Suggerisco di iniziare senza la signora Joy» propose David, guardandomi in cerca di approvazione. Sapevo già cosa stava per chiedere.

Robert tentò di obiettare, ma il giudice Barnaby alzò una mano. «Va bene» disse indifferente.

«Be', è stato imbarazzante» commentò Martin quaranta minuti dopo, mentre lasciavamo l'aula.

«La sua presenza non era necessaria» lo rassicurò David.

Restammo a guardare Robert e la sua squadra scomparire in corridoio.

Martin stava ancora scuotendo la testa.

«Hai intenzione di parlarle?» chiesi.

Sbuffò. «Non penso che le mie parole possano influenzare il suo comportamento.»

«Comportamento?»

«È proprio tipico di lei, cazzo.»

David sembrava comprensivo. «Non è la prima volta che un cliente non si presenta in tribunale. Succede più spesso di quanto si possa immaginare. Forse Robert le aveva lasciato intendere che si trattava di un incontro poco importante...»

Cercai di intercettare lo sguardo di Martin, di capire cosa stesse pensando, ma sembrava triste e distratto.

«Cosa succede adesso?» Concentrò tutta la sua attenzione su David e io avvertii una dolorosa fitta di delusione.

«Come hai visto, abbiamo stabilito un calendario per i prossimi passi. Adesso dobbiamo raccogliere le informazioni, mantenere i contatti con Robert e aspettare la data per l'udienza sulla controversia finanziaria.»

«Che dovrebbe essere quando?»

«Potrebbero volerci dalle sei alle otto settimane, se siamo fortunati e la contabilità forense non ci rallenta.»

«Fammi sapere. Domani parto per la Svizzera. Ho prenotato da tempo e non voglio annullare tutto, ma è soltanto per una settimana.»

Lo sapevo già. Me ne aveva accennato mentre eravamo nel suo appartamento a Spitalfields e sul momento mi ero chiesta se si fosse trattato di una strategia per liberarsi di me.

«Lo farò» disse David, stringendogli la mano. Martin si rivolse a me per ripetere il gesto.

Mi strinse la mano trattenendola un po' più a lungo del necessario. Sentendo le sue dita chiudersi attorno alle mie, le immaginai dentro di me. Dove erano state martedì notte. Dove le volevo anche in quel momento.

«Alla prossima» riuscii a dire alla fine.

Martin annuì e si voltò senza aggiungere nulla. Osservai la

sua sagoma rimpicciolirsi man mano che si allontanava, ed ero così paralizzata che non mi chiesi nemmeno se David Gilbert avesse notato qualche scintilla o imbarazzo tra me e il nostro cliente.

«Magari un giorno la gente imparerà le buone maniere» disse David, quando Martin fu fuori portata d'orecchio.

«Martin?» chiesi preoccupata.

«No, sua moglie. È stata una mancanza di rispetto.»

«Forse è malata. Oppure ha sbagliato giorno.»

«Forse» commentò cinico. «Credo che dovremmo assumere un investigatore» aggiunse dopo una pausa.

«Per cosa?»

«Poco tempo fa ho seguito un altro divorzio. Dal punto di vista legale si trattava di un caso irrilevante, ma la storia era da telenovela. Nemmeno quella moglie si è presentata all'udienza preliminare. Pensavo fosse soltanto il suo modo di mostrarsi sprezzante, finché non ho scoperto che si era trasferita a Los Angeles senza informare suo marito. Aveva accalappiato un qualche produttore miliardario, ma nel frattempo stava cercando lo stesso di soffiare al mio cliente il cinquanta per cento dei suoi beni.»

«Quindi non ti fidi di Donna Joy.» Ero fin troppo consapevole della nota gioiosa nella mia voce.

«Voglio solo sapere con chi abbiamo a che fare» ribatté lui. «Se riusciamo a dimostrare che ha una relazione... magari con un uomo ricco... potrebbe giocare a nostro favore.»

«Conosco la persona che fa per noi» risposi.

Non avevamo molto altro da dirci. David era già passato a pensare a un altro incontro, a un altro cliente. Dopo esserci salutati, rimasi nell'atrio a chiedermi come ammazzare il tempo prima di un'udienza per l'affido prevista per mezzogiorno. Non aveva senso tornare in ufficio, quindi entrai da Starbucks a prendere un caffè e sfogliare i miei appunti.

Seduta accanto alla finestra, estrassi il mio iPad e mi collegai a internet. Di solito controllavo le notizie oppure le previsioni del tempo, ma quel giorno digitai di nuovo il nome di Donna Joy su Google. Le prime tre pagine di risultati non mi dissero niente di nuovo, ma scavando più a fondo riuscii a scovare una galleria dove aveva esposto i suoi lavori e una festa alla quale aveva partecipato l'estate precedente. Ancora più eloquente si rivelò il suo account Instagram: una sfilata di foto di paradisi esotici, amici modaioli e selfie sorridenti, una finestra su un mondo variopinto a confronto del quale la mia vita sembrava ancora più solitaria e scialba.

Riposi il tablet nella borsa, passai in bagno ad aggiustare il trucco e tornai in tribunale. Feci passare borsa e cappotto al metal detector e salutai una conoscente dei tempi dell'università. Il mio collega mi aveva già informato con un sms del suo ritardo, così rimasi a gironzolare nell'atrio a leggere i documenti affissi alle bacheche.

Notai la sua presenza con la coda dell'occhio. Fu il suo cappotto ad attirare la mia attenzione: morbido, rosa shocking e dall'aria costosa, il genere di capo che non avrei mai comprato per via del colore, ma che mi piaceva vedere indosso a qualcun altro.

Guardai con più attenzione. Era lei, ne ero certa. Me l'aspettavo più alta, un po' come ci si trova a dire sempre delle celebrità quando ci capita di incontrarle. I suoi capelli erano più scuri di quanto credessi, più un caramello intenso che un biondo scuro. Teneva in mano una borsa grande e stravagante, di una pelle ruvida che non riconoscevo. Lucertola, coccodrillo? Mi chiesi se gliel'avesse regalata lui.

«Posso aiutarla?» chiesi.

Si voltò verso di me e cercai di assorbire ogni dettaglio del suo viso. Labbra sottili, sopracciglia folte, trucco leggero su una carnagione pallida e cremosa, collo da cigno, attorno al quale pendeva un'elegante collana d'oro con la sua iniziale: "D".

«No, a meno che non sappia come mandare indietro il tempo» borbottò senza mascherare il suo fastidio.

Avrei voluto dirle che era in ritardo di un'ora e cinquantadue minuti e che a quel punto il suo avvocato doveva essere rientrato in ufficio e aver messo in moto il processo per il suo divorzio. Avrei voluto chiederle come mai fosse arrivata così tardi. Era stato un colpo basso per impressionare suo marito? Fissai le onde morbide dei capelli che le ricadevano sulle spalle. Oppure, più semplicemente, non si era presa la briga di annotare i dettagli dell'incontro di quella mattina sulla sua agenda strapiena?

Rimasi immobile per un momento, con il cuore che batteva forte, chiedendomi se fosse il caso di presentarmi. Ma immaginavo che avrebbe considerato una strana coincidenza l'incontro con l'avvocato di suo marito.

«Temo di non poterla aiutare, allora» risposi, stringendo più forte la mia borsa di pelle.

Sorrise e il suo viso si addolcì. In quel momento capii esattamente cosa Martin Joy avesse visto in lei. D'un tratto il colletto della camicia mi sembrò troppo stretto e mi diressi a passo svelto verso l'uscita per prendere una boccata d'aria fresca.

7

Marzo

Non ero stata io a suggerire di incontrarci a Islington. Martin mi scrisse dalla Svizzera per invitarmi a cena e quando accettai impiegò appena qualche minuto per prenotare un tavolo da Ottolenghi. Lo presi come un buon segno. Ottolenghi non si trovava a Soho o Chelsea. Era su Upper Street, proprio dalle parti del mio appartamento, per cui sapevo di dovermi preparare all'eventualità. E non aspettavo altro.

Anni di solitudine autoimposta non avevano favorito la cura di me stessa e la biancheria intima sexy era stata sostituita da capi comodi e slavati. A qualcosa bisognava rinunciare. Da anni andavo quasi ogni sabato mattina al centro di consulenza legale gratuito di Toynbee Hall a Stepney, ma quella settimana decisi di lasciar perdere il volontariato per trascorrere la mattinata in una piccola beauty spa coreana su Holloway Road in modo da essere almeno liscia e depilata. Poi passai dalla mia gastronomia preferita, La Fromagerie, per comprare brie e uva fragola da lasciare in frigorifero e infine tornai a casa per cambiare le lenzuola, spruzzandole anche con l'essenza di lavanda nel tentativo di renderle profumate come quelle degli alberghi di lusso. Volevo trasformare il mio appartamento in un paradiso dal quale Martin non si sarebbe mai voluto allontanare.

Scelsi un vestito nero e delle scarpe col tacco rosa e feci in modo di arrivare con cinque minuti di ritardo. Sono una pessima stratega e odio i giochetti, ma era il minimo che potessi fare per dare l'impressione di essere una che si fa un po' desiderare.

Mentre camminavo lungo Upper Street, superando i primi gruppi in uscita serale, capannelli di quattro o cinque persone che ridevano ad alta voce, inspirai a fondo. Volevo sentire anche io quell'energia, quell'abbandono, provare la sensazione che quella sera potesse succedere qualunque cosa. Sorrisi. *Qualunque cosa.*

Attraversai la strada con i tacchi che ticchettavano sull'asfalto e il cappotto che svolazzava. Lo avrei trovato ad aspettarmi oppure sarei finita davanti a un tavolo vuoto a fissare un messaggio con qualche scusa sul lavoro arretrato o un volo in ritardo? Non ero affatto convinta che Martin Joy mi avrebbe cercata di nuovo dopo l'udienza preliminare, ma, una volta ricevuto l'invito e organizzato l'appuntamento, avevo forse ingenuamente dato per scontato che si sarebbe presentato. Ora non ero più così sicura. Dovevo chiamarlo per assicurarmi che stesse arrivando? *Pensa positivo*, mi dissi. *Le cose belle possono succedere. Anche a te.*

Ed eccolo lì: il mio cuore fece una capriola quando lo scorsi attraverso il vetro. Era appoggiato al bancone, vedevo i muscoli forti della sua schiena guizzare. Stava gesticolando, parlava con qualcuno. Il sorriso mi morì sul viso. No, *era* con qualcuno. Una coppia. Mi fermai per un attimo, esitando con la mano sulla maniglia, cercando di ricacciare indietro la delusione. Avevo capito male? Non era un vero appuntamento? Non potevo restare lì in eterno. La porta era di vetro e Martin mi aveva visto.

«Fran» disse affettuosamente, girandosi mentre entravo. Mi prese per mano, attirandomi verso di sé. Il suo tocco mi scatenò una scarica elettrica, ma Martin non sussultò, si limitò a sorridermi e sussurrarmi una parola all'orecchio, a voce così bassa che soltanto io potei sentirlo: «Sexy».

«Francine,» disse, rivolgendosi agli altri, «questo è Alex, il mio socio in affari, e lei è Sophie, sua moglie.»

«Soltanto *sua moglie*» aggiunse lei, facendomi l'occhiolino prima di stringermi la mano. «Nessuno di importante.»

Sophie era notevole: bionda, alta, un po' cavallina, sembrava il capitano di una squadra di lacrosse. Mi superava di almeno quindici centimetri. Malgrado i tacchi, sfioro appena il metro e settanta, ma comunque non mi ero mai sentita tanto bassa in vita mia.

Nonostante anche Alex stesse sorridendo, sentivo che rimaneva più sulle sue. Magro, spalle dritte, con un impeccabile abito grigio. Forse non ero la prima donna che Martin gli presentava dopo il divorzio, o forse aveva mantenuto una qualche forma di lealtà nei confronti di Donna. Gli amici fanno così, no? Si schierano.

Seguì un breve silenzio imbarazzato, subito interrotto da Martin. «Hai ricevuto il mio messaggio?»

«Quale?»

«Quello in cui ti informavo che Alex e Sophie si sarebbero uniti a noi per cena.»

Scossi la testa.

«Non resteremo a lungo e prometto che Alex si comporterà bene» disse lei, lanciandomi un'occhiata bonaria.

Martin controllò il telefono mentre i suoi amici ci precedevano al nostro tavolo. «Non è mai partito. Non me n'ero accorto, ci deve essere stato un problema di linea.»

Mi sfiorò le dita, come per scusarsi, e sentii il calore delle sue mani sulla pelle.

«Non è un problema, davvero. Mi fa piacere incontrare i tuoi amici» dissi, chiedendomi quanto risultassi convincente.

Ci accompagnarono al tavolo, e Martin ordinò due bottiglie di orange wine e una selezione di antipasti. Sembrava a suo agio, si capiva che era stato diverse volte in quel ristorante.

«Allora, hai sciato?» chiesi. Sapevo di dover rompere il ghiaccio con qualche argomento innocuo. Non avevo idea di cosa e quanto sapessero Sophie e Alex della nostra relazione, ma fino a quando non avessi ricevuto un segnale da parte di Martin che si trattava di un appuntamento, e che Sophie e Alex ne erano al corrente, preferivo procedere con cautela, mantenendo la conversazione sul vago e senza rivelare niente.

«Ho fatto eliski» rispose Martin.

«Guarda un po' che uomo avventuroso» scherzò Alex.

«È fantastico. L'hai provato, Francine?» chiese Sophie con la fiducia di chi aveva passato una vita sugli sci.

«Mi sento più a mio agio con una cioccolata calda e un croissant in un rifugio a fondo pista» dissi, non volendo ammettere che la mia ultima discesa lungo un pendio innevato risaliva a quando andavo in slittino nel parco da bambina. Mi ci volle una grande forza di volontà per non fare altre domande. Volevo sapere con chi fosse stato in Svizzera. Nessuno faceva eliski da solo, vero? Ma sapevo che se lo avessi chiesto avrei dato l'impressione sbagliata.

«Quindi lavorate con Martin?» chiesi.

Alex annuì, ma Sophie strinse le labbra e scosse la testa con decisione. «Io no, non più. Immagino che tu sappia molto bene che lavorare insieme non è la ricetta migliore per una vita domestica felice. Nei primi tempi ci abbiamo provato, ma alla fine volevamo strangolarci, quindi mi sono fatta da parte e ho assunto un ruolo più...» fece schioccare la lingua «di consulenza.»

«Significa che dice a entrambi cosa fare» sorrise Martin.

«Si diverte a farmi sembrare una specie di pazza» commentò Sophie. «Ma senza l'occhio per il dettaglio di una donna, oserei dire che le luci sarebbero state spente anni fa.»

Alex le prese la mano e la baciò. «Ecco la tua ricompensa, tesoro.»

Sophie gli accarezzò scherzosamente la guancia e provai una fitta di invidia.

Erano sposati da quanto? Da anni, di sicuro, e adorava ancora suo marito.

Piano piano iniziai a rilassarmi e divertirmi mentre i tre si prendevano in giro e scherzavano come solo i vecchi amici sanno fare. Martin continuò a parlare del suo recente viaggio – «quando sono arrivato in fondo, sembravo un pupazzo di neve» –, mentre Sophie mi raccontò di una disastrosa settimana bianca che aveva fatto con Alex a Courchevel, durante la quale la totale assenza di neve aveva trasformato il resort nel "settimo girone infernale", dove i turisti russi non avevano nient'altro da fare se non mettersi in mostra. «Non avevo visto tanta pelliccia nemmeno allo zoo di San Diego!» rise Sophie.

«Come vi siete conosciuti voi tre?» chiesi, leggermente infastidita di fronte alla loro evidente intimità.

«All'università» rispose Alex.

«Economics Society.»

«È stato durante quel viaggio a New York, giusto? A Wall Street. Io e Martin eravamo compagni di stanza in quell'albergo schifoso nell'East Village.»

«Mi piace considerarmi una specie di cupido» disse Sophie. «Sapevo che sarebbero andati d'accordo, quindi ho fatto in modo che si ritrovassero nella stessa camera.»

«Pensavo che fosse diventata presidente della Economics Society per sbarcare il lunario, e invece le piaceva più che altro occuparsi di pubbliche relazioni.»

«Mi dichiaro colpevole» disse Sophie, alzando una mano.

La conversazione scorreva insieme al vino, un delizioso bianco profumato all'arancia che stava iniziando a darmi alla testa. Cominciai a sentirmi felice che Martin avesse invitato i suoi amici al nostro appuntamento. Il ristorante moderno e ricercato, l'intelligenza vivace di Alex e le sapienti divagazioni di Sophie: era un mix inebriante di stile chic e metropolitano ed ero felice di farne parte. Mi accorgevo degli sguardi ammirati che ci lanciavano le coppie agli altri tavoli: eravamo belli e sofisticati. E per una volta facevo parte del gruppo, proprio lì, nel cuore pulsante di Londra.

«Non ci hai detto quasi niente di te» disse Sophie, dopo aver comunicato alla cameriera il suo ordine per il dessert. «Se dovessi rinascere mi piacerebbe fare l'avvocato divorzista. Ho avuto qualche offerta di lavoro in questi ultimi tempi, per esempio sono stata corteggiata dagli uffici commerciali di un paio di aziende che producono latte, ma sembrava una noia mortale. Il diritto di famiglia, quello sì che mi pare un argomento affascinante.»

«A volte» risposi onestamente. «Più spesso è complicato e irrazionale. Quando si tratta di divorzi i sentimenti prendono il sopravvento. La gente passa ore a discutere di questioni irrilevanti solo perché non vuole darla vinta all'altra parte, sprecando un sacco di soldi. Di recente mi è capitata una coppia che si è scontrata per sei mesi per una teiera.»

«Una teiera?» mi fece eco Alex.

Annuii. «Una bella teiera, nulla da dire, ma probabilmente non valeva più di un centinaio di sterline. L'avevano comprata durante la luna di miele ed entrambi erano disposti a rinunciare a tutto il contenuto della loro casa di Kensington pur di non lasciarla all'altro.»

Scoppiarono tutti a ridere, ma fu un momento imbarazzante. Come se si fosse spento l'entusiasmo visto che a tutti era tornato in mente chi fossi e come io e Martin ci fossimo incontrati.

«In realtà, Fran, volevo chiederti una cosa. Un consiglio professionale...»

«C'è qualcosa che dovrei sapere, tesoro?» intervenne Alex, sgranando gli occhi in modo comico, ma lei lo ignorò.

«Martin sta divorziando e ci stiamo tutti domandando...»

«O meglio, ce la stiamo tutti facendo sotto» precisò Alex.

«...in che modo tutto questo influenzerà la nostra attività» concluse Sophie. «Donna potrebbe cercare di colpirci? Voglio dire, siamo sempre stati amici, ma, come dicevi tu, le persone si comportano in modo strano quando entrano in un'aula di tribunale.»

Mi guardai intorno, sentendomi terribilmente a disagio. Ero stata presa in giro: pensavo che fosse un appuntamento e invece ero stata invitata a quell'uscita per essere coinvolta in una sorta di missione di accertamento dei fatti.

«Abbiamo paura che Donna possa cercare di accaparrarsi anche i guadagni futuri di Martin.»

Lanciai un'occhiata a Martin. «Naturalmente cercheremo di opporci» dissi, prendendo il mio bicchiere.

«Allora?» insisté Sophie.

«Non si può negare che il divorzio possa avere ripercussioni a livello aziendale. Ma la Gassler Partnership non opera in borsa, quindi prevedo un impatto limitato. Per andare sul sicuro, posso consigliarvi un PR specializzato nello sviare la pubblicità negativa, ma a essere onesta non credo che sarà necessario.»

Guardai Martin, che mi sorrise con fare rassicurante. Evidentemente avevo detto a Sophie e Alex proprio quello che volevano sentire.

«A proposito di divorzio, hai mai sentito parlare di Mungo Davis?» chiese Alex. «Ha sorpreso sua moglie a letto con il loro autista e... sai cos'ha detto lei?»

Non ho mai saputo cos'aveva detto la moglie di Mungo Davis, perché a quel punto mi ero scusata e diretta verso la toilette.

Quando raggiunsi il bagno, poggiai entrambe le mani sui lati del lavandino e inspirai a fondo. Fissai il mio riflesso allo specchio, chiedendomi cosa dovessi fare per essere felice. Mi piaceva Martin Joy e pensavo di essere ricambiata, ma a quanto pareva avevo interpretato male la situazione.

Estrassi il rossetto dalla borsa e lo applicai con cura. Le luci soffuse mi facevano sembrare più pallida del solito, così alzai una mano per sfiorarmi la guancia.

Puoi farcela, mi dissi, preparandomi a tornare al tavolo. Non perdere la dignità.

Quando li raggiunsi, Martin stava pagando il conto e Sophie si stava infilando il cappotto.

«Gli intrusi se ne vanno, finalmente» sorrise Sophie.

«Arriviamo anche noi» disse Martin.

Mentre ci salutavamo, fissai il pavimento a disagio. Quando Sophie e Alex salirono su un taxi mi strinsi nel cappotto, pronta a tornare a casa.

«È stato bello» dissi a labbra strette. «Sono molto simpatici.»

«Mi dispiace comunque» rispose, spostando il peso da un piede all'altro.

Sentii le mie spalle rilassarsi.

«Alex mi ha chiamato mentre ero in Svizzera. Era preoccupato per il mio divorzio e stava pensando di assumere un avvocato. Quando ho accennato al nostro appuntamento mi ha chiesto se potevano unirsi, ma non avevo idea che sarebbero rimasti per tutto il tempo.»

Scrollai le spalle e sorrisi. Non volevo mostrarmi vulnerabile e suggerire cosa fare dopo.

«La notte è ancora giovane» disse Martin, guardandomi da sotto le sue ciglia scure.

Il mio cuore fece un piccolo balzo, ma cercai di restare calma. «Cosa avevi in mente?» chiesi con noncuranza.

«Non abiti da queste parti?» domandò, facendo un passo avanti.

«In effetti casa mia non è distante, se ti va di accompagnarmi a casa» proposi.

Quando mi prese sotto braccio sentii il mio corpo rilassarsi.

«È andata davvero così?» chiesi dopo un attimo. «È stata Sophie a far conoscere te e Alex?»

«Ha organizzato il viaggio e assegnato le stanze, quindi penso di sì. Le devo tanto. È persino riuscita a scovare una borsa di studio per farmi andare a New York. Altrimenti non me lo sarei potuto permettere.»

Lo guardai sorpresa. Aveva accennato al fatto che avessimo un background simile, ma pensavo fossero solo chiacchiere.

«I miei genitori sono morti quando avevo cinque anni e sono stato cresciuto dai miei nonni. Credevano nell'istruzione e hanno fatto di tutto per mandarmi a scuola e all'università, ma non avevo abbastanza soldi per poter viaggiare.» Guardò dritto davanti a sé. Non voleva parlarne, evidentemente.

«Raccontami della Svizzera» dissi mentre camminavamo, assaporando il calore del suo corpo stretto al mio attraverso la manica del cappotto.

«Eravamo a Verbier.»

Ricordavo vagamente di aver sentito nominare Verbier da Tom in ufficio una volta. Avevo l'impressione che fosse un posto super trendy, per appassionati di piste nere e aperitivi post sci, e non riuscii a fare a meno di immaginare Martin circondato da uno stuolo di bionde in una Jacuzzi all'aperto. E, soprattutto, non mi era piaciuto che avesse usato il plurale.

«Avevo prima qualche appuntamento a Ginevra, ma sono riuscito a ritagliarmi un paio di giorni in pista. È stato bello allontanarsi da tutto questo.»

«Grazie» risi.

Martin si fermò e mi fece girare verso di lui. «Non parlavo di te» disse, con un'intensità tale da farmi venire i brividi. «E tu cos'hai fatto, invece?»

«Ho lavorato, ho scritto.» Alzai le spalle.

«Una John Grisham al femminile, insomma!»

«Non proprio.» Sorrisi. «Dovevo scrivere un articolo: *Mediazioni nell'affido tra paesi non aderenti alla Convenzione dell'Aja*.»

«La perfetta lettura da spiaggia» rise.

«Lo so, lo so.» Alzai le mani. «È per la mia candidatura come avvocato della Corona, si fa migliore impressione se si hanno delle pubblicazioni.»

«Penso che tu possa fare qualunque cosa se ti ci metti. Anzi, ne sono sicuro. Magari dopo puoi farmelo leggere.»

Parlava con trasporto. E mi piaceva che desse per scontato che non si sarebbe limitato ad accompagnarmi alla porta. Eppure era bastato l'accenno alla nomina come avvocato della Corona a insinuare il pungolo del dubbio nella mia mente. Da qualche parte, una vocina mi ricordava che era un cliente. Così rallentai il passo e cercai di tenere la conversazione su un terreno neutrale.

«Volevo fare la scrittrice» dissi. «Da bambina, quando la nostra casa mi sembrava troppo piccola, correvo in biblioteca e mi perdevo fra gli scaffali. Ho sempre amato le parole, il loro potere di rallegrarti o intristirti, ferirti o farti sentire meglio. Il modo in cui possono trasportarti in un luogo diverso e lontano. Ho sempre pensato che in un certo senso fossero magiche.» Alzai lo sguardo e lo sorpresi a fissarmi come se fossi la persona più interessante del mondo.

«Allora cosa ti ha spinta a studiare legge?»

Scrollai le spalle. «Sono cresciuta in una casetta a schiera ad Accrington, ho frequentato una scuola pubblica. Nessuna delle persone che conoscevo aveva particolare successo e non avevo mai visto qualcuno guadagnarsi da vivere facendo lo scrittore. Conoscevo invece la criminalità, i matrimoni finiti e i pignoramenti delle case, e mi resi conto che gli unici a beneficiarne erano gli avvocati. Si può vincere o perdere, ma gli avvocati vincono sempre.»

«Così adesso usi le parole per vincere e guadagnare.»

«Penso di sì. Ti sembra egoista?»

Martin rise. «Lo stai chiedendo alla persona sbagliata. Ho un bel "capitalista" tatuato sul petto.» Poi mi fissò, tornando serio. «Ma in fondo fare soldi è facile. Sono molto più ammirato dalle persone come te, in grado di individuare il punto debole nell'armatura nemica per vincere una battaglia. Non penso che la mia mente sarebbe altrettanto agile.»

«Io invece credo che non avresti problemi.»

Non potevo ammettere di aver letto più o meno tutto ciò che ero riuscita a trovare su di lui. L'opinione più diffusa sui giornali finanziari – di solito parchi di complimenti – era che Martin Joy fosse un genio, una delle menti finanziarie più brillanti della sua generazione. Mi piaceva che fosse così modesto.

Continuammo a camminare e a parlare di dettagli delle nostre vite. Discutemmo delle serie che avremmo voluto guardare se avessimo avuto più tempo e ci raccontammo i nostri angoli preferiti della città: Postman's Park nella City, la statua in bronzo di Roosevelt e Churchill su Bond Street, il ristorante Bleeding Heart a Clerkenwell per le bistecche e il vino rosso. Mi piaceva parlare con lui, era facile. Mi piaceva che avessimo tante cose in comune. Un tempo viveva a Islington, a pochi passi da me, a Highbury Fields, e, sebbene si fosse trasferito a Spitalfields prima che arrivassi a Londra, l'idea che le nostre vite avessero condiviso la stessa routine e lo stesso ritmo mi scatenava un brivido segreto.

«Vieni» dissi, prendendogli la mano e conducendolo in una strada laterale. «Da questa parte.»

Mi strinse più forte le dita e, avvolta nella nostra piccola bolla di felicità, persi la cognizione di quello che mi circondava. Per un momento mi sembrò di essere tornata a quando ero un'adolescente e mi capitava di incontrare qualcuno di nuovo. Era eccitante. Non ero diversa dagli altri giovani affamati di sesso e amore e a volte lasciavo pub e discoteche in compagnia di un ragazzo o una ragazza, suggerendo di andare in un bar o a una festa nel tentativo di far continuare la serata ed evitare che l'incantesimo si spezzasse.

Ma adesso ero un'adulta. Non avremmo passato la notte in giro per locali. Eravamo diretti a casa e sapevamo entrambi come sarebbe finita.

«Donna mi ha chiesto di incontrarci» disse all'improvviso Martin. «Martedì.»

Il mio cuore sprofondò di nuovo e in quel momento capii quanto mi piacesse quell'uomo. Non volevo apparire troppo coinvolta, ma lo ero. Volevo Martin.

«Desidera scusarsi per non essersi presentata all'incontro preliminare?» chiesi, guardandolo di sbieco.

«Penso che voglia solo parlare.»

«Mi stai chiedendo la mia opinione o hai già deciso di andare?»

«Cosa ne pensi?»

Il mio cuore iniziò a battere più velocemente. Una spada di Damocle pendeva sulla mia testa, dal cielo scuro dove iniziavano a addensarsi nuvoloni neri.

«Penso che dovresti andare» dissi, ben consapevole che non ci fosse altra risposta possibile.

«Anch'io» commentò lui, stringendomi la mano. «Hai detto che è meglio cercare di evitare il più possibile il tribunale, no? Meglio provare a trovare un accordo.»

«Puoi parlare, ma non accordarti su niente.»

«È solo una conversazione, Fran. Voglio sentire cos'ha da dire senza avere gli avvocati intorno. Voglio solo sapere cosa sta pensando...» Lo disse con il sorriso, ma sembrava un rimprovero. *Senza avere gli avvocati intorno*. Senza di me.

«Perché è finita, Martin?» chiesi, le parole mi sfuggirono di bocca prima che potessi fermarle. «Intendo dire, che cosa è successo davvero?»

Mi guardò. Forse stava valutando se fosse una buona idea raccontarmelo.

«Sono andato a Hong Kong» spiegò alla fine. «Questioni di lavoro. Ho anticipato il rientro di due giorni e Donna non c'era, era scomparsa. Ecco perché non mi ha stupito la sua assenza in tribunale. È fatta così. Alla fine l'ho rintracciata a New York grazie ai quarantasettemila dollari spesi apparsi sull'estratto conto della carta di credito. Non aveva ritenuto opportuno informarmi. Non pensava mai a me. Non ero una persona, un compagno. Ero solo il suo bancomat» concluse in tono duro.

«E quell'episodio ti ha particolarmente infastidito.»

Lui scosse la testa. «Non direi proprio infastidito, a dire il vero. Mi ha aperto gli occhi. In quel periodo non sentivo la sua mancanza quando eravamo lontani, e devo ammettere che la sua assenza fu quasi un sollievo. Ricordo di essere rimasto seduto nell'appartamento vuoto, al buio, a pensare a quanto stessi bene da solo. E che era così che volevo vivere.»

«Quindi sono appena uscita con un eremita» commentai con una risatina nervosa.

Martin si fermò e mi guardò. «Sono solo una persona che vuole uscire da un matrimonio che ha superato da un pezzo la data di scadenza. Quando è tornata da New York, le ho detto che volevo il divorzio.»

«Ma è stata lei a presentare l'istanza» conclusi. Avevo studiato la documentazione e sapevo che era stata Donna a chiedere formalmente il divorzio.

«Sì, non ha perso tempo» rispose, come se si stesse maledicendo per essersi lasciato anticipare.

«Ed eccoci qui» dissi.

«Già, eccoci qui» fece eco lui.

Il 19, il mio autobus, si fermò a un paio di metri da noi, un lampo di rosso, come un segnale di avvertimento. Un gruppo di persone scese abbottonandosi il cappotto contro il gelo. Sobbalzai riconoscendone una. Pete.

Cazzo.

Istintivamente, lasciai andare la mano di Martin.

«Ciao.» Pete spostò lo sguardo da lui a me.

«Ciao, Pete» risposi educatamente, cercando di non pensare al nostro ultimo incontro, quando le sue labbra avevano sfiorato le mie. «Sei uscita?»

«Abbiamo fatto un salto da Ottolenghi.»

«Un salto, eh?» ripeté, guardando Martin con aria interrogativa.

«Oh, Martin, questo è Pete Carroll, il mio vicino.»

«Martin Joy» disse, tendendo la mano, ma Pete tenne la sua affondata nella tasca dei pantaloni.

«Pete studia all'Imperial. Fa un dottorato» dissi, cercando di stemperare l'imbarazzo.

«Interessante» commentò Martin. «Su cosa?»

«Intelligenza artificiale.»

«Oh, io mi occupo di tecnofinanza. Dovremmo parlare quando avrai finito.»

Martin esitò un istante. Ero convinta che stesse per estrarre un biglietto da visita e mi sentii sollevata quando non lo fece. Speravo che Pete si dimenticasse subito il suo nome, ma sapevo che era solo una pia illusione.

«Be', devo andare a comprare il latte» annunciò Pete, girandosi verso il piccolo alimentari all'angolo della strada.

«Ci vediamo in settimana» dissi con il tono più naturale possibile.

«Penso che tu gli piaccia» mi sussurrò Martin, mentre Pete si allontanava.

«Sei geloso?»

«Un po'. Perché piaci anche a me.»

Eravamo davanti alla porta del mio appartamento. Era la mia occasione per confessargli i miei sentimenti su Donna e il fatto che il loro incontro mi ingelosiva e turbava. Ma in quel momento eravamo vicini, tanto vicini, e non volevo far nulla che potesse rovinare la serata. Il che significava che dovevo tenere la bocca chiusa.

«Sono stata bene stasera» dissi alla fine.

«E non abbiamo ancora finito» sorrise Martin, spingendo la porta mentre giravo la chiave.

8

Clare Everett è una vecchia amica. La conosco fin da quando mi trasferii a Bolton da Birmingham, trascinandomi dietro la mia vita strizzata in uno zaino da cinquanta litri comprato da Millets a Manchester.

Le era stata assegnata la camera accanto alla mia nella nostra residenza universitaria, ed era diversa da qualunque persona avessi mai incontrato prima: una bellezza delle contee nei pressi di Londra che possedeva un cavallo e una macchina, ed era stata in collegio. La nostra avrebbe dovuto essere un'amicizia passeggera, nata per una pura questione di caso e convenienza, destinata a svanire non appena avessimo incontrato altre persone – nella residenza o a lezione – con cui avevamo più cose in comune. A quei tempi Clare sembrava sempre appena uscita da un maneggio, ma penso di averla aiutata a cambiare stile. Entro Natale era passata ai jeans e alle Dr. Martens. Da parte sua, Clare mi aiutò a sentirmi a mio agio con la *middle class*. Così, malgrado le differenze di carattere e gli inizi improbabili del nostro rapporto, eravamo entrate in confidenza e da allora siamo rimaste grandi amiche, anche dopo il suo matrimonio con il fidanzato dell'università, Dominic, dieci anni fa.

Clare tornò a sedersi sullo sgabello nel bar dell'hotel Ham Yard e affondò la mano in una ciotola di noccioline al wasabi. Di solito non frequentavo locali come quello e, malgrado il vestito nuovo che esaltava le mie curve, mi sentivo fuori posto. Clare, al contrario, non aveva perso la sua eleganza e si inseriva in quel contesto sofisticato come una mano sottile che scivola in un guanto di pelle. In effetti, quella sera somigliava a una bionda di Hitchcock. Forse anche troppo. Sembrava nervosa sulla nostra destinazione e su chi stavamo per incontrare.

«Sto morendo di fame. Saremmo dovute andare a mangiare qualcosa. Siamo ancora in tempo?» chiese, spostandosi i lunghi capelli su una spalla.

«Il party inizia alle sette e mezza, e sono le sette e venti passate» dissi, impaziente.

«Allora dimmi qualcosa in più, dove stiamo andando esattamente?»

«All'inaugurazione di una mostra.»

Estrassi dalla borsetta i biglietti che mi aveva procurato Martin e glieli porsi.

«Arte» commentò lei, lanciandomi un'occhiata sospettosa. «Hai iniziato a collezionare opere, adesso?»

«Magari. No, mi hanno soltanto regalato dei biglietti.»

«Galleria Delauney» lesse, tenendo il biglietto vicino al naso come se fosse improvvisamente diventata miope. «Helen North. Mai sentita. Ma deve essere brava per avere una mostra alla Delauney.»

Mi lanciò un'occhiata scherzosa.

«Almeno dovrebbe esserci qualche uomo interessante. Collezionare arte è il nuovo golf, a quanto pare.»

«Pensavo che il ciclismo fosse il nuovo golf.»

Clare rise. «Va bene un po' tutto. Sono felice che tu stia uscendo di più. A proposito, vieni all'inaugurazione del ristorante di Dom, vero? Sto radunando tutti i single di nostra conoscenza soltanto per te.»

Bevvi un sorso del mio drink e la guardai. Clare era l'unica persona alla quale potessi raccontare tutto. Mi conosceva e conosceva anche i miei lati oscuri. E non solo perché era un'amica. Era anche una psicoterapeuta.

«A dire il vero, è per questo che ti ho chiesto di uscire stasera» dissi esitante.

«Non vieni?»

«Certo che verrò all'inaugurazione di Dom! No, hai parlato di single e incontri... be', voglio presentarti una persona.»

Clare si accarezzò la coda di cavallo. «Sono una donna felicemente sposata, cara.»

«Una persona... per me» azzardai con cautela. «Ecco, ho incontrato un uomo. E ci sarà anche lui.»

La mia amica si rianimò all'istante. Sapevo come funzionava con le coppie felicemente sposate: contavano sui loro amici single per avere pettegolezzi e storie di vita vissuta, ma soprattutto per ricordare a loro stessi quanto fossero fortunati a non dover più cercare l'anima gemella. Messa in questi termini, c'è da dire che non ho mai dato grandi soddisfazioni visto che ho sempre preferito tenere per me i dettagli della mia vita privata, ma in quel momento stavo finalmente offrendo qualcosa.

«Cazzo» commentò lei dopo un attimo di stupore.

«Non essere così sconvolta» sorrisi, mentre finivo il drink.

Mi fissò con il più inquisitorio degli sguardi da psicoterapeuta. «Allora, chi è?»

«Si chiama Martin» risposi vagamente.

«Bel nome, solido. Dove l'hai conosciuto? Da quanto tempo vi vedete? Che lavoro fa?»

«Non fare così» replicai con una smorfia, agitando la mano. «Sembra che tu mi stia chiedendo se è un valido candidato.»

«Hai perfettamente ragione. Lo sto valutando. Devo sapere se può andare per la mia migliore amica. E immagino sia proprio per questo motivo che vuoi farmelo incontrare.»

«Usciamo insieme da sei settimane, più o meno. Lavora nel campo della finanza» dissi, ignorando la domanda sul come ci fossimo conosciuti.

«Fran, ti prego. Non un magnate della finanza!» sospirò lei, abbassando di colpo le spalle. «Sembrava così promettente.»

Non capivo se stesse scherzando, ma la cosa migliore era procedere con tatto e cautela. «Abbasso banche e affaristi, quindi... Clare, non pensavo fossi così prevedibile.»

«Non si tratta di quello, è che chi lavora nella finanza condivide molti tratti con gli psicopatici» disse, accavallando le gambe. «Mancanza di empatia, ego smisurato, fascino. I più alti livelli di psicopatia si riscontrano in finanzieri, amministratori delegati e psichiatri.»

«Mi stai dicendo che il mio nuovo fidanzato è uno psicopatico?» dissi, cercando di sdrammatizzare.

«Ti sto dicendo di stare attenta al ricco maschio alfa.»

«In ogni caso, è più un uomo d'affari che un magnate della finanza. Ha una specie di fondo che predice le oscillazioni del mercato.»

Scoppiò a ridere. «Quindi è l'amministratore delegato di una società finanziaria. Disastro doppio.»

Non avevo intenzione di dargliela vinta. «Mi dici sempre che ho dei problemi, che evito le relazioni a causa del mio lavoro, ma nemmeno tu sei perfetta. Psicoanalizzi le persone e le giudichi prima che abbiano la possibilità di dimostrare che hai torto.»

«Ah, giusto.» Sorrise. «E comunque è tutta colpa tua.»

«Mia?» mi accigliai, prendendo la borsa.

«Sei tu la ragione per cui sono diventata una strizzacervelli» disse Clare.

Ci alzammo e uscimmo dal bar.

9

La galleria era ospitata da un minaccioso edificio di Mayfair. La pallida luce argentea che filtrava dalle vetrate illuminava una fila di macchine dall'aspetto costoso parcheggiate all'esterno. La folla in fila per entrare sembrava di cattivo umore, ma io ero felice di essere arrivata.

Lungo il percorso Clare mi aveva tempestata di domande su Martin. Non volevo rivelarle troppo, soprattutto sulle circostanze in cui ci eravamo incontrati, e volevo tenere per me i momenti belli: i fine settimana passati a letto a guardare serie televisive, bere vino rosso e mangiare cibo da asporto, o la nostra gita di domenica pomeriggio a Lulworth Cove, dove ci eravamo seduti sulle scogliere a guardare i colori del mare passare dal verde smeraldo al blu pavone.

E non volevo che sapesse quanto fossi stata in pena quando Martin aveva incontrato Donna per "parlare" del divorzio. Quella sera, dopo il lavoro, ero andata in palestra e avevo spinto il mio fisico al limite, sollevando pesi, correndo sul tapis roulant fino a gocciolare sudore da ogni poro del mio corpo, nella speranza di non pensare che fossero insieme. Avevo provato a chiamarlo per ben tre volte e ogni telefonata era stata inoltrata alla segreteria telefonica, così ero tornata a casa, avevo bevuto due bottiglie di vino e la mattina successiva avevo trovato il lavandino sporco di vomito. Non le raccontai niente, perché, sebbene sapessi che mi stavo innamorando di Martin Joy, non mi piaceva il modo in cui a volte mi faceva sentire: impotente, alla deriva e senza alcun controllo sulle mie emozioni. La persona che ero stata, una vita fa.

«Allora, è qui?» sussurrò, mentre accettavamo due flûte di champagne da una cameriera. Superammo il cordone di velluto e ci ritrovammo in un mondo parallelo in cui persone eleganti che calzavano tacchi vertiginosi o mocassini spendevano lo stipendio medio annuale di un impiegato per quadri che definivano "interessanti". L'artista del giorno era Helen North, una pittrice che stampava enormi fotografie monocrome di anziani nudi e poi le ricopriva di ampie pennellate di vernice bianca e nera. A essere sincera, le sue opere mi sembravano piuttosto deprimenti, ma in fondo non ero lì per l'arte.

Feci vagare lo sguardo oltre gli abiti firmati e le giacche prese in Savile Row, ma non riconobbi nessuno e non vidi nemmeno Martin. Non stavo cercando lui, in realtà, ma Donna. Ero terrorizzata all'idea di vederla spuntare da un momento all'altro, bellissima e affascinante. Dopotutto, il mondo dell'arte era il suo territorio. Non poteva sapere che Martin sarebbe venuto, e in compagnia per di più, e in ogni caso era più che probabile che una serata glamour come quella la convincesse a lasciare il suo nascondiglio, ovunque fosse. Imprecai in silenzio contro me stessa: mi ero ripromessa di non ridurmi a odiare Donna, per quanto potesse sembrarmi allettante. Come avvocato matrimonialista, ero abituata a vedere le relazioni da un solo punto di vista. E anche come donna. Volevo convincermi che Donna fosse una persona insensibile, egoista e maligna, ma forse le cose non erano così semplici. Per quanto Martin mi rendesse felice, infatti, non poteva essere del tutto irreprensibile. E d'altronde, chi lo era?

Intercettando il mio stato d'animo, Clare mi sfiorò un braccio. «Tutto bene?»

«Sì, sono solo un po' nervosa, immagino.»

«Ti piace sul serio, vero?»

«Non è male» risposi, sforzandomi di mantenere un tono disinvolto.

«Allora perché mi hai invitata a fare il terzo incomodo?»
La fissai.
«Perché sei la mia migliore amica, ed è importante che ti piaccia.»
Clare annuì. «Okay, ma dimmi quando togliermi dai piedi. Presumo che tu andrai a casa con lui stasera.»
«Non ti dispiace, vero?»
«Nessun problema, se mi giuri di avere un paio di mutande pulite e uno spazzolino da denti nella borsa.»
«Ho uno spazzolino a casa sua.»
Clare inarcò un sopracciglio. «Non è come avere l'anello al dito, ma è un inizio.»
«Be', considerando che tecnicamente è ancora sposato, direi di sì.» Mi costrinsi ad alzare lo sguardo e affrontare la reazione di Clare. Non era scioccata né critica, solo confusa.
«Sposato?»
Bevvi un sorso di vino. «Separato. Sei mesi fa.»
«Almeno non è un cliente» rispose lei, lanciandomi un'occhiata scettica.
Sorrisi nervosamente. «In realtà...» esordii, ma fui interrotta dall'arrivo di un turbine biondo a braccia tese.
«Fran! Come stai?» Sophie Cole mi gettò le braccia al collo, baciandomi su entrambe le guance, come se fossi una sorella che non vedeva da tempo. «Non sapevo che saresti venuta!» esclamò. «Temevo che questa serata sarebbe stata una noia mortale.»
Guardò Alex in cerca di conferma. Lui si limitò a un rapido cenno di assenso, ma almeno stava sorridendo.
«Questa è Clare, una mia cara amica» dissi, passando alla modalità formale. «Clare, Sophie e Alex Cole. Sono soci di Martin.»
«Io sono più una consulente amorosa» ribatté Sophie, stringendo la mano della mia amica. «Allora, cosa ne pensi della mostra, Clare?»
Aspettai di sentire la sua risposta. Lei era molto più brava di me a giudicare quel genere di cose.

«Interessante» commentò. «Mi piace il modo in cui usa luci e ombre.»

Sophie tacque un attimo, poi scoppiò a ridere. «Sì, li trovo orrendi anch'io!» Poi si avvicinò per sussurrare con complicità: «Ma Helen è una cara amica di Martin, quindi non riferitegli cosa ho detto».

La guardai allarmata. Non mi piaceva il modo in cui suonava quel "cara amica".

«Anche tu sei un avvocato?» chiese Sophie, rivolta a Clare.

«Psicoterapeuta» rispose lei.

«L'amica dei sogni di Sophie. Adora parlare di se stessa» la rimproverò scherzosamente Alex.

Lei gli rifilò un colpetto sul braccio. «Devi scusare mio marito, è un idiota.»

«È anche coproprietaria di un ristorante...» Non riuscii a resistere a fare un po' di pubblicità al nuovo locale di Dom. Con ogni probabilità Sophie e Alex cenavano fuori ogni sera, e poi mi piaceva l'idea di intrecciare i nostri gruppi di amici.

«Non è proprio così... Il ristorante è di mio marito, lo inaugurerà il mese prossimo.»

«Tesoro, sei amica di un avvocato divorzista. Fatti due chiacchiere con lei. Sei proprio sicura di non volere anche il tuo nome sull'insegna?»

«Credimi, preferisco tenere le distanze» rise Clare. «Se dicessi a mio marito che vorrei essere più coinvolta mi ritroverei in un batter d'occhio a infornare cigni di pasta choux. E odio cucinare. Non riesco neanche a fare i cupcake.»

«Be', ricordami di presentarti al mio amico del "Times". È un critico gastronomico, magari possiamo venire tutti a cena e può scrivere un articolo.»

«Sarebbe fantastico. Grazie» disse Clare. «Perché non venite all'inaugurazione?»

«Dovremmo andare a salutare Helen» si intromise Alex diplomaticamente.

«Basta che non sia costretta a dirle che mi piacciono le sue opere!» esclamò Sophie, alzando gli occhi al cielo. «Scusaci, Franny. È stato un piacere conoscerti, Clare.»

Quando Alex e Sophie se ne andarono, Clare sollevò le sopracciglia. «Franny?»

«È solo un soprannome affettuoso.» Sorrisi, notando la sua disapprovazione.

«Be', speriamo che non prenda piede.»

«È stato gentile da parte sua dire che ti avrebbe presentato il critico del "Times"» dissi. All'improvviso, mi sembrava importante che Clare approvasse i miei nuovi amici.

«Sempre che succeda» commentò, prendendo un secondo bicchiere di champagne.

«Eccolo» dissi, con la voce che si affievoliva mentre guardavo oltre la folla.

Quando Martin entrò nella stanza, il mio cuore iniziò a battere all'impazzata in un misto di trepidazione, eccitazione e angoscia. Non ci aveva notate, era troppo impegnato a stringere mani e dare pacche sulle spalle, un attraente e carismatico centro dell'attenzione in completo scuro che si muoveva sicuro come un felino nella giungla, disinvolto e al tempo stesso potente. Lanciai un'occhiata a Clare, osservandola mentre lo guardava, ed era evidente che il suo incantesimo stava già facendo effetto anche su di lei. L'idea di tornare a casa con lui quella sera mi riempiva di orgoglio.

«È sexy» sentenziò senza distogliere gli occhi da lui. Non riuscii a impedirmi di provare una fitta di delusione. Cosa mi aspettavo che dicesse? È affascinante, brillante, perfetto?

Clare non lo conosceva, non si erano nemmeno presentati, come poteva vederlo con i miei occhi? E poi gli amici approvano mai davvero un compagno? Nemmeno a me piaceva molto Dom. Forse dovevo chiedere a Clare di assumere le sue vesti di strizzacervelli per spiegarmelo, ma per qualche ragione mi sembrava importante che le due persone che consideravo a me più vicine andassero d'accordo, per quanto improbabile fosse. Alla fine Martin mi vide e sentii una scintilla attraversare l'aria quando i nostri occhi si incontrarono. Mormorò qualcosa alla donna con cui stava parlando e attraversò la sala per raggiungerci.

«Francine, sei venuta» disse, baciandomi sulla guancia. «E tu devi essere Clare. Ho sentito molto parlare di te.»

Ero convinta che avrebbe diretto tutto il suo carisma su di lei, invece si limitò a rivolgerle un sorriso timido. «Mi dispiace di essere arrivato tardi, spero che non vi siate annoiate!» Notai che Martin teneva gli occhi fissi su Clare mentre lo diceva, concentrandosi sulla sua reazione. Evidentemente conosceva a memoria il manuale degli incantesimi, ma ero sicura che Clare sapesse bene cosa stava cercando di fare: i tic, le storie e tutti i tentativi di manipolazione delle persone erano il pane quotidiano di uno psicoterapeuta. Era come assistere a uno scontro fra titani.

«Martin è uno degli sponsor dell'evento di stasera» dissi con un po' di nervosismo.

«E un amico dell'artista» aggiunse Clare.

«*Cliente* dell'artista, per essere precisi.» Scrollò le spalle. «Non posso mentire, è tutta una manovra d'affari» disse Martin, accennando un sorriso. «I contatti di alto livello sono di vitale importanza per la Gassler Partnership e non credo sia facile trovare una maggiore concentrazione di ricconi che all'inaugurazione di una mostra in una prestigiosa galleria. Soprattutto se l'artista è quotata come Helen North.»

«Mi piacciono molto le sue opere» disse Clare.

«Davvero?»

«Dico sul serio. Non stavo scherzando quando ammiravo il gioco di luci e ombre. Adoro i contrasti.»

Martin scoppiò a ridere. «Anch'io» disse, prendendo Clare per un braccio. «Vieni, te la presento.»

Mentre l'accompagnava dall'artista, Clare si voltò e sorrise, sollevando il pollice in segno di gradimento. Era difficile da conquistare e aveva sempre avuto delle riserve nei confronti dei miei ragazzi, quindi ottenere la sua approvazione era molto importante per me. Inspirai a fondo e bevvi un altro sorso di champagne. Iniziava già a darmi alla testa.

«Sei perfetta per lui.»

Mi girai. Alex stava osservando Martin fare il giro della sala.

«Be', di sicuro come avvocato sono un'ottima scelta» risposi.

Storse la bocca. «Sai di cosa parlo, Fran. Sono un suo amico, non il presidente dell'ordine degli avvocati» disse, mentre la sua espressione si addolciva in un sorriso.

Mi ero chiesta quanto Alex avesse capito durante la nostra cena da Ottolenghi, se avesse intuito che ero l'amante di Martin, oltre a essere il suo avvocato.

«E poi, siete due adulti consenzienti e Martin è il mio socio in affari. Abbiamo costruito qualcosa insieme. Non voglio che venga distrutto a causa di quella donna.»

«Be', non penso che si arriverà a quel punto.»

Alex annuì, ma non penso che mi stesse ascoltando davvero. «Dopo la rottura con Donna, prima di incontrare te, Martin aveva iniziato a bere Jack Daniel's a colazione. Qualunque cosa tu stia facendo, continua così, perché sta molto meglio adesso di tre mesi fa, e penso che il merito sia tuo.»

Ero talmente sbalordita da non riuscire a trovare parole per rispondere. Da un lato era quello che desideravo: la conferma dei sentimenti di Martin nei miei confronti. Tuttavia la confidenza di Alex mi aveva turbata: avevo abbastanza esperienza come divorzista da sapere che le "relazioni tossiche" portavano in superficie molte emozioni, non tutte positive. La storia del Jack Daniel's a colazione suggeriva che la fine del matrimonio dei coniugi Joy fosse stata molto diversa rispetto a quello che mi aveva raccontato Martin.

Riuscivo ancora a intravederlo tra la folla e iniziavo ad avvertire un inquietante formicolio di invidia per quanto mi sembrava stare bene al fianco di Clare. Stavo per distogliere lo sguardo, ma i nostri occhi si incontrarono e Martin sorrise, un sorriso così intimo e rassicurante da farmi sentire di colpo più leggera.

Per poco non mi sfuggì la presenza di Tom Briscoe. Si adattava così bene all'ambiente chic che impiegai un attimo a riconoscerlo. E invece era proprio lui, intento ad aiutare una bionda a sfilarsi il cappotto. Mi bloccai di colpo, fino a quando una voce nella mia testa mi ordinò di uscire subito. Lui non era Pete, il mio vicino di casa incontrato accanto alla fermata dell'autobus, ma un mio collega. Non poteva vedermi con Martin. Con una mente analitica come la sua, Tom avrebbe impiegato meno di un secondo per fare due più due.

«Vado un attimo al guardaroba» dissi ad Alex, scusandomi e attraversando la galleria.

Clare era immersa in una fitta conversazione con Sophie Cole. Mimai uno "scusa" a Sophie e tirai da parte Clare.

«Devo andare» dissi in fretta, guardando l'orologio.

«Ma siamo appena arrivate!» esclamò con evidente disapprovazione. «Sophie mi stava dicendo chi altri conosce nel mondo della ristorazione. Forse può portare Giles Coren all'inaugurazione del ristorante di Dom...»

«Mi assicurerò che lo faccia, ma adesso devo veramente andare.» Estrassi il telefono e inviai un messaggio a Martin: *C'è qui un collega dell'ufficio. Devo andare.*

«Sicura di non voler restare nemmeno per il dolce?» insisté Clare. «Ho appena visto passare dei mini bignè e delle crostatine di fragole.»

Clare si accigliò, poi seguì il mio sguardo fino a Martin.

«Ah, capisco» disse, abbassando la voce. «Non mi sorprende che tu voglia scappare per una scopata.»

«Per essere una donna istruita a volte sei incredibilmente volgare» risposi, sforzandomi di sembrare spensierata. Il cellulare vibrò. Martin.

Vengo con te, dammi il tempo di salutare.

Mi guardai attorno, ma avevo perso di vista Tom. Dovunque fosse, mi lasciò il tempo di riprendere le mie cose dal guardaroba. Consegnai il biglietto e attesi impaziente mentre l'addetta finiva di chiacchierare con la sua amica, muovendosi al rallentatore. La testa iniziava a girarmi. Mi si stringeva la gola e avevo bisogno di una boccata d'aria fresca.

«Fran?»

Sentii qualcuno colpirmi la spalla e chiusi gli occhi, sconfitta. Certo che mi aveva vista. *Ovvio*.

«Tom!» dissi, voltandomi e sforzandomi di mostrarmi stupita. «Cosa ci fai qui?»

«Non c'è bisogno di sembrare così sorpresa. Mi piace l'arte» sorride. Indossava un elegante abito blu scuro con una di quelle cravatte regimental che indicano l'università che hai frequentato e che si dovrebbero riconoscere all'istante, cosa che io non riesco mai a fare. Tom fece un cenno alla ragazza accanto a lui, la stessa bionda con cui lo avevo visto poco prima.

«Fran, questa è Hannah. Francine è una mia collega.»

«Piacere di conoscerti» dissi, tendendo la mano. «Sfortunatamente, stavo proprio andando via.»

Hannah lanciò un'occhiataccia a Tom, come per rimproverarlo di essere arrivati in ritardo. In qualsiasi altra occasione mi sarei attaccata a quel briciolo di informazione per capire cosa potesse rivelare della relazione di Tom, ma in quel momento ero troppo preoccupata dalla necessità di tagliare la corda il prima possibile.

«Mi dispiace fare la guastafeste e dover andare» dissi, guardando oltre la spalla di Hannah, convinta che avrei visto Martin piombare su di noi. «Dovete parlare con l'artista, è affascinante.»

«Non puoi restare nemmeno per un drink?» insisté Tom. «È venerdì sera, dopotutto.»

«Non c'è pace per i malvagi» risposi con un sorriso, mentre finalmente mi consegnavano il cappotto e potevo avviarmi verso l'uscita.

Clare mi guardava dal marciapiede. «Tutto bene?» si informò.

«Certo» risposi, inspirando la fredda aria primaverile.

Clare non se l'era bevuta. «Allora perché questo improvviso bisogno di andarsene?»

Non potevo dirglielo, non potevo rivelare cosa mi avesse turbata.

Ma in quel momento, finalmente fuori dalla galleria, la situazione non mi sembrava poi così tragica. Tom sapeva che Martin era un mio cliente? Forse no. Io, per esempio, non avevo idea di chi stesse rappresentando lui. Mi avrebbe chiesto chi mi aveva invitata? Improbabile, Tom era troppo educato per fare una domanda del genere. Improbabile, ma non impossibile. E quindi decisamente rischioso.

«Vuoi che ti faccia compagnia mentre aspetti Martin?» chiese Clare, con gli occhi che cercavano i miei.

«No, non preoccuparti. Vai pure» risposi, indicando un taxi che aveva appena accostato. «Uscirà tra un minuto.»

«Sono felice per te, Fran» disse Clare, scoccandomi un bacio sulla guancia. «E adesso cerca di lasciarti andare e di godertela, okay? Te lo meriti.»

Per un momento restammo entrambe come sospese nel passato. Consapevole di quanto avesse fatto per me, le rivolsi un cenno di gratitudine.

«Grazie» risposi. «Ci proverò.»

Ma mentre il suo taxi si allontanava, mi girai di nuovo verso la galleria, verso di lui. E mi chiesi se sarebbe bastato.

10

Aspettai in Hanover Square fino a quando Martin non mi indicò un'auto in attesa. Non parlammo molto durante il viaggio di ritorno fino a Spitalfields.

«Ti ho trascinato via troppo presto?» chiesi, mentre l'ascensore saliva.

«Dovevo solo fare atto di presenza, e comunque stavano per andarsene anche gli altri.»

«Ho bisogno di bere qualcosa» dissi, sentendomi stanca e scombussolata.

«In frigo c'è una bottiglia di Chardonnay che aspetta solo di essere stappata. Possiamo portarla sul tetto» disse, scomparendo in camera da letto e tornando con due maglioni tra le mani.

Me ne lanciò uno.

«Mettilo. Potresti avere freddo.»

Mi infilai il maglione lentamente, con attenzione, inalando il suo profumo inebriante. Le maniche mi ricaddero sulle mani e mi sentii avviluppata da lui.

Quando alzai lo sguardo, Martin teneva in mano una bottiglia di vino, due bicchieri e una coperta. Ci arrampicammo sulla scala a chiocciola che conduceva al punto più alto dell'edificio. Stesi la coperta sull'asfalto polveroso e mi sedetti. Era tranquillo lassù. Il cielo di velluto nero ci circondava come un mantello. Si vedevano i comignoli e le luci accese negli uffici nei grattacieli. Sorrisi, ricordando a me stessa che là fuori c'era gente che lavorava più di me. Avrei voluto dire loro di farsi una vita.

Martin si sedette a gambe incrociate accanto a me, versò del vino nei bicchieri e me ne porse uno.

«Sarei rimasta più a lungo, se non fosse stato per quel collega» dissi alla fine.

«Non vedo perché non dovremmo uscire allo scoperto. Alex lo sa. L'aveva capito anche prima di incontrarti da Ottolenghi. A quanto pare avevo iniziato a sussurrare e ridacchiare in ufficio come un adolescente. Non voglio tenerti nascosta» disse con un'intensità che mi fece rabbrividire.

«Nemmeno io voglio tenerti nascosto» risposi. «Per questo ho portato Clare, volevo che iniziassi a conoscere i miei amici. Ma sei ancora un mio cliente e sto facendo domanda per diventare avvocato della Corona. Devo stare attenta.»

Gettò la testa all'indietro per bere una lunga sorsata di Chardonnay. «Non vedo l'ora che tutto finisca.»

«A cosa ti riferisci?»

«Al divorzio.»

La vista era spettacolare. Mi sembrava di essere sulla vetta del mondo, mi sentivo forte, una persona migliore. Quello che mi aveva raccontato Alex – Martin a pezzi dopo la fine del suo matrimonio – sembrava lontano e irreale, ero pervasa dalla romantica sensazione che tutto stesse andando per il verso giusto.

«Perché non sei sposata?»

Scoppiai a ridere, ma Martin continuò a guardarmi in attesa di una risposta.

«Non sono mai stata brava con le relazioni.»

«Direi che finora stiamo andando abbastanza bene.»

Mi sembrava che ci stessimo mettendo a nudo, in un certo senso, avevo la sensazione di potergli dire qualunque cosa. Presi fiato prima di parlare di nuovo.

«Quando avevo diciannove anni mi fu diagnosticato il disturbo bipolare. Depressione maniacale» aggiunsi per chiarire.

«Le cicatrici sulle braccia... non osavo chiedertelo.»

«Autolesionismo, non sono un tentativo di suicidio. E sono vecchie» dissi, massaggiandomi la mano, a disagio. «Risalgono al secondo anno di università. È stato un periodo difficile, ma l'ho superato, grazie a Clare, ai miei tutor e ai farmaci. Adesso il problema è sotto controllo, ma le relazioni per me non sono semplici da gestire.»

«Perché?»

«È più facile restare single.»

«Davvero?»

Alzai le spalle e fissai un'insegna al neon rossa in lontananza.

«Ho sempre cercato di rendere la mia vita il meno complicata possibile, di controllare tutto. Quando hai vissuto tanti alti e bassi, vuoi che le cose siano prevedibili.»

«Tutti hanno bisogno di qualcuno, Fran. Tutti meritiamo una persona.»

«Ma lasciar avvicinare le persone crea problemi. È già difficile controllare le nostre emozioni, figuriamoci quelle degli altri. Tu mi piaci, io ti piaccio, ma cosa succederebbe se Donna volesse parlarti di nuovo oppure dicesse di voler tentare di salvare il vostro matrimonio?» chiesi, ripensando alla sera del loro incontro, alle mie telefonate senza risposta, a quando avrei voluto sentirlo ed essere rassicurata e invece mi erano arrivate solamente la voce fredda e le parole sterili di un messaggio registrato.

«Non succederà» disse in tono deciso.

«Potrebbe.»

«Vieni qui» sussurrò, avvicinandosi. Mi attirò a lui e si spostò in modo da trovarsi di fronte a me. Mi accarezzò i capelli e mi prese il viso tra le mani.

«Dobbiamo soltanto aspettare e presto, molto presto, saremo solo io e te. Niente più Donna, niente più bisogno di nasconderci. Solo noi.»

«Me lo prometti?» Sarei voluta rimanere lì, a un passo dalle nuvole, per sempre.

«Prometto» sussurrò. Quando mi baciò, rabbrividii. Capii che mi ero davvero innamorata di lui e che questo sentimento avrebbe potuto farmi del male.

11

«Hai passato una bella serata venerdì?»

Stavo riempiendo il bollitore nella cucina dell'ufficio quando mi voltai e mi ritrovai Tom in piedi sulla soglia.

«Sì, grazie. Mi sono divertita» risposi, affaccendandomi con tappi e coperchi in modo da non doverlo guardare negli occhi. *Per favore, vattene*, ripetevo come un mantra, sperando che funzionasse tipo incantesimo. Ma, a quanto pareva, i miei poteri magici erano deboli, perché un attimo dopo Tom si appoggiò al bancone. Era in vena di chiacchiere.

«Hannah voleva sapere dove avessi comprato il vestito.»

Mi bloccai, chiedendomi se fosse il suo modo per sottolineare che mi aveva giudicata troppo elegante per l'occasione. Di solito gli uomini non notavano quel genere di dettagli, ma Tom Briscoe era il tipo di persona a cui non sfugge nulla, soprattutto se poteva usarlo a proprio vantaggio.

«Hannah mi è sembrata carina» dissi, lasciando cadere una bustina di tè nella mia tazza. «Non sapevo che avessi una ragazza.»

«Infatti non ce l'ho» scrollò le spalle.

«Hannah lo sa?» chiesi, facendo scivolare verso di lui la confezione del tè.

Rimase in silenzio mentre ascoltavamo il bollitore gorgogliare e infine spegnersi.

«Allora, cosa ci facevi lì?» indagò. «Era un appuntamento?»

Non era una chiacchierata informale, Tom doveva aver subodorato qualcosa.

Scossi la testa.

«Davvero non riesci a credere che io abbia qualcosa che assomiglia a una vita sociale, vero?»

«Sono sicuro di sì, invece, senza dirlo a nessuno» rispose. «Intendevo dire che era un grande evento. Dopo che sei andata via si è presentato persino Hugh Grant.»

«Cavoli, allora sarei dovuta restare. Peccato essere così ligia al lavoro.»

«È per questo che sei scappata così presto?» chiese, incredulo. «Per tornare a casa a lavorare?»

«Se avessi la mia stessa dedizione, Tom» sentenziai, riempiendo di nuovo la tazza di acqua bollente, «potresti fare significativi passi avanti nella tua carriera. E invece perdi tempo dietro alle star del cinema e non hai nemmeno una ragazza.»

«Non è che proprio non ce l'ho, okay? Hannah... la definirei più un'amica, ecco tutto» ribatté Tom sulla difensiva. Gli agitai un cucchiaio contro.

«Proprio quello che ogni donna spera di sentirsi dire.»

«È una relazione complicata.»

Annuii. «Be', non lo sono tutte?»

«Ah, vedo che ne sai qualcosa... e quindi te lo chiedo di nuovo: era un appuntamento, o no?» ribatté scherzoso.

«No, ma è bello sapere che sei tanto interessato alla *mia* vita amorosa. Hannah ne sarà felice.»

Presi la mia tazza e, salutandolo, uscii dalla cucina. Lui mi rivolse un sorriso sarcastico, ma aveva una strana espressione. Era curioso. Sapeva, o almeno sospettava, qualcosa. E la cosa mi spaventava più del dovuto. Rimuginare su ciò di cui Tom poteva essere a conoscenza mi mise di cattivo umore. Fuori, il cielo faceva eco al mio stato d'animo: nuvole scure che sembravano pronte a scoppiare da un momento all'altro. Ciononostante, decisi di fare la strada più lunga per andare al mio appuntamento. Il percorso mi portò ad attraversare il fiume e, come sempre, la vista del Tamigi mi aiutò a calmarmi.

Era un bar come tanti altri. Una lavagna all'esterno pubblicizzava tè e panini al bacon, mentre nella vetrina campeggiava una poco invitante selezione di torte industriali. L'odore di grasso della cucina sembrava aver impregnato irrimediabilmente le pareti. Pochi avvocati si spingevano così lontano, ed era proprio questo che piaceva a Phil Robertson.

Quando arrivai, mi stava aspettando in fondo al locale.

«Sei in ritardo.»

«Querelami» sorrisi, felice di vederlo.

Conoscevo Phil da anni. Era sveglio e divertente, un ex giornalista per riviste maschili che si era reinventato una carriera dopo il licenziamento puntando sul suo fiuto. Si definiva un consulente di indagini, ma in realtà era un ficcanaso, un investigatore privato al quale affidavamo il nostro lavoro sporco. Non se ne parlava molto nel nostro ambiente, ancor meno da quando era venuto fuori che anche la stampa si serviva di personaggi del genere, e la cosa aveva generato scandalo. Ma la verità era che la legge aveva bisogno di persone come lui. Gli avvocati sono intellettuali e pignoli, ma per vincere abbiamo bisogno di informazioni, sono le nostre munizioni. Abbiamo bisogno di missili da lanciare contro la fazione nemica, è nell'interesse del nostro cliente.

Ordinai un caffè nero e guardai Phil avventarsi su un muffin. «Allora, cos'hai per me?»

«Non se la cava male questa tipa, non trovi?» disse, ripulendosi il mento da una pioggia di briciole marroni. «Pranzi eleganti, serate in giro, shopping folle... Ricordami di fare un buon matrimonio nella prossima vita.» Mi sporsi in avanti, impaziente di sapere di più su Donna Joy.

La cameriera mi servì un caffè nero e denso e ne bevvi una sorsata.

«Parlami un po' di quelle "serate in giro", mi interessano particolarmente.»

«Mi stai chiedendo se sta uscendo con qualcuno?»

Strinsi le dita attorno alla tazza e lo fissai con impazienza.

«Penso di sì» disse Phil alla fine.

Una scarica di energia mi attraversò il corpo e sapevo che non si trattava del caffè.

«Donna sta vedendo qualcuno?» chiesi, sentendo montare l'euforia.

Phil annuì.

«Chi?»

«Non ne sono sicuro.»

«Andiamo, per cosa ti pago?»

Mi guardò con condiscendenza. «C'è un problema. Penso che potrebbe essere il marito.»

Nonostante fossi seduta, all'improvviso mi sembrò di cadere, come se stessi precipitando in una botola che si era spalancata e mi risucchiava in un'oscurità senza fondo.

«Senti, so che non è quello che vorresti sentire...»

L'ironia della sua affermazione mi fece quasi scoppiare a ridere.

Provai a ricompormi, ma mi sentivo debole e stordita.

«Ne sei sicuro? Martin Joy ha lasciato sua moglie, vuole divorziare. A quanto ne so, non ha una buona opinione di lei...»

Le parole mi stavano sfuggendo rapide dalla bocca.

Phil finì il suo muffin e appallottolò il pirottino di carta. «Senti, ho chiesto in giro e sono riuscito a rintracciarla. E, credimi, non è stato affatto facile.»

«Perché no?» chiesi, sforzandomi di sembrare distaccata.

«Frequenta un sacco di feste esclusive alle quali non riuscivo a entrare. E poi ci sono vari viaggi all'estero... uno con partenza da Heathrow il 12 marzo e un viaggio in Eurostar lo scorso fine settimana. In entrambe le occasioni non sono riuscito a superare il gate per cercare di capire dove fosse diretta. Ho scritto a David Gilbert per farmi autorizzare le spese all'estero, ma mi ha detto di non disturbarmi.»

«E pensi che fossero viaggi con suo marito?»

«Non so con chi fosse. Posso dirti solo con certezza che è andata in aeroporto e nella stazione di St. Pancras da sola. E ci sono state altre tre o quattro occasioni in cui non è tornata a casa. Altra ragione per sospettare che stia frequentando qualcuno. Poi l'ho vista andare a cena con un uomo e tornare con lui a casa a Chelsea.» Aprì una cartellina di documenti sul tavolo e ne estrasse una foto.

«Eccoli, Donna e Martin Joy.»

Mi costrinsi a guardare. Era un'immagine in bianco e nero, mi ricordava uno scatto di Robert Doisneau. Donna stava ridendo, i lunghi capelli scompigliati dal vento. Il profilo di Martin era bello e forte. Non si poteva negare che stessero bene insieme.

«Quando è successo?» Sentivo di avere le labbra strette in una linea sottile. Avevo la gola secca, l'odio per Donna Joy mi aveva ammutolita.

Phil indicò la foto. «La data è sul retro.»

La girai. Era la data del martedì sera in cui Martin mi aveva detto che avrebbe parlato con lei.

«Non significa molto» dissi, cercando di rassicurarmi.

«So cosa vorresti» disse Phil, alzando le mani. «La prova che sta vedendo un altro uomo, che è impegnata in una relazione seria che potrebbe influire sulla quota di mantenimento che il cliente dovrà sborsare. Ma questa non lo è.» Sospirò. «Mi dispiace, ma, se vuoi la mia opinione, questi due mi sono sembrati ancora innamorati. Scommetto che non vogliono nemmeno divorziare.» Sorrise e rimise la foto nella cartellina. E il mio caffè tiepido iniziò a darmi la nausea.

12

Quella sera fui una delle prime a lasciare l'ufficio, con grande meraviglia di Paul, che mi sorprese proprio mentre uscivo. Presi la District Line fino a Sloane Square e uscita dalla stazione mi confusi nella marea di pendolari. Era una giornata grigia e uggiosa, la luce del sole al tramonto era bloccata da nuvole cariche di pioggia. In qualunque altra occasione non avrei desiderato altro che correre a casa e lanciarmi sul divano con un bicchiere di vino e il riscaldamento al massimo. Ma non potevo tornare a casa, non ancora. Non dopo aver parlato con Martin.

Aveva telefonato poche ore dopo il mio incontro con Phil Robertson. Di solito mi piaceva ascoltare il suono della sua voce, ma quel pomeriggio non riuscivo a sopportarlo. Non volevo parlare con lui, non dopo le rivelazioni di Phil, che mi aveva aperto gli occhi su una realtà che non ero pronta ad affrontare. Mi ero lasciata abbindolare da Martin, che diceva di incontrare Donna per gentilezza e per mostrarsi aperto al dialogo. Avevo scelto di ignorare le osservazioni di Alex Cole sulle condizioni di Martin dopo la fine del matrimonio, nonostante contraddicessero apertamente la sua versione dei fatti. Prima di salutarlo, comunque, avevo avvertito un impulso masochistico e inquisitorio e gli avevo proposto di cenare insieme. Volevo guardarlo negli occhi, come un imputato sul banco dei testimoni, e capire se riusciva a mentirmi. Oppure volevo soltanto che mi convincesse che non avevo nulla di cui preoccuparmi.

«Ci vediamo a cena stasera, dopo il lavoro?» avevo proposto.

Sarebbe stato impossibile non notare l'attimo di esitazione, la pausa colpevole e pregnante prima che rispondesse di avere già altri programmi. «Ho un impegno dell'ultimo momento. Facciamo domani?»

Sapevo dove lavorava Donna Joy. Una delle tante cose che a quel punto conoscevo di lei. Il suo atelier era stato ricavato da una vecchia scuderia nel labirinto di strade alle spalle dei grandi magazzini Peter Jones. Un arco si apriva su un cortile acciottolato, e io rimasi in un angolo a sbirciare. Il complesso di edifici era buio, inquietante, deserto, come una vecchia scuola abbandonata.

Attraverso la finestra di una delle unità, intravidi una donna di mezza età con i capelli rossi spegnere la luce e chiudere a chiave la porta.

Mi voltai per andarmene, ma la signora uscì in cortile e mi chiese se poteva aiutarmi.

«Donna è qui?» chiesi, mangiandomi le unghie.

Si avvolse una sciarpa a fiori intorno al collo e mi sorrise. «L'ha mancata di poco. È appena uscita.»

La ringraziai e mi affrettai a tornare in strada, strizzando gli occhi nella penombra e maledicendomi per non essere arrivata prima. Impiegai qualche secondo per pianificare la mossa successiva. I pensieri vorticavano nella mia mente come macchinine in una pista di autoscontri: frena, parti, scontrati, fai retromarcia. Mentre mi guardavo in giro intravidi con la coda dell'occhio una macchia di colore rosa in lontananza. Ero ancora in tempo. Mi lanciai all'inseguimento, cercando di raggiungerla. Svoltò a sinistra e accelerai. Il rombo del traffico su King's Road si fece più forte e mi ritrovai tra una folla di pendolari e turisti impegnati nello shopping.

Il cappotto rosa mi guidava come un faro. Donna attraversò la strada, ma io rimasi a distanza. Non appena qualche goccia di pioggia iniziò a picchiettare sull'asfalto, la vidi fermarsi per chiamare un taxi. Ovviamente non ce n'erano. Non in quel momento, e con quel tempo. Così continuò a camminare, mentre io procedevo zigzagando sui marciapiedi affollati, decisa a non perderla di vista. Alla fine si fermò davanti a un ristorante ed entrò. Mi calcai il cappello sulle orecchie. La pioggia iniziò a cadere più forte. Donna, ovviamente, era riuscita a entrare per un pelo, mentre io fui investita in pieno dall'acquazzone. Ma me ne accorsi a malapena.

Attraversai la strada per raggiungere il ristorante con un terribile presentimento che mi si gonfiava nello stomaco. Feci finta di leggere il menu nella vetrina per prepararmi, poi spinsi la porta ed entrai. Il maître era impegnato ad aiutare una coppia con i cappotti, il che mi diede alcuni secondi per dare un'occhiata all'interno. Li vidi subito, seduti a un tavolo in fondo alla sala. Donna aveva detto qualcosa e Martin era scoppiato a ridere, prima di ordinare una bottiglia di vino. Col cuore che mi martellava nel petto, scivolai fuori dal ristorante, tornando nella strada buia e rumorosa.

C'era una fermata dell'autobus dal lato opposto della strada. La raggiunsi con il respiro affannoso e un rombo nelle orecchie, ignara dei clacson delle macchine che mi evitavano per un soffio. Mi accodai alle altre persone tristi e bagnate, lasciando passare un autobus, poi un altro e un altro ancora, senza mai smettere di fissare la porta del ristorante mentre rivoli di pioggia mi scorrevano sulla pelle.

Mi risvegliai completamente vestita, sul divano. Qualcuno mi aveva avvolta in una coperta e mi sentivo rigida, intontita e nauseata. Mi tirai su, feci scivolare le gambe sul pavimento e mi portai le mani alla testa. Le dita si staccarono lentamente dagli occhi e cercai di mettere a fuoco la stanza e capire come ci fossi arrivata. Abbassai lo sguardo e notai una lunga smagliatura nella mia calza. Sul nylon c'era del sangue rappreso, ma non avevo idea di come mi fossi tagliata.

Sbattei le palpebre e mi guardai intorno. Era buio, ma non tanto da non capire che quella stanza, benché familiare, non era a casa mia. Mi strofinai le tempie ed espirai. Almeno ero sul divano da sola. La mia borsetta era accanto a me sul tappeto. Ero quasi tentata di afferrarla e andarmene, ma dovevo prima sapere cosa mi fosse successo.

Mi alzai malferma sulle gambe e cercai di richiamare alla memoria la sera precedente.

L'appartamento di Pete aveva una planimetria simile a quella di casa mia, anche se non era disposto su due piani. Andai dritta in cucina e mi versai un bicchiere d'acqua. Ero disidratata e le dita mi tremavano. Cominciai a temere che i miei livelli di litio fossero troppo alti e fui presa dal panico.

Trovai la sua camera da letto e lanciai un'occhiata all'interno. Nella stanza aleggiava un odore acre di sudore e scarpe da corsa, e riuscivo a intravedere una sagoma sotto il piumone. Mi sentivo in colpa a svegliarlo, ma Pete si mosse come se avesse percepito la mia presenza e si sedette appoggiandosi al cuscino.

«Vado via» sussurrai dopo un momento. «Mi dispiace, devo aver bevuto troppo. Non ricordo cosa sia successo, ma... Mi dispiace.»

Le cifre rosse del suo orologio brillavano nell'oscurità. Non erano nemmeno le sei. Pete si sfregò gli occhi e accese la lampada sul comodino.

«Come ti senti?» chiese con la voce arrochita dal sonno.

«Una merda. Una vera merda» risposi in imbarazzo.

Mi avventurai nella stanza, mentre Pete seguiva ogni mio passo. Muovendo la gamba, mi faceva male la ferita.

«Pete, perché sono qui?» chiesi alla fine.

«Non ti ricordi?»

Scossi lentamente la testa. Non riuscivo a ricordare nulla. Niente a partire dalle nove o le dieci, almeno. Avevo seguito Martin e Donna dal ristorante in una strada tranquilla dietro Cheyne Walk, una zona che trasudava successo e soldi, fino a quando non erano scomparsi in una delle villette a schiera bianche con la facciata di stucco. C'era un pub lì di fronte, così avevo trovato posto vicino alla finestra in modo da poter tenere d'occhio la casa. Ricordavo che l'edificio sembrava tranquillo, ma sapevo che i coniugi Joy non stavano dormendo. Ricordavo di aver ordinato un doppio vodka tonic per annegare il dolore del tradimento. Da quel momento in poi, però, c'era il buio più assoluto.

«Devo aver bevuto troppo» dissi, guardandolo, invitandolo a riempire i vuoti nella mia memoria. Mi accomodai imbarazzata sul bordo del letto.

«Ho sentito bussare alla porta principale intorno alle due del mattino. Era un tassista: eri svenuta sul sedile posteriore della sua macchina. Non eri messa bene. A quanto pare, sei collassata a Chelsea» aggiunse, in tono dispiaciuto.

«Non me lo ricordo» sussurrai, sentendo le guance avvampare per la vergogna.

Pete scrollò le spalle con fare comprensivo. «Il tizio ha detto che ti hanno trovata e messa su un taxi. Non so come abbiano avuto il tuo indirizzo. Forse gliel'hai detto o l'hanno cercato nella borsa. Non ero sicuro di riuscire a farti salire le scale» aggiunse con un certo imbarazzo. «E poi ero preoccupato per te. Si sentono un sacco di storie sulle persone che vomitano nel sonno e muoiono soffocate... Pensavo che fossi più al sicuro qui. Sono passato un paio di volte a controllare che dormissi tranquilla. Non sapevo bene cos'altro fare.»

«Grazie» dissi, la mia umiliazione era quasi completa. «I mali dell'alcol.»

Per qualche istante rimanemmo in silenzio. Riuscivo a sentire il rombo del motore dell'autobus notturno all'esterno e un solitario cinguettio che anticipava il coro che sarebbe partito all'alba.

«Grande serata?»

«Mi sono ubriacata. Troppo, decisamente troppo. Io e l'alcol non andiamo d'accordo.»

«Va tutto bene?»

«Sì, a patto che mi ricordi di non bere mai più.»

«Dov'eri ieri sera?»

Chiusi gli occhi, il mio corpo aveva bisogno di dormire.

Iniziai a piangere senza rendermene conto.

«Cazzo... Tutto okay?» Era imbarazzato. Saltò giù dal letto e venne a sedersi accanto a me. Indossava soltanto una maglietta e un paio di boxer, ma era troppo assonnato per percepire l'intimità di quel momento.

«Sto bene» dissi, asciugandomi gli occhi con il dorso della mano.

«Problemi di uomini?»

Emisi un lieve gemito di disapprovazione.

«Si tratta del tizio con cui ti ho vista l'altra settimana? Martin Joy?»

A ripensarci, era strano che ricordasse quell'incontro fugace, ma sul momento non vi prestai molta attenzione. Avevo un bisogno disperato di parlare di Martin e Donna, anche solo con il mio vicino seminudo.

«Non dovrebbe sorprendermi che si sia rivelato così inaffidabile.»

«Ricco e terrorizzato dalle relazioni?»

Feci spallucce. «Ha una moglie. Sono separati, ma a quanto pare lei non è fuori dalla sua vita. Li ho visti insieme» dissi, cercando di ricompormi.

«E ti sei ubriacata» completò Pete con fare comprensivo.

«Non ricordo quanto ho bevuto.»

«Ci siamo passati tutti.»

Scoppiai in una risata nervosa. Le mie mani tremavano ancora e iniziavo a preoccuparmi.

«Sei sicura di stare bene?»

«Il mio litio» sussurrai, abbassando la testa. «Non dovrei bere troppo. La disidratazione influisce sul dosaggio del medicinale.»

«Sei bipolare?»

Annuii.

«Devo chiamare un medico?» Il suo viso giovane ed entusiasta assunse un'espressione preoccupata.

«Non lo so. No. Senti, devo andare. Grazie di tutto. Quanto ti devo per il taxi?»

«Non c'è problema» disse Pete, fissandomi con intensità.

Mi veniva da vomitare. Dovevo uscire da lì il prima possibile.

«Non ne vale la pena, Fran» disse, mentre mi alzavo per andarmene. La sua voce fredda e misurata nell'oscurità era convincente e autoritaria.

13

Andai dal medico qualche ora dopo il mio risveglio nell'appartamento di Pete. Non ne avevo nessuna voglia, ma si erano presentati tutti i sintomi dell'intossicazione: nausea, diarrea, tremori. Ero in cura dal dottor Katz da anni, sebbene il suo fosse più che altro un lavoro di monitoraggio. Effettuò un prelievo, controllò i miei livelli di litio e mi rimproverò dicendo che bere in quel modo, visti i miei dosaggi del medicinale, era una cosa incredibilmente sciocca. Parlammo della mia malattia. Gli spiegai che non avevo episodi depressivi o maniacali da tempo e ritenevo che il bipolarismo fosse sotto controllo, anche se il mio blackout lasciava sospettare che qualcosa si nascondesse nell'ombra. Il dottor Katz disse che sarebbe stato così per sempre.

Non tornai in ufficio fino a giovedì, quando mi sentii di nuovo un essere umano. Sfruttai il tempo libero per compilare la candidatura ad avvocato della Corona – ormai mancavano solo poche ore alla scadenza – e accolsi volentieri quella distrazione. Telefonai persino a mia madre e apprezzai la banale chiacchierata su un'impiegata dell'ufficio postale e il prezzo delle patate al supermercato, il genere di dettagli che solitamente trovavo noiosi e lontani dalla mia realtà, ma che in quel momento mi sembrarono una confortante favola su un mondo di cui mi sarebbe piaciuto tornare a fare parte. Passai il resto del tempo a riposare. Dormii e lessi, tirando fuori da chissà dove un libro di autoaiuto che un tempo avevo trovato utile. Avrei superato anche quella situazione.

Il primo piano di Burgess Court ospitava una biblioteca. Era stata una delle cose che mi avevano quasi fatto piangere di gioia il mio primo giorno di apprendistato. La finestra sul retro affacciava sui Temple Gardens. Sugli scaffali erano allineati trascrizioni dei dibattiti parlamentari e altri volumi rilegati in pelle. Quando dovevo studiare sul serio andavo alla biblioteca di Inner Temple, ma in quel momento avevo soltanto bisogno di pensare, pianificare e riflettere. Di solito le mie ricerche riguardavano la giurisprudenza, ma quel giorno ero al computer, intenta a scorrere le pagine di vari siti medici e forum sul disturbo bipolare. Alcune erano cose che sapevo da anni, altre – estratte da articoli scritti da psichiatri e accademici – erano incomprensibili. I forum erano più utili perché persone comuni raccontavano le loro esperienze di blackout. Tossicodipendenti, veterani dell'esercito, depressi.

Sentii la porta aprirsi. Paul rimase per un attimo fermo sulla soglia, prima di chiudersela alle spalle. Ebbe un attimo di esitazione, infine girò la chiave.

«Cos'è? Un consulto a porte chiuse?» chiesi, tornando alla home di Google.

«In questo posto non c'è un angolo tranquillo dove poter parlare. Il tuo ufficio è troppo piccolo per due persone e nel mio non c'è un attimo di pace.»

Sorrisi e abbassai la penna.

«Ti prepari per domani? Il divorzio dei Joy?»

Forse aveva visto i documenti sulla mia scrivania. Le valutazioni dell'attività di Martin, i rapporti contabili, le dichiarazioni dei redditi. Avevo segnato in rosso le aree in cui le due parti erano ancora in disaccordo. Ero consapevole che sarebbe stata una giornata difficile in tribunale e sapevo di dovermi preparare al meglio. Ma non era facile riuscire a concentrarsi.

«Ho appuntamento con David Gilbert tra un'ora.»

«Viene anche il cliente?»

«Non è necessario. L'ha incontrato Gilbert ieri» risposi secca, felice di essere riuscita a convincerlo che non fosse necessario un altro incontro.

«Pensi di riuscire a chiudere domani?»

«Mi stai chiedendo se andrò fino in fondo in tribunale?»

«Pensa alle commissioni» disse, sfregandosi le mani.

«Meglio di no.»

Paul si sedette accanto a me. Tamburellò la superficie in noce del tavolo, poi stese la mano.

«Stai bene?» chiese alla fine.

«Certo, perché me lo chiedi?»

«Non lo so, mi sembri... diversa.»

«Sono soltanto molto impegnata» risposi, chiudendo il portatile.

«Hai inviato la tua domanda per il Queen's Counsel?»

«Per un pelo» sorrisi.

«Davvero? Non è da te.»

«Te l'ho detto, sono stata molto impegnata.»

Paul annuì senza troppa convinzione.

«Ti ho fissato un appuntamento con Liz Squires. Dirige la società di consulenza JCI. Hanno aiutato parecchi avvocati a conquistare la nomina.»

«Quanto mi costerà?»

Nessuno di noi parlò. Sentivo solo il silenzio, e pensai a quanto fosse raro in un ufficio londinese di questi tempi.

«Sai che se hai un problema puoi parlarne con me, vero?»

«Lo so. Ma non devi preoccuparti.»

«Sicura?»

«Paul, qual è il problema?»

«Oggi ho parlato con il giudice Herring. Martedì avresti dovuto incontrarlo a pranzo.»

Malcolm Herring doveva scrivermi le referenze per la mia candidatura. Era un giudice della Corte suprema potente e rispettato, e una buona lettera da parte sua avrebbe significato essere a un passo dall'indossare la toga di seta. Ma tra i postumi della sbornia e il mio appuntamento con il dottor Katz lo avevo completamente dimenticato e non mi ero presentata.

Mi agitai sulla sedia.

«Stavo male e ho dormito per quasi tutto il giorno. Non sono riuscita a chiamarlo per disdire l'appuntamento.»

«Avresti potuto chiederlo a me.»

«Stavi già riorganizzando il mio lavoro.»

«A proposito, Tom si è occupato del caso Brown contro Brown. Ha ottenuto quello che volevi.»

«Ovviamente.»

Paul si grattò il mento e mi guardò con disappunto. «Come ho detto, se hai bisogno di me per qualsiasi cosa, basta dirmelo.»

«Lo so» risposi con voce sommessa.

La sua espressione si indurì, nel suo sguardo brillò un accenno di avvertimento.

«Qui siamo una famiglia. Ti proteggerò qualunque cosa succeda. Ma devi dirmi tutto, perché non posso aiutarti se non so la verità.»

Sorrisi, posai la mia mano sulla sua in segno di gratitudine, e pensai a quanto fosse facile mentire.

14

Persino io rimasi sorpresa quando, la mattina seguente, Donna Joy non si presentò in tribunale. Il giudice era furioso, il suo team legale senza parole, e quando l'udienza fu aggiornata Martin lasciò l'aula con il volto contratto da un'espressione di granito. Non si trattava di un incontro preliminare: non si poteva procedere in assenza di una delle parti. Non presentarsi equivaleva a sottrarsi a una possibile risoluzione della disputa. L'intera mattinata era da buttare e, benché Robert Pascale avesse detto a David Gilbert di essere preoccupato per la signora Joy, erano tutti comprensibilmente irritati.

L'inaffidabilità e l'egoismo di Donna non mi sorpresero. Servirono soltanto a farmela odiare di più. Parte di me si chiedeva come fosse possibile essere così egoisti e sprezzanti, ma un'altra non riusciva a smettere di ripensare alle parole di Phil Robertson: «Scommetto che non vogliono nemmeno divorziare». Secondo me stava tramando qualcosa, e io mi trovavo proprio in mezzo al fuoco incrociato.

Guardai l'orologio, non erano nemmeno le undici. L'udienza sarebbe dovuta durare quasi tutta la giornata, quindi mi trovavo a dover riempire una marea di ore. Per fortuna Martin non si vedeva da nessuna parte. Ero riuscita a evitarlo per tutta la settimana. Martedì mi aveva lasciato un messaggio chiedendomi di uscire a cena, ma avevo risposto che sarei stata in tribunale a Birmingham fino a giovedì, giocando la carta del lavoro per non rispondere al telefono fino a un minuto prima dell'udienza di quella mattina, durante la quale i nostri scambi erano stati professionali e cortesi.

«Facciamo il punto della situazione?» chiese David in modo spiccio.

«Non so cosa ci sia da discutere» risposi, a labbra strette. «E poi Martin è sparito.»

«Allora dobbiamo soltanto fissare un'altra data.»

Annuii. «Sentiamoci più tardi. Almeno questa storia sembra aver chiuso la bocca a Pascale» aggiunsi. L'unico lato positivo era poterlo vedere strisciare, umiliato.

Lasciai il tribunale e tornai in ufficio. Il mio ingresso preferito a Temple passa attraverso un varco tra gli edifici di Fleet Street. A volte mi convinco che sia un portale magico, una macchina del tempo in grado di trasportarmi lontano dal trambusto londinese del ventunesimo secolo e di accompagnarmi in un luogo incantato e senza tempo.

Avanzando a passo svelto, superai un negozio di abiti da avvocato, un'edicola dall'aria triste e la casa museo di Samuel Johnson. Fremevo di rabbia e frustrazione. Infine raggiunsi la chiesa, un edificio che mi aiutava sempre a rimettere le cose in prospettiva. La sua quieta grandezza, la sua storia secolare legata alle avventure dei Cavalieri Templari. Non mi consideravo una persona particolarmente religiosa, ma mi piaceva quel posto, così mi fermai un attimo a riflettere se entrare e godermi la pace e il silenzio.

Proprio in quel momento, sentii una mano posarsi sulla mia spalla. Trasalii e mi voltai di scatto.

«Martin!» esclamai con il cuore che batteva all'impazzata. Mi toccò la manica e io mi ritrassi.

«Perché mi stai evitando?» chiese a bassa voce.

«Evitarti?» ripetei, fingendomi confusa.

«Sì, da tutta la settimana. E anche in tribunale poco fa.»

«Non ti sto evitando! Cosa volevi che facessi? Che ti saltassi addosso davanti al giudice?»

«Divertente» commentò con un mezzo sorriso.

Iniziò a piovere. Alzai gli occhi al cielo, soprattutto per prendere tempo e raccogliere le idee.

«Ti ho cercato dopo l'aggiornamento dell'udienza» mentii. «Ero arrabbiato, avevo bisogno di camminare.»

«Sta per scoppiare un temporale» dissi, desiderosa di allontanarmi.

«Allora vieni qui sotto» fece lui, guidandomi verso il chiostro, dove una pila di panche erano accatastate contro il muro.

Sotto gli archi l'aria era fresca e la luce scarsa, come se ci fosse stata un'improvvisa eclissi. Il brusio del traffico di Fleet Street si sentiva appena, la temperatura sembrava più bassa di parecchi gradi. L'atmosfera era così immobile da sembrare quasi irreale.

«Non riesco a credere che non si sia presentata» dissi alla fine.

«Io sì. Probabilmente se n'è andata in Thailandia in un centro benessere. Entro mercoledì sarà di ritorno a Chelsea con dieci chili in meno, abbronzata ed entusiasta del suo trattamento alle alghe, te lo assicuro. A proposito, tutto a spese mie.»

«E farebbe una cosa del genere nel bel mezzo del divorzio?» domandai, osservando un avvocato vestito di nero avvicinarsi e lanciare uno sguardo discreto e curioso nella nostra direzione.

«Ormai dovresti aver capito che è del tutto imprevedibile.»

Mi strinsi la borsa contro il fianco, sulla difensiva.

«Quando vi siete sentiti l'ultima volta?» chiesi, sforzandomi di mantenere la voce ferma.

«Mi ha chiamato la scorsa settimana, domenica, o forse lunedì, per dirmi di non comportarmi da maschio alfa idiota all'udienza.»

La cosa che mi spaventava davvero era la sua capacità di mentire in modo così fluido.

«Quindi aveva intenzione di venire?»

«Sì, anche se alla fine abbiamo litigato.»

«Ed è stata l'ultima volta che l'hai sentita?» chiesi, cercando di non lasciar trasparire il mio terrore.

«Sì» rispose alla fine.

Bugiardo, urlò una voce nella mia testa.

La sua mano si intrufolò sotto il mio cappotto, posandosi sulla curva della mia vita.

«Vieni qui» sussurrò.

«No» dissi, arretrando fino ad appoggiare la schiena contro il freddo muro di mattoni.

«Non ci vede nessuno.»

«Basta, per favore.»

«Fran, cosa c'è che non va?»

«C'è che non dovremmo farlo. Sono il tuo avvocato. Ci sono codici deontologici contro tutto questo.»

«La deontologia non ti ha fermata da Selfridges.»

Distolsi lo sguardo, ma Martin mi prese il mento tra le mani.

«Mi dispiace» disse, accarezzandomi il volto. «Non ci siamo incontrati nel modo migliore e la nostra situazione non è delle più semplici, ma... pensavo provassimo la stessa cosa. Tu mi rendi felice.»

Ma sei andato a letto con lei.

Avrei voluto dirglielo, ma non potevo. Non potevo ammettere di averli seguiti e osservati sotto la pioggia, e, anche se stavo aspettando che Martin mi confessasse dove era stato lunedì notte, dentro di me sapevo che non l'avrebbe fatto.

Le sue dita mi accarezzarono il collo fino a percorrere la stoffa sottile della camicetta, sopra il mio seno, sfiorandomi un capezzolo inturgidito. Odiavo che potesse farmi sentire in quel modo tanto in fretta, e lo amavo per lo stesso motivo. Chiusi gli occhi, avvertendo una calda pulsazione al ventre. Lo desideravo, così tanto da sentirmi impotente e disperata.

«Non ci vede nessuno» sussurrò, sfiorandomi con le labbra calde il lobo dell'orecchio.

Tornai finalmente in me.

«Fermati» dissi, afferrandogli il polso. «Penso che non dovremmo vederci per un po'.»

«Fran, per favore. Oggi è stato frustrante. Credimi, lo so.

Sono il primo a volere che tutto questo finisca. La voglio fuori dalla mia vita, per poter andare avanti.»

«Davvero?» chiesi, mentre un vento freddo e umido mi accarezzava la guancia.

Non aspettai la sua risposta. Mi allontanai da lui e iniziai a camminare. Lo sentii chiamare il mio nome, ma continuai ad avanzare senza voltarmi, mentre il ticchettio dei miei tacchi sul selciato sembrava lanciare un segnale di pericolo in codice Morse.

Passai il resto del pomeriggio nella biblioteca di Inner Temple, senza uscire nemmeno per un panino o un caffè. Ricordo molto poco di quella giornata, a parte che rientrai in ufficio appena prima delle cinque. Ero seduta alla mia scrivania, intenta a sfogliare l'agenda e a chiedermi come occupare la settimana in modo da non pensare a Martin Joy, quando il telefono iniziò a squillare.

«Sono Dave Gilbert» si presentò. «Pensavo dovessi saperlo» aggiunse, e notai un'inflessione preoccupata nella sua voce. «Mi ha appena chiamato Robert Pascale. Sta cercando di rintracciare Donna Joy da questa mattina ed è riuscito a mettersi in contatto con sua sorella, che è preoccupata anche lei. Sono giorni che Donna non si fa vedere o sentire. Ieri sera non si è presentata a una cena, al suo atelier non la vedono da lunedì e nessuno riesce a contattarla telefonicamente o via email. Robert ha persino mandato un praticante a casa sua, ma non ha risposto. La sorella di Donna è talmente preoccupata che sta per contattare la polizia e denunciare la sua scomparsa.»

15

La maggior parte delle persone scomparse vengono ritrovate nel giro di quarantotto ore. È ciò che è successo a me.

Avevo diciotto anni quando sono scappata di casa, pochi giorni dopo gli esami di maturità. C'era stata una festa per gli studenti dell'ultimo anno nella palestra della scuola, un canto del cigno prima di andare ognuno per la sua strada, a svolgere attività di apprendistato, all'università o verso un lavoro di ufficio.

La festa era stata pubblicizzata come un "ballo di fine anno" – qualcuno doveva essere un grande fan dei film di John Hughes – e per l'occasione avevo persino indossato un vestito, un caso raro in un periodo in cui desideravo più che altro distinguermi per il mio look fuori dagli schemi. Non ero carina, tutt'altro: avevo i capelli tinti di nero e un anello al naso. Non ero nemmeno popolare, ma quella sera attirai molta attenzione. Sorrisi, ammiccamenti e qualche avance pesante da parte di ragazzi che mi avevano sempre ignorata. Inizialmente avevo pensato che fosse merito dell'abito di seta verde anni Cinquanta o dell'alcol clandestino che scorreva a fiumi, ma in seguito mi resi conto che era per via della mia reputazione. Stuart Masters era uno dei pochi studenti che conoscevo da prima del liceo. Mi era sempre piaciuto, ma la sua ragazza storica, Joanne, lo teneva d'occhio come un falco. Quella sera ci eravamo ritrovati da soli in un angolo, avevamo parlato dei vecchi tempi e, durante il buffet, ce l'eravamo filata passando dall'uscita antincendio. Avevamo riso, ci eravamo baciati e, prima che potessi rendermi conto di cosa stava succedendo, eravamo finiti sul retro dei laboratori di scienze, dove ero così impegnata con le labbra intorno al suo uccello da non accorgermi che qualcuno ci aveva visti.

Mi sembra quasi di riuscire ancora a sentire la parola "troia" echeggiare sulla pista da ballo. Era la prima volta che mi vergognavo del mio comportamento. Le storie di una notte e le scopate nei bagni delle discoteche di Bolton e Manchester: ventiquattro uomini e due donne di cui riuscivo a malapena a ricordare i nomi. Non mi era ancora stato diagnosticato il disturbo bipolare e non sapevo del legame tra depressione maniacale e ipersessualità. All'epoca non pensavo che il mio comportamento si discostasse dalla normalità. Mi stavo scoprendo, mi divertivo. Lo facevo perché volevo e potevo.

Ma quella sera sentivo che non potevo tornare a casa. Non potevo rientrare nella stanza che condividevo con Denise, la mia sorellina di dodici anni, ero spaventata dal fatto che certe voci su di me potessero raggiungermi fin dentro le mura di casa.

Domenica mattina mia madre aveva lasciato i bambini da una vicina e si era presentata alla stazione di polizia per denunciare la mia scomparsa. Le avevano fatto qualche domanda e chiesto una mia foto recente, dicendo che era più comune di quanto potesse immaginare. Gli adolescenti arrabbiati ed emotivi di solito non venivano rapiti, scappavano.

Ma quando la mia amica Jenny Morris era venuta a saperlo, si era preoccupata. Era una minuta adolescente con l'ambizione di diventare giornalista, così aveva telefonato al «Sun» e chiesto loro di assegnare qualcuno al caso. Non fu mai pubblicato alcun articolo e, ancora oggi, non so se sia dovuto al fatto che mi ritrovarono nelle prime ore del lunedì mattina oppure perché la mia scomparsa era meno interessante di quanto immaginassi.

A quei tempi ero convinta di essere originale e unica, ma di recente ho letto un rapporto di uno psicologo criminale secondo il quale è più probabile ritrovare le ragazze scomparse in luoghi chiusi, mentre per i ragazzi vale il contrario. Ben lungi dall'essere originale, ho confermato in pieno le statistiche.

È stata Jenny stessa a rintracciarmi in un monolocale di Fallowfield. Le erano bastate un paio di telefonate: non mi stupisce che sia finita a lavorare al «Daily Mail». L'appartamento era di proprietà di un musicista con cui ero andata a letto poche settimane prima. Dopo essere scappata dalla festa, avevo preso l'autobus per Manchester e l'avevo raggiunto. Al mio arrivo stava uscendo, già strafatto, e mi aveva detto di aspettarlo nella sua stanza sporca e trasandata fino al suo ritorno. Si era presentato soltanto la domenica, ma era un bravo ragazzo: non mi cacciò quando gli spiegai di avere problemi a casa e infine mi diede dei soldi per l'autobus, suggerendomi di tornare indietro ad affrontare i miei problemi. Ma a quel punto Jenny aveva già capito dove mi trovavo.

Dopo quell'episodio mia madre e il suo nuovo compagno mi concessero una stanza tutta per me. Il piccolo Danny tornò in un angolo della loro stanza in un lettino e io mi trasferii nella sua cameretta, dove coprii la carta da parati con gli orsacchiotti con immagini di film francesi, fino a quando, dieci settimane dopo, non feci le valigie e partii per Birmingham. La vita andò avanti. La mia fuga non era stata che un tentennamento. Ero in cerca di attenzioni, volevo sentirmi amata, ed ero sicura che fosse lo stesso anche per Donna Joy.

16

Grazie a una compressa di Zolpidem dormii fino alle undici del mattino successivo. Quando aprii gli occhi, vidi lo schermo del cellulare illuminarsi di blu sul mio comodino. Lo afferrai e trovai sette messaggi e tre chiamate perse da parte di Martin. Mi chiedeva di contattarlo. Era stato difficile ignorarlo, ma ci ero riuscita.

Mi sedetti a gambe incrociate sul letto e schiacciai l'icona di Google, digitando le parole "Donna Joy" nella stringa di ricerca. Non sapevo cosa aspettarmi. Una notizia in prima pagina sul «Daily Mail», un servizio della BBC, un feed di tendenza su Twitter. Rimasi quasi delusa quando mi accorsi che non c'era niente, a parte gli stessi vecchi link e le foto trovate durante le mie precedenti ricerche.

Chiusi gli occhi per un istante e cercai di controllare il panico. Ero pronta a scommettere che sarebbe rispuntata da un momento all'altro. Da quando Gilbert mi aveva chiamata, non avevo fatto altro che rimuginare sull'argomento e l'unica conclusione logica alla quale ero giunta era che si trattasse di un trucco, una manovra per riprendersi Martin. Quel pensiero mi aveva regalato un attimo di gioiosa soddisfazione all'idea che il loro incontro sessuale di lunedì sera potesse esser stato meno esplosivo di quanto avessi immaginato.

Misi giù il telefono, mi alzai e andai in bagno. Mi lavai i denti, e passai il filo interdentale. Sputai nel lavandino un misto di saliva, dentifricio e sangue. Mentre mi sciacquavo la bocca il citofono al piano di sotto iniziò a suonare insistentemente.

«Sono io. Posso entrare?» disse la voce attraverso il citofono. Guardai il mio appartamento. Mi sentivo con le spalle al muro. Non volevo vederlo in quelle condizioni. Indossavo una maglietta che riusciva a malapena a coprirmi le cosce. La cucina era a pochi passi dietro di me. Mi precipitai verso l'asciugatrice, scovai delle mutande e un paio di jeans, li infilai e corsi scalza giù per le scale.

Esitai un attimo prima di aprire la porta. Riuscivo a intravedere il suo viso attraverso il vetro. Sembrava al tempo stesso triste, distratto e speranzoso.

Girai lentamente il chiavistello e rimasi immobile sulla soglia, senza farlo entrare.

«Hai ricevuto i miei messaggi?» chiese alla fine.

«Mi sono appena alzata.»

Si guardò le scarpe e rialzò lo sguardo. «Hai saputo di Donna?»

Annuii e incrociai le braccia sul petto. «Ho sentito qualcosa. Sua sorella era preoccupata perché nessuno l'ha vista per tutta la settimana e si è rivolta alla polizia.»

«Ma non ci sono ancora notizie.»

«Mi dispiace» dissi, sentendo accelerare il battito del cuore.

«La polizia mi ha chiamato stamattina» disse. «Mi hanno fatto delle domande.»

«A che proposito?»

«Sul suo stato d'animo.»

«Non si staranno insospettendo, vero?» chiesi, incredula.

«Non lo so, non penso.»

«Cosa succede adesso? Come pensano di trovarla?»

«La polizia sta andando a casa sua. Sua sorella Jemma ha una copia delle chiavi.»

«E poi?»

«Senti, pensavo di fare qualcosa insieme, oggi.»

Gli rivolsi un'occhiataccia. «Martin, non hai sentito cosa ti ho detto ieri?»

«Per favore. Facciamo solo un giro in macchina, devo schiarirmi le idee.»

«Tua moglie è *scomparsa*» dissi, chiedendomi se avessi sentito bene.

«Non è scomparsa. Sarà da qualche parte» ribatté. Il lampo gelido nei suoi occhi mi sorprese. Non capiva che andare a fare un giro in macchina, divertirci in qualsiasi modo, sarebbe stato inopportuno? D'altra parte, però, Martin conosceva Donna meglio della polizia, o persino di sua sorella. Se non era preoccupato doveva avere una buona ragione. Mi sforzai di non interpretare la sua superficialità come cinismo.

«Andiamo, Francine. Così possiamo parlare.»

«Parlare?»

«Ti prego» disse con fervore.

Cercai di non pensare all'immagine dolorosa di lui che scompare nella casa di Chelsea insieme a Donna e alle bugie che mi aveva raccontato fuori da Temple Church.

«Aspetta qui» dissi, e salii di sopra a prendere il mio cappotto, incapace di opporre ancora resistenza.

La sua Aston Martin era parcheggiata in strada. Salii sul sedile del passeggero e appoggiai la fronte al finestrino, osservando il traffico del sabato. Martin accese la radio per evitare che fossimo costretti a parlare.

«Dove andiamo?» chiesi, mentre attraversavamo Hackney.

«Verso la costa» disse, voltandosi e rivolgendomi un mezzo sorriso. Solo una settimana prima avrei fatto i salti di gioia per quella risposta. Avrei immaginato di sedermi accanto a lui fuori da cabine rosa pastello con un cartoccio di patatine fritte, oppure a mangiare cozze in un locale sul molo. In quel momento, invece, mi sembrava soltanto un tragitto troppo lungo per un giro in macchina, troppo lungo per evitare di porgli le domande che mi tenevo dentro dall'inizio di quella settimana.

Ci lasciammo Londra alle spalle e dopo un'ora e mezza uscimmo dall'autostrada per continuare su una via più tranquilla. Il cielo si era offuscato, il sole era stato risucchiato dalle nuvole e intorno a noi c'era una distesa infinita di grigio: nuvole, saline e mare si fondevano come in un lenzuolo di lino stropicciato e sbiadito, un paesaggio sconfinato e privo di colore.

Avevo visto diversi segnali stradali nelle ultime miglia, ma non conoscevo quella zona.

«Dove siamo?» chiesi, notando un tasso investito sul ciglio della strada.

«Essex. Questa sopraelevata conduce alla casa» disse, svoltando a destra dove la carreggiata si restringeva ancora, trasformandosi in un percorso quasi sospeso sul mare.

«Cazzo. Siamo su un'isola?»

«A volte. Quando c'è alta marea.»

Attraversammo un villaggio tranquillo con case di legno, una chiesa, un gruppetto di pub e un lungomare. Un'altra svolta e in fondo a una strada sterrata apparve una casa. Era in stile Arts and Crafts, con tegole rosso sbiadito, tetti appuntiti e almeno una decina di comignoli in terracotta che si stagliavano contro il cielo di peltro. Alberi rigogliosi che avevano appena iniziato a fiorire fiancheggiavano il muro perimetrale coperto di muschio, erbacce e rampicanti attorcigliati intorno alle porte arrugginite. L'insieme era trascurato e allo stesso tempo magnifico.

«È tua, dico bene? È Dorsea House» dissi, richiamando alla memoria i dettagli delle sue proprietà.

Martin annuì mentre la macchina si fermava sulla ghiaia con un gemito. «L'ho comprata la scorsa estate. Avevo in mente un progetto: una Babington House a meno di due ore dalla città. Avevo assunto un architetto, uno studio di design, ero pronto per iniziare i lavori, ma ho messo tutto in attesa.»

«In attesa?»

«Il divorzio. Non voglio che aumenti di valore. Non ancora.»

Scesi dall'auto e chiusi la portiera. I gabbiani volavano sopra di noi, il vento frusciava tra le siepi. Inalai l'aria salmastra, cercando di non lasciarmi abbindolare.

«Era una casa di riposo. Ha bisogno di molti lavori, ma mi piace il suo aspetto decadente. Vieni, ti faccio fare un giro.»

Esitò un attimo, come se volesse prendermi la mano, ma continuai ad avanzare per evitare qualsiasi imbarazzo.

Le assi del pavimento scricchiolarono mentre attraversavamo l'ingresso. Uno sbuffo di polvere e un rumore improvviso da sopra le nostre teste mi fecero sobbalzare. Era solo un piccione che agitava le ali.

Nell'aria aleggiava un sentore di muffa, l'odore dell'abbandono. Mi abbottonai la giacca soffocando uno starnuto e avanzai con lentezza, quasi in punta di piedi, verso il retro della casa. Nelle stanze erano rimasti alcuni vecchi mobili, residui della vita precedente di quell'edificio. Ma, per quanto Dorsea House fosse fredda e trascurata, il panorama di cui si godeva sul retro, aperto sull'ampia distesa monocromatica del mare, era di una bellezza tetra e mozzafiato.

L'edificio e i progetti di Martin per rinnovarlo ci fornirono degli argomenti di conversazione. C'era un vecchio capanno che avrebbe voluto trasformare in un oyster bar, dove avrebbero servito le varietà di ostriche Colchester Natives e Dorsea Island Rocks per le quali era nota la zona. Una serie di cabine sulla spiaggia sarebbero diventate bungalow di lusso per manager stressati. Di fronte al portico in stile piantagione americana sul retro sarebbe stata costruita una piscina all'aperto.

Una porta sul lato della veranda conduceva a un pontile.

«Usciamo» disse Martin, cercando una chiave. Quando mi accorsi che non riusciva a trovarla, spinsi la porta con vigore. Si agitò nella sua cornice marcia per un attimo, prima di cedere e aprirsi.

«Sei piena di risorse» commentò Martin, senza staccarmi gli occhi di dosso.

«Dovresti farla sistemare. Prima che qualcuno entri e ti occupi la casa» dissi, assaporando quella fugace sensazione di trionfo.

Ci incamminammo lungo un sentiero abbracciato dai banchi d'acqua. La marea lambiva i ciottoli, facendoli cozzare gli uni contro gli altri. Inspirai a fondo, chiusi gli occhi e lasciai che l'odore di iodio e alghe mi aiutasse a rilassarmi.

«Volevi parlare» dissi infine, aprendo gli occhi e tenendo lo sguardo fisso davanti a me.

«Ieri ti ho mentito...» esordì lui con una voce insolitamente insicura.

Tacqui e mi irrigidii.

«Mi hai chiesto quando avessi sentito l'ultima volta Donna e ti ho detto domenica o lunedì. Era lunedì» ammise infine. «L'ho vista lunedì.»

Non lo guardai. Tenevo gli occhi concentrati sull'orizzonte pallido e acquoso. «E perché mi hai mentito?»

«Mi ha mandato un messaggio, chiedendo di incontrarci di nuovo. Diceva di voler parlare ancora in privato prima dell'udienza in tribunale. Siamo andati a cena e poi a casa sua.»

«E cosa avete fatto?» lo pungolai.

«Abbiamo parlato, abbiamo bevuto qualcosa...»

«E poi avete fatto sesso» terminai la frase al posto suo.

«Sì.»

Rimasi in silenzio per almeno un minuto. «Suppongo che tu abbia informato la polizia. Dovevi farlo. E immagino sia per questo che me lo stai dicendo.»

La mia voce si era trasformata in quella che uso di solito in tribunale quando voglio assumere un tono particolarmente paternalistico.

«No.» Scosse la testa e smise di camminare. «È stato un errore, e mi dispiace.»

«Non sembravi dispiaciuto.»

Sembravi. Sembri. Speravo che non si fosse accorto del mio lapsus.

Martin rallentò il passo. «Avevo bevuto e lei è stata insistente... Non te l'ho detto ieri perché so quanto mi faccia sembrare debole e stupido. Ho sbagliato.»

«Ti è piaciuto?» dissi, serrando le labbra.

«Fran, non rendere le cose più difficili del necessario.»

La luce bluastra lo faceva sembrare pallido, come se tutto il sangue fosse defluito dalle sue vene.

«È venuta?» chiesi, di colpo sentivo il desiderio di conoscere tutti i dettagli più intimi. Martin non rispose.

«Penso che tu non l'abbia ancora dimenticata.» La mia voce era ridotta a un sussurro catturato dalla brezza, ma era ancora udibile.

Si fermò e mi sfiorò le dita, ma io mi ritrassi.

«Voglio stare con te.»

Mi accasciai su una panchina e fissai il mare. Il mio stomaco era stretto in una morsa, ma dovevo cercare di pensare razionalmente.

«L'altra volta in cui avete parlato... l'hai scopata anche allora?»

«No.»

«Dimmi la verità, Martin.»

«È la verità.»

«Allora perché quella sera non hai risposto alle mie telefonate?»

Mi girava la testa. Volevo delle risposte, ma non ero sicura di poterle sopportare.

«Il mio telefono si è scaricato, te lo giuro. Senti, a questo punto non avrebbe più senso per me mentirti. Voglio essere onesto con te perché voglio che le cose tra noi funzionino.»

«Avresti dovuto pensarci lunedì.»

«Sono stato un idiota.»

«Sono d'accordo.»

Presi un pezzo di legno e lo gettai in mare. Rimasi a guardare un'onda raccoglierlo e farlo beccheggiare avanti e indietro prima di girare i tacchi e dirigermi verso la casa.

«Fran, per favore. Dammi un'altra possibilità. Quella notte con lei mi ha fatto capire quanto con te sia meglio.»

Mi voltai per affrontarlo.

«Non posso più fidarmi di te» rantolai, con le guance bagnate di lacrime. Odiavo sentirmi in quel modo, come una specie di inerme copia di me stessa che riuscivo a stento a riconoscere.

Si avvicinò e mi prese il viso tra le mani.

«Sono innamorato di te» disse. Chiusi gli occhi e mi lasciai accarezzare dalle sue parole, riprendendo forza.

Strinsi più forte le palpebre per non piangere. Martin si avvicinò ancora, appoggiando il mento sulla mia testa. Con le sue braccia che mi cingevano non avevo la forza di allontanarmi.

«Ti amo» mi sussurrò tra i capelli. Appoggiai la guancia contro la lana morbida del suo cappotto, mentre rabbia e frustrazione lasciavano spazio a una gioia profonda.

Restammo immobili per quella che sembrò un'eternità. Quando mi prese le mani, intrecciare le dita alle sue mi sembrò l'unica cosa giusta da fare.

«Andiamo» disse, osservando l'orizzonte oltre le paludi salmastre. In alto, le nuvole nere non lasciavano presagire nulla di buono. Il vento cominciò a sferzare la superficie dell'acqua, formando una schiuma bianca simile a tante meringhe, mentre le onde si infrangevano sulla spiaggia abbattendosi sui ciottoli come una frusta.

«Sta arrivando una tempesta» osservò, e affrettammo il passo. Attraversammo un cancello e tornammo nel parco di Dorsea House. C'era una baracca di legno dipinta di nero a pochi passi dall'acqua, decorata con boe color arancio sbiadito sorrette da una corda blu.

«Cos'è?» chiesi, mentre Martin sollevava un mattone e recuperava una chiave.

«Un vecchio capanno per le ostriche. Mi piace dormire qui quando vengo a Dorsea.»

«Ti senti solo nell'edificio principale?» sorrisi. «Tipico dei ricchi che comprano case troppo grandi per loro.»

«Mi piace ascoltare il rumore del mare e accendere falò sulla spiaggia.»

«Questo è un buon motivo.» Sorrisi mentre Martin apriva la porta e mi faceva cenno di entrare.

L'interno era spartano. Una scrivania, una sedia, una stufa a legna e un letto di ferro adibito a divano.

Martin prese un po' di legna, accartocciò delle copie del

«Financial Times» raccolte da un secchio di metallo e iniziò ad armeggiare con la stufa. Mi piaceva guardarlo. I suoi movimenti fluidi, la concentrazione, le sue mani virili, lisce e abbronzate, con un taglio sulle nocche che le faceva apparire ancora più vigorose.

«Questo posto è fantastico» sussurrai, osservando le fiamme alzarsi.

«Restiamo qui stasera» disse, guardandomi.

«Non ho portato niente» risi, ricordando che non indossavo nemmeno il reggiseno.

La pioggia iniziò a martellare sul tetto di lamiera.

«Potremmo non avere scelta» sorrise.

«La strada non sarà più agibile?» chiesi, elettrizzata all'idea.

«Forse.»

Ci sfilammo i cappotti e ci fu un attimo di silenzio.

«Mi dispiace tanto.»

«Non mentirmi più» sussurrai, cercando di non pensare alla mia bugia. In fondo sapevo del suo incontro con Donna a Chelsea lunedì sera perché li avevo visti insieme.

Il capanno era ancora gelido, e riuscivo a sentire i miei capezzoli inturgidirsi e premere contro la stoffa della maglietta. Osservai Martin mentre avvicinava il letto portandolo di fronte al fuoco. Si avvicinò a me e un attimo dopo ci stavamo baciando. Quando mi sfilò la maglietta non riuscii a trattenere un sospiro di desiderio.

Chiusi gli occhi e ascoltai l'ululato del vento e il grido stridulo dei cormorani. Le sue dita seguivano le curve della mia schiena. Mi sfilai i jeans e mi inginocchiai sul materasso per guardarlo spogliarsi.

Quando Martin si avvicinò a me glielo presi in bocca. Mi teneva la testa e, mentre i suoi peli ruvidi mi graffiavano il mento, inspirai a fondo per inalare il suo profumo di sudore, muschio e sesso e godere del suo sapore aspro e caldo.

«Stenditi» mi disse, spostandomi delicatamente.

Sorrisi e mi abbassai mentre si stendeva sopra di me.

«Vuoi forse che diventi impossibile lasciare l'isola?» La sua voce era bassa e roca per l'eccitazione.

Annuii e dischiusi le gambe. Una corda giaceva abbandonata accanto alla stufa. La raccolse, mi distese le braccia sopra la testa e mi legò stretti i polsi. Poi li fissò alla struttura del letto e avvicinò il suo viso al mio finché non percepii il suo fiato sulle mie labbra. Mi sentivo avvinta, catturata, come se fossi diventata una sua proprietà. Non desideravo altro in quel momento.

«C'è la luna nuova, stasera, quindi potresti essere fortunata. Probabilmente non potrai scappare» mi sussurrò all'orecchio. Rabbrividii, non sapevo se per il freddo o per il senso di pericolo, e non mi importava.

Ero al largo, fuori dal mio territorio, mi importava soltanto di lui, non riuscivo a pensare ad altro.

Emisi un debole sospiro di piacere mentre passava le labbra sul mio seno e sull'addome, sempre più in basso, poi la sua lingua fu dentro di me e iniziai a venire, inarcando la schiena e stringendo a pugno le mani legate. Quasi non avvertivo il dolore della corda che mi segava la pelle, mentre mi baciava e mi stuzzicava fino a scatenarmi un orgasmo incontenibile.

Gridai, ma la mia voce si mescolò al rumore della pioggia e del vento. Sollevando la testa dalle mie cosce, Martin sorrise e cominciò a slegarmi.

Respirai in modo controllato per cercare di calmarmi e lui si sdraiò accanto a me.

«Preferirei vendere il loft piuttosto che questo posto» disse, così piano che riuscivo a malapena a sentirlo.

«Non si arriverà a questo» sussurrai, sentendo l'aria fredda penetrare attraverso una fessura nella tettoia.

Un'immagine di sua moglie si insinuò tra i miei pensieri. Mentre guardavo in alto, fissando le ombre delle fiamme danzare sulla vernice screpolata del soffitto, provai a dimenticare che l'ultima persona a vedere Donna Joy prima della sua scomparsa era l'uomo disteso accanto a me.

17

Dovevo essermi assopita, cullata dal suono attutito del vento e della pioggia, ma fui svegliata dallo squillo acuto di un cellulare.

Lanciai un'occhiata a Martin e balzai a sedere sul materasso. Capii subito che la telefonata riguardava Donna. Vidi la sua espressione rabbuiarsi, i muscoli del viso contrarsi. Quella donna stava riuscendo di nuovo a spegnere il mio piacere.

Martin concluse la telefonata in modo secco e professionale, il che rendeva difficile capire di cosa si trattasse.

«Tutto bene?» chiesi. Non mi andava di intromettermi, ma volevo sapere a tutti i costi cosa stesse succedendo.

«Devo andare» disse, evitando il mio sguardo.

«Che cosa? Adesso?»

«La polizia è preoccupata per Donna» spiegò, alzandosi in piedi.

«Più di questa mattina?» chiesi, prendendo la mia maglietta. Qualcosa mi suggeriva che non era il genere di conversazione da fare senza vestiti.

«A quanto pare sì. Vogliono parlare con me, quindi dobbiamo tornare a Londra.»

«Ma li hai già incontrati oggi» risposi, avvertendo una fitta di panico allo stomaco.

«E stasera vogliono vedermi di nuovo. Stanno mandando qualcuno a Spitalfields, passerà alle dieci.» Prese la maglietta dal pavimento e infilò le braccia nelle maniche.

Osservando il suo petto nudo e il pene flaccido, mi chiesi

cosa avrebbe pensato la polizia se avesse potuto vederlo in quel momento. Come se mi avesse letto nel pensiero, afferrò il resto dei suoi vestiti e se lo infilò in fretta. Tolse uno strato di polvere dal vetro della finestra e sbirciò all'esterno.

«La serata perfetta per tornare in città» sussurrò. Quando aprì la porta, una folata di vento invase il capanno, scuotendolo dalle fondamenta. Ebbi un presentimento. Una volta varcata quella soglia, le cose non sarebbero più state le stesse.

Fuori era buio. La pioggia battente mi sferzò il viso mentre attraversavamo la spiaggia per tornare in casa. Incespicai più volte, scivolando sui ciottoli bagnati, ma ogni volta mi rialzai, impaziente di raggiungere la macchina.

La casa gemette mentre la attraversavamo di corsa. Avevo i capelli incollati alle guance e i jeans appiccicati alla pelle, ma non c'era tempo di asciugarsi. Martin richiuse Dorsea House ed entrammo in macchina, con il mio cappotto bagnato che accarezzava i sedili di pelle chiara. Accese i fari, proiettando aloni spettrali sulla facciata dell'edificio. L'angolo della mia bocca si piegò verso l'alto, un cupo addio fatto di rimpianto e meraviglia. Qualcosa mi diceva che non sarei più tornata in quel posto e volevo fissare nella memoria la sua sbiadita grandezza.

Martin accese il motore e azionò i tergicristalli. Nonostante la potenza e la precisione ingegneristica del veicolo, le spazzole facevano fatica a creare un angolo libero dalla pioggia sul parabrezza.

«Forse dovremmo aspettare un po'» proposi, mentre le ruote scricchiolavano sulla ghiaia.

«Piove così da un'ora, potrebbe andare avanti per tutta la notte» rispose.

L'oscurità ci inghiottì mentre uscivamo dai cancelli. Qualche isolata macchia di luce riusciva a penetrare il buco nero della notte e del cattivo tempo, ma per il resto il buio era completo.

Strizzai gli occhi e cercai i pescherecci che avevamo visto poche ore prima, sperando che fossero tutti ormeggiati in sicurezza. Le condizioni di guida erano pessime, ma immaginavo che in mare la situazione fosse persino peggiore. Martin era concentrato sulla strada, ma manteneva una velocità moderata e non capivo se quella guida fosse dettata dalla scarsa visibilità o dalla sua reticenza a tornare in città.

In lontananza, riuscivo a scorgere il profilo confuso della terraferma. Sebbene fosse a poco più di un chilometro di distanza, nelle ultime ore mi era sembrata lontana, parte di un altro universo. Ormai ci stavamo avvicinando alla strada rialzata, e alla pallida luce dei fari iniziavo a distinguere una striscia di acqua salmastra che bagnava l'asfalto.

«Non ci credo» imprecò Martin, rallentando fin quasi a fermarsi. Lo sciabordio del mare contro le gomme era inconfondibile.

Sapevo che era meglio restare in silenzio. Martin provò a ripartire, ma il motore emise un ruggito poco promettente, ricordandoci che si trattava di un'auto sportiva, non di un fuoristrada.

«Non si può passare» mormorò. Mi chiesi se al suo posto avrei anche solo preso in considerazione l'idea di fare un tentativo con una Aston Martin da centomila sterline.

«Quanto dura l'alta marea?» chiesi, mentre facevamo inversione.

«Non ne sono sicuro. Un'ora, forse due in primavera. Ma chissà come funziona con i temporali.»

«Torniamo a Dorsea House?»

Martin scosse la testa. «No. C'è un pub in fondo alla strada. Possiamo aspettare lì. Inoltre avranno le idee più chiare su quando sarà possibile raggiungere la terraferma.»

L'Anchor era un edificio a graticcio che avevo notato durante l'andata. Parcheggiammo e corremmo dentro. Stranamente, il locale era quasi vuoto.

Ordinammo due caffè e il barman ci propose di correggerli. Continuava a fare battute, ma non capivo se fosse perché conosceva Martin o se era soltanto felice di avere dei clienti.

Martin mi fece strada fino a un tavolino con sedie rosse in un angolo. Lanciai uno sguardo agli unici altri avventori del pub: due anziani intenti a scolarsi pinte di Guinness. Agitai le gambe sotto il tavolo nell'attesa che lui dicesse qualcosa.

«Allora, come vi siete lasciati lunedì notte?» chiesi, fingendomi tranquilla.

«Parliamo d'altro?» disse, prendendo la sua tazza di caffè dalla cameriera.

«Quanto tempo sei rimasto da Donna?»

«Per favore, Fran, non dobbiamo parlarne per forza» disse, bevendo un sorso ed evitando il mio sguardo.

«Non si tratta di me» sussurrai in tono irritato.

Non volevo interrogarlo, ma la mia professione aveva preso il sopravvento. Volevo che fosse pronto per l'arrivo della polizia. E poi, ovviamente, volevo sapere.

«Me ne sono andato verso mezzanotte» rispose infine.

«Era sveglia?»

«Era a letto. Si è alzata mentre uscivo.»

«E ha fatto qualche accenno a proposito di cosa avrebbe fatto il giorno dopo?» Dovevo indossare la mia maschera da tribunale.

«Non mi ha raccontato niente di fuori dall'ordinario» rispose con una sfumatura petulante.

Guardai gli altri clienti, preda della paranoia che qualcuno potesse origliare la nostra conversazione.

«Immagino che tu abbia detto alla polizia che sei andato da lei lunedì sera.»

Martin sembrava a disagio, ma anch'io sentivo crescere la paura, mentre i miei pensieri si rincorrevano cercando nuove angolazioni, indizi, soluzioni. Avevo capito quale piega stessero prendendo gli eventi ed ero spaventata. La mia professione era l'unico modo in cui sapevo affrontare la situazione, come se si trattasse di un enigma teorico, anche se, a differenza dei miei altri casi, non sarei riuscita a lasciarlo in ufficio.

«Ho detto che ci siamo visti a cena per parlare del divorzio.»

«E li hai informati che sei andato a letto con lei?»

La mia domanda diretta lo fece accigliare.

«No» ammise alla fine.

«Perché?»

«Perché non mi mette in ottima luce, non ti pare?»

«Esatto. E sarà ancora peggio quando salterà fuori che hai tenuto nascosta questa informazione. Ma torniamo a noi. Dove sei andato quando hai lasciato la sua casa?»

«A casa.»

«Come?»

«A piedi.»

«A piedi? Saranno cinque miglia fino al tuo loft.»

«Dovevo pensare.»

Pentimento, paura, panico. Riuscivo quasi a immaginare la sua espressione.

«Pensi che dovrei trovarmi un altro avvocato?»

Vidi il suo pomo d'Adamo oscillare su e giù e avvertii una stretta di dispiacere per lui.

«Di certo cominciamo a uscire dalla mia area di competenza» dissi a bassa voce, ripensando a tutti gli amici che nel corso degli anni mi avevano chiesto aiuto per acquisti di case e lamentele al servizio clienti. Convinti che avessi le risposte a qualunque domanda, pensavano che un avvocato potesse occuparsi proprio di tutto.

«Quindi la risposta è sì. Conoscerai qualcuno da consigliarmi.»

«Ma non hai fatto niente di male» ribattei con cautela, pronta a valutare la sua reazione.

Annuì, il maschio alfa che ricordava a se stesso che qualunque cosa si può risolvere con le giuste risorse.

«Sarà di sicuro da qualche parte» continuò con più fervore. «Da un'amica in campagna, oppure oltreoceano.»

«Perché non chiami sua sorella?»

«Giusto. Probabilmente starà dicendo alla polizia che sono il marito stronzo pronto a fregarla con un divorzio. Che starei molto meglio se Donna scomparisse nel nulla.»

«Vuole trovarla. Proprio come noi.»

Guardò l'orologio. Non doveva dirmi che ore fossero. Il grosso orologio a parete dietro la sua testa mi informava che erano passate le nove.

«Di bene in meglio» commentò con sarcasmo. «Adesso non mi faccio nemmeno trovare dalla polizia.»

«Forse non dovresti dire loro che hai passato le ultime ore rinchiuso in un capanno con il tuo avvocato divorzista» suggerii, cercando di smorzare la tensione.

«Pensavo che il tuo consiglio fosse quello di dire loro la verità, tutta la verità e nient'altro che la verità.»

Avvertii un brivido di paura. C'era poco da fare, ero coinvolta anch'io. Mi ero unita al cast di un dramma per il quale non avevo mai fatto l'audizione, per giunta in un ruolo che detestavo.

Mi guardai attorno, improvvisamente nervosa.

«Cosa devo dire?»

«La verità» risposi con fermezza.

«Eri a casa tua nell'Essex e l'alta marea ti ha impedito di tornare sulla terraferma.»

«Forse dovrei chiamare Jemma.»

«E forse dovrei andare a sedermi in macchina.»

«Ormai ci hanno visti» rispose, come leggendomi nel pensiero, prima di allontanarsi per cinque lunghissimi minuti. Pregai che tornasse sorridente, ma quando rispuntò sembrava ancora più turbato di quando era uscito.

«Hanno perquisito la casa oggi. Hanno trovato borsa e cellulare» disse quando tornò a sedersi.

«Sono sicura che Donna abbia più di una borsa. E più di uno smartphone.»

Lo dissi per rassicurarlo, ma sapevo che ogni mia parola poteva essere scambiata per un attacco a Donna.

«Hanno trovato anche il passaporto, ma non il portafogli. Non ascolta i messaggi in segreteria da lunedì. Non è stata ricoverata in nessuno degli ospedali nei dintorni e nessuno dei suoi amici sa dove sia...»

Si interruppe e girò il cucchiaino nel caffè ormai freddo, lasciando delle macchie scure sul bordo della tazza.

«Adesso un detective segue le indagini ed è stato coinvolto l'ufficio per le persone scomparse. Entro domani sera dovrebbe essere diramato un appello.»

Avevo partecipato a un numero sufficiente di conferenze sul diritto di famiglia e seminari sui rapimenti di minori da essere a conoscenza di come funzionava. Sapevo che mentre noi scopavamo nel capanno delle ostriche, Donna Joy aveva attraversato il cyberspazio: i suoi dettagli, la sua foto, le circostanze della sua scomparsa. Sapevo che a questo punto le autorità stavano prendendo sul serio il suo caso. Sapevo anche che un appello significava il coinvolgimento dei media, notizie trapelate, informazioni da gestire. E che le cose non si mettevano bene per Martin Joy e, di conseguenza, nemmeno per me.

«Hanno una teoria su cosa potrebbe esserle successo?» cercai di informarmi dopo un momento.

«È sempre il marito alla fine, vero?» chiese a bassa voce. «Una moglie scompare e il dito viene puntato contro il marito, prima di tutto.»

«Non intendevo quello» dissi, posandogli una mano sulla spalla. «Tu non hai fatto niente di male.»

«Devo trovare un avvocato esperto in materia e parlarne con lui. Anche solo per avere un consiglio su come gestire la cosa.»

Notai una pulsazione sulla sua palpebra inferiore e sobbalzai quando mi sentii una mano sulla spalla. Mi voltai di scatto e vidi il barista che ci rivolgeva un sorriso tirato che lasciava scoperti i denti marroni.

«L'acqua si sta ritirando dalla strada» disse, portando via le tazze. «Sembra che sia la vostra serata fortunata, dopotutto.»

Alzai lo sguardo su Martin, e dalla sua espressione distante e tormentata capii che nessuno di noi due ci credeva.

18

Ero sorpresa che fosse in casa di sabato sera, e ancora di più che fosse da solo.

«Caffè o bicchiere della staffa?» chiese Tom Briscoe, aprendo la porta del suo appartamento di Highgate. Era una villetta a schiera affacciata su Pond Square, piccola ma con la giusta dose di imponenza georgiana.

«Caffè. Decaffeinato» risposi. Appena entrata mi sentii assalire dall'ansia e non osai avventurarmi più di qualche passo oltre la soglia. L'ingresso si apriva su un ampio open space. Mi guardai intorno e cercai di tendere l'orecchio per capire se in casa ci fosse un'altra persona, ma l'appartamento era buio e tranquillo come la piazza sulla quale si affacciava.

«Mi dispiace disturbarti» mi scusai, stringendo il manico della mia borsetta. «So che è tardi, ma non dovrebbe volerci molto.»

«Non c'è problema, entra pure» disse, mantenendo le distanze ma facendomi cenno di accomodarmi sul divano.

Scomparve in cucina e io mi guardai attorno nello spazio debolmente illuminato. Il tavolo da pranzo era disseminato di fascicoli e manuali legali, e il debole bagliore dello schermo di un computer illuminava un sandwich mangiato per metà. Avevo sempre considerato Tom un privilegiato, uscito da una scuola prestigiosa ed entrato nel mondo del lavoro grazie ai giusti contatti, ma quella scena suggeriva un'altra interpretazione. Uno stacanovista impegnato negli straordinari del sabato sera.

«Hannah non c'è questo fine settimana?» chiesi, sfilandomi

il cappotto. Lo posai sul retro di una poltrona, ricordandomi con un'ondata di imbarazzo che non indossavo il reggiseno. Incrociai le braccia davanti al corpo, chiedendomi se avessi ancora addosso l'odore di sesso e salsedine. L'importante in quel momento era portare a termine l'incontro il prima possibile.

«Non è quel tipo di relazione» sorrise, tornando dalla cucina e porgendomi il caffè. In un altro momento avrei colto l'occasione per prenderlo in giro, ma l'ultima cosa di cui avevo voglia era scherzare.

Strinsi le dita attorno alla tazza a strisce blu e bianche, avvertendo il vapore sollevarsi sul mio viso. Mi accomodai sul divano mentre Tom prendeva posto sulla poltrona davanti a me.

«Allora, mi spieghi che succede?» chiese alla fine, intuendo che non ero dell'umore adatto per chiacchierare.

Mi scusai rapidamente per essere stata vaga quando l'avevo chiamato sulla strada di ritorno dall'Essex. Man mano che ci avvicinavamo a Londra il tempo era migliorato, mentre l'agitazione di Martin cresceva. Era un lato di lui che non avevo mai visto prima, e dovevo ammettere di non trovarlo particolarmente attraente.

«Conoscerai un penalista!» aveva continuato a insistere fino a quando non avevo preso il telefono e avevo chiamato l'unica persona che sapevo avrebbe potuto aiutarmi, nonostante la cosa mi mettesse a disagio.

Di solito non chiamavo Tom Briscoe di sabato sera: le nostre strade si incrociavano di rado fuori dall'ufficio, ma io e Tom condividevamo qualcosa. Non eravamo amici, ma eravamo legati da una storia e una geografia comune: avevamo iniziato l'apprendistato a Burgess Court lo stesso giorno, e avevamo condiviso tutta la nostra vita lavorativa. E questo, ne ero sicura, mi autorizzava a presentarmi a casa sua a quell'ora. Eppure non mi piaceva essere lì. Non dopo aver passato il pomeriggio a fare sesso con il cliente di cui dovevo parlare. Mi ero presentata da lui perché Martin era disperato ed ero pronta a fare tutto il necessario per aiutarlo.

Presi un sorso di caffè prima di iniziare a parlare.

«Mi sto occupando di un divorzio» esordii con cautela. «E la moglie del mio cliente è scomparsa.»

Tom sembrò rianimarsi un po', mentre io cercavo disperatamente di darmi un contegno. Non potevo rischiare di tradire il retroscena di quanto stavo per dirgli. Sapevo quanto sarebbe stato pericoloso.

«Scomparsa?» ripeté.

«Nessuno la vede da lunedì e la polizia sta prendendo la cosa sul serio. Domani sera verrà diramato un appello televisivo, a meno che non venga ritrovata nel frattempo.»

Lo guardai e notai che sembrava stanco, aveva dei cerchi scuri sotto gli occhi.

«E tu cosa c'entri?» mi chiese, posando la tazza di caffè sul parquet.

«La polizia sta interrogando il mio cliente proprio adesso. Lo rappresento solo io in tribunale, ed è preoccupato.»

«Be', e probabilmente ne ha motivo» insinuò Tom.

«Sicuramente rispunterà fuori, Tom» dissi, risentita per il suo tono che sembrava sottintendere un'accusa nei confronti di Martin.

Lui non aggiunse altro e capii che non mi restava molto tempo prima che perdesse la pazienza.

«Ho solo bisogno di un consiglio. Martin, il cliente, mi ha chiesto se conoscevo qualcuno, e gli ho detto che tu potresti essere in grado di aiutarlo.»

I nostri occhi si incontrarono.

Un ricordo, un incidente di cinque anni prima che nessuno di noi due avrebbe mai dimenticato. All'epoca Tom Briscoe era un avvocato penalista, anche se, di tanto in tanto, accettava casi di diritto di famiglia, ma era il dramma del diritto penale ad appassionarlo sul serio. Fino a quando non fu ingaggiato da Nathan Adams, un delinquente accusato di lesioni aggravate.

Adams era sotto processo per una brutale aggressione ai danni della sua ex fidanzata, Suzie Willis, che aveva lasciato la donna con la spina dorsale fratturata. Era un caso impegnativo per un avvocato con poca esperienza come lui, ma la sua performance in tribunale era stata superlativa. Nel corso del controinterrogatorio, era stato bravo a far passare Suzie per un'alcolista e a minare la sua credibilità, tanto da riuscire a convincere la giuria dell'innocenza del suo cliente.

Sei mesi dopo, Suzie morì per mano di Adams. Il cliente di Tom l'aveva pedinata, immobilizzata e le aveva tagliato la gola da orecchio a orecchio: il suo modo di punirla per aver osato testimoniare contro di lui.

Non avevo mai avuto il coraggio di affrontare l'argomento con Tom. Chiedergli quanto sapesse davvero sulla relazione tra Nathan e Suzie, della lunga lista di lesioni sospette non segnalate alla polizia, o del passato violento di Adams e dei suoi legami con un'organizzazione criminale dell'East End.

Che fosse o meno al corrente di tutto questo, la tragica fine di Suzie Willis l'aveva convinto ad abbandonare il diritto penale per gettarsi a capofitto in quello di famiglia. E, a giudicare dall'espressione dei suoi occhi, non voleva alcun promemoria del suo passato professionale.

«Per cominciare, pensi che il colloquio debba avvenire alla presenza di un avvocato?» insistei.

«Pensavo avessi detto che l'interrogatorio è già in corso.»

«Lo è. Penso che un agente di polizia sia a casa sua adesso, anche se gli hanno già fatto qualche domanda questa mattina.»

Tom si alzò e si avvicinò al tavolo da pranzo. Prese il computer e lo portò sul divano.

«Presumo che abbiano già perquisito la casa.»

«Hanno trovato passaporto e cellulare, ma non il portafogli. Questo è ovviamente un buon segno.»

«Non necessariamente» replicò Tom, in tono scettico. «Ricordo un processo per omicidio al quale ho assistito durante il praticantato. Una donna era scomparsa dalla casa di famiglia e il marito diceva di non avere idea di dove potesse essere. Alla fine fu arrestato e dichiarato colpevole di omicidio. Aveva fatto sembrare che fosse fuggita nascondendo i suoi effetti personali dopo essersi sbarazzato del cadavere.»

Gli lanciai uno sguardo di disapprovazione.

«Come si chiama la moglie del tuo cliente?»

«Donna Joy.»

Lo guardai mentre digitava il nome sulla tastiera, con le dita che ticchettavano sui tasti. «C'è già un appello online. Un numero da contattare: la stazione di polizia di Kensington.»

Sbirciai da sopra la sua spalla con il battito accelerato. C'erano una foto di Donna e una descrizione: altezza circa un metro e settantacinque, peso circa sessanta chili, l'ultima volta che era stata vista indossava un cappotto rosa e pantaloni neri. Era scomparsa dopo essere stata accompagnata a casa al termine di una cena al ristorante Five Fields su King's Road il lunedì precedente.

Mi sorpresi ad aggiungere mentalmente dei dettagli a quel testo mentre lo leggevo. Potevo affermare che fosse rimasta all'interno del ristorante per novantasette minuti, che aveva bevuto e che i suoi capelli erano di almeno tre tonalità più scuri rispetto alla foto, grazie a un passaggio in un salone di Josh Wood dodici giorni prima, indiscretamente documentato su Instagram.

In conclusione dell'appello la polizia si dichiarava preoccupata per il benessere di Donna, ma avrei potuto scommettere che non fossero preoccupati quanto me.

«La maggior parte delle persone scomparse torna da sola dopo qualche giorno» disse Tom, scrollando le spalle. «Solo una piccola percentuale non lo fa, e tra loro i più hanno una storia di problemi mentali o di depressione che li ha spinti a togliersi la vita.»

«Quindi è improbabile che le sia successo qualcosa?» chiesi, elemosinando una rassicurazione.

«Soffriva di depressione?»

«Non che io sappia.»

«Gli adulti hanno il diritto legale di sparire, Fran, lo sai. E non abbiamo modo di sapere cosa stesse succedendo nella loro relazione. Forse è un suo gioco» propose, mentre annuivo con approvazione. «Ma può anche essere invece che le sia successo qualcosa. Un appello televisivo significa che il suo caso è stato classificato ad alto rischio.»

«Alto rischio?» mi accigliai.

«La considerano in pericolo. In pericolo di farsi del male o subirne. Chi c'era con lei lunedì sera, qualche idea?»

«Suo marito» risposi in tono piatto.

«Il tuo cliente.»

«Si sono visti a cena. A quanto pare sono andati a letto insieme, ma lui dice di non essere rimasto a dormire. Nessuno l'ha più vista da allora. Non è venuta all'udienza in tribunale di venerdì e non si è presentata alla cena di compleanno della sorella la sera prima.»

«Non mi stupisce che vogliano parlare con lui.»

Non era quello che volevo sentire.

«Allora, com'è?»

«Intelligente. Di successo.»

«La stampa ne sarà felice.»

Sapevo che i media andavano a nozze con i casi di sparizione di donne bianche dell'alta società. E questo caso era davvero perfetto: non solo Donna Joy era bianca, bionda, ricca e bellissima, ma era anche separata dal marito multimilionario e gestore di un fondo di investimenti, il che equivaleva ad avere un capro espiatorio perfetto.

«Non ha fatto del male a sua moglie» dissi, percependo la sfumatura protettiva nella mia voce.

«Come lo sai?»

Ripensai a quella serata sui tetti di Clerkenwell. *Dobbiamo soltanto aspettare e presto, molto presto, saremo solo io e te. Niente più Donna, niente più bisogno di nasconderci. Solo noi.*

«Che cosa mi consigli di dirgli?» chiesi.

«Non gli farebbe male parlare con un penalista. Matthew

Clarkson è molto bravo. E forse anche con Robert Kelly. È esperto di media, sa come muoversi per proteggere la reputazione dei suoi assistiti. Potrebbe valerne la pena se la stampa dovesse iniziare con i suoi giochetti.» Tom si alzò in piedi, tirò fuori il cellulare dalla tasca e consultò la rubrica.

«Penso che il tuo cliente dovrebbe iniziare a preoccuparsi se dovessero coinvolgerlo nell'appello» mormorò mentre annotava i due numeri su un blocchetto.

«Perché? Vuole fare tutto il possibile per aiutare le ricerche.»

«Non penso che coinvolgerebbero il coniuge separato in una conferenza stampa, se non per testarne la reazione. Potrebbe anche ricevere una visita da parte dell'agente che si occupa dei contatti con la famiglia. In teoria direbbe di essere lì solo per aiutarlo a gestire lo shock, ma in realtà sono anche un paio di occhi in più.»

«Il mio cliente non ha niente a che fare con la scomparsa della moglie» ripetei, irrigidendomi.

Tom mi guardò e per un momento rimanemmo entrambi in silenzio.

«Come dicevi prima, scommetto che entro domani mattina sarà tornata a casa.»

L'atmosfera era cambiata. Avevo caldo, mi sentivo a disagio. «Devo andare.»

Tom sorrise e guardò l'orologio.

«È tardi. Come sei arrivata? In macchina?»

«No» risposi troppo velocemente, pensando all'auto di Martin che mi lasciava all'angolo di Pond Square. «Forse dovrei chiamare un taxi.»

«Non essere sciocca. Ti do un passaggio.»

«No, davvero. Chiamo un taxi.»

«Di sabato sera, sai quanto potrebbero farti aspettare? E i prezzi di Uber saranno alle stelle. Prendo le chiavi.»

Mi guidò fino a una quattro per quattro parcheggiata davanti a casa sua.

«Spero che tu ti stia facendo pagare gli straordinari per tutto questo» sorrise Tom, disattivando l'allarme con due *bip* acuti che infransero il silenzio della notte. «A proposito di fare più del proprio dovere. È fortunato ad averti.»

Mi lanciò un'occhiata e mi rivolse un mezzo sorriso complice, spingendomi a chiedermi, terrorizzata, se mi fossi tradita.

19

Era mezzanotte passata quando arrivai a casa.

Era dalla colazione che non mettevo qualcosa sotto i denti – non avevo mangiato cozze e patatine fritte con Martin sulla spiaggia – e mi sentivo debole e a un passo dallo svenimento. Contemplai il triste contenuto del mio frigorifero: un limone secco e una confezione aperta di prosciutto con gli angoli curvi e anneriti. Abbattuta, mi preparai del pane tostato e dei noodles istantanei ripescati dal fondo della dispensa. Mentre mettevo a bagno gli spaghetti con l'aiuto di una forchetta, controllai di nuovo il cellulare aspettandomi un messaggio da parte di Martin. Ancora nessuna notizia.

Mi sedetti sul divano e iniziai a masticare i noodles ancora duri, non riuscivo ad aspettare i quattro minuti necessari alla cottura. Pensai di farmi un bagno, ma scartai l'idea per via delle tubature rumorose. Era tardi e non volevo svegliare Pete. O meglio, non era una persona alla quale volevo ricordare la mia esistenza.

Rimuginai sull'orario, cercando di calcolare se Martin potesse aver già finito con la polizia. Dubitavo che quel genere di colloquio, ammesso che fosse avvenuto, potesse durare a lungo. Eppure la mia mente turbinava di immagini tratte da film e serie poliziesche: sospetti ammanettati e trascinati alla stazione di polizia, interrogatori in stanze piccole e buie. Cercai di non scadere nel melodramma, ma comunque non capivo perché Martin non si fosse messo in contatto con me, soprattutto dopo avermi mandata da Tom Briscoe per pianificare la sua prossima mossa. Soprattutto dopo che gli avevo inviato un messaggio dalla macchina di Tom, chiedendogli di contattarmi.

Attraversai la stanza, mi sedetti alla scrivania e accesi il computer.

Controllai le email, gli indirizzi a cui Martin poteva avermi scritto, e riaccesi il cellulare per assicurarmi che funzionasse correttamente.

La mia successiva tappa su internet fu il «Daily Mail». Perlustrai la home page in cerca di notizie collegate a Donna Joy. Non trovando niente di interessante, passai ad altre prime pagine di giornali online, per poi tornare a controllare il sito della polizia per verificare se l'appello fosse stato aggiornato. Niente di nuovo.

Una voce nella mia mente mi rassicurò: finché non avessi trovato riferimenti a Donna sulla stampa, non dovevo preoccuparmi troppo. Eppure mi sentivo sempre più nervosa. Il mio piede aveva cominciato a colpire ritmicamente il pavimento e non riuscivo a fermarlo. La conversazione con Tom Briscoe non aveva aiutato. Anzi parlare con lui mi aveva fatto a tratti infuriare; il fatto che avesse suggerito l'utilizzo di un esperto in "protezione della reputazione" dei suoi assistiti, come se ce ne fosse bisogno; la costante insinuazione che Martin potesse essere coinvolto nella scomparsa della moglie.

Un caffè mi avrebbe aiutata a pensare, ma sapevo che era l'ultima cosa di cui avevo bisogno. Così salii al piano di sopra e aprii l'armadietto del bagno, dove una scatolina bianca piena di pillole campeggiava tra il filo interdentale e i contraccettivi.

Quando ero andata da lui, il dottor Katz mi aveva prescritto altri farmaci. Sul momento ero stata riluttante, ma sapevo di aver bisogno di qualcosa per calmarmi. Gli episodi maniacali mi spaventavano ancor più di quelli depressivi e negli ultimi due giorni avevo sentito i vecchi fantasmi riaffiorare nella coscienza.

Ingoiai le pillole gettando indietro la testa e contemplai il mio riflesso allo specchio. Ero pallida e avevo l'aria triste. Le labbra erano secche, gli occhi stanchi e cerchiati, la pelle chiazzata alla luce impietosa della lampadina.

Bastava guardarmi per capire che ero a un passo da un esaurimento nervoso. Avevo sonno, ma sapevo che non era il momento di dormire. L'unica possibilità di placare la mia inquietudine era ottenere una rassicurazione da parte di Martin.

Andai in camera e mi sedetti all'estremità del letto, il che servì solo a farmi sentire più in ansia. Avevo bisogno di uscire e cercare di sistemare le cose, non di chiudermi in casa al buio a mangiare noodles.

Mi ritrovai a desiderare di avere una macchina. Non ne avevo mai avuta una. Quando avevo iniziato a guadagnare abbastanza da permettermela mi era sembrata un lusso inutile, ma in quel momento avevo l'impressione che un'automobile, una piccola Fiat color menta o un'altra utilitaria, sarebbe stata la soluzione a tutti i miei problemi. Il cellulare che avevo nella tasca dei jeans mi ricordò che in effetti bastava una telefonata.

Chiamai un taxi e non esitai a contattare Martin. La telefonata fu inoltrata direttamente alla segreteria, così gli lasciai un messaggio, cercando di mantenere la calma. Attraversai la stanza muovendomi a zigzag. Mi sfilai la maglietta, trovai un reggiseno e presi una camicia bianca dal guardaroba. Infilare le braccia nelle maniche inamidate di una camicia pulita mi faceva sempre sentire meglio, persino in una serata come quella.

Aspettai il taxi nell'ingresso.

Londra era ancora sveglia. Rimasi a guardare la capitale dal finestrino, mentre ci addentravamo nell'elegante East End, e non potei fare a meno di provare un moto di invidia. Le strade pullulavano di ventenni allegri e spensierati, la cui gioia incondizionata mi ricordava ciò che avevo provato soltanto poche ore prima. Ma era scattato un interruttore, qualcosa nel nostro universo era cambiato e il coro di una tragedia greca che risuonava nella mia testa mi avvertiva che stavo commettendo un errore. Non mi sarei dovuta trovare in un taxi diretto a Spitalfields all'una del mattino quando Martin non aveva nemmeno risposto alle mie telefonate.

Impiegammo venti minuti per arrivare a destinazione. Nei pressi dell'abitazione di Martin non c'era traccia di macchine della polizia o auto civetta e mi sentii sollevata. Pagai la corsa e scesi dal taxi. Avevo i nervi a fior di pelle. Tre uomini con una barba ben curata uscirono da un bar lì vicino ridendo sguaiatamente, facendomi sobbalzare.

Il taxi si allontanò e il trio modaiolo scomparve, risucchiato dalle stradine di Spitafields, lasciandomi sola. Attraversai l'acciottolato fino al magazzino. Proprio lì fuori c'era un albero che non avevo notato prima, lungo, nero e sottile. Appoggiai il palmo della mano sul tronco mentre fissavo l'ultimo piano. Dalle finestre proveniva un tenue bagliore, un segno di vita che mi convinse a chiamare di nuovo Martin.

Questa volta rispose.

«Sono io. E sono qui, sotto casa tua» dissi, cercando di non suonare troppo ansiosa. «La polizia è andata via?»

«Sì. Hai parlato con il tuo amico avvocato?»

«Sì. È stato d'aiuto.» Battevo i denti per il freddo.

«Forse è meglio se sali.»

Mentre aspettavo l'ascensore, alzai gli occhi sul soffitto dell'ingresso, notando che arrivava fino al tetto, come se fosse stato scavato nella muratura e nel metallo. Quando le porte dell'ascensore si aprirono, il suono riecheggiò fino alle travi, prima più forte e poi sempre più soffocato man mano che saliva.

Martin mi aprì la porta con un bicchiere di scotch in mano. Lo finì in un sorso e mi degnò a malapena di uno sguardo.

«Dovevo venire. Mi dispiace» dissi, cercando di interpretare l'espressione sul suo viso.

Mi fermai. Non sapevo perché mi stavo scusando.

«Avrei dovuto chiamare» ribatté lui, posando il bicchiere sul tavolo. «È stato tutto molto stressante. La polizia si è trattenuta più a lungo di quanto pensassi.»

La stanza era buia, l'unica luce proveniva da una piantana in un angolo.

Martin si muoveva circospetto, con i piedi che scivolavano silenziosi sul parquet.

«Donna non è ancora tornata» mormorò, asciugandosi la bocca con il dorso della mano.

«Allora, cosa voleva la polizia da te?»

«Dettagli su lunedì sera. Mi hanno chiesto a che ora fossi andato via, quando sono arrivato a casa, se qualcuno può confermarlo...»

«Sai che ogni anno spariscono centocinquantamila persone?» chiesi, cercando di farlo sentire meglio.

«Ti sei messa a fare ricerche su Google?» rispose. La sfumatura di acredine nella sua voce non mi piacque affatto.

«Sto cercando di aiutarti» replicai, sforzandomi di ricordare a me stessa che doveva essere molto stressato.

Sprofondò sul divano e si prese la testa tra le mani.

«Mi dispiace» disse, alzando lo sguardo e allungando la mano per prendere la mia.

Mi sedetti sul divano accanto a lui. Le nostre gambe si sfioravano, ma volevo avvicinarmi ancora.

«Il nostro matrimonio può non aver funzionato, e a volte mi chiedo come possa essermi innamorato di una così, ma questo...»

«Che cos'hai detto alla polizia?» sussurrai.

«Che me ne sono andato all'una, uscendo dalla porta principale. E non credo che Donna l'abbia chiusa a chiave, perché era al piano di sopra quando sono uscito.»

Avevo serie difficoltà a concentrarmi. Non mi sembrava il momento di chiederglielo, ma mi domandavo perché mai fosse andato a letto con Donna se sosteneva di non provare più nulla per lei. E poi c'erano delle incongruenze nella sua storia. In precedenza mi aveva raccontato di essere andato via da casa di Donna a mezzanotte, non all'una del mattino.

«Mi hanno persino chiesto di questo maledetto taglio sulla mano.»

Quello che avevo notato anch'io nel capanno nell'Essex.

«E cos'hai detto?»

«Che sono caduto dalla bici.»

«Ed è vero?» lo sfidai.

«Sì» rispose, irritato.

«Perché sono così preoccupati per lei quando è successo spesso che si allontanasse per viaggi dell'ultimo minuto o per fare visita a degli amici?»

«Nessuno ha la minima idea di dove si trovi in questo momento. Ha un account Instagram sul quale di solito è molto attiva. Posta foto di feste, delle sue opere d'arte, ma il profilo non viene usato da lunedì.»

«Non c'è molto da fare» dissi, comprensiva.

«Domani perquisiranno di nuovo casa sua con una squadra della scientifica.»

Ci guardammo, sapendo entrambi cosa avrebbero trovato: i suoi capelli nel lavandino, il suo sperma sulle lenzuola. Distolsi lo sguardo e cercai di non soffermarmi sui dettagli.

«La polizia pensa che un appello in tv potrebbe essere utile.» aggiunse Martin.

«Davvero, e quando pensano di trasmetterlo?»

«Domani sera, lo giriamo nel pomeriggio. Pensano che dovrei intervenire. O quantomeno presenziare con la famiglia di Donna.»

«Io credo che, prima di prendere qualsiasi iniziativa, dovresti parlare con un avvocato esperto in casi come questo e muoverti con cautela.»

«Cos'ha detto il tuo collega?» chiese un attimo dopo.

«Tom?»

Martin mi guardò. «Mi sembra che tu sia rimasta un bel po' a casa sua.» Non mi sfuggì l'accenno di gelosia nella voce, e la cosa mi piacque.

«Mi ha consigliato un avvocato penalista. Dovresti contattare Matthew Clarkson prima di parlare di nuovo con la polizia. E mi ha fatto anche il nome di Robert Kelly, che pare sia bravo nel tenere a bada la stampa» dissi, consegnandogli i numeri di telefono annotati da Tom.

«“Tenere a bada la stampa”?»

«C’è il rischio di speculazioni. I giornali non possono scrivere quello che vogliono senza verificare, ma a volte usano la rete per lasciar trapelare qualche insinuazione.»

Emise un sospiro.

«È una follia» disse, scuotendo la testa. «Sono soltanto andato a casa sua, a casa nostra.»

Annuii, provando un misto di vergogna e delusione.

Pensai a quel lunedì sera, quando li avevo seguiti. Prima Donna al ristorante e poi tutti e due insieme, mentre andavano a casa. Riuscivo quasi a vedermi, seduta al pub dall’altra parte della strada. Ma i miei ricordi si fermavano dopo i primi due drink. E poi mi ero risvegliata sul divano di Pete. All’epoca l’episodio mi aveva messa in imbarazzo: mi vergognavo di aver perso i sensi ed essermi ritrovata con le calze strappate e le gambe sporche di sangue, ma in quel momento riuscivo solo a provare rabbia nei confronti di me stessa, dal momento che i miei ricordi perduti avrebbero potuto davvero aiutare Martin.

Se non fossi stata così ubriaca, avrei potuto ricordare l’orario esatto in cui Martin era uscito dalla casa di Donna. Sarei riuscita a vedere se la porta d’ingresso fosse stata lasciata incautamente aperta. Mi sarei persino potuta precipitare dall’altro lato della strada per chiuderla.

«Cosa pensano che le sia successo?»

«Non lo so» rispose Martin con un soffio.

«Bene, proviamo a ragionarci su» dissi nel tono più freddo di cui ero capace.

«Forse sta bene» aggiunsi dopo un attimo di riflessione. «Forse è andata alle terme o da un amico, oppure è in giro chissà dove e si è dimenticata di avvertire, o magari non se n’è affatto dimenticata e ha agito di proposito per spaventarti a morte.»

«O forse non sta bene» disse Martin, fissandomi intensamente.

«È una possibilità.» Annuii. «Forse si è svegliata dopo che te ne sei andato e ti ha seguito» dissi, mentre la mia mente passava rapidamente in rassegna la miriade di scenari possibili. «Le strade sono buie a quell'ora, e deserte. Circolano parecchi automobilisti ubriachi. Potrebbe averla investita un pirata della strada.»

«Non posso pensarci.»

«Ma devi» dissi, guardandolo intensamente. «Donna è scomparsa da cinque giorni e la polizia ti sta facendo delle domande. Potrebbe anche essere stata aggredita, assalita all'improvviso.»

Martin emise un gemito di dolore basso e gutturale, e quando alzò lo sguardo la sofferenza nei suoi occhi era tale da costringermi ad abbassare i miei.

«So che è difficile, ma adesso devi cercare di essere forte.»

Si alzò e percorse lentamente il tappeto grigio, come in preda a un terribile tormento interiore. Poi sembrò arrivare a una decisione e mi guardò.

«Senti, sono molto stanco. Ho bisogno di dormire. E comunque adesso non possiamo fare niente.»

Si era messo sulla difensiva, il linguaggio del suo corpo era inequivocabile.

«Forse è meglio che vada, allora» risposi dolcemente.

«Ti dispiace?»

Rimasi in silenzio, limitandomi ad alzarmi e a prendere la borsa. Ero stata messa alla porta, e la cosa non mi faceva certo piacere.

«Tra le visite della polizia e la scomparsa di Donna, stavo pensando... Forse dovremmo evitare di vederci per qualche giorno.»

La sua era una proposta sensata, lo sapevo, ma quando i nostri sguardi si incrociarono per un fugace istante mi sorpresi a odiarlo.

20

Dormii con il cellulare sotto il cuscino, anche se la parola "dormire" è a dir poco una rilettura ottimistica dei fatti. In realtà rimasi sdraiata a letto, tesa e nervosa, ripercorrendo gli eventi ed esaminando ogni singolo dettaglio fino a quando non mi arresi e iniziai a frugare nel cassetto del mio comodino in cerca di un sonnifero, che ingoiai senza bere. Ma non riuscii a rilassarmi. Come l'acqua che viene inghiottita nello scarico di una vasca da bagno, i miei pensieri si muovevano in un vortice, sempre più veloci, sempre più vicini all'abisso.

A un certo punto, comunque, dovevo essermi assopita, perché fu il ronzio del mio iPhone a farmi riaprire gli occhi. Lo afferrai e sfiorai lo schermo per rispondere, spostandomi i capelli dal viso.

«Pronto?»

«Non ti ho svegliata, vero?»

Una voce femminile, vivace e di buon umore. Feci una smorfia, sforzandomi di rimettere in moto il cervello.

«Clare?»

Una risata. L'eco di un tempo più felice e spensierato.

«Qualcuno ha fatto tardi ieri sera...»

«Decisamente» risposi, mettendomi a sedere e spostando con un dito la confezione di pillole accanto al letto. L'etichetta recitava SOMNOVIT, un nome che le faceva suonare quasi innocue, un tonico vittoriano, mentre in realtà quelle compresse mi lasciavano al risveglio confusione e nervosismo. Mi erano state prescritte anni fa dal mio primo medico, per l'insonnia di cui a volte soffrono le persone affette dal disturbo bipolare. Gli effetti collaterali erano fastidiosi, ma quando la mia mente iniziava a ronzare come un alveare non c'erano alternative.

Non appena capii il motivo della telefonata mi appoggiai al cuscino e chiusi gli occhi, preparandomi alle sue parole. Con un appello televisivo pianificato per quella sera, non dubitavo che la notizia della scomparsa di Donna fosse già arrivata sui giornali.

«Volevo soltanto chiederti a che ora pensi di arrivare» disse Clare, in un tono più allegro di quanto mi aspettassi.

«Arrivare?» le feci eco, scandendo le parole.

Avevo pensato che mi stesse chiamando per parlare di Martin. Che avesse letto un articolo su Donna Joy e avesse fatto due più due. Che avesse capito che non era soltanto il mio amante, ma anche un mio cliente. E che quindi le avevo mentito. «Anche se di questo passo dovrò chiederti di portare un pennello e una tuta da lavoro» continuò con voce allegra. «Ieri siamo andati avanti fino a mezzanotte, ma non abbiamo ancora finito. Devo tornare alle otto per fissare i ganci appendiabiti nel guardaroba. E adesso posso dire di essere un'esperta di trapani Black & Decker.»

Una lampadina si accese nel mio cervello.

«L'inaugurazione!» esclamai con sollievo. Il marito di Clare, Dom, aveva preso in gestione un ristorante e l'apertura era prevista per quella sera. Mi ritornò tutto in mente. Le email e gli stralci di conversazione, la lotta per accaparrarsi chef, camerieri e designer d'interni in grado di rendere il locale simile a un ristorante di lusso, ma meno caro. Il progetto monopolizzava Clare da mesi, tanto che – ovviamente – non aveva avuto tempo di leggere il giornale nel fine settimana. Ma quella sera – cavolo, proprio quella sera – era previsto un cocktail party per i familiari, gli amici e, soprattutto, i critici gastronomici che avevano faticosamente convinto a partecipare. «O magari vuoi venire prima a casa a bere qualcosa?» propose Clare, con un tono che si era fatto più incalzante. «Credo di poter lasciare Dom al ristorante da solo per un po', possiamo prepararci qui insieme.»

«A proposito di stasera...» esordii, lentamente.

«Scusa, quasi dimenticavo» mi prese in giro. «Martin. Vuoi portare anche lui?»

«No» risposi troppo in fretta. «E non sono sicura di poter venire.»

«Come non sei sicura?»

La delusione nella sua voce era inequivocabile, ma c'era qualcosa in più, qualcosa di peggiore: era come se se lo aspettasse. Come se avesse sempre saputo che di certe persone non ci si poteva fidare.

«Ho avuto un imprevisto» dissi, consapevole di quanto suonasse patetico.

«Ma lo sapevi da settimane, e questa serata per Dom è davvero importante...»

Iniziavo a diventare impaziente, volevo tornare ai ragionamenti interrotti poche ore prima dal mio sonno. L'iPad, abbandonato sul piumone, reclamava a gran voce la mia attenzione. Sapevo che c'era un unico modo di mettere a tacere la mia amica.

«D'accordo, vengo» dissi, ben sapendo che era una pessima idea. «Devo solo spostare qualche impegno, ma arrivo direttamente al ristorante. Va bene?»

Dal sollievo nella sua voce capii quanto ci tenesse, e mi sentii ancora peggio per aver tentato di tirarmene fuori.

«Grazie, Fran» disse Clare. «Ci vediamo alle sette?»

«Va bene» risposi, chiedendomi già quale scusa usare per dileguarmi prima delle otto.

«È questo, bellezza?»

Alzai lo sguardo verso il tassista, sorpresa, e infine mi voltai verso la facciata del ristorante. Persino dal taxi riuscivo a sentire la musica e il mormorio soffocato delle chiacchiere. Sul marciapiede si era riversata una folla di persone con in mano bicchieri di vino e sigarette.

«Sì, grazie» dissi, scendendo e lisciandomi il vestito alla meglio. Fu allora che notai l'insegna sopra la porta aperta del locale: DOMINIC'S, scritto in caratteri dorati. Devo ammettere di aver provato un moto di irritazione. Era tipico di Dom dare il suo nome al ristorante, nonostante fossero stati il duro lavoro e i soldi di Clare a renderlo possibile.

Tirai un sospiro profondo ed entrai. Scrutai la stanza in lungo e in largo, il mare di facce, sorrisi, risate. Il locale straripava di persone attirate dall'open bar gratuito.

La mia irritazione fu spazzata via da un'ondata di sollievo e orgoglio quando, sul lato opposto della stanza, intravidi il sorriso raggiante di Clare.

«È un trionfo» dissi, avvicinandomi e abbracciandola stretta. «Non riesco a credere che ci sia così tanta gente.»

«Lo so» rise lei. «Eravamo convinti che ci saremmo stati soltanto noi e i camerieri! Sophie Cole ha portato il tizio del "Times", riesci a crederci? Pensavo che se la stesse tirando, invece sono qui. Dom gli sta alle calcagna da quando è entrato e non smette di riempirgli il bicchiere di champagne.»

«Sophie Cole è qui?»

Non sapevo perché la sua presenza mi mettesse a disagio. Sophie si era sempre dimostrata gentile e affettuosa nei miei confronti, ma era una donna scaltra e acuta, dovevo stare all'erta con lei.

Dom alzò lo sguardo dalla sua conversazione con il critico e mi concesse un saluto distratto. Mi sentivo in colpa per aver pensato male di lui per quella cosa del nome – in fondo, in quale altro modo poteva chiamare il suo ristorante? – e gli feci un cenno con la mano.

«Allora, sei riuscita a risolvere il contrattempo?» si informò Clare.

Mi voltai di nuovo verso di lei, scrutando il suo viso in cerca di indizi. Di cosa aveva parlato con Sophie? La sua era una domanda innocente o inquisitoria? A volte era difficile capirlo. Il lato negativo di essere amica di una psicoterapeuta è non potersi mai rilassare del tutto. Specialmente quando si ha qualcosa da nascondere.

«Solo una cosa di lavoro» dissi, accogliendo con gratitudine l'arrivo di un cameriere con un vassoio pieno di bicchieri di vino.

«Un caso importante?»

Con un lampo di divertita meraviglia mi resi conto che non sapeva niente. Non era al corrente della scomparsa di Donna. Non sospettava nulla del tormento di Martin, del mio tormento.

Annuii mentre bevevo il primo sorso di vino.

Ero pronta a confessare che Martin, il mio amante, non era solo sposato ma anche il mio cliente. E non intendevo fermarmi, volevo raccontarle tutto: che avevo seguito Martin e Donna la notte in cui lei era sparita, che forse avevo assistito a qualcosa di rilevante – magari qualche dettaglio utile che avrebbe potuto far luce sulla sua scomparsa –, ma non riuscivo a ricordarlo. Non solo Clare era la mia migliore amica, ma in questo genere di cose poteva anche aiutarmi, lo sapevo. Dopotutto, aveva dedicato tutta la sua vita lavorativa a occuparsi delle complessità della mente. Ma come potevo spiegarle qualcosa che io per prima non ero in grado di afferrare?

Prima che potessi dirle qualcosa, Clare ricominciò a parlare. «Non devi lavorare sette giorni su sette, sai. Persino io mi sono arresa e ho deciso di concedermi le domeniche libere.» Sorrise mentre sorseggiava il suo champagne.

Un'altra cosa che non sapeva: non ero arrivata in ritardo alla sua festa perché stavo lavorando. Avevo passato tutto il pomeriggio in palestra, ad allenarmi come una pazza nel tentativo di non pensare a Martin. L'avevo fatto per cercare di non ossessionarmi su ogni dettaglio: dove fosse, cosa stesse dicendo. E per tutto il tempo avevo tenuto il cellulare stretto in mano, chiedendomi se avrebbe vibrato per una sua telefonata.

«A proposito di Martin...» esordii.

«Sono contenta che siamo soltanto noi due stasera» sorrise lei, interrompendomi. «Sai, quando hai detto che non saresti venuta ho pensato che mi stessi di nuovo piantando in asso per fare sesso.»

Il suo tono era tranquillo e scherzoso, ma con una punta inequivocabile di rimprovero. D'altra parte l'ultima volta che avevo visto Clare era stata all'evento della galleria dove l'avevo invitata per poi sparire dopo nemmeno un'ora dal nostro arrivo.

La consapevolezza che quei momenti felici e spensierati risalissero ad appena qualche giorno prima mi riempiva di una tristezza quasi soffocante.

«Non lo farei mai...»

«Sai, leggevo un articolo l'altro giorno. A quanto pare, quando si innamorano, le persone perdono almeno due amicizie importanti. Non ci sono abbastanza ore in una giornata, bisogna rinunciare a qualcosa. Quindi farò meglio ad accontentarmi di qualunque briciola tu sia disposta a concedermi.»

La sfumatura risentita nella sua voce era evidente e sapevo di doverla disinnescare.

«Siamo solo state impegnate. Per me al lavoro è un casino, e tu dovevi occuparti del ristorante di Dom...»

Mi resi conto che non era il caso di parlare di Martin visto che Clare lo incolpava della mia assenza nell'ultimo periodo, quindi lasciai perdere.

Clare scosse la testa e bevve un lungo sorso di champagne. «No, non ci siamo fermati neanche per un minuto... La vernice è ancora fresca» disse, indicando il soffitto con il bicchiere. «Questo pomeriggio eravamo ancora alle prese con gli ultimi ritocchi. I critici gastronomici devono essere abituati a mangiare immersi nell'odore di vernice fresca, mi sa.»

«In effetti hai un po' di vernice proprio qui» dissi, sfiorandole una ciocca di capelli.

La mano di Clare si avvicinò per toccare la mia e mi strinse le dita.

«Grazie» disse con gli occhi luccicanti. «Non sarebbe stato lo stesso senza di te, lo sai?» Mi fissò così intensamente da costringermi a distogliere lo sguardo, e fu così che vidi Sophie attraversare la folla per raggiungermi.

Si stava sistemando uno scialle sulle spalle, come se stesse per andare via. Mi immobilizzai, intrappolata tra il desiderio di parlarle e quello di scappare a nascondermi.

«Ciao, Fran» mi salutò, baciandomi la guancia. Mi guardai intorno in cerca di Clare, ma era sparita.

«Dom è felice che tu sia venuta con il tuo amico» dissi, forzando un sorriso. «È stato gentile da parte tua.»

«Ho detto a Clare che ci avrei provato e mi piace mantenere la parola. E poi speravo di vederti.»

«Di vedere me?»

Rimase in silenzio per un momento, abbastanza a lungo da farmi sentire a disagio.

«Immagino che tu abbia saputo di Donna» sussurrò con un filo di voce. «Che cosa succede?»

«Non lo so proprio» dissi sincera. «Non lo sa nessuno.»

I suoi occhi mi trafissero e cominciai a sentirmi come un ghiro puntato da un falco.

«Quanto la conosci?»

«Donna? Molto poco» risposi.

«Davvero? Sei l'avvocato di Martin.»

«Cosa intendi?» domandai, cercando di non sembrare troppo sulla difensiva.

«Sei un ottimo avvocato, Fran. Scommetto che hai scoperto tutto quello che potevi su Donna quando stavi preparando il suo caso.»

«Non so perché sia scomparsa, Sophie, se mi stai chiedendo questo.»

«Non ti sei fatta nessuna idea?»

Riuscivo quasi a immaginarla fare un colloquio ad aspiranti impiegati della Gassler Partnership, e metterli incredibilmente a disagio. Nessuno avrebbe osato raccontarle bugie o gonfiare un curriculum, perché Sophie Cole era il tipo di persona a cui non sfugge niente.

Scossi la testa e lei si avvolse ancor di più nello scialle.

«L'hai mai incontrata?» chiese, senza batter ciglio. Non capivo se la sua domanda nascondesse un'accusa, ma pensai che fosse meglio aggirarla. Inoltre, il mio fugace incontro con Donna Joy in tribunale non poteva essere preso in considerazione.

«Non è una stupida. Se nessuno la vede da una settimana deve esserci un motivo.»

«Pensi che stia cercando di manipolare Martin?»

«Forse, oppure è davvero nei guai. E per quanto sia preoccupata per la nostra attività alla prospettiva del divorzio, spero proprio che quest'ultima opzione non sia quella giusta.»

Avevo le guance arrossate. Alzai lo sguardo verso il soffitto, notando alcune chiazze che Dom e Clare non avevano verniciato, e poi tornai a posare gli occhi su Sophie, che non aveva mai smesso di fissarmi.

«Non sembri in gran forma» osservò. «Vuoi un bicchiere d'acqua?»

Scossi la testa.

«Okay, allora» rispose. «Ti saluto, devo proprio andare.»

Rimasi immobile al mio posto. Non osai voltarmi per guardarla uscire dal ristorante, anche se parte di me sapeva che lei invece continuava a tenermi d'occhio. Guardai l'orologio per controllare l'ora, chiedendomi se Sophie si fosse dileguata così presto per poter assistere alla messa in onda dell'appello per la scomparsa di Donna.

Erano già le sette e quarantacinque. Non vedevo Clare da nessuna parte, il che era un bene. Ormai avevo fatto il mio dovere e potevo andare via, ma a quel punto non sarei mai arrivata a casa in tempo e mi sarei persa la diretta dell'appello. Così lasciai la sala principale del ristorante e mi avviai verso le scale. Nessuno mi vide strisciare tra la folla e dirigermi al piano superiore. Ricordavo qualcosa sui progetti per lo spazio al primo piano. Clare mi aveva detto che, qualora il ristorante fosse decollato, sarebbe stato trasformato in un'area per cene private o in un appartamento di design da affittare a una somma principesca per sovvenzionare Dominic.

Non appena raggiunsi quello spazio disordinato, però, mi resi conto che qualunque progetto avessero davvero in mente era ben lontano dall'essere realizzato. C'erano soltanto tre stanze lassù, parzialmente arredate. Qualcuno – forse Dominic – ne aveva adibita una a ufficio e salotto. C'erano una scrivania con un telefono, pile disordinate di documenti e un televisore a schermo piatto su un mobiletto di fronte a un vecchio divano, con una console di videogiochi nascosta su un lato. Ormai ne ero sicura, doveva essere il piccolo nascondiglio di Dom, la caverna dove rintanarsi a giocare per ore a *Call of Duty* quando avrebbe dovuto invece lavorare al ristorante.

Sentii un'ondata di amara soddisfazione: non mi sbagliavo sul suo conto. Il marito di Clare non mi era mai piaciuto. All'inizio lo ritenevo un affascinante fannullone, ma nel corso degli anni lo avevo osservato con crescente frustrazione mentre interpretava il ruolo del bel dilettante. Il ristorante era soltanto l'ultimo dei progetti ai quali si era appassionato senza mai riuscire a portarli al successo.

Prima c'era stato il romanzo, che non era mai approdato in libreria e si era arenato nel corso di lunghi pranzi con agenti letterari minori; poi lo spazio artistico pop-up, che sembrava la scusa perfetta per permettere a Dominic di passare le serate a fare "networking" alle feste di Mayfair, il tutto con il sostegno finanziario di Clare che faceva gli straordinari per pagare i suoi conti.

Quella volta, comunque, ero grata alla sua stanza del piacere. C'era una televisione, e non mi serviva altro.

Presi il telecomando e la accesi, cercando il canale delle notizie. Mi appollaiai sul bracciolo del divano. Passarono prima una serie di notizie poco rilevanti: uno scandalo che aveva coinvolto un politico, investimenti cinesi in un'acciaieria.

«Forza» mormorai, mentre seguivo con gli occhi la stringa sul fondo dello schermo.

E poi accadde. Il mio cuore accelerò quando il giornalista

pronunciò le parole "Donna Joy". Un primo piano della moglie di Martin riempì lo schermo: uno scatto bello e sorridente di una vacanza, chissà dove e con chi. Era possibile che fosse stato proprio Martin a farle quella foto? Nella loro casa di Ibiza, forse, o in una delle loro numerose vacanze sotto il sole. Meglio non pensarci troppo.

La voce del giornalista si fece più seria quando iniziò a riassumere i dettagli della sua scomparsa. Nel frattempo, sullo schermo si susseguiva una serie di immagini: una pagina Facebook chiamata "Trova Donna Joy", la facciata della sua casa di Chelsea e una mostra delle sue opere – fastidiosamente belle – in una galleria.

Sullo schermo apparve poi un altro viso che sembrava la brutta copia di Donna. Una donna con gli stessi capelli lunghi ma di una sfumatura più scura, la pelle liscia ma priva della lucentezza bronzea artificiale che si addice alla moglie di un finanziere.

Una didascalia ne rivelava l'identità: JEMMA BANKS – SORELLA.

«Donna è una sorella fantastica, creativa, una brava persona» disse Jemma Banks con una cadenza dura, ben lontana dall'intonazione fluida e priva di accento di Donna. Il modo di parlare di Jemma mi disse di più su sua sorella di quanto avessero fatto le mie numerose ricerche su internet: mi rivelò il suo passato, il suo background, e confermò il mio sospetto sul fatto che fosse un'arrampicatrice sociale spietata, come molte altre mogli che avevo incontrato in passato.

Al contrario, Jemma era una donna qualunque proveniente da un sobborgo insignificante, ad anni luce di distanza rispetto agli indirizzi prestigiosi che costellavano la vita della sorella. Ma le sue parole erano sincere ed era impossibile non commuoversi.

«Le voglio bene, voglio soltanto che torni a casa.»

Anche se odiavo Donna per aver sedotto Martin e per aver egoisticamente causato tutti quei problemi, sentii i miei occhi riempirsi di lacrime mentre assistevo all'appello. Sophie Cole aveva ragione. Forse Donna era nei guai. Era più facile pensare a lei come a una squilibrata nascosta in una spa o in un centro yoga solo per creare problemi a suo marito. Perché l'alternativa, la possibilità che le fosse successo qualcosa, era troppo insostenibile per poter essere anche solo presa in considerazione.

Se fino a quel momento ero riuscita appena a respirare, quando sullo schermo apparve Martin stanco e sfinito rimasi in apnea.

«...quindi se qualcuno avesse visto Donna, per favore, si metta in contatto con la polizia. Donna, ci manchi. Se vedi questo appello contattaci il prima possibile.»

«Cosa stai facendo?» mi sfuggì ad alta voce.

Gli avevo consigliato di parlare con un avvocato, ma non ero sicura che gli avrebbe suggerito di intervenire durante l'appello. Era ovvio che la strategia migliore fosse tacere. Era il marito di una donna scomparsa e i partner sono sempre in cima alla lista dei sospetti, soprattutto se si trovano nel bel mezzo di un divorzio complicato e con una montagna di denaro in gioco.

Eppure eccolo lì, con l'aria stanca e la barba non rasata, non la ricrescita sensuale che aveva sfoggiato al nostro appuntamento al rientro dalla Svizzera, ma una sorta di macchia trasandata che gli conferiva un aspetto subdolo e sospetto. Colpevole. Quanto al suo "ci manchi", suonava così... fiacco. Non che avrei preferito vederlo piangere e battersi il petto, ma poteva almeno sforzarsi di apparire sincero, di dimostrare di volere davvero, con tutto se stesso, che Donna tornasse a casa sana e salva.

Avevo la nausea, e non era colpa dell'alcol a stomaco vuoto. Avevo paura che quella storia si trasformasse in un processo mediatico. Se l'opinione pubblica decide che sei colpevole – o anche solo "sospetto" – può distruggerti. Cosa avrei pensato di lui se avessi assistito a quell'appello senza conoscerlo?

«Dicci soltanto dove sei» continuò, rivolto alla telecamera. «Facci sapere se sei al sicuro.»

«Non aggiungere altro» lo implorai a distanza, stringendo la mano a pugno e pensando agli avvoltoi in ascolto, persone che forse sapevano della separazione di Martin e Donna e non aspettavano altro per lanciarsi in insinuazioni o accuse esplicite. Mi sarei voluta lanciare nel televisore per proteggerlo, trattenerlo, fermarlo.

«Non dire niente...» aggiunsi ad alta voce.

Mi girai di scatto quando sentii una mano posarsi sulla spalla. «Gesù, Fran, cosa stai facendo?»

Dominic era in piedi dietro di me, con gli occhi spalancati e una ruga profonda tra le sopracciglia.

«Dovevo guardare il telegiornale» balbettai.

«Il telegiornale?» ripeté, guardando il telecomando come se glielo avessi rubato.

«Riguarda uno dei nostri clienti.»

«Di che si tratta? Cos'ha fatto?» chiese, sporgendosi per guardare lo schermo. «Ha ucciso qualcuno?»

Mi voltai e spensi il televisore.

«Niente di così interessante» dissi, riponendo con cautela il telecomando dove l'avevo trovato. «Scusa, non mi sarei dovuta intrufolare. A proposito, complimenti per l'inaugurazione. Le tartine sono fantastiche e i cocktail...»

«Mi raccomando, non dimenticare di ripeterlo a Clare» disse con un debole sorriso. «Ci è costato tutti i nostri risparmi, quindi sarà meglio che funzioni.»

«Ma certo che funzionerà» ribattei, ancora imbarazzata per essere stata sorpresa al piano di sopra.

Dominic mi fissò con uno sguardo acquoso e le guance arrossate, e mi accorsi che era ubriaco.

«Vorrei che lo avessi detto a Clare sei mesi fa.»

«Detto cosa?» domandai, cercando di concentrarmi sulle sue parole.

«Pensavi che il ristorante fosse soltanto un altro dei miei piani da perditempo.»

Scoppiò in una risata divertita, che non si estese ai suoi occhi. *Grazie mille, Clare*, pensai. Non riuscivo a credere che glielo avesse raccontato.

«Non ho mai detto una cosa simile» mi difesi, sforzandomi di mantenere il mio tono gioviale e leggero.

Dominic sollevò un sopracciglio e capii subito di dover prendere le redini della conversazione.

«E se l'ho fatto era solo perché ero preoccupata che corressi dei rischi. Quando Clare ha detto che stavi per firmare un contratto di affitto per questo posto, mi è venuta in mente quella statistica secondo cui due ristoranti su tre chiudono i battenti entro un anno dall'apertura.»

Era la verità. E avevo la sensazione che fosse la prima cosa del tutto onesta che dicevo a Clare o Dom da settimane. Avevo avvertito la mia amica che rischiavano di perdere un capitale in un progetto simile. Clare era una psicoterapeuta di successo, ma non aveva poi così tanto denaro da mettere in gioco. Quando le avevo consigliato di andarci con i piedi di piombo lo avevo fatto con le migliori intenzioni.

«Cerca solo di non creare problemi in futuro» disse Dom, bevendo distrattamente un sorso di vino. Mi lanciò un'occhiata arrogante e bellicosa.

«Non volevo creare nessun problema, Dom. Mi preoccupo soltanto per voi.»

Riuscivo a sentire un tremito nella mia voce. L'appello mi aveva destabilizzato a sufficienza e l'ultima cosa di cui avevo bisogno era uno scontro con il marito di Clare.

«Davvero?»

«I ristoranti sono un investimento ad alto rischio, Dom. Non sarei stata una buona amica se non ve lo avessi fatto notare.»

«Non volevi che aprissi questo locale, Fran. Hai fatto tutto il possibile per dissuaderla.»

«Quando te l'ha detto?»

Ero sinceramente sbalordita. Non avevo idea che avesse davvero preso in considerazione il mio invito alla cautela.

«Ti ascolta, Fran. Fin troppo. Dà più retta a te di quanta non ne dia a me. Ma, per favore, stai fuori dal nostro matrimonio, perché a volte ho l'impressione di essere in tre. E le cose non finiscono mai bene in un matrimonio a tre.»

Pensai a me, Martin e Donna Joy e annuii. Ero d'accordo.

21

Era lunedì, mattina presto. Il mio ufficio era in ordine ed ero a metà di una tazza di caffè quando Paul bussò ed entrò con un fascicolo sotto braccio. Di solito lo lanciava sulla mia scrivania come un cavaliere medievale avrebbe fatto con una testa mozzata, ma quel giorno esitò, tenendolo stretto al petto.

«Allora, hai parlato con Martin Joy questo fine settimana?» chiese, posando una mano sulla scrivania.

«Di sfuggita» risposi, mentre mi sentivo avvampare il collo per il senso di colpa.

«E quindi?» insisté lui, insoddisfatto della mia risposta.

«Mi ha parlato delle indagini della polizia. Penso che al momento il divorzio sia l'ultimo dei suoi problemi.»

Paul inarcò le sopracciglia in un'espressione di disapprovazione. Nei confronti di Martin e – presumibilmente – anche nei miei, in quanto suo avvocato. Dubitavo che fosse in ansia per la sorte o l'incolumità di Donna Joy. Stava pensando soltanto alla nostra reputazione. I sospetti su Martin significavano riflettori puntati su di noi e gli scandali sui tabloid sono deleteri per gli affari, soprattutto se si è specializzati in divorzi rapidi e discreti. Dal suo punto di vista, il caso Joy era l'iceberg sulla rotta del suo *Titanic*.

«Allora, quali sono le ultime notizie?» si informò, con le sopracciglia ancora sollevate.

«Nessuna novità sulla signora Joy» risposi, evitando il suo sguardo.

«Lo so, ascolto Radio Four.»

Sorrisi, ma chiaramente non era il momento adatto.

«Cosa ne pensi?» buttai lì. «Hai visto l'appello in televisione?»

«Mi stai chiedendo se penso che sia coinvolto nella sua scomparsa?»

«Sì» risposi con più audacia.

Lo osservai con attenzione. Lui esitò e cambiò posizione, aggrottando le sopracciglia. Di solito la sua lealtà nei confronti dei clienti superava la devozione per i suoi avvocati, ma Martin Joy rischiava di metterci tutti in cattiva luce, quindi Paul era combattuto. *Non me ne parlare*, pensai, vedendolo in difficoltà.

«Dopo tutti questi anni nel diritto di famiglia sono quasi sorpreso che non ci sia capitato prima» disse alla fine.

«Capitato cosa?»

«La conveniente scomparsa di una moglie.»

«Conveniente?»

«Be', è molto conveniente, non ti sembra? Qual è la posta in gioco in questo divorzio? Cento milioni, spicciolo più spicciolo meno? La matematica non è il mio forte, ma direi che il cinquanta per cento di cento milioni sono un sacco di soldi.»

Mi assicurai che la mia espressione non mi tradisse.

«Il motivo per cui non capitano molti casi del genere, Paul, è che, per quanto i mariti trovino fastidioso rinunciare a metà del loro patrimonio, l'idea di passare vent'anni in carcere è ancora meno allettante. In caso contrario, ci sarebbero cadaveri ovunque.»

Paul annuì. «Eppure la polizia sta prendendo la scomparsa di quella donna piuttosto sul serio. Insomma, un appello televisivo non è cosa da tutti i giorni.»

Guardò l'orologio e tornò in modalità efficienza. «Ieri sera ho parlato con Vivienne e Charles» disse, citando i nostri due avvocati più esperti. «Vivienne ha suggerito di parlare con John Cook del Beresford Group, una società di pubbliche relazioni. Si occupano di gestione d'immagine. Sai, dovremmo fare qualcosa per proteggere la nostra reputazione. Gli ho appena telefonato, e ha accettato di fare un incontro in videoconferenza fra venti minuti. Faresti meglio a esserci.»

Si raddrizzò tenendo ancora stretto il fascicolo e, mentre raccoglievo le mie cose per dirigermi nella sala conferenze, lo vidi svanire in direzione dell'ufficio di Tom Briscoe, senza dubbio per affidargli un caso che fino a poche settimane prima sarebbe stato mio.

«Le strategie possibili sono due» disse la voce di John Cook dal microfono al centro del tavolo. Fino a quel momento, ero riuscita a non pronunciare una sola parola in tutta la videoconferenza, accontentandomi della magra consolazione che Vivienne non avesse scelto come esperto di pubbliche relazioni Robert Kelly, l'avvocato contattato da Martin. «Potete prendere le distanze dalle indagini della polizia e liquidare le domande dei media con un breve ma educato comunicato stampa nel quale spiegate che state semplicemente rappresentando il signor Joy in una questione di diritto di famiglia. Oppure potreste usare questa svolta inaspettata per farvi un po' di pubblicità. La scomparsa di Donna Joy rende questo caso di grande interesse, e se non viene ritrovata la cosa andrà per le lunghe.»

«Vuoi dire che basta che se ne parli, non importa come?» chiese Paul, sorseggiando il suo caffè.

Charles Napier gli lanciò un'occhiataccia di malcelata disapprovazione. «Ovviamente sosterremo il nostro cliente facendo tutto il possibile» disse, concentrando la sua attenzione sul telefono sistemato al centro del tavolo. «Ma allo stesso tempo dobbiamo minimizzare ogni potenziale scandalo. Questo è un imperativo assoluto.»

«C'è qualcosa che dovrei sapere? Un particolare motivo di preoccupazione?» s'informò Cook.

Vivienne lanciò un'occhiata a Charles, che si stava togliendo gli occhiali come per enfatizzare un aspetto legale particolarmente complesso. «Vede, signor Cook, quest'anno abbiamo due avvocati in corsa per la seta e uno di loro, Francine, rappresenta Martin Joy nella causa di divorzio. Ovviamente siamo convinti che il sistema di valutazione sia in tutto e per tutto imparziale, ma non possiamo rischiare che un'eventuale indagine penale su Martin Joy influisca negativamente sulle loro possibilità di essere nominati avvocati della Corona.»

«In tal caso è meglio tenere il più possibile le distanze da Donna e Martin Joy» concluse Cook. «Tenete un basso profilo sui social media, redigete un comunicato stampa ufficiale. Chiederò alla mia squadra di lavorarci e vi richiamerò nel pomeriggio.»

Quando Paul e Charles lasciarono la sala conferenze mi trattenni ancora un attimo, sperando di poter parlare a tu per tu con Vivienne McKenzie.

«Cosa c'è sotto?» le chiesi, quando si chiuse la porta alle spalle.

«In che senso?» Posò il taccuino sul tavolo e mi guardò con aria interrogativa.

«Il Beresford Group costa cinquecento sterline all'ora. Davvero pensate di investire i soldi di Burgess Court, e una cifra del genere per di più, solo per aiutare me e Tom a prendere la seta?»

Vivienne mi rivolse un sorriso materno.

«Non ti sfugge mai niente, vero?»

«Forse sono solo cinica» risposi, rendendomi conto che la mia intuizione era giusta. Vivienne rimase in silenzio per qualche istante.

«Devi sapere che siamo stati contattati da Sussex Court per una possibile fusione.»

«Una fusione? E non avevate intenzione di dircelo?»

«Non c'è ancora nulla di concreto. Ad ogni modo,» aggiunse «se la cosa dovesse andare in porto sarebbe un grande vantaggio per tutti noi. Sussex Court è una realtà molto più potente e prestigiosa della nostra, a dire la verità. Comunque, siamo tutti d'accordo che sarebbe una buona idea. Per noi di Burgess Court si tratterebbe di un passo importante, perché andando avanti le realtà piccole avranno sempre maggiore difficoltà a sopravvivere.»

«E cosa c'entra tutto questo con Martin Joy?» domandai, cauta.

«Se fosse successo qualcosa a Donna Joy, e se suo marito dovesse risultare in qualche modo coinvolto, il caso attirerà molta attenzione sgradita. L'ambiente di Sussex Court è conservatore, i loro membri più anziani sono veramente dei reazionari. Il minimo scandalo potrebbe mettere in discussione l'intero progetto di fusione.»

«Parli come se la polizia avesse già arrestato e incriminato Martin» dissi, sentendo le parole sfuggire al mio controllo. «Non abbiamo motivo di credere che sia tra i sospettati, e non c'è ragione di pensare che a Donna Joy sia successo qualcosa di terribile.»

«Charles si chiedeva se non potessi, o meglio *dovessi*, lasciare Martin come cliente.»

«Lasciarlo?»

Agitò una mano. «Era solo una reazione impulsiva. Ma... ovviamente non si può andare avanti con il divorzio: anche se la signora Joy dovesse tornare, dovremmo consigliare a Martin Joy di mantenere un basso profilo. Almeno per il momento.»

«Non posso dirglielo.»

Vivienne mi rivolse un debole sorriso.

«Sì, invece» continuò, sbirciando attraverso le strisce grigie della tendina che copriva la vetrata della sala riunioni. «E puoi farlo anche subito perché, a meno che non mi sbagli di grosso, Martin Joy è appena entrato nella nostra reception.»

22

E così ritornammo dove tutto era iniziato. La stessa stanza, la stessa tensione che attanagliava le viscere. Questa volta, però, si trattava di un tipo diverso di agitazione. Il mio cuore batteva forte, fremeva per la rabbia, la frustrazione, il desiderio. Odiavo Martin per avermi lasciata nell'incertezza così a lungo, e lo detestavo per avermi fatta passare per bugiarda.

Non mi sfuggì lo sguardo sorpreso di Paul quando mi vide andare incontro al mio controverso cliente. Uno sguardo che sembrava dire: *Strano. Conosci a malapena Martin Joy. Mi hai raccontato di avergli parlato di sfuggita. E pensavo che avessi sostenuto che al momento il divorzio fosse l'ultimo dei suoi problemi.*

Innervosita dal suo arrivo, esitai davanti alle tende, chiedendomi se tirarle o scostarle del tutto.

«Lasciale così» ordinò Martin, come se avesse intuito il mio pensiero. «Comportati come faresti con un qualsiasi altro cliente.»

«Avevi detto che era meglio non vederci» mormorai alla fine.

La mia voce era ridotta a un sussurro. La sala riunioni era insonorizzata, quindi sapevo che nessuno poteva sentirci, ma riuscivo appena a respirare, figurarsi a parlare.

«Sto per andare al commissariato di polizia» continuò, sedendosi al tavolo. «Dobbiamo parlare.»

Con la coda dell'occhio vedevo Paul che ci osservava dal lato opposto del vetro. Mi sedetti di fronte a lui, aprii il mio taccuino ed estrassi la penna dalla tasca, felice di potermi sedere.

«Allora, com'è andato l'appello? L'ho visto in televisione» dissi, nel tono più tranquillo di cui ero capace. «Ti hanno consigliato di parlare?»

«Ho seguito il tuo suggerimento e assunto Matthew Clarkson. Ci siamo incontrati prima delle riprese e mi ha consigliato di presentarmi da solo, senza rappresentanza legale.»

«C'era anche la famiglia di Donna?»

In televisione avevo visto solo lui e Jemma Banks, ma potevano essere intervenuti altri familiari le cui parti erano state tagliate.

«Sua madre è in crociera e non è riuscita a rientrare in tempo. L'abbiamo girato a casa di sua sorella. Jemma e suo marito mi hanno ignorato del tutto. È stato imbarazzante, come puoi intuire.»

Immaginavo quanto fosse stato difficile per lui e dovevo ammettere che si era trattato di una mossa intelligente da parte della polizia. Provai a mettermi nei panni di un colpevole intento a girare un appello in un'anonima stanza d'albergo con un telone bianco come sfondo: è molto più facile mentire alle telecamere su un palcoscenico vuoto. Fare lo stesso a casa di un parente, in uno spazio personale, è tutta un'altra storia, a meno di non essere freddi come il ghiaccio.

«Ti hanno spiegato perché volevano che parlassi anche tu?» chiesi, sentendomi subito in colpa per aver pensato a Martin come colpevole.

«Mi sono offerto io: non ho nulla da nascondere. A parte noi due» aggiunse dopo un attimo. I suoi occhi verdi sembravano più scuri.

Mi mossi a disagio sulla sedia. Quando alzai lo sguardo, Martin mi stava ancora fissando.

«Nessuno può sapere di noi, Fran» disse. Il suo tono era onesto, ma le sue parole facevano male come un taglio aperto da un foglio di carta. In quel momento capii il motivo della sua visita. Quando Vivienne McKenzie aveva detto di averlo visto alla reception, per un gioioso istante mi ero convinta che volesse incontrarmi, che avesse bisogno di me, delle mie parole sagge e rassicuranti. In quel momento, invece, capii che era venuto a tagliare i ponti, a mettere ordine nella sua versione dei fatti. E il tutto alla luce del sole.

«Se si scoprisse sarebbe un problema anche per me, Martin» risposi, raddrizzando la schiena.

Annuì. «Lo so. Per questo devi cancellare tutti i messaggi che ti ho inviato dal cellulare. E le email che potrebbero sembrare inappropriate.»

«Siamo al sicuro, Martin. È tutto protetto dal segreto professionale. Qualsiasi comunicazione tra avvocato e cliente non deve essere rivelata ed è inammissibile come prova in...»

«Non voglio correre rischi» mi interruppe lui.

Lanciai un'occhiata alle sue spalle e notai che Paul non si era mosso. Avvampai, e la mia mano iniziò a tremare.

«Donna è scomparsa e il coniuge è sempre il primo sospettato. Se la polizia e la stampa non sono già pronte a crocifiggermi, si ritroveranno con molte frecce al loro arco se dovesse venire fuori che frequentavo il mio avvocato divorzista.»

«Martin, non so cosa tu abbia già detto alla polizia, ma non puoi mentire» dissi, avvertendo una piccola pulsazione sotto l'occhio destro. «Ci saranno cento dettagli che ti sono sfuggiti e se iniziano a esaminare i tuoi spostamenti nell'ultima settimana è probabile che arriveranno a me.»

«Quindi non ti dispiacerebbe se si sapesse della nostra relazione?» mi sfidò.

Pensai alla mia candidatura al Queen's Counsel, ai rapporti tra Burgess e Sussex Court, ai colleghi che avevo deluso.

«Preferirei evitare, a meno che non si riveli necessario» sussurrai.

«Sei il mio avvocato» sentenziò con un'autorevolezza rassicurante. «Sono nel bel mezzo di un costoso divorzio, quindi è naturale che abbiamo passato del tempo insieme. Siamo andati sulla costa perché volevo mostrarti i miei beni.»

«Puoi dirlo forte» dissi, ripensando ai momenti vissuti insieme nel capanno, al suo sapore e alla carezza ruvida dei suoi peli sulla mia pelle.

Non sorrise al mio accenno alla nostra intimità.

«Stavi valutando la casa» continuò, come se non avessi parlato. «Siamo andati nell'Essex di sabato perché durante la settimana sei impegnata in ufficio. Ci siamo fermati a bere qualcosa al pub perché la marea ci aveva bloccati.»

«È così che lo ricordi?»

Sentii il suo piede sfiorare il mio sotto il tavolo, mentre continuava a fissarmi. Era un piccolo gesto complice, un segno per dirmi che eravamo ancora legati, ancora insieme.

«Darei ogni centesimo in mio possesso per sapere che Donna sta bene. Ma, se così non fosse, voglio che tu sappia che io non c'entro niente.»

«Lo so» dissi, senza nemmeno pensarci.

23

Martin non si trattenne a lungo. Tornai nel mio ufficio, ma non riuscivo a concentrarmi, così decisi di anticipare il pranzo. La primavera tardava ad arrivare e, nonostante la giornata grigia e fredda, avevo voglia di mangiare all'aperto. Così mi infilai il cappotto, presi un sandwich da Pret à Manger su Fleet Street e mi sedetti su una delle panchine accanto alla fontana fuori da Middle Temple Hall.

Il mio telefono trillò e guardai il messaggio in arrivo. Trasalii quando mi resi conto che era di Clare.

Puoi parlare? Ho appena letto di Donna Joy.

No, non volevo parlare: in quel momento aveva fatto due più due e non ero pronta per una ramanzina.

Mi infilai il cellulare in tasca e chiusi gli occhi, perdendomi nello sciabordio della fontana e godendo per qualche fugace istante degli spruzzi di acqua fredda che mi solleticavano il viso. In lontananza si sentivano le note di un pianoforte e per un attimo, all'ombra degli antichi alberi di gelso, mi sentii pervadere da un senso di calma e pace che non provavo da giorni.

Dei passi riecheggiarono sul lastricato del cortile. Alcuni erano più pesanti e quando li sentii fermarsi davanti a me spalancai gli occhi di scatto.

«Stai bene?» chiese Tom Briscoe, mentre alzavo lo sguardo su di lui. Indossava un pesante cappotto nero, in una mano reggeva la sua ventiquattrore e nell'altra un sacchetto di carta di una paninoteca nelle vicinanze.

«Sono solo stanca» risposi, imbarazzata di essere stata sorpresa da lui in quello stato.

«Non hai una bella cera» disse, sedendosi accanto a me.

«Grazie!» risposi, trovandomi a ridacchiare per la prima volta in quella settimana.

Tom tirò fuori una lattina di Coca-Cola e me la offrì.

«Ne vuoi un sorso? Probabilmente ne hai più bisogno tu di me...»

Annuii. Non avevo comprato niente da bere e, dopo un fine settimana in cui ero riuscita a dormire solo cinque ore, un po' di caffeina poteva tornarmi utile. Così ringraziai Tom e mi trovai con la lattina fredda e invitante tra le mani. Sollevai la linguetta e mi lasciai solleticare la gola dalle bollicine.

«Ti devo un favore» dissi con un sospiro profondo e soddisfatto.

«Figurati» rispose, sfilando una baguette dal sacchetto.

Ero felice della compagnia e, mentre guardavo Tom addentare il suo panino, mi chiesi perché non pranzassimo insieme più spesso.

«Era Martin Joy quello che ho visto uscire poco fa?» chiese, indicando con noncuranza Burgess Court.

Annuii con decisione, sentendomi offesa. Avrei dovuto immaginare che Tom non fosse interessato alla mia compagnia: era venuto per spettegolare. Mi spostai sulla panchina, pronta a mettermi in guardia. Tom era ambizioso. Lo aveva detto lui stesso, pensava che fosse una gara: chi sarà il primo a prendere la seta? E non sapevo cosa fosse disposto a fare pur di vincere.

«Stava andando in commissariato» dissi.

«Ho sentito che ha ingaggiato Matthew Clarkson. Sistemerà tutto, vedrai» disse con fare disinvolto.

Nonostante conoscessi le vere intenzioni di Tom, le sue parole mi rassicurarono.

«Hai qualcosa in tribunale oggi?»

Scossi la testa.

«Allora dovresti tornare a casa.»

«Non posso» risposi, pensando alla pila di fascicoli sulla mia scrivania.

Tom scrollò le spalle. «Non sono molti i vantaggi dell'essere lavoratori autonomi. Questo è uno, dovresti approfittarne.»

Il mio lato scettico mi spinse a pensare a tutto il lavoro extra che stava ottenendo lui: il fascicolo che Paul teneva sottobraccio quella mattina oltre alle altre innumerevoli richieste, ingiunzioni e pratiche di affido che, evidentemente, Paul e i miei colleghi non pensavano fossi più in grado di gestire. Non c'era da stupirsi che Tom mi stesse incoraggiando a perdere un pomeriggio.

«Vai e basta» ripeté e, mentre pensavo alla mia agenda vuota – per la prima volta da settimane non avevo in programma un giorno in tribunale –, decisi di abbandonare ogni cautela e passare il resto della giornata a letto.

Volevo davvero tornare a casa. Percorsi tutta Kingsway fino alla mia solita fermata per salire sul 19 diretto a nord, ma quando vidi l'autobus che viaggiava nella direzione opposta mi ritrovai ad attraversare la strada per prenderlo al volo.

Avevo i nervi a fior di pelle e la netta sensazione di essermi imbarcata in un'avventura. Mi sedetti desiderando di essere invisibile quando invece mi sentivo esposta, come se tutti mi stessero osservando.

Avanzammo verso il capolinea, superando il luccichio elegante del Ritz, l'imponenza patrizia di Knightsbridge, e poi Sloane Street in direzione di Chelsea. Calcolai dove mi convenisse scendere per essere più vicina possibile a casa di Donna e prenotai la fermata con un gesto esitante quando vidi comparire i primi metri di King's Road.

Era un altro pomeriggio triste e buio, con nuvole grigie e una pioggerella sottile che mi ricordava l'ultima volta in cui ero stata lì. Mi strinsi il cappotto in vita e svoltai l'angolo diretta verso l'abitazione di Donna. Notai subito che in casa c'era movimento, così continuai a camminare, ripercorrendo a passi incerti la strada fino al pub dal quale una settimana prima avevo osservato la villetta.

Mi sentivo troppo esposta per restare a osservare la situazione dalla strada, così entrai nel locale. L'aria calda e profumata di luppolo mi avvolse come una coperta, proteggendomi dal pomeriggio freddo e umido. Il pub era deserto, ma la cosa non mi sorprese: in fondo era lunedì pomeriggio e Chelsea non era certo un quartiere pieno di ubriaconi. Il pub serviva anche il pranzo, ma l'ora di punta era passata e rimanevano solo dei bicchieri vuoti e un hamburger non finito su un piatto a ricordare le persone che avevano affollato la sala.

Avevo bisogno di bere. Una bella cameriera mora stava pulendo il bancone sporco di birra con una spugnetta, ma quando mi vide entrare si fermò e mi chiese cosa desiderassi.

Era una domanda gentile, che probabilmente ripeteva decine di volte al giorno, ma alle mie orecchie suonava come un'accusa. Cosa vuoi? Cosa ci fai qui? Non avrei saputo rispondere.

Chiesi un vodka tonic, le mie dita tremavano quando le porsi una banconota da dieci sterline. Sotto la finestra c'era una fila di tavoli, così attraversai la stanza per sedermi a quello con la vista migliore sulla casa di Donna. Era lo stesso tavolo, la stessa visuale che ricordavo e, mentre mi sedevo, mi tornò in mente il momento in cui il lunedì precedente avevo compiuto le medesime azioni.

Mi riaffiorò alla memoria il retro del cappotto rosa di Donna, la macchia scura del braccio di Martin posato sulla parte bassa della sua schiena mentre la lasciava entrare in casa prima di lui.

Visualizzai un'ombra alla finestra, la silhouette snella di Donna che chiudeva le imposte, i fasci di luce dorata che filtravano attraverso gli spazi sottili tra le doghe.

Il lunedì prima la casa mi era sembrata imponente e immobile, mentre quel giorno dava l'impressione di essere affollata e, in un certo senso, violata. Riuscivo a intravedere gli agenti della scientifica nelle loro divise bianche, i detective con completi a buon mercato e un branco di fotografi e giornalisti, i furgoni della televisione, le volanti dell'unità cinofila, uno stuolo di ficcanaso e un agente che si sbracciava per convincere tutti a rispettare le distanze. Non vedevo il tipico nastro della scena del crimine, ma per il resto mi sembrava di assistere a un film poliziesco muto. Ne avevo visti a sufficienza da poter speculare su cosa stesse succedendo lì dentro: agenti della scientifica in ginocchio intenti a perlustrare pavimenti e tappeti in cerca di macchie di sangue, saliva e altri residui organici. Immaginavo pinzette e buste per raccogliere le prove, impronte digitali e campioni di pelle, mentre iniziavano a mettere insieme le tessere del puzzle per scoprire cosa fosse successo a Donna Joy. E, a giudicare dalla scena davanti ai miei occhi, nessuno pensava più che fosse scomparsa. Credevano che fosse morta.

Estrassi il cellulare dalla borsa e lo guardai. Cliccai sull'icona degli sms e iniziai a scorrere quelli di Martin. Messaggi sul dove e quando incontrarsi, su dove andare a cena. Messaggi post-appuntamento, messaggi intimi. Messaggi che dicevano cose che a volte non riuscivamo a dirci di persona.

Voglio assaggiare la tua fica.

Martin mi aveva detto di eliminarli tutti, ma non potevo. Non potevo cancellare la nostra storia. Non volevo fingere che non fosse mai successo niente.

Chiusi gli occhi per ricompormi. Dovevo cercare di pensare in modo logico e razionale, come facevo quando studiavo i fascicoli dei miei casi. Se ero tornata nel mio appartamento intorno alle due del mattino, era probabile che fossi rimasta al pub fino all'orario di chiusura. Provai a ricostruire la sequenza temporale degli eventi avvenuti in quella casa il lunedì precedente. Martin e Donna avevano fatto sesso subito? Avevano chiuso la porta e avevano iniziato a scopare contro la parete, felici, inebriati e ignari di tutto, soprattutto del fatto che io li stessi osservando? Iniziarono a tornarmi in mente altri dettagli della serata: era trascorso un po' di tempo tra il loro ingresso in casa e il momento in cui Donna aveva chiuso le imposte, si potevano quindi escludere scene di passione in corridoio. Insomma, una situazione ben diversa rispetto alla prima volta in cui ero tornata con Martin a casa sua, pensai, provando una fugace sensazione di trionfo. No, doveva essere stata una seduzione più lenta e sottile.

Immaginai Donna stappare una bottiglia di vino, sedersi sul divano e togliersi le scarpe, e loro due parlare e ridere dei vecchi tempi e degli amici comuni.

Forse poi si era alzata per riempire di nuovo i bicchieri e lui l'aveva seguita. Li immaginai in cucina, un ampio spazio aperto con una cantinetta per i vini e una credenza con i calici di cristallo. Ed ecco Donna che sceglie il vino, le sue lunghe dita da artista che accarezzano voluttuosamente le bottiglie, e Martin che decide di abbandonarsi al desiderio che entrambi provavano dall'inizio della serata. Forse l'aveva baciata sul collo e le aveva sollevato il vestito.

A quel punto si erano dimenticati del vino. Lei gli aveva sussurrato di andare a letto e lui l'aveva presa in braccio, leggera come una piuma, e l'aveva portata nella loro stanza, un posto dove avevano fatto l'amore centinaia di volte prima. Passato e presente.

Martin mi aveva detto di essere uscito all'una del mattino, ma io non rammentavo di averlo visto. Forse a quell'ora stavo già tornando a Islington. Non ricordavo nulla, a parte le persiane che si chiudevano e quella luce soffusa che sembrava prendersi gioco di me.

Lanciai un'occhiata alla cameriera, non sapevo se chiederle se per caso il lunedì precedente fosse stata di turno. Il personale aveva forse dovuto buttare fuori un'ubriacona disperata e chiamarle un taxi? Che tipo di sbronza mi ero presa? Gridavo in preda alla rabbia oppure mi ero limitata a fremere in silenzio davanti alla finestra?

Volevo sapere se qualcuno al pub si ricordava di me, ma di colpo mi resi conto di avere troppa paura per scoprirlo.

Il mio respiro stava accelerando di nuovo, senza che fossi in grado di controllarlo. L'angoscia mi soffocava, le emozioni mi travolgevano, era come un giro sulle montagne russe dal quale non riuscivo a scendere.

«Gliene preparo un altro?»

La cameriera era in piedi accanto a me e stava portando via il bicchiere vuoto.

Per un momento non riuscii parlare e lei mi posò una mano sulla spalla, con aria preoccupata.

«Tutto bene, cara?» chiese. La sua voce mi riportò bruscamente alla realtà.

«Sì. Mi sento solo un po' stordita» risposi.

«Le porto un bicchiere d'acqua» ribatté lei. «La cucina è chiusa, ma dietro al bancone ho delle patatine, se pensa che possano aiutarla. Forse è un calo di zuccheri.»

La osservai mentre riempiva una brocca da un rubinetto e la portava al mio tavolo.

«Si sta godendo lo spettacolo?» chiese, porgendomi un bicchiere pulito e indicando fuori dalla finestra.

«Che succede?» chiesi nel tono più innocente possibile.

«È per quella donna scomparsa. Ci sono giornalisti qui fuori da questa mattina.»

«La moglie del magnate della finanza? L'ho letto sul giornale. Abita qui?»

La cameriera annuì. «La vedevo in giro. Era molto affascinante, sembrava una modella. Spero che stia bene.»

Le ero riconoscente per avermi portato l'acqua, ma molto meno per il suo apprezzamento su Donna, che mi faceva sentire piccola e insignificante.

Inghiottii un paio di sorsate e quando vuotai il bicchiere capii di aver visto abbastanza. Non sarei riuscita a scoprire altro su quel lunedì sera, tanto valeva tornare a casa.

Ma guardando il cane della scientifica uscire dalla casa di Donna, capii che non potevo stare seduta a non fare niente. In tutta la mia vita non ero mai rimasta con le mani in mano, e odiavo interpretare il ruolo della vittima. Era stata la mia grinta a portarmi dall'anonima villetta a schiera di Bolton all'alta borghesia di Charles Napier e Vivienne McKenzie, nel mondo dei colletti bianchi, e non potevo restare a guardare le figure dall'altro lato della strada – la polizia, la scientifica, i media – mettere Martin alle strette. Dovevo aiutarlo, perché mi era bastata un'occhiata alla casa di Donna per capire che tutte quelle persone non stavano facendo altro che cercarla per poi puntare il dito contro Martin. Dovevo proteggerlo, e dovevo iniziare subito.

Afferrai il telefono, sperando di trovare un suo messaggio, una qualche rassicurazione sul fatto che gli avessero rivolto solo domande di routine e lo avessero mandato a casa.

Ma non trovai niente, nessuna chiamata persa o messaggio non letto. Invece di mettere via il telefono, però, inviai un sms a Phil Robertson, chiedendogli di incontrarci il prima possibile.

Phil viveva poco lontano, a Battersea, quindi dovetti aspettare solo una ventina di minuti prima di vederlo comparire in bicicletta davanti al pub.

«Hai fatto in fretta» osservai, agitando la mano per salutarlo.

«La mia magione è quasi dietro l'angolo, lo sai» rispose con un sorriso, prendendo una sedia.

Sapevamo entrambi che il suo appartamento non aveva niente a che vedere con le ville lussuose che ci circondavano. Non ero mai stata a casa sua, ma potevo immaginarlo: un bilocale in affitto. Era in perenne difficoltà economica, tutta colpa di un complicato divorzio al seguito del quale la sua infedele moglie era rimasta nella casa di famiglia con la figlia di sei anni, mentre lui era costretto a pagare settecento sterline al mese a un tizio di nome Sean per subaffittare una camera doppia dietro la stazione di Queenstown Road.

«Ero convinto che volessi vedermi per un caffè, ma a quanto pare è un appostamento» commentò, inarcando un sopracciglio.

«Ho pensato di venire a dare un'occhiata» buttai lì, improvvisamente sollevata all'idea di avere un complice.

Phil ordinò una birra, mentre io chiesi una limonata. Gli raccontai che quella mattina avevo incontrato Martin, e che lui in quel momento si trovava alla stazione di polizia per un ulteriore interrogatorio.

Phil mi ascoltò con attenzione sorseggiando la sua birra.

«Dobbiamo aiutarlo» dissi. La sua presenza mi dava forza. Ero convinta di parlare a Phil il divorziato, non solo all'investigatore, e di aver toccato una corda sensibile. Pensavo che non avrebbe esitato a offrirmi il suo aiuto. E invece si appoggiò allo schienale della sedia, del tutto insensibile al mio appello.

«Sei un avvocato brillante, Fran, ma sei una divorzista. E di questa storia adesso deve occuparsi la squadra penalista di Martin Joy.»

Le sue parole erano un affronto personale. Non riuscivo a capacitarmi che si stesse comportando in quel modo.

«Ma noi siamo in vantaggio su di loro» ribattei, riconoscendo la sfumatura di panico nella mia voce. «Non conosco il suo avvocato, Matthew Clarkson, ma per quel che ne sappiamo potrebbero non stare nemmeno prendendo in considerazione l'idea di condurre una loro indagine. E anche se così fosse, restiamo lo stesso in vantaggio.»

Avevo un taccuino in borsa – la borsa che mi aveva regalato Martin – e lo posai sul tavolo, insieme alla penna stilografica. Mi piaceva scrivere le cose. Mi aiutava a chiarire le idee e trovare soluzioni.

«Quando ci siamo visti l'altro giorno, hai detto che pensavi che Donna Joy stesse vedendo qualcuno. Aveva fatto dei viaggi e in diverse occasioni non era tornata a casa a dormire. Hai detto che pensavi che uscisse con suo marito, ma se invece si trattasse di qualcun altro?»

«Qualcuno diverso da Martin Joy?»

«È possibile» dissi, sforzandomi di rimanere emotivamente distaccata. «Era separata. Una donna giovane, che si sentiva libera e ormai single. Una donna attraente...» Non riuscii ad aggiungere "bella". «Avrà avuto una fila di ammiratori.»

«Probabilmente è vero» commentò Phil, annuendo.

«Forse dovresti scavare un po'.»

Phil mi scrutò oltre l'orlo del suo bicchiere e si accigliò. «Il cliente è d'accordo? Dave Gilbert non voleva nemmeno che indagassi sui viaggi...»

«Quello era il divorzio. Era solo una raccolta di informazioni utili per negoziare sulla transazione finanziaria. Ora la situazione è diversa» dissi, lasciando che le mie parole aleggiassero tra di noi.

«Quindi Martin vuole che indaghiamo su questa cosa» rispose, lentamente.

«Gli parlerò più tardi, ma sono sicura che voglia tutto l'aiuto che siamo in grado di offrirgli.»

Phil sembrò sul punto di scuotere la testa, ma alla fine fece spallucce.

«Assicurati solo che il penalista sappia delle nostre mosse. Non voglio ritrovarmi a pestare i piedi a nessuno, d'accordo?»

«Certo» risposi, alzandomi per andare in bagno.

Nel bagno, al freddo e al buio, mi sentii subito meglio. Avevo fatto bene a tornare lì. Ed era stata una buona idea incontrare Phil. Anche se non ero riuscita a ricordare altri dettagli sulla sera in cui avevo visto Donna e Martin andare a cena insieme, provavo la sensazione di essermi allontanata di almeno un passo dal bordo della voragine. Mi sentivo più forte, come se fossi finalmente in grado di vedere una luce in fondo al tunnel.

Appoggiai le mani su entrambi i lati del lavandino smaltato, poi aprii il rubinetto per sciacquarmi il viso. Mi guardai allo specchio e notai una sottile sbavatura di mascara all'angolo degli occhi, scura ed espressiva come una lacrima di Pierrot. La pulii con un fazzoletto di carta, applicai di nuovo il rossetto rosso e fui pronta a uscire. Sentivo di aver ripreso il controllo, il mio corpo era scosso da fremiti di eccitazione e nella mia mente si rincorrevano le idee sulle nostre possibili mosse.

Lo stomaco brontolò e mi resi conto di avere fame. Non volevo restare al pub, e mi chiesi se Phil avrebbe accettato di cenare con me da qualche parte su King's Road.

Risalii dal bagno nel seminterrato e, mentre mi avvicinavo al tavolo, notai che Phil aveva preso in mano un giornale, la copia di quel giorno dell'«Evening Standard».

«Hai visto?» chiese Phil, alzando lo sguardo. La sua espressione era seria, così mi misi subito in guardia.

Mi sedetti e girai il giornale in modo da vedere meglio.

«La polizia ha diffuso l'identikit di una persona con cui vorrebbe parlare» disse, indicando il quotidiano.

Mi ci volle un attimo per capire il significato di quella foto, e l'ondata di panico che mi travolse quando ci riuscii per poco non mi fece perdere l'equilibrio.

«È un bene per Martin, no?» commentò Phil, finendo la sua birra. «Significa che sono aperti ad altre soluzioni, stanno prendendo in considerazione l'ipotesi che il colpevole potrebbe non essere il marito... nel caso in cui fosse successo qualcosa a Donna Joy.»

Ormai lo ascoltavo appena, ero sprofondata nella lettura dell'articolo trovato da Phil. Secondo il giornalista gli inquirenti volevano urgentemente parlare con una donna sulla trentina che aveva chiesto di Donna Joy la sera della sua scomparsa. Una donna con i capelli castani, un cappotto nero e una sciarpa verde, che si era presentata nell'atelier di Donna intorno alle sette. Il mio sguardo guizzò verso l'identikit: gli occhi piccoli diffidenti, la rotondità del naso comicamente accentuata. Provai un'ondata di indignazione per il fatto che non fosse un'immagine molto accurata o lusinghiera di me.

24

«In che senso sei tu?» chiese Phil. Inspirai a fondo e gli confermai nel tono più disinvolto di cui ero capace che la donna dell'identikit della polizia ero proprio io.

Dovevo dirglielo, naturalmente. Sapevo di doverlo informare se volevo il suo aiuto.

«Il divorzio stava diventando sempre più controverso e complesso» risposi, ritrovandomi a desiderare un secondo giro di vodka tonic. «Donna accusava Martin di avere dei segreti sul suo patrimonio, e aveva iniziato a parlare di possibili indagini più approfondite sulla sua attività e altre fonti di reddito. Ero preoccupata, temevo che le cose non si sarebbero risolte nel corso dell'udienza che avevamo fissato, quindi decisi di avere un incontro informale con lei. Per capire se riuscivo a farla ragionare.»

Stavo andando a braccio e sapevo che Phil avrebbe trovato molto poco professionale il mio tentativo di prendere contatto con Donna in quel modo.

Abbassò lo sguardo sul giornale e quando lo rialzò aveva un'espressione preoccupata.

«Gesù, Fran. Devi informare la polizia» disse, chiudendo il quotidiano.

Per un secondo rimasi in silenzio, ma ero tentata di rivelargli tutto: la mia relazione con Martin, la sera in cui mi ero seduta a quel tavolo per fissare la casa e poi ero tornata nel mio appartamento ore dopo, ubriaca, insanguinata e sconvolta dopo aver visto il mio amante con sua moglie.

Ma sapevo anche che Martin aveva bisogno di me, aveva bisogno che combattessi per lui, non che finissi invischiata nelle indagini della polizia e mi lasciassi in qualche modo coinvolgere.

«Lo so, sono d'accordo» mi limitai a dire, con il cuore che mi martellava nel petto.

Il panico stava tornando. Mi aspettavo che Phil ci ridesse su, che prendesse in giro l'identikit o che mi suggerisse di querelare il disegnatore della polizia. Invece era serio, in modo preoccupante.

«Vuoi che ti accompagni?» propose, mentre prendevo la mia borsa e mi preparavo ad andare.

«Non è il caso» sorrisi. Al momento l'unica strategia alla quale riuscivo a pensare era fingermi disinvolta. «Passerò al commissariato sulla strada di casa. Non voglio che comincino a pensare che la donna dell'identikit possa essere la chiave del mistero quando si tratta soltanto di un avvocato stacanovista che stava facendo un favore extra al suo cliente.»

Dovetti chiamare Tom Briscoe per avere il numero di Matthew Clarkson. La mia telefonata fu inoltrata direttamente alla segreteria telefonica, ma quando contattai la sua segretaria tramite il centralino dello studio legale mi ci volle meno di un minuto per scoprire che gli agenti adesso incaricati di indagare sulla scomparsa di Donna Joy erano di base a Pimlico.

Il trasferimento della squadra responsabile del caso non mi lasciò indifferente. Dedicai qualche minuto a cercare su Google il nome e il numero dell'agente che mi era stato detto di contattare, e scoprii che il caso di Donna non era più gestito dalla polizia criminale di Kensington e Chelsea, ma dal MIT, una delle squadre omicidi disseminate nella città. Conoscevo a sufficienza quell'unità da sapere che era specializzata in omicidi (intenzionali o colposi) e casi ad alto rischio di persone scomparse. Non sapevo perché stessero prendendo tanto sul serio la scomparsa di Donna, ma ero decisa a scoprirlo.

L'ispettore Doyle, l'agente investigativo che mi era stato consigliato di contattare, era di stanza al commissariato di polizia di Belgravia in Buckingham Palace Road, e non potei fare a meno di pensare che Donna avrebbe apprezzato la location. Niente squadre di periferia. Persino la sua scomparsa veniva gestita nel pieno centro di Londra.

L'edificio in sé era insignificante, con la sua facciata in mattoni rossi in pieno stile anni Settanta.

Espirai lentamente, mi asciugai le mani sudate sul cappotto e mi annunciai alla reception. I posti nella sala d'aspetto erano tutti occupati, così cercai di distrarmi provando a indovinare perché quelle persone fossero lì. Al tizio in abito elegante con l'aria furiosa dovevano aver rubato la Porsche; il pensionato nervoso stava segnalando qualcosa che non andava nel quartiere, ma non mi veniva in mente niente che spiegasse la presenza della donna con un tatuaggio sul viso, intenta a spingere un passeggino mentre gridava al cellulare. In ogni caso, non rimasi nella sala d'attesa abbastanza a lungo per riflettere sulla sua storia.

Forse avevano telefonato dall'ufficio di Clarkson per avvisare del mio arrivo, ma nel giro di un paio di minuti una poliziotta in uniforme mi invitò a seguirla attraverso un labirinto di corridoi. Parlò appena, senza darmi alcun indizio su cosa sarebbe successo di lì a poco, e io ero troppo occupata a riflettere su cosa dire.

Aprì la porta di una sala riunioni, mi chiese se volevo una tazza di tè e scomparve, tornando un paio di minuti dopo con un bicchiere di plastica pieno di una brodaglia anemica.

La guardai andar via, e bevvi un sorso di tè caldo con gratitudine. L'attesa mi stava mettendo agitazione. Mi impedii di controllare il cellulare. Mi sentivo osservata in quello spazio ristretto e asettico, e non volevo abbassare la guardia.

Passarono ancora diversi minuti prima che la porta si aprisse di nuovo e lasciasse passare una folata di aria fresca. Un uomo dai capelli scuri sulla trentina, più giovane di quanto mi aspettassi e con i muscoli gonfi sotto la giacca, entrò e mi tese la mano.

«Rob Collins» si presentò, posando la sua tazza di ceramica, decisamente superiore al mio bicchiere di plastica, sulla scrivania. «Sono uno degli investigatori che collaborano con l'ispettore Doyle. Grazie per essere venuta.»

Non sapevo se sentirmi sollevata o delusa alla notizia che non mi fosse stato assegnato il responsabile del caso, ma una voce dentro di me mi suggerì di riferire la mia versione e filarmela alla svelta.

«Lei è una collega di Matthew Clarkson» disse. Era più una constatazione che una domanda.

«No» risposi scuotendo la testa. «Ma sono l'avvocato di Martin Joy. O almeno, uno dei suoi avvocati.»

«Di quanti avvocati ha bisogno?» chiese Collins, sorridendomi, un gesto di solidarietà che mi mise a mio agio, nonostante la sua frase fosse piuttosto sarcastica.

«Allora. Di cosa si tratta?» mi chiese alla fine. Era il mio momento. Avevo provato quella sensazione migliaia di volte prima di allora: il fremito di paura da palcoscenico, il nervosismo, l'ansia da prestazione prima di entrare in tribunale. Non avevo un talento naturale per la performance; e anche nelle situazioni in cui mi ero preparata al meglio, e sapevo di avere la legge dalla mia parte, non riuscivo a liberarmi del tutto dal dubbio, dall'incertezza, dal timore.

Tenevo la mano posata sul ginocchio e sentivo il sudore penetrare attraverso la stoffa dei miei pantaloni.

«Dell'identikit pubblicato sull'"Evening Standard" questo pomeriggio» dissi, nel tono più freddo possibile. «La polizia voleva parlare con una donna avvistata nei pressi dell'atelier di Donna la settimana scorsa.»

«Esatto» disse Rob Collins, di colpo più interessato.

«Ero io» risposi, sforzandomi di trovare il giusto compromesso tra disinvoltura e consapevolezza della gravità della situazione.

«Lei?»

Bevve un altro sorso di caffè e aprì il blocchetto per gli appunti che aveva con sé.

Il suo viso sembrava più rilassato di quando era entrato nella stanza. Qualcuno gli avrebbe dato una pacca sulla spalla per quell'interrogatorio e forse il giorno dopo avrebbe ottenuto un incarico più interessante del raccogliere dichiarazioni di presunti informati sui fatti.

«Be', almeno credo di essere io» aggiunsi. «Sono uscita dal lavoro intorno alle sei e sono andata all'atelier della signora Joy. Sono arrivata alle sei e quarantacinque, e indossavo un cappotto nero e una sciarpa verde, come riportato dal giornale. Onestamente, non penso che l'identikit mi assomigli molto, ma sono stata lì, e ho parlato con una signora – capelli grigi, sulla cinquantina – che mi ha detto che Donna era già uscita.»

«Joanna Morrison» disse Collins, senza smettere di scrivere.

«E chi sarebbe?»

«Abbiamo la sua dichiarazione. È un'artista dell'atelier. Ha fornito una descrizione al nostro responsabile degli identikit. Ovviamente ci è subito sembrato rilevante che qualcuno stesse chiedendo di Donna la notte della sua scomparsa.»

«Come le ho detto, ero io» confermai finendo il tè.

«Perché era andata all'atelier?» azzardò.

«Devo fare attenzione» continuai, lentamente. «Segreto professionale. Ho un obbligo nei confronti del signor Joy e non posso divulgare ogni informazione.»

«Si limiti a ciò che pensa di poter rivelare» disse Collins, in tono più duro.

Inspirai a fondo e ripetei la storia che avevo raccontato a Phil Robertson. Questa volta mi risultò più facile mentire, tanto che mi sembrò quasi la verità.

«Faccio questo lavoro da anni e sapevo che le cose non si sarebbero sistemate alla prima udienza per i coniugi Joy. E andare per le lunghe rischia di risultare controproducente. È un percorso impegnativo, stressante e costoso e volevo evitare che il mio cliente, il signor Joy, dovesse passarci. Gli avvocati divorzisti della signora Joy facevano ostruzionismo, così ho deciso di incontrarla per parlarle a quattr'occhi. Da donna a donna.»

Feci una pausa per accentuare l'effetto drammatico. Per un attimo avevo dimenticato di essere in una stanza per gli interrogatori in commissariato e non in tribunale. Mi resi conto di aver messo su uno show e dovevo ammettere di essere stupita dalla mia esibizione, grata di aver già potuto testare la mia versione con Phil Robertson.

«Ed è per questo che è andata nel suo atelier?» disse, cercando il mio sguardo.

«Non è un comportamento da manuale, lo so, ma penso che sia efficace» risposi, con l'espressione pensierosa e consapevole che avevo esercitato tante volte allo specchio.

«Ma non ha visto la signora Joy?»

«Come le ho detto, mi hanno informata che se n'era già andata.»

«E cos'ha fatto a quel punto?»

Inspirai a fondo, ma con discrezione, prima di rispondere: «Sono tornata a casa».

«È tornata a casa.»

«Sì» confermai, nel tono più fermo e chiaro di cui ero capace.

«E poi non ha più visto o parlato con Donna Joy.»

«No» dissi, consapevole di aver imboccato una china dalla quale non sarei più potuta tornare indietro.

25

Con la fronte schiacciata contro il finestrino freddo del taxi, ripercorsi più volte l'incontro nella mia mente, chiedendomi se non avrei fatto meglio a giocare in modo diverso le mie carte. Avevo mentito a un ufficiale di polizia. Un investigatore coinvolto in un caso importante, la ricerca di una persona scomparsa che ormai temevano potesse essere morta o, nel migliore dei casi, in grave pericolo. Come avvocato, sapevo meglio di chiunque altro che le mie azioni sarebbero state considerate ostruzione alla giustizia, un crimine punibile, in teoria, anche con l'ergastolo.

Per un attimo mi immaginai con indosso un'uniforme carceraria, ma allontanai subito quel pensiero. Non avevo proprio mentito al sergente Collins, non del tutto. E la mia era stata una piccola bugia a fin di bene.

Una chiacchierata informale con Donna Joy sarebbe stata senz'altro costruttiva e dopo il passaggio al suo atelier ero tornata a casa, quella sera. A un certo punto, perlomeno.

No. Avevo raccontato a Rob Collins una versione semplificata della verità, la versione migliore possibile per tutte le parti interessate. Era un aiuto alle indagini. Le mie erano informazioni utili, lo aveva riconosciuto anche Collins. Mi aveva ringraziata di essere passata per chiarire la questione della misteriosa visitatrice.

Cercai di distrarmi, non riuscivo a mettere a fuoco gli edifici di Londra e le luci della sera – macchie rosse e bianche sul vetro punteggiato di pioggia – che mi sfrecciavano davanti. Quelle striature colorate erano ipnotiche, ma dopo un po', unite alla confusione che regnava nei miei pensieri, mi fecero venire la nausea. Fui felice quando alla fine il taxi si fermò davanti al mio appartamento e potei finalmente rimettere i piedi a terra, come se fossi appena scesa da una giostra troppo turbolenta.

Il mio palazzo sembrava buio e disabitato. L'appartamento all'ultimo piano era vuoto da tempo e, malgrado le voci sull'arrivo di un nuovo inquilino, lassù non c'erano segni di vita almeno da Natale. Nemmeno le luci da Pete Carroll erano accese. Quando la settimana precedente avevo lasciato la sua abitazione, mi aveva informata che sarebbe partito per un viaggio di ricerca, ma non aveva detto quando sarebbe tornato. Ero contenta che non fosse nei paraggi.

Infilai la chiave nella serratura ed entrai. Accesi la luce, ma un leggero scoppio mi annunciò che la lampadina dell'atrio si era fulminata, e un attimo dopo mi ritrovai di nuovo al buio. Stringevo la posta che avevo trovato sullo zerbino, la corrispondenza mia e di Pete, e appoggiai le sue lettere sul tavolino dell'ingresso prima di salire al mio appartamento.

Ero così stanca che riuscii appena a trascinarmi su per le scale. Quando finalmente entrai in casa, andai dritta in soggiorno e crollai sul divano, piegando il braccio in modo da coprirmi gli occhi.

Avevo un bisogno disperato di dormire, ma la mia mente era troppo attiva. Pensai a Martin, chiedendomi cosa stesse facendo in quel momento, poi ai dettagli che Rob Collins non aveva voluto o potuto rivelarmi. Pensai alla squadra della scientifica che avevo visto a Chelsea, avevo persino dato dei nomi ai suoi membri per ricordarmeli meglio: Julia, Tony e Helen. A quel punto dovevano essere tornati a casa, dovevano essersi tolti le divise, fatti una doccia e ritornati alle loro vite tranquille, non turbate da vittime e criminali. Infine pensai a Donna. A dove si trovasse e cosa potessi fare per aiutare a trovarla. Forse la polizia era convinta che fosse morta, ma era un'ipotesi che io non volevo nemmeno prendere in considerazione. L'avremmo trovata e tutto sarebbe tornato alla normalità. Il mio lavoro, la mia vita, il mio rapporto con Martin.

Lasciai vagare la mente. Mi concessi di fantasticare, di immaginare di accarezzarmi il pancione con una mano mentre con l'altra stringevo le dita del mio amante. Una passeggiata sulla spiaggia mentre discutevamo possibili nomi per il nostro bambino. Immaginai di ridere, nuotare, bere, mangiare, fare l'amore. Insieme. Come una sola persona.

Infine mi imposi di darmi una regolata. Le emozioni che crescevano dentro di me iniziavano a mostrare i tratti della mania. Quando ero più giovane, prima dell'università, prima di essere in grado di dare un nome ai miei sbalzi d'umore, prima che le cose si mettessero male, mi piaceva quel turbine di sensazioni. Era come una droga, uno stato di ebbrezza naturale che mi faceva sentire potente. Riuscivo a stare sveglia per ore a studiare, e penso che altrimenti non sarei riuscita a ottenere la media necessaria per essere ammessa alla facoltà di legge.

Avevo bisogno di bere, ma sapevo che al massimo mi sarei dovuta concedere una tisana.

Accesi le luci e andai in cucina. Aprii la credenza per cercare le bustine di tè, ma mi ritrovai davanti una bottiglia di vodka, proprio dove l'avevo nascosta il giorno prima, dietro una confezione di zuppa liofilizzata. La presi, la posai sul tavolo della cucina e sbuffai. Non era il momento giusto per l'astinenza.

Mi versai una generosa dose di Smirnoff e aggiunsi una spruzzata di acqua tonica, osservando soddisfatta le bolle infrangersi sulla superficie del cocktail.

Trangugiai una lunga sorsata e, nel disperato tentativo di sentirmi più virtuosa ed efficiente, tornai in salotto per cercare di mettermi al lavoro.

Presi alcuni fascicoli, li sistemai sul tavolino e andai a infilarmi i pantaloni del pigiama. Poi mi rannicchiai sul divano e presi in mano il primo fascicolo, un caso pro bono per il centro di assistenza legale gratuita di Hackney.

Sebbene al centro non mancassero i volontari – dai giovani in apprendistato agli avvocati di successo in pensione – mi sentivo in colpa per la mia assenza degli ultimi tempi, e mi ripromisi di tornare quella settimana. Avevo molto da recuperare, pensai, sfogliando un rapporto sull'aumento dei matrimoni forzati nell'East End e un comunicato stampa su un nuovo centro per le vittime di abusi domestici, alcune delle quali chiedevano un parere legale sulla separazione dai loro coniugi.

Avevo finito il mio bicchiere di vodka quando sentii bussare. Sussultai per lo spavento, ma un attimo dopo il mio cuore iniziò a martellare per l'eccitazione. Martin non aveva le chiavi, non ancora, ma forse non avevo chiuso bene la porta d'ingresso al piano di sotto e si era preso la libertà di entrare e di salire fino a casa mia.

Misi giù il lavoro e mi diressi alla porta. Non avevo tempo di ritoccare il trucco, ma mi passai la lingua sulle labbra e mi lisciai i capelli.

Rimasi scioccata quando mi ritrovai davanti Pete Carroll. Sembrava in forma e una leggera abbronzatura metteva in risalto le lentiggini che aveva sul naso.

«Ciao» esordì, infilandosi le mani nelle tasche dei jeans. «Sono stato via per qualche giorno. Sono passato a vedere come stavi.»

«Dove sei andato?» dissi, senza aprire del tutto la porta. «Sei abbronzato.»

«A Roma. Uno scambio con l'università.» Rimanemmo in silenzio, ma lui non sembrava intenzionato ad andarsene. Mi sentivo a disagio, ma considerando la gentilezza che mi aveva riservato la settimana precedente – quando mi aveva pagato il taxi e concesso di dormire sul suo divano – mi sembrava scortese lasciarlo lì sulla porta.

«Vuoi entrare?» chiesi. «Stavo per accendere il bollitore.»

Mi seguì in cucina, un ambiente già angusto che sembrava decisamente troppo piccolo per entrambi. Si fermò sulla soglia mentre estraevo due tazze dalla credenza. Erano le dieci passate e per non tirarla troppo per le lunghe presi due bustine di caffè solubile di Starbucks.

«Allora, cos'hai fatto a Roma?» chiesi, versando il caffè nelle tazze mentre l'acqua si riscaldava.

«Tre dottorandi di Roma sono venuti qui poco prima di Natale, e adesso ci hanno invitati in Italia. Siamo andati a vedere come lavorano, a scambiarci idee.»

«Quanto ti manca per finire il dottorato, Pete?» sorrisi, sforzandomi di mostrarmi il più amichevole possibile.

«Ancora un anno» scrollò le spalle. «O forse di più.»

Si interruppe e mi fissò.

«Allora, come stai? Alla fine sei andata dal medico la settimana scorsa?»

«Sì. Sto bene» risposi, agitando una mano.

«Ho fatto una ricerca sul disturbo bipolare su internet. Devi stare attenta con l'alcol.» Lanciò un'occhiata alla bottiglia di vodka, facendomi sentire in imbarazzo.

«Lo so» risposi, distogliendo lo sguardo.

«Be', volevo soltanto assicurarmi che andasse tutto bene. Ho letto il giornale sull'aereo. La moglie del finanziere scomparsa...»

Esitò un attimo prima di continuare.

«È la moglie del tuo amico, vero?»

Aveva messo una certa enfasi sulla parola "amico". Di colpo l'atmosfera si fece tesa.

Pete non mi lasciò la possibilità di negarlo.

«L'ho riconosciuto dalla foto sul giornale. Dalla sera in cui ti ho visto alla fermata dell'autobus» disse, scegliendo le parole con cura. «Hai detto che si era separato da sua moglie, ma era complicato.»

Per un attimo mi sentii paralizzata. Non sapevo come rispondere e accolsi con sollievo il gorgoglio del bollitore.

Gli diedi le spalle per versare l'acqua nelle tazze, ma continuavo a sentire i suoi occhi fissi su di me.

«Ho visto anche il tuo ritratto sul giornale.»

La sua voce si era abbassata, ed era impossibile non cogliere la sfumatura maliziosa nel tono. Girai il caffè con un cucchiaio, e rimasi a osservare il vortice che si formava nella tazza. Lo sentii fare un passo verso di me.

«Parli dell'identikit?» chiesi. Cercai di mantenere la voce ferma, ma non riuscii a nascondere un lieve tremito. «Sì, ero io. Ero andata al suo atelier per parlare con lei. Con Donna Joy. La polizia sa tutto.»

«Allora hai anche detto di te e Martin...»

Il mio respiro accelerò di colpo. Avevo l'impressione che i muri della cucina torreggiassero come le pareti di un canyon. Pareti che incombevano su di me, mi avviluppavano, mi stringevano fin quasi a impedirmi di respirare.

«Cosa avrei dovuto dire?»

«Che te lo stai scopando.»

Deglutii.

«È un mio cliente» ribattei, piano.

«I rumori che ho sentito dal tuo appartamento non sembravano molto professionali...» osservò, sfidandomi a ribattere con un sorrisetto arrogante.

Chiusi gli occhi per un momento, ripensando alla serata che io e Martin avevamo passato da Ottolenghi, quando avevamo incontrato Pete Carroll tornando a casa. Ero ubriaca, e inebriata dal desiderio. Avevamo fatto sesso su ogni superficie della casa prima di raggiungere finalmente la camera da letto: sul tavolino in salotto e sul pavimento del bagno, dove avevo provato un orgasmo così intenso che ero stata costretta a mordere un asciugamano. Ma troppo tardi perché Pete Carroll non sentisse le mie urla dall'appartamento al piano di sotto.

Aprii gli occhi di colpo e lo guardai.

«Dove vuoi arrivare, Pete?» chiesi, sentendo tutti i muscoli del mio corpo tesi.

Fece un altro passo verso di me. A quel punto era così vicino che riuscivo a vedere la dilatazione delle sue pupille.

«Da nessuna parte» si limitò a rispondere. «Mi sembra solo

strano che la notte della scomparsa della moglie del tuo amante sia la stessa in cui li hai visti insieme e li hai seguiti. La notte in cui hai perso i sensi e sei tornata qui senza ricordare nulla, sconvolta e delirante. A proposito, come va la tua gamba? Quel taglio sembrava profondo.»

«La gamba va benissimo» risposi.

Pete si interruppe.

«Non doveva piacerti molto la signora Joy, immagino. La tua relazione con il signor Joy andava alla grande. Le cene da Ottolenghi, le passeggiate al chiaro di luna. E poi sua moglie ritorna in scena...»

L'insinuazione malcelata nelle sue parole mi fece rabbrividire.

«Che cos'è successo quella notte?» chiese senza giri di parole.

«Niente» dissi, sforzandomi di mantenere un tono neutro.

«Non sono sicuro che la polizia ci crederà» osservò lui, fissandomi così intensamente che non riuscii a distogliere lo sguardo.

«In effetti, forse sarebbe meglio che non ne sappiano niente, non trovi?» disse, avvicinandosi ancora. «Le cose potrebbero complicarsi ancora di più. E diventare imbarazzanti per tutti. Soprattutto per te.»

Avrei voluto ribattere, ma non potevo fare altro che annuire.

«Non preoccuparti, sono dalla tua parte. Sarà il nostro piccolo segreto» sussurrò, facendo scivolare la mano intorno alla mia vita.

Quando mi attirò a sé sentii il suo respiro sul viso, la sua erezione che premeva attraverso i jeans. Teneva la mano sul mio fondoschiena, e fece scivolare le dita sotto l'elastico del mio pigiama.

Chiusi gli occhi, sforzandomi di respirare. Cercai di pensare in fretta a come uscire da quella situazione, ma sapevo che a volte era semplicemente meglio arrendersi. Almeno per il momento, in attesa di capire cosa fosse meglio fare. Una mossa strategica, come sacrificare un pedone in una partita a scacchi.

«Vedrai, ti piacerà» gemette nel mio orecchio. Ne dubitavo, e le sue parole mi fecero accapponare la pelle. Potevo respingerlo, potevo tirarmi indietro. Ma non lo feci. Rimasi immobile. E quando si piegò per baciarmi il collo, sapevo di potermela prendere soltanto con me stessa.

26

Mi svegliai a fatica. Le tende appena scostate lasciavano filtrare una striscia di luce grigia sufficiente a suggerire che la notte fosse finita. In quel momento era soltanto un'altra alba, un altro giorno che avrei accolto lentamente, cullata dalla mia solita routine. Mi sarei concessa altri cinque minuti a letto per riflettere sui miei impegni, prima di alzarmi per prepararmi una tazza di caffè. Per un breve e felice istante andò tutto bene, ma poi con un'ondata di nausea mi ricordai quello che era accaduto il giorno prima.

Le mani di Pete sul mio corpo.

Le bugie alla polizia.

Le sue labbra sulla mia pelle.

L'ostruzione alla giustizia.

Il tocco delle sue dita sudate.

Cos'ho fatto? I miei muscoli si tesero, la sola idea che potesse essere ancora nel mio letto mi scatenò un conato di vomito. Rimasi immobile, in ascolto. Non sentivo nulla, nessun respiro sommesso oltre al mio. Girai appena la testa, socchiudendo le palpebre. L'altro lato del letto era vuoto. Pete se n'era andato, non sapevo quando. Probabilmente dormivo, anche se dopo il sesso ero così disgustata da me stessa, da lui e dalla situazione in cui mi ero ritrovata, da non essere riuscita a chiudere occhio per molto tempo, anche dopo che Pete – soddisfatto e stremato – si era assopito russando piano.

Mi misi a sedere. Osservai la rientranza sul cuscino, un capello rosso sul lenzuolo e avvertii di colpo un secondo attacco di nausea. Mi coprii la bocca e corsi in bagno, finendo in ginocchio davanti alla tazza del water. Fui scossa da violenti conati ma, come il motore di una vecchia macchina che non entra in funzione, sputai solo una lunga striscia di saliva. Era come se il mio corpo si rifiutasse persino di concedermi il sollievo di vomitare.

Mi accasciai sulle piastrelle fredde e chiusi gli occhi. Non c'era ragione di chiedersi se avessi preso la decisione giusta andando a letto con Pete Carroll. Era successo tutto troppo in fretta: un attimo prima stavo ascoltando le sue velate minacce e quello dopo la sua bocca era su di me. Non avevo avuto il tempo di pensarci, mi era sembrato più facile accettare la cosa che opporre resistenza e affrontarne le conseguenze: ritrovarmi davanti un Pete Carroll furioso e vendicativo che avrebbe potuto mandare all'aria la mia vita. Ma in quel momento era una magra consolazione. Mi sentivo stordita e staccata dal mondo che mi circondava. Nervosa e fragile, avevo la sensazione che mi bastasse un semplice tocco per andare in frantumi.

Odiavo Pete Carroll, lo odiavo. Ma soprattutto odiavo me stessa e tutte le decisioni sbagliate che mi avevano condotta nella strada senza via d'uscita in cui mi trovavo: schiacciata, accerchiata, priva di luce e aria.

Respira, mi dissi. *C'è sempre una via d'uscita. Pensa in fretta. Sai farlo bene, è il tuo lavoro.* Annuii a me stessa. Ero davanti a una scelta: potevo restarmene rannicchiata sul pavimento oppure darmi una mossa, affrontare il mondo e cercare di porre rimedio al casino in cui ero finita.

Mi alzai ignorando le gambe intorpidite, mi gettai addosso una vestaglia, legando la cintura con dita incerte. Infine, a piccoli passi, mi diressi in soggiorno, cercando di capire se Pete fosse ancora in casa. Per fortuna anche il piano di sotto era vuoto e silenzioso, a parte il ruggito soffocato del traffico che iniziava a formarsi in strada.

La bottiglia di vodka era rimasta sul tavolo della cucina e la tentazione di versarmene un bicchiere era forte, però mi costrinsi a bere dell'acqua e a farmi una doccia. Alternai getti di acqua bollente e ghiacciata, la pelle mi faceva male, ma almeno mi sentii più pulita una volta lavato via il suo odore.

Tirai fuori dal cassetto la biancheria più semplice e modesta, ignorando i costosi perizomi in pizzo acquistati per le notti con Martin, e la indossai. Abbottonai la camicia bianca fino al collo e infilai degli spessi collant neri da abbinare a una gonna sobria.

Cercai di non guardare il letto mentre mi vestivo, ma all'improvviso mi sentii soffocare dall'aria viziata, afferrai il piumone e lo buttai in corridoio, poi strappai il lenzuolo dal materasso e lo gettai giù per le scale. Tornai al piano di sotto, afferrai un sacco della spazzatura e spinsi dentro la stoffa sporca.

Mi lavai le mani, le dita non smettevano di tremare, e spalancai la finestra della cucina, inspirando a grandi boccate l'aria londinese che non mi era mai sembrata tanto fresca e dolce. Mi aggrappai al davanzale e quando abbassai lo sguardo sul nostro minuscolo cortile riuscii a intravedere la bici di Pete appoggiata contro il muro. Per un attimo pensai di buttarmi, ma poi chiusi la finestra.

Di colpo il mio piccolo santuario mi sembrava estraneo, non lo sentivo più davvero *mio.* Ero in trappola. L'uomo che mi aveva violata era seduto al piano di sotto, probabilmente con un sorriso soddisfatto stampato in volto per la sua impresa notturna fondata su ricatti e violenza, e ascoltava i miei passi, pianificava la sua prossima mossa. E perché no, in fondo? È così che funziona il ricatto. Una volta che la tua vittima ha ceduto non devi far altro che tornare ancora e ancora, come in un pozzo senza fondo impossibile da prosciugare.

Afferrai borsa e cappotto e corsi verso la porta. Se mi fossi fermata a riflettere sarei rimasta paralizzata dalla paura, come un coniglio intrappolato nella sua tana da una volpe.

Trattenni il respiro e raggiunsi la porta d'ingresso, mentre nella mia mente si formava l'immagine del volto di Pete che appariva sulla soglia sorridendo come Mr. Punch, pronto a trascinarmi di peso nel suo appartamento. «Vedrai, ti piacerà» ridacchiava. «Lo adorerai.»

Ma la porta rimase chiusa e io riuscii a correre in strada, con i tacchi che riecheggiavano e i brividi sulla nuca, aspettandomi di sentire da un momento all'altro il suo tocco disgustoso, il suo respiro, i suoi sussurri. Invece intravidi un lampo rosso davanti a me, e poi i fari del 19 che si avvicinava alla fermata. Aumentai l'andatura e riuscii a saltare a bordo un attimo prima che le porte si chiudessero.

Trovai posto al piano inferiore e cercai di concentrarmi. Quel giorno avevo un caso importante in tribunale e avevo bisogno di riprendermi e rimettermi in sesto.

Felice di avere la possibilità di non pensare a Pete Carroll, estrassi il fascicolo dalla borsa, incastrata tra le mie gambe sul pavimento, me lo sistemai sulle ginocchia e iniziai a sfogliare i documenti, cercando di riprendere familiarità con il caso.

La mia cliente, Holly Khan, stava cercando di impedire all'ex marito Yusef di portare in Pakistan per il matrimonio di un familiare il figlio di dieci anni, Daniyal, perché temeva che non sarebbe più tornato. Yusef Khan, ovviamente, non accettava il rifiuto di Holly, e lei era talmente spaventata all'idea di perdere suo figlio che aveva richiesto un'ordinanza del tribunale per fermare suo marito. In qualsiasi altro momento sarei stata felice di poter aiutare una giovane donna vulnerabile e in difficoltà, ma quel giorno mi sembrava di essere un'equilibrista nel bel mezzo di una tempesta. Non c'era dubbio: ero distratta sul lavoro da tempo e la mia scarsa preparazione sui casi era adesso per me un'ulteriore fonte di vergogna.

Quando arrivammo a Holborn avevo a malapena sfogliato il fascicolo. Raccolsi le mie cose in fretta e saltai giù dall'autobus, sentendo la camicetta incollarsi alla schiena per via del sudore che mi scorreva tra le scapole.

Presi un caffè e mi avviai di corsa lungo Kingsway.

«Francine!»

Mentre passavo ai controlli di sicurezza del tribunale, vidi la mia collega Tanya agitare vigorosamente la mano. Accelerai il passo e la seguii in una delle stanze per i colloqui.

Era la prima volta che incontravo la mia cliente, il che non era insolito nei casi di diritto di famiglia.

«Francine Day, ti presento Holly Khan.»

La mia nuova cliente era minuta e attraente, ma aveva il viso tirato e, a giudicare dagli occhi arrossati, era sul punto di scoppiare in lacrime.

«Sono sicura che Tanya ti ha già spiegato tutto, Holly» dissi, assumendo subito un atteggiamento professionale. «Non c'è nulla di cui preoccuparsi.»

La donna spostò lo sguardo da me a Tanya. Era chiaro che voleva credere a quello che le avevo detto.

Stranamente, il nervosismo della cliente stava lenendo la mia ansia. Forse era la familiarità del mio posto di lavoro o la natura rassicurante del rituale, la ripetizione continua degli stessi vecchi schemi. La giurisprudenza è complessa, ma almeno ha delle regole: almeno si poteva prevedere cosa sarebbe successo.

«D'accordo, Holly, ti spiego come andranno le cose...»

Passai in rassegna i punti salienti del caso e spiegai a Holly lo scopo dell'udienza. Noi avremmo cercato di convincere il giudice a emettere un ordine restrittivo che impedisse al suo ex marito di portare il bambino fuori dal paese, mentre gli avvocati di Yusef avrebbero fatto pressioni per ottenere un'autorizzazione.

«In pratica noi stiamo chiedendo al giudice di darti il controllo legale sugli spostamenti di Daniyal, e Yusef sta chiedendo la stessa cosa.»

Guardai i documenti.

«Perché l'ordinanza restrittiva non è stata attivata mesi fa, all'epoca del divorzio?» chiesi, alzando lo sguardo.

La donna sembrò sorpresa, come se fosse stata appena convocata nell'ufficio del preside.

«Scusami,» dissi con voce più dolce «non volevo insinuare che avessi fatto qualcosa di sbagliato, voglio solo prepararti alle domande del giudice.»

Holly continuò a tacere, come paralizzata.

«Non volevamo complicare il divorzio» intervenne Tanya. «Siamo riuscite a ottenere un accordo finanziario favorevole per Holly grazie alla mediazione, e sul momento volevamo chiudere nel modo più indolore possibile. Il signor Khan può essere un uomo difficile.»

«Ma le cose sono cambiate adesso» spiegò Holly, con voce stridula. «All'epoca aveva un motivo per restare a Londra, mentre adesso ha perso tutti i suoi soldi. Persino quelli che era riuscito a tenermi nascosti durante il divorzio.»

«Sì» dissi, leggendo una sezione degli appunti che avevo sottolineato in rosso. «E se ho capito bene teme che il signor Khan abbia qualcuno alle calcagna, ma non abbiamo alcuna prova a supporto di questa dichiarazione.»

Tanya mi rivolse un sorriso, come per scusarsi. Era convinta che sapessi cavarmela anche nelle situazioni più complicate, ed era chiaro che voleva che tirassi fuori un coniglio dal cilindro.

«Per favore» implorò Holly, guardandoci con occhi lucidi. «Potete aiutarmi?»

«Farò del mio meglio» dissi, cercando di mostrarmi più sicura di quanto non fossi. La verità era che avevo la nausea, ero impreparata e nervosa, non proprio la combinazione migliore per rappresentare un cliente in tribunale. Alcuni avvocati – come Tom – sembravano capaci di impressionare la corte anche parlando a braccio, ma io ero sempre stata una secchiona e mi sentivo a mio agio soltanto quando riuscivo a prepararmi per bene un discorso, avendo tutti gli elementi a portata di mano e avendo preso in considerazione i possibili imprevisti. Quella mattina mi sentivo insicura. Le guardai entrambe, sapevo che avrei dovuto dire una marea di cose, ma non ero in grado di metterne a fuoco nemmeno una. Ci fu una pausa imbarazzante, infine Tanya tossì e disse: «Bene, andiamo allora». Poi ci guidò verso l'aula.

Conoscevo sia il giudice Sheldon che l'avvocato di Khan, Neil Bradley, un tipo professionale e competente. Girava voce che anche lui si fosse candidato per la seta. Ci scambiammo i soliti convenevoli, prendemmo posto e iniziammo. Il giudice ci ascoltò a turno mentre esponevamo i fatti.

Mi aspettavo di trovare sgradevole Yusef Khan, ma il suo fascino pervadeva la stanza. Era bello come un attore di Bollywood, intelligente, convincente e educato, completamente diverso da Holly, che era esitante e continuò a lanciare occhiate torve al suo ex marito per tutta la durata dell'udienza. Era colpa mia, lo sapevo. Avrei dovuto prepararla meglio, avvertirla che Neil Bradley – dall'alto della sua competenza – avrebbe consigliato al suo cliente di dimostrarsi sicuro e pacato. Presa in contropiede, iniziai a illustrare le ragioni della mia assistita per impedire a Yusef di portare Daniyal fuori dal paese. Non avevo dubbi sulla versione di Holly, secondo la quale l'ex marito aveva problemi finanziari. Tanya mi aveva detto che la sua catena di ristoranti era stata sovvenzionata grazie al denaro derivante da traffici illeciti, giri di droga e prostituzione, ma Khan aveva poi dovuto abbandonare queste "attività" a causa di gravi contrasti con alcuni membri del crimine organizzato. Ma quel genere di accuse erano difficili, se non impossibili, da provare. Non avremmo mai ottenuto dichiarazioni da parte di mafiosi o spacciatori rivali, né dai suoi clienti tossicomani, e Khan era in possesso di una documentazione recente che dimostrava che i suoi ristoranti andavano alla grande. Quando l'udienza fu aggiornata per il pranzo, sapevo che i nostri avversari erano in vantaggio, ma nonostante l'espressione abbattuta di Holly sapevo anche che non era la fine del mondo. Un'arringa conclusiva decisa poteva bastare a convincere il giudice a propendere per la soluzione più cauta. In fondo, mancare a un matrimonio può essere un fastidio, ma un figlio portato via a sua madre era un rischio serio e concreto.

«Non posso perderlo» sussurrò Holly tristemente. «Yusef è astuto, ed è stato convincente. Penso che il giudice creda a tutto quello che sta dicendo.»

Posai una mano sulla sua.

«Sarò onesta, è difficile per noi dimostrare che Yusef non abbia intenzione di rientrare nel Regno Unito. Però siamo riusciti a provare quali sarebbero le conseguenze per Daniyal se non dovesse tornare dal Pakistan per volere di suo padre. La sua vita cambierebbe in negativo, e il benessere di un bambino è sempre la priorità assoluta di qualsiasi giudice.»

Mi rivolse un cenno del capo e capii che si fidava di me. Mi stava affidando tutte le sue speranze e in quel momento non ero sicura di essere all'altezza del compito.

Tanya tornò nella stanza con il tè e mi portò in un angolo, in modo che Holly non potesse sentirci.

«Allora, sei fiduciosa?» chiese, guardandomi di sottecchi mentre soffiava per raffreddare il tè. Evidentemente lei non lo era e non potevo biasimarla.

«Ci serve un piano B» risposi a denti stretti. «Il viaggio a Karachi è programmato per la prossima settimana, quindi se dovesse andare male potrebbe non esserci abbastanza tempo per ricorrere in appello. Dovremmo cercare di ottenere una qualche tutela nel caso in cui il giudice li autorizzasse a partecipare al matrimonio.»

«Hai in mente qualcosa?»

«Se Yusef non riporta a casa Daniyal si tratta di rapimento, questo è ovvio. Tuttavia, il Pakistan non aderisce alla convenzione dell'Aja, e in assenza di accordi internazionali può essere complesso negoziare un ritorno. Ma potremmo chiedere a Yusef di sottoscrivere un impegno, oppure fare in modo di bloccare il passaporto di Daniyal all'Alta commissione britannica a Islamabad.»

Tanya sbuffò. «Un impegno scritto? Tanto vale chiedergli di fare il giuramento da scout. Se arriverà in Pakistan non tornerà, lo sai.»

«Non si arriverà a quel punto, Tanya» dissi. «Fidati di me.»
Tanya inarcò le sopracciglia. «Be', Holly non ha altra scelta, no?»
Il suono di un campanello ci ricordò che dovevamo tornare in aula. Estrassi il cellulare dalla tasca della giacca e lo controllai rapidamente. Niente. Nessun messaggio da parte di Martin, né da parte di Phil. Con tranquilla determinazione, espirai e tornai dentro.
Le cose iniziarono a mettersi male quasi subito. Dovevo riconoscerlo: Neil Bradley riassunse le motivazioni a supporto del suo cliente in modo brillante, sottolineando che in precedenza Holly era stata a favore di quel viaggio e smantellando le nostre deboli accuse sulle difficoltà finanziarie del suo cliente. Riuscì a dipingere un'immagine vivida e convincente della vita meravigliosa che Yusef conduceva in Gran Bretagna, parlando anche di una sua recente relazione con una donna di Bedford, un dettaglio importante di cui avremmo dovuto essere a conoscenza. La sua vita inglese andava a gonfie vele, dichiarò Bradley, quindi perché mai il suo cliente avrebbe dovuto lasciarsi tutto alle spalle?
«Vostro onore, credo di dover ribadire che un mancato ritorno cambierebbe per sempre la vita di Daniyal. A scuola sta conseguendo degli ottimi risultati, ha appena ottenuto un posto molto ambito in un istituto privato, ha un bel gruppo di amici...»
Il giudice Sheldon annuì, leggendo gli appunti.
Neil riprese la parola. Cercai di concentrarmi, ma il cellulare aveva iniziato a vibrare nella mia tasca. Pensai che non sarebbe stato un problema se avessi dato una sbirciatina, così lo estrassi e lo feci scivolare sul mio grembo. Cliccando sull'icona dei messaggi scoprii che ne avevo ricevuto uno da Dave Gilbert.
Le parole esplosero sullo schermo come una bomba a mano.
Martin Joy è stato arrestato.
Rilessi l'sms e la mia testa iniziò a girare. Il mondo che mi circondava sembrava essere svanito, riuscivo a distinguere sol-

tanto una voce in sottofondo. Quella di Neil, o forse del giudice Sheldon. Le frasi mi arrivavano distanti e smorzate come se fossimo sott'acqua.

«Avete qualche proposta di tutela?» riecheggiarono le parole del giudice.

Rovistai inutilmente tra le mie carte e cercai di parlare, riuscendo a emettere soltanto un balbettio incomprensibile. Il pensiero di Martin in prigione occupava la mia mente, ed era l'unica cosa che mi sembrava importante. Lo immaginavo in manette, accompagnato in una cella fredda e buia. Forse stava cercando di mettersi in contatto con me, ma non ci riusciva.

Il mio respiro accelerò, le mani iniziarono a tremare.

Tanya mi stava toccando il braccio, ma era come se avessi lasciato il mio corpo. Galleggiavo, annegavo, affondavo.

Sentii qualcuno dire «arringhe conclusive», ma il mio cervello si stava spegnendo.

«Devo andare» mormorai, alzandomi e raccogliendo le mie cose.

Tanya allungò una mano. Sentii le sue dita sfiorarmi la toga, ma mi divincolai in tempo.

«Signorina Day?» La voce del giudice era più sorpresa che irritata. Probabilmente in tutta la sua carriera non aveva mai visto un avvocato alzarsi in piedi e scappare prima della fine di un'udienza.

«È una questione urgente» sussurrai. Spinsi la porta dell'aula e uscii in corridoio, avviandomi di corsa verso l'uscita. Il colletto della camicia mi stringeva la gola, le pareti dell'edificio mi sembravano sempre più strette e soffocanti. Una volta fuori inspirai a fondo l'aria fresca e luminosa dell'esterno. Non avevo tempo di fermarmi a riprendere fiato, dovevo continuare a muovermi, dovevo raggiungere Martin. Sentivo già il terreno franarmi sotto i piedi quando vidi un taxi e mi sbracciai per fermarlo.

«Dove la porto?» chiese il tassista, rivolgendomi un sorriso a trentadue denti.

Lo guardai a bocca aperta: solo allora mi resi conto che non sapevo dove andare. Avevo un bisogno disperato di vedere Martin, di stargli accanto. Ma se era davvero in custodia non potevo raggiungerlo, avrebbe avuto bisogno di un penalista e sarebbe stato molto strano se in quel momento mi fossi presentata.

«Mayfair» dissi. Non mi veniva in mente nessun altro posto.

27

Gli uffici della Gassler Partnership si trovavano a due passi da Claridges, ma il tragitto mi sembrò durare un secolo. La sede della Gassler sfoggiava una facciata in vetro e un immenso lampadario moderno pendeva dall'alto soffitto della lobby. A quanto pareva quando si trattava di alta finanza non si poteva fare a meno di superfici lisce e lucide. Quando il taxi si fermò provai per l'ultima volta a chiamare Sophie Cole. Non era vicina a Martin quanto suo marito Alex, ma almeno avevo il suo numero. Quando la mia telefonata fu inoltrata direttamente alla segreteria telefonica, lanciai una banconota al tassista e per poco non ruzzolai sull'asfalto.

«Ehi! Non sta dimenticando qualcosa?» urlò lui con un ghigno. Mi girai, recuperai la parrucca grigio perla dal sedile posteriore e cercai di infilarla nella borsa mentre varcavo di corsa le porte girevoli di vetro. Alla fine inciampai proprio mentre superavo l'ingresso, attirandomi un'occhiata interrogativa del portiere che lo presidiava.

Guardai alle sue spalle, e mi resi conto che la Gassler Partnership non era l'unica società presente nell'edificio. A quanto pareva avrei dovuto rivolgermi per primo a lui per poter parlare con la receptionist di Martin.

«Sono qui per vedere Alex Cole della Gassler» dissi, sentendomi di colpo in imbarazzo per aver ancora indosso la veste da tribunale.

Nonostante avessi tutto l'aspetto di un pilastro della nobile istituzione delle Inns of Court, il portiere mi rivolse uno sguardo sospettoso, come se fossi un'ubriacona o una vagabonda.

«Ha un appuntamento?»

«Se potesse chiamare l'ufficio e chiedergli di ricevermi mi farebbe un piacere. Può dirgli che si tratta di Francine Day. Sono il suo rappresentante legale» dissi, cercando di recuperare un briciolo di dignità.

«Penso che sia ancora a pranzo» rispose senza troppo entusiasmo.

Tamburellai con le dita sulla superficie di marmo nero del bancone mentre sollevava la cornetta e componeva un numero. Sembrava quasi contento di tenermi sulle spine, ma alla fine riagganciò e mi confermò che Alex non era in ufficio.

«Posso parlare con la sua assistente personale, allora?» chiesi, sporgendomi in avanti.

«Non ha il suo contatto?» rispose con tono di sfida.

«No, non ho il suo numero» ribattei, con la voce che iniziava a incrinarsi. «È un'emergenza, devo parlare subito con Alex Cole.»

«Posso lasciare un messaggio alla reception...»

Non potevo aspettare, non con Martin rinchiuso in una cella.

«Mi faccia parlare con qualcuno, subito.»

Non stavo facendo una bella figura: sembravo sguaiata, aggressiva e poco convincente. Il portiere si alzò in piedi e, ancora prima che potesse parlare, capii che stava per chiedermi di andarmene.

Lanciai uno sguardo verso l'ascensore, sentii il suono che annunciava l'apertura delle porte e presi ad avanzare a grandi passi per raggiungerlo.

Lo scalpiccio affrettato alle mie spalle innescò un'esplosione di energia nel mio corpo.

Il pavimento lucido era scivoloso e rischiai di cadere, ma un paio di mani mi afferrarono appena in tempo per sostenermi.

«Francine?»

La voce era sorpresa e tradiva una punta di fastidio.

Impiegai un attimo a riconoscere Sophie Cole.

«Come mai sei qui?»

La sua espressione si ammorbidì. «Be', non dovresti essere così stupita. La mia presenza qui non è strana quanto la tua» osservò.

«Martin, ho saputo di Martin» risposi, prendendo fiato. «Volevo capire meglio cosa sta succedendo.»

Il portiere era in piedi alle mie spalle, avvertivo la sua disapprovazione anche senza guardarlo.

«Va tutto bene, signora Cole?»

«Grazie, Graham. Tutto bene. Francine è con me.» Schiacciò un pulsante per impedire alle porte di acciaio di chiudersi.

«Andiamo nel mio ufficio» disse con fare spiccio.

L'esiguo spazio dell'ascensore sembrò ridursi ancor di più quando le porte si chiusero. Dovevo dire qualcosa.

«Allora, hai sentito di Martin?»

«Certo» rispose, senza guardarmi.

«Mi dispiace, ma dovevo venire.»

Sophie mi lanciò un'occhiata e poi tornò a fissare un punto dritto davanti a lei.

«Intanto potresti toglierti la toga.»

In un altro momento, in un altro ascensore, mi ero sfilata la camicia mentre Martin mi spingeva contro la fredda porta di metallo. Quei giorni sembravano appartenere a un passato lontano.

Non mi sforzai nemmeno di discutere. Ero solo felice che qualcun altro avesse preso il controllo della situazione, le ero grata per la sua efficienza da prima della classe.

Appallottolai la toga e la cacciai sotto il braccio prima di seguirla fuori dall'ascensore. Sophie mi guidò lungo un corridoio sul quale si aprivano piccoli uffici, ognuno occupato da figure curve sullo schermo di un computer.

Non avevo mai visto il posto di lavoro di Martin, e non mi ero mai chiesta davvero come fosse l'ufficio di un fondo speculativo. Mi ero sempre fermata all'immagine vaga di un gruppo di uomini in camicia intenti a fissare con le guance arrossate gli schermi con i risultati della borsa e urlare «compra!», «vendi!». E invece c'era qualcosa di inquietante nella tranquillità di quel posto, l'unico movimento era rappresentato dagli occhi che si alzavano a guardarmi mentre passavo in corridoio. Mi chiesi cosa sapessero.

Seguii Sophie in un ampio ufficio ad angolo che straripava di simboli del successo. Un immenso schermo Mac appollaiato su una scrivania immacolata, un divano di design affacciato sulle strade di Mayfair.

«Mi dispiace» ripetei mentre chiudeva la porta alle nostre spalle. «Dovevo sapere cos'è successo, e ho pensato che Alex fosse l'unica persona con cui Martin potesse aver parlato...»

«Non puoi farlo, Fran» disse, interrompendomi. «Ho già dovuto affrontare due telefonate della stampa negli ultimi dieci minuti. Stavo andando nella lobby per controllare che non ci fossero fotografi quando ti ho trovata. Non puoi presentarti qui vestita come se dovessi entrare da un momento all'altro in un'aula di tribunale. Questa è un'attività commerciale, Fran. Potrebbero esserci dei clienti, di solito ci sono dei clienti. Non vogliamo certo attirare ancora di più l'attenzione su una situazione già piuttosto compromessa.»

Sapevo che aveva ragione, ma mi ci volle un attimo per ammetterlo.

«È giusto, scusami. Ma ho sentito dell'arresto di Martin e avevo bisogno di parlare con qualcuno.»

Sophie mi guardò, e la sua espressione si addolcì.

«Capisco. Farei lo stesso se fosse successo ad Alex.» Prese una bottiglia d'acqua da una mensola e riempì due bicchieri.

«Quanto sai?» chiese, porgendomene uno.

«Niente» risposi, sentendo montare un'ondata di panico. «Soltanto che è stato arrestato.»

«La polizia si è presentata al loft poco prima di pranzo» disse. «Per fortuna si era preso qualche giorno di vacanza dal lavoro, altrimenti sarebbero venuti qui.»

«Ma non hanno prove...»

«La polizia vuole dare l'impressione di aver concluso qualcosa. Immagino che Martin a un certo punto potrà anche pensare di fare loro causa.»

«Arresto illegittimo» dissi con fermezza, cercando di convincermi che un giorno sarebbe potuto succedere davvero.

«Dal mio punto di vista posso solo dirti che non voglio complicare le cose più del necessario.»

La guardai, in attesa che si spiegasse meglio. Mi piaceva Sophie Cole. Apprezzavo la sua competenza senza fronzoli, anche se mi ricordava molto la persona che ero stata fino a poco tempo prima. Era diversa dalla maggior parte delle mogli di ricchi maschi alfa con cui avevo a che fare come avvocato divorzista. Attraenti ma allo stesso tempo fredde ed egoiste. Forse era una questione di sopravvivenza. Ma alcune avevano qualcosa in più: erano intelligenti oltre che belle, e realizzate nel lavoro. Alfa tanto quanto i loro mariti. Sophie Cole rientrava senza dubbio in questa seconda categoria.

«C'è bisogno di un capro espiatorio, Fran. La stampa lo vuole perché aiuta a vendere i giornali, la polizia perché ha un compito e deve portarlo a termine. Non credo che Martin sia coinvolto nella scomparsa di Donna, ma è meglio non fornire argomenti a questa gente. Non dare loro in pasto la storia della sua relazione con il suo avvocato divorzista. Non presentarti qui terrorizzata e in preda a una crisi di nervi sperando che nessuno ti faccia domande, perché te ne faranno.»

Avvertii un'ondata di vergogna. Aveva ragione da vendere, e in teoria avrei dovuto essere brava in queste cose. Anticipare le mosse, prevedere quello che avrebbe detto la controparte. Ma quel giorno sembravo bloccata, come una macchina in panne.

Mi sedetti sul divano lucido e Sophie mi seguì.

«Non possono accusarlo» disse in tono più calmo e rassicurante. «Non hanno niente contro di lui.»

Chiusi gli occhi e annuii. Non ero soltanto l'amante, ero anche l'avvocato. Avrei dovuto essere io a rassicurare Sophie che

Martin sarebbe stato rilasciato senza accuse, che il suo arresto era soltanto l'ennesimo incidente di percorso sulla strada che avrebbe condotto al ritrovamento di Donna. Ma avevo bisogno di qualcuno che mi dicesse che sarebbe andato tutto bene.

Sentii la mano di Sophie posarsi con delicatezza sul mio avambraccio e ritornai di colpo al presente.

«Alex è di sotto con l'avvocato di Martin. Mi ha appena scritto un messaggio. Lui sta bene, ha la pelle dura. Se la polizia pensa di poterlo attirare in un tranello per convincerlo a confessare si sbaglia di grosso.»

«Confessare?» chiesi, lanciandole un'occhiata preoccupata.

«Una falsa confessione» rettificò, con maggiore attenzione.

«Alex lo riporterà a casa nostra, possiamo ospitarlo noi. I fotografi sono appostati da giorni davanti al suo appartamento a Spitalfields e sono preoccupata che possa esplodere se resta sempre da solo. Possiamo occuparci noi di lui.»

Aveva senso allontanare Martin dai riflettori e tenerlo al sicuro dalle insinuazioni, ma al tempo stesso mi sorprendeva che fosse necessario, dal momento che era innocente. Ma soprattutto, significava che ci sarebbe stata una barriera tra noi. Per proteggerlo – per proteggere la nostra relazione – dovevo mantenere le distanze.

«Non durerà per sempre» disse. «È una soluzione temporanea. E sai bene che è la cosa migliore per Martin.»

È la cosa migliore per gli affari, pensai.

«E la cosa migliore per te» aggiunse, come se mi avesse letto nel pensiero.

«Non tornerò più qui, te lo prometto» dissi, senza guardarla.

«Sei sicura di stare bene?»

Annuii appena. «Ero soltanto scossa. Grazie per avermi fatta ragionare.»

Sophie tacque prima di aprire la porta.

«So che lo ami, ma non lasciare che nessun uomo ti rovini la vita» disse, in tono tranquillo ma deciso. «Hai conosciuto Martin perché eri il suo avvocato divorzista. E se ti ha scelta come suo avvocato, significa che nel tuo campo sei la migliore. Nessun uomo merita che tu metta a rischio la tua reputazione per lui.»

Sapevo che aveva ragione prima ancora di aver sentito tutta la frase.

28

Sarei voluta restare all'interno dell'orbita ordinata ed efficiente di Sophie, ma a quanto pareva non era possibile. Fui allontanata all'arrivo di un'altra telefonata da parte di un giornalista. Era evidente che la mia presenza la rendeva nervosa.

Quando tornai nella lobby, il portiere mi accolse con uno sguardo diffidente, ma lo ignorai e uscii in strada spingendo con decisione la porta a vetri.

Di nuovo sul marciapiede, mi sentii nuda, confusa. Cercai di riflettere sul da farsi, respirando a fondo nella speranza che l'aria fresca mi schiarisse le idee. Sapevo che sarei dovuta tornare in tribunale. La mia ventiquattrore era ancora lì, ammesso che non avesse subito l'umiliazione di essere consegnata alla sicurezza. Ma a quel punto erano quasi le quattro, ovvero l'orario in cui la maggior parte degli avvocati esce o sta per uscire dal tribunale, così pensai che se fossi riuscita a raggiungere lo Strand prima della chiusura dell'edificio avrei potuto recuperare i miei effetti personali senza incontrare nessuno che mi conoscesse.

Il cellulare vibrò, interrompendo i miei pensieri.

«Che cazzo succede, Fran?» urlò Paul.

Aprii la bocca per rispondere, ma lui non aveva ancora finito la sua tirata.

«In trent'anni di carriera non sono mai stato costretto a umiliarmi quanto ho dovuto fare oggi pomeriggio per difenderti!» La voce gli tremava di rabbia, come se qualcuno avesse appena tamponato la sua macchina nuova di zecca. «Tanya Bryan minaccia di querelarti per negligenza professionale, per non parlare della cliente, che ha tenuto incollati al telefono me e Vivienne per un'ora, chiedendoci di crocifiggerti su Parliament Hill. Spiegami che cazzo è successo!»

Era furioso, confuso, frustrato e perplesso, e non potevo biasimarlo. Ero stata la sua pupilla, quella che non aveva mai commesso un errore e avanzava sicura verso un'importante nomina nel Queen's Counsel, che avrebbe portato prestigio all'intero ufficio. Ma in quel momento aveva scoperto che ero una mela marcia. Non solo mi avevano sorpresa a fumare di nascosto, ero sulla strada per la delinquenza. Non dissi niente per almeno cinque secondi.

«Penso di essere sull'orlo di un esaurimento nervoso» concessi alla fine.

Non avevo pianificato quella risposta e, anche se non era proprio vero sotto l'aspetto medico, era così che mi sentivo.

A quel punto fu Paul a restare in silenzio.

«Okay» disse. «Va bene» ripeté con più decisione, come se finalmente fosse riuscito a dare un senso agli eventi. Tacque ancora per un istante, poi aggiunse: «Sei stata da un medico?».

Una moto mi superò rombando, così scivolai nell'androne di un palazzo per poter parlare con più privacy.

«Non ancora, ma lo farò.»

«Mi sembra una buona idea. Vai oggi stesso.»

Mi sentivo come un'adolescente che ha appena comunicato ai genitori di essere incinta, con Paul nel ruolo del padre ferito e deluso. Emise un profondo sospiro.

Quasi mi mancava il coraggio per fargli la domanda successiva. Sapevo cosa avrebbe detto, ma avevo bisogno di sentirlo, sebbene una parte di me continuasse a sperare che il mio comportamento bizzarro avesse convinto il giudice ad aggiornare l'udienza.

«Cos'è successo, Paul? In tribunale, intendo. Com'è finita?»

«Il giudice ha autorizzato il viaggio.»

«Ha garantito qualche forma di tutela?»

«No, a quanto pare non hai fatto nessuna richiesta, quindi la madre ha dovuto consegnare il passaporto del bambino.»

«Possiamo ricorrere in appello...» dissi, anche se sapevo che nessuno mi avrebbe mai lasciata avvicinare di nuovo a quel caso.

«Fran, lascia perdere. Ormai è fatta.»

Gli occhi mi si riempirono di lacrime, tutte le emozioni della giornata si stavano condensando in un nodo di dolore e panico.

«No. Dobbiamo insistere, per il bene del bambino. Se puoi mandare qualcuno a prendere i miei documenti, posso sistemare tutto... Chiamo Tanya.»

«Per favore, non farlo.»

Non avevo bisogno che fosse lui a dirmi che Tanya non mi avrebbe mai più lasciata avvicinare a nessuno dei suoi casi, soprattutto a questo.

Continuò a parlare, ma non lo sentivo quasi più. Riuscii a registrare soltanto i punti salienti delle sue profezie: «Dovremo impegnarci sul serio per evitare un'accusa di negligenza professionale. Immagino che nessun altro avvocato del suo studio ci contatterà più per collaborare con noi su altri casi...».

O forse Paul non stava parlando davvero, era solo una voce nella mia testa che mi anticipava cosa sarebbe successo nei prossimi mesi.

«Fran, mi stai ascoltando?» chiese. «Dove sei?»

«In Bond Street.»

«Cosa ci fai lì? Forse è meglio se torni a casa.»

«Lo so» risposi in tono piatto.

«Vuoi che passi da te dopo il lavoro?»

Era un pensiero inaspettatamente toccante nel bel mezzo di una giornata terribile. Provai un'ondata di affetto per Paul. Una fitta violenta e dolorosa che mi ricordò che non meritavo il suo sostegno e la sua amicizia.

«Non ce n'è bisogno, grazie» risposi. «Ho soltanto bisogno di staccare per un paio di giorni.»

«Non c'è fretta. Hai lasciato le tue cose in tribunale, ma me le sono fatte portare qui in ufficio. Posso riassegnare i tuoi casi a qualcun altro. Vivienne si occuperà del caso Joy. Ovviamente adesso non c'è molto da fare sul fronte divorzio, ma visto l'interesse dei media bisognerà lo stesso rimboccarsi le maniche.»

Mi venne la nausea, e la mia mente corse subito agli appunti relativi al caso di Martin. Vivienne o chiunque altro se ne fosse occupato li avrebbe letti, e non ricordavo se avessi appuntato qualcosa di compromettente, anche solo uno scarabocchio infantile che rischiava di rivelare la nostra relazione.

«Non fare niente per il momento» dissi con cautela. «Lasciami parlare con un medico. Forse è un problema passeggero e mi basta qualche medicina. Prendono tutti qualcosa di questi tempi, no?» dissi, cercando di farla suonare come una battuta.

«È stato arrestato, lo sai?» disse Paul dopo un attimo di pausa.

«Chi?» chiesi, un po' troppo in fretta.

«Martin Joy.»

«Come lo hai saputo?»

«Dave Gilbert mi ha inviato un'email. Non ti ha contattata?»

«Il mio cellulare era spento» mentii.

«Se venisse accusato sarebbe un disastro anche per la nostra reputazione» sussurrò Paul.

«Lo so» dissi, stringendo più forte il cellulare. Poi riattaccai.

Paul non doveva sapere che non potevo tornare a casa. Che se rientrando avessi fatto il minimo rumore il mio vicino sarebbe potuto tornare a chiedermi di ripetere la performance della sera precedente.

Dozzine di persone camminavano intorno a me, l'energia di Londra era irrefrenabile come sempre, ma mi sembrava di non essermi mai sentita tanto sola come in quel momento.

Esitai un attimo prima di inviare un messaggio a Clare per chiederle di incontrarci. Prima di Martin era sempre e solo stata lei il mio punto di riferimento, un porto sicuro e affidabile, ma ormai avevo la sensazione che ci fossimo allontanate, tanto che non avevo ancora risposto al messaggio che mi aveva inviato due giorni prima.

Provai un'ondata di sollievo quando rispose subito e ci accordammo per incontrarci a casa sua, a Queen's Park.

Comprai un pacchetto di sigarette sulla strada per Oxford Circus, e infilai parrucca e toga in una busta da cinque centesimi acquistata insieme alla mia dose di nicotina.

Fuori dalla fermata della metropolitana stazionava una pila di «Evening Standard». Allungai una mano per prenderne una copia, ma mi fermai, consapevole che la lettura dell'ennesimo articolo su Donna Joy sarebbe stata una tortura.

Mi unii alla folla di pendolari che entravano sgomitando nella stazione e mi diressi verso la Bakerloo Line. In piedi sul binario, rimasi ad ascoltare il familiare ronzio dell'elettricità trasmessa sui binari, seguito un attimo dopo da una ventata di aria calda sospinta dal treno al suo ingresso nel tunnel. Guardai i fari avvicinarsi, chiedendomi a quale velocità i convogli entrassero in stazione, e se chi si lanciava avvertiva una scossa elettrica prima di essere schiacciato dai vagoni. Era una morte immediata? Oppure si veniva trascinati per metri, con le membra dilaniate, fino a ridursi a una striscia rossa ripulita da un addetto traumatizzato o da un pompiere poco tempo prima dell'ora di punta? Ero assorta in questi pensieri quando il treno entrò in stazione, formando una solida parete che riempiva il binario. Le porte si aprirono, e lasciai passare un flusso di lavoratori con l'aria da zombie e di turisti disorientati prima di entrare e accomodarmi, come anestetizzata, su un duro sedile in plastica.

Di solito non prendevo la metropolitana, preferivo l'anonimato dell'autobus, dove tutti erano seduti uno dietro l'altro, e non erano costretti a guardarsi in faccia. Mi piaceva lasciar correre lo sguardo fuori dal finestrino, senza essere osservata. Sull'autobus nessuno presta attenzione agli altri passeggeri, mentre in metropolitana le persone te le trovi di fronte, e a parecchie sembra che piaccia proprio fissarti, sbirciare nelle vite degli altri. È quasi uno sport. Per fortuna il vagone era quasi vuoto, a parte una coppia impegnata a sbaciucchiarsi e un uomo di una certa età di origine africana con gli occhi chiusi, che ondeggiava seguendo il ritmo del treno. Intravidi il mio riflesso nel vetro polveroso del finestrino: gli occhi infossati, le guance scavate. Distolsi lo sguardo.

Si stava facendo buio quando raggiunsi la zona nord di Londra. Mi accesi una sigaretta e camminai lentamente e a passi incerti verso casa di Clare.

Svoltai nella sua strada e schiacciai il mozzicone con il tacco della scarpa. Iniziava a fare freddo, e mi strinsi addosso la mia giacca nera, troppo leggera per fermare un brivido sulla nuca. Mi concessi un attimo di autocommiserazione, ma poi pensai a Martin alla stazione di polizia, spaventato e angosciato, forse disteso su un materasso sottile e macchiato in una stanza priva di aria. Quanto avrei voluto poterlo aiutare, fare irruzione alla polizia agitando la mia ventiquattrore per pretendere che il mio cliente venisse rilasciato immediatamente. O, in alternativa, essere rinchiusa insieme a lui.

Clare abitava in una villetta a schiera, identica a tanti altri edifici affacciati su una stradina tranquilla nei pressi di Salusbury Road. Bussai alla porta e mi presi un momento per osservare l'insieme. Sul davanzale della finestra era comparso un vaso che non avevo mai notato prima, stavano iniziando a fiorire viole e crochi. Alcune bottiglie del latte vuote erano allineate sul primo gradino, in attesa di essere raccolte dal fattorino. La normalità di quella scena mi aiutò a dimenticare per un istante il casino nel quale ero finita.

La porta si aprì e la folata di aria tiepida proveniente dall'interno sembrò risucchiarmi.

All'inizio non dissi niente, e Clare fece un passo verso di me, attirandomi in un abbraccio.

«È andato tutto storto» dissi, affondando il viso nella sua spalla.

«Entra, prepariamo un tè.»

La seguii in cucina, teatro di numerosi pranzi della domenica. Le luci erano soffuse e Clare accese delle candele che riempivano l'aria di un profumo di fichi e fiori. Non sapevo se lo avesse fatto apposta per me, ma mi aiutò a lenire il panico.

«Da dove inizio?» chiesi, mentre lei azionava il bollitore.

«Be', ho letto i giornali. Quindi ho ricostruito da sola alcune delle parti che hai omesso.»

Aveva tutte le ragioni per essere arrabbiata con me. Clare era la mia migliore amica, e le avevo tenuto nascosti di proposito diversi dettagli sulla mia relazione. Un'omissione, certo, ma un'omissione che assomigliava molto a una bugia vera e propria. Eppure nella sua voce non c'era traccia di disapprovazione o delusione.

«Quindi immagino che Martin sia un tuo cliente» continuò, senza aspettare una risposta. «E la Donna Joy di cui si parla sui giornali è sua moglie, giusto?»

«Clare, è per questo che non ti ho raccontato niente finora. Ero imbarazzata. E non dovrei proprio uscire con i miei clienti.»

Clare tacque e mi lanciò un'occhiata, si sentiva a disagio.

«Ho letto che qualcuno è stato arrestato.»

«Vuoi sapere se è Martin?»

«Non voglio fare la ficcanaso...» disse.

Annuii e chiusi gli occhi.

«È un casino, Clare» sussurrai. «Il fatto che abbiano arrestato Martin significa che come minimo sospettano che stia nascondendo qualcosa. Mi sento così impotente, continuo a pensare e ripensare a possibili soluzioni...»

Mi lasciai cadere su una sedia accanto al tavolo della cucina e mi presi il viso tra le mani. L'acqua nel frattempo era arrivata a ebollizione e Clare preparò il tè. Me ne portò una tazza, e strinsi le dita attorno alla ceramica calda mentre prendeva posto di fronte a me.

«Andiamo con calma. Raccontami tutto.»

Ricostruii la storia dall'inizio. Le descrissi il nostro primo incontro e le spiegai che la nostra relazione era iniziata la sera in cui ci eravamo incrociati per caso da Selfridges. Le raccontai quanto mi facesse sentire felice, e della disperazione in cui ero precipitata quando Phil aveva condiviso con me il suo sospetto che Donna avesse ancora una relazione sessuale con suo marito. Feci un respiro profondo e le raccontai anche di aver seguito Donna e di averla vista incontrare Martin al ristorante. Avevo bisogno di dire a qualcuno cosa avevo visto.

«Hai seguito Martin e Donna» disse Clare, scandendo le parole. «E quella è l'ultima sera in cui è stata vista viva?»

Non suonava bene, lo sapevo, e l'espressione preoccupata sul suo viso era inequivocabile, ma volevo che Clare sapesse come mi ero sentita.

«Dovevo sapere» mormorai sull'orlo delle lacrime. «Dovevo capire se potevo fidarmi di lui.»

Inarcò le sopracciglia, come per insinuare che la risposta era evidente. Non potevo.

«Come sono andate le cose?» chiese. «Dopo il ristorante, intendo. I giornali dicono soltanto che Donna Joy è scomparsa. Martin ti ha detto cos'è successo quella notte?»

Annuii, temendo la domanda successiva.

«Sono andati a casa insieme» risposi.

«Lo ha ammesso lui?»

«Li ho seguiti. Avresti fatto lo stesso al mio posto» dissi, incrociando il suo sguardo per sfidarla a negarlo, ma lei non reagì.

«E poi?»

«Non lo so» sussurrai, cingendomi la vita con le braccia. «Mi sono risvegliata a casa. Devo essere svenuta. Non ricordo come ci sono arrivata. Pete dice che ho preso un taxi.»

«Pete? Chi è Pete?»

«Il mio vicino del piano di sotto» spiegai in fretta. Non avevo voglia di parlare di lui, non volevo nemmeno pensare a lui. Allungai le braccia sul tavolo e presi la mano di Clare.

«Clare, per favore, devo sapere cosa è successo la notte in cui ho visto Martin e Donna. Se riuscissi a ricordare qualcosa, qualsiasi cosa, forse potrei aiutarlo. Forse da qualche parte nella mia mente si nasconde un'informazione utile per ritrovare Donna» dissi, picchiettandomi la tempia con un dito. «Forse l'ho vista andare via. È una donna imprevedibile, egoista. Chissà, forse ho notato qualcuno entrare in casa oppure una macchina passare a prenderla. Potrei ricordare un numero di targa, oppure... Non lo so.» Stavo vaneggiando e Clare mi fissava con aria scettica.

«Avevi bevuto?» La sua disapprovazione era evidente.

«Ero sconvolta.»

«Francine, non dovresti mescolare l'alcol con le tue medicine, lo sai. Anzi, vista la tua malattia, non dovresti proprio bere, e basta.»

Alzai una mano per fermarla. «Lo so, lo so.» Avevamo già avuto quella stessa conversazione diverse volte negli anni, non avevo bisogno di ascoltare di nuovo la ramanzina, non in quel momento.

«Quanto hai bevuto?» si informò.

«Tanto. Senti, Clare, devi aiutarmi a recuperare la memoria» la implorai. «Martin ha bisogno di aiuto.»

«Non posso» disse.

«Perché non credi che sia innocente?» chiesi incredula.

«Non posso» ripeté Clare più decisa.

«Come non puoi?» Mi accigliai. «Deve esserci un modo.»

Clare scosse la testa con aria triste.

«I ricordi cancellati in un blackout causato dall'alcol non possono essere recuperati.»

«Cosa? Perché?» chiesi, avvertendo una nota di panico nella mia voce. Avevo bisogno di lei per scandagliare la mia memoria. Doveva aiutarmi a recuperare i dettagli con i quali forse avrei potuto aiutare Martin.

«Perché nessuno di quei ricordi si è mai impresso davvero nel tuo cervello. La teoria è che l'alcol saturi il sangue e mandi in blocco l'ippocampo, l'area del cervello responsabile per la memoria a lungo termine. Quei ricordi non sono persi, Fran, non si sono mai formati.»

Di colpo mi sembrò di precipitare in un buco nero, avvolta da un turbinio di foglie sollevate dal vento.

«Non è possibile, *devo* aiutarlo.»

Clare posò una mano sulla mia. Per un attimo pensai che volesse fermarmi.

«Senti, so che vuoi credere che Donna ricomparirà da un momento all'altro e che Martin non abbia niente a che vedere con la sua scomparsa. E potrebbe anche essere vero. Ma devi essere preparata al peggio. Se lo hanno arrestato significa che la polizia nutre seri sospetti sul suo conto. Per non parlare del fatto che secondo le statistiche il coniuge è sempre il colpevole più probabile in un omicidio.»

«Omicidio?» la interruppi. «Non è morta, Clare. Non si sa dov'è, probabilmente in vacanza. A Hong Kong, alle terme, non lo so. Ma è sicuramente da qualche parte.»

Clare si ritrasse e mi resi conto di aver reagito con eccessiva veemenza. Ricominciai a parlare con un tono più dolce. «Senti, mi fido di Martin» dissi. «Conosco i dati delle statistiche, so cosa stanno pensando tutti. E credimi, ci ho pensato anche io. Ma tu non lo conosci come lo conosco io. Devi fidarti di me, per favore.»

«*Shh*...» sussurrò. «Risolveremo tutto.»

La guardai e annuii. Era la stessa cosa che mi aveva detto quando avevamo diciannove anni e mi aveva trovata riversa sul pavimento del bagno, con due rivoli rosso scuro che mi scorrevano dai polsi. Mi aveva tenuta stretta fino a quando non era arrivata l'ambulanza, era rimasta con me in ospedale ed era stata il motore che mi aveva spinta a cercare il giusto psichiatra e il sostegno di cui avevo bisogno all'università. Clare mi aveva visto affrontare uno dei momenti più bassi e difficili della mia vita, quando ero stata più vulnerabile, e mi aveva aiutata.

«Vuoi restare a dormire qui stanotte?»

Aprii la bocca per raccontarle di Pete Carroll, ma non ci riuscii, nonostante tutta la sua comprensione e la nostra amicizia. Non ero nemmeno certa che fosse successo davvero.

«Sicura che non sia un problema?»

«Scherzi? Mi farebbe molto piacere! Ultimamente io e Dom ci incrociamo a stento. Tutto il suo mondo ruota attorno al ristorante. Mancava poco che chiamassi un call center pur di avere un contatto umano con qualcuno.»

«Potevi chiamare me» dissi alla fine.

«Anche tu puoi, lo sai? Sono sempre qui per te. Ci sono sempre stata e ci sarò per sempre. Devi soltanto inviarmi il nostro bat segnale.»

Sorridemmo entrambe al ricordo. Il "bat segnale" era un codice, un patto stretto nei primi tempi dei miei episodi bipolari. Avevo promesso di chiamare Clare se e quando le cose fossero sfuggite al mio controllo e avessi avuto urgente bisogno di aiuto.

«Mi dispiace se non ci siamo viste tanto nelle ultime settimane» sussurrai. Stavo per dirle che non ero il genere di persona che scompare appena trova un uomo, ma viste le circostanze non mi sembrava appropriato.

«Forza, chiamo Dom e gli chiedo di mandarci qualcosa dal ristorante.»

Le ero grata più di quanto riuscissi a esprimere a parole. Volevo soltanto raggomitolarmi da qualche parte, chiudere gli occhi e dimenticare tutto.

Tutto.

29

Quando aprii gli occhi ero tranquilla. Rannicchiata sotto le lenzuola fresche e profumate mi sentii al sicuro, almeno per un momento. Poi l'ormai familiare senso di angoscia riemerse, minacciando di trasformarsi in un attacco di panico.

Va tutto bene, Clare sa tutto, mi dissi, combattendo contro la stretta che mi attanagliava lo stomaco. *Mi aiuterà.*

Tentai di calmare la mia ansia, ma non ci riuscii. Per quanto ne sapevo, Martin era ancora in custodia e poteva aver spiattellato ogni dettaglio della nostra relazione, presentandomi come sua complice e mettendo fine alla mia carriera. Non che dopo il mio ultimo exploit in aula le mie prospettive fossero particolarmente rosee. Mi sarei potuta ritenere fortunata se mi avessero affidato la stesura di qualche testamento.

Mi costrinsi a inspirare a fondo un paio di volte. Per quanto la prospettiva di restarmene rintanata a letto fosse incredibilmente piacevole, trovai il coraggio di alzarmi e andare al piano di sotto. Clare e Dom erano usciti, il che non era sorprendente dal momento che era quasi mezzogiorno. Contemplai scioccata l'orologio della cucina, chiedendomi se la sera prima Clare avesse aggiunto qualche goccia di sonnifero al mio bicchiere. Poi mi ricordai di non essere in ritardo. Non avevo un lavoro al quale arrivare in orario, almeno non fino a quando non mi fossi rimessa in sesto.

Clare mi aveva lasciato un mazzo di chiavi sul tavolo della cucina, insieme a un biglietto in cui diceva di aver preferito lasciarmi dormire. Non so perché lo avesse fatto, le avevo accennato che mi sarei presa un paio di giorni, ma questo non significava che non avessi una montagna di cose da fare.

La mia priorità assoluta era aiutare Martin, ma dovevo anche cercare di contattare Tanya Bryan e Holly Khan. Mi vergognavo di essere scappata dall'aula abbandonando la mia cliente, e sapevo di dover affrontare la cosa. Nascondermi sotto il piumone non avrebbe risolto niente.

La mia borsa era ancora sul divano, dove l'avevo lasciata la sera prima. Presi il cellulare, strinsi i denti e composi il numero dell'ufficio di Tanya. Per fortuna la segretaria mi disse che era in tribunale, ma volendo potevo lasciare un messaggio. Accolsi la possibilità di evitare quel confronto con sorprendente sollievo.

Quando chiusi la telefonata le mie mani tremavano. Assunsi la mia dose mattutina di litio e cercai di non pensare al fatto che le pillole che avevo nella borsa sarebbero state sufficienti a coprire appena qualche giorno. Non temevo la rabbia di Tanya, ma l'idea di affrontare i miei fallimenti e le reali conseguenze dell'essere stata una delusione per le persone che contavano su di me. Ero felice di poter rimandare il momento in cui mi avrebbe raccontato come avevo rovinato la vita di Holly – e di conseguenza la mia – anche se una voce nella mia testa non perdeva occasione di ricordarmelo.

A parte i sussurri della mia coscienza, la casa era stranamente silenziosa. La luce che filtrava dalla finestra mi fece venire voglia di sentire il calore del sole sul volto, così aprii la porta sul retro e uscii nel giardino di Clare, un piccolo quadrato d'erba e ghiaia. Era un gioiellino, ma d'estate tendeva a trasformarsi in un forno.

Mi accomodai su una sedia e rivolsi il viso al cielo. Per un meraviglioso istante mi convinsi di essere in vacanza, con la prospettiva di una giornata tutta per me, come durante uno dei miei viaggi estivi in Italia. Immaginai che il fruscio del vento fra gli alberi fosse il mormorio delle onde sulla spiaggia, e che il distinto brusio del traffico in lontananza provenisse da un gruppo di motorini fermi sul lato di una piazza.

Ma l'incantesimo durò poco e tornai di colpo a Londra, seduta su una sedia arrugginita a cercare di non pensare a una lunga lista di cose da fare.

Tornai di sopra a farmi una doccia. Di solito non mi dispiaceva viaggiare leggera, ma non riuscii a trattenere uno sbuffo di disapprovazione quando passai in rassegna le mie cose. Una busta contenente la parrucca e la toga, e i miei abiti del giorno prima: la gonna nera, la giacca e la camicia bianca monacale che avevo indossato in tribunale. Infilai la gonna e il reggiseno e prelevai una maglietta grigia da una pila di biancheria fresca di bucato, sperando che a Clare non dispiacesse.

Mi misi a sedere sul bordo del letto, sfregandomi i capelli con un asciugamano mentre cercavo online notizie sull'arresto di Martin Joy. Dopo qualche minuto un *bip* mi segnalò che il mio cellulare si stava scaricando. Di solito quel suono mi strappava un sospiro di irritazione, ma quel giorno sussultai per la paura. L'idea di non poter ricevere notizie su Martin per tutto il giorno mi spinse a scattare in piedi e correre nello studio di Clare. La mia amica era scrupolosa e organizzata, doveva avere un caricabatterie da qualche parte.

Rovistai in una scatola contrassegnata dalla scritta CARICATORI, scartando i cavi non compatibili e cercando di non pensare al fatto che non mi sarei dovuta trovare lì, a frugare tra le cose della mia amica come se fossi in un mercatino dell'usato. Tremavo, sudavo, e mi sentivo sull'orlo di una crisi di nervi. Come se tutto il mio benessere dipendesse dal successo in quella ricerca. Con un balzo di trionfo scovai il cavo giusto e lo infilai nel cellulare, lasciandomi cadere sollevata sulla poltrona dell'ufficio di Clare.

L'idea di accendere il computer per continuare le mie ricerche era troppo allettante per resistere. Sfiorai la tastiera per metterlo in funzione. Il salvaschermo – una foto di Clare e Dom su una spiaggia, sorridenti e a braccetto – non contribuì a migliorare il mio umore, ma me ne dimenticai non appena cliccai sulla homepage di un importante tabloid.

Nel corso della notte una nota celebrità, la star di un reality americano sposata con un discusso rapper, era stata coinvolta in una zuffa violenta con un fan. La storia impazzava su tutti i social, e veniva riportata persino da qualche testata più seria.

In ogni altra occasione avrei avuto da ridire sul sensazionalismo legato alle notizie su personaggi incomprensibilmente famosi, ma in quel momento ero ben felice che l'interesse pubblico fosse attirato dal mondo dello spettacolo e che Donna Joy fosse sparita dalle prime pagine.

Scorsi il sito del giornale finché non lessi il titolo: *Uomo arrestato in relazione alla scomparsa di Donna Joy.*

Cliccai sull'articolo, passandolo rapidamente in rassegna. Con sollievo crescente, notai che il giornalista evitava con cura di utilizzare il nome di Martin o di fornire qualunque dettaglio potesse spingere a identificare l'arrestato con il marito. La stampa era più cauta negli ultimi tempi, soprattutto nei casi di persone arrestate ma non ancora accusate formalmente, tuttavia sospettavo che ci fosse stato lo zampino di Bob Kelly, l'esperto di media. Il cellulare era ancora in carica, ma lo presi con l'intenzione di chiamare l'ufficio di Robert Kelly per avere un aggiornamento. Poi, però, decisi di andare dritta al cuore della questione e contattare il penalista di Martin. Mi avrebbe rivelato qualcosa? Tuttavia, malgrado fossi impaziente di sapere cosa stesse succedendo, non volevo disturbarlo: in una situazione così delicata, qualunque avvocato sarebbe stato incollato al fianco del proprio cliente nella sala interrogatori della polizia.

Mentre valutavo cosa fare, il cellulare iniziò a vibrare tra le mie mani. Aprii la casella dei messaggi e vidi che l'ultimo era da parte di Martin. Lo aprii con il cuore che batteva all'impazzata.

Rilasciato. Vediamoci. Hotel?

Non sapevo quale parte del messaggio mi rendesse più felice, se il fatto che fosse stato rilasciato o che volesse vedermi in un hotel. Mi sfiorai il viso: la pelle era calda, e sentivo il sangue pulsare nelle vene del collo. Mi girava la testa, ero agitata e a disagio. Non riuscivo a stare seduta, così mi alzai in piedi e iniziai a camminare avanti e indietro, stringendo le mani a pugno e riaprendole, cercando di liberarmi del formicolio nei muscoli. Martin era libero, e voleva vedermi.

Andai in camera da letto per prendere la borsa e tornai di corsa alla scrivania di Clare. Chiusi la pagina delle notizie e passai a un motore di ricerca per la prenotazione di alberghi, inserendo rapidamente le parole "hotel Londra centro". Esitai per un attimo nella sezione dedicata al numero di ospiti, poi decisi di indicarne solo uno. Sapevo di dover iniziare ad agire d'anticipo e coprire le nostre tracce. Sophie aveva ragione: la nostra relazione era una questione privata, e farci notare non avrebbe certo aiutato la causa di Martin.

A essere sincera avevo sempre trovato elettrizzante la natura "illecita" del mio rapporto con Martin, e quando il motore di ricerca mi presentò centinaia di possibili hotel non potei fare a meno di provare un brivido di eccitazione. Per un attimo ci immaginai insieme in un posto chic e costoso: candide lenzuola inamidate, servizio in camera con fragole e champagne. Gli avrei preparato un bagno e saremmo entrati nella vasca insieme. Si sarebbe seduto tra le mie gambe e io gli avrei insaponato il petto, lavando via la bruttura dell'interrogatorio della polizia, cancellando le sue preoccupazioni con i miei baci.

Ma era soltanto una fantasia, e dovevo agire d'astuzia. Il Savoy e il Ritz erano eccessivi, troppo centrali e bazzicati dai paparazzi, nonostante i tabloid sembrassero aver perso interesse per la storia di Donna. Così scelsi un hotel di una catena economica a West London, abbastanza modesto da essere anonimo e al tempo stesso abbastanza grande perché nessuno notasse l'andirivieni nella hall. Inviai i dettagli a Martin, su di giri all'idea di rivederlo.

L'hotel era a poche fermate di metropolitana da Queen's Park, ma la coda al check-in era lunga. Mi sistemai in fondo alla fila più numerosa per perdermi in quel mare di volti. Un facchino mi chiese se avessi bisogno di aiuto con i bagagli, ma mi limitai a sorridere e scuotere la testa. Non volevo che nessuno potesse ricordarsi di me. E comunque di bagagli non ne avevo.

La camera era piccola e buia, nascosta in fondo a un corridoio dell'ottavo piano. Una stanza per uomini d'affari e turisti, non per amanti. A meno che non si trovassero in una situazione simile alla nostra, pensai, osservando il letto basso e le pareti, chiedendomi quanto fossero spesse. Andai alla porta e sbirciai in corridoio attraverso lo spioncino, come se sperassi davvero di poterlo vedere in piedi lì fuori. Mi sentii stupida, così accesi la televisione e cercai di guardare una soap opera, ma non riuscivo a concentrarmi.

Passai a un canale di musica classica, mi sfilai le scarpe e rimasi a fissare fuori dalla finestra, osservando le strade di Londra, i pali del telegrafo e i mattoni in terracotta delle villette a schiera, controllando di continuo l'ora e cercando di tracciare i movimenti di Martin per cercare di prevedere quanto ci avrebbe messo ad arrivare.

Poi sentii bussare alla porta. Attraversai la stanza trattenendo il fiato, tremante, nervosa e preda del senso di colpa. Per tutti quegli anni non ero stata solo una cittadina modello e ligia al dovere, ma un avvocato al servizio della legge. Ero corretta, affidabile, al di sopra di ogni sospetto. Eppure eccomi lì, pronta a incontrare un sospettato in un caso di persona scomparsa, un cliente con il quale non ero autorizzata ad avere una relazione. Era sbagliato, su tutta la linea. Ma era Martin, le solite regole non si applicavano.

Aprii la porta e inspirai profondamente quando lo vidi. Aveva l'aria esausta, gli occhi infossati, un velo di barba sulle guance, le spalle cascanti.

«Ehi» mi salutò, e io lo strinsi tra le braccia, tenendo stretto il suo corpo solido, inalando il suo profumo. Poi lo attirai nella stanza e chiusi la porta alle sue spalle, girando due volte il chiavistello. Lo volevo tutto per me in quel momento, e non volevo essere disturbata.

«Come stai?» sussurrai, consapevole di quanto la domanda fosse inappropriata.

Martin mi rivolse un sorriso stanco.

«Molto meglio adesso.»

Non avevo notato i cerchi viola sotto i suoi occhi, e quanto facessero sembrare ancora più verdi le sue iridi, l'unica nota di colore sul suo viso pallido.

«Per quanto tempo ti hanno trattenuto?»

Una domanda più pertinente, frutto della mia esperienza di avvocato.

«Ventiquattro ore» rispose, allontanandosi.

«Bene, è un buon segno» dissi, notando la sua espressione sorpresa. «Voglio dire, è un bene che non ti abbiano trattenuto più a lungo. Possono detenerti più a lungo soltanto in presenza di prove schiaccianti che sia stato commesso un grave crimine. Quindi credo che ti considerino solo una persona informata dei fatti.»

Fece un passo indietro e si sedette sul letto.

«Secondo l'avvocato, per il momento non hanno abbastanza prove, ma ci sono buone possibilità che mi arrestino di nuovo...»

Si interruppe, come se non riuscisse a concludere la frase.

«Quando troveranno il corpo» disse alla fine.

Alzò lo sguardo verso il soffitto, e vidi il pomo d'Adamo alzarsi e abbassarsi. Mi sedetti accanto a lui.

«È una pura speculazione. Sappiamo entrambi che non c'è nessun cadavere da ritrovare, quindi non c'è niente di cui preoccuparsi, non trovi?» Gli rivolsi un sorriso. «A parte farsi beccare con me in una squallida stanza d'albergo.»

«Sì, quello sarebbe un bel problema.»

Lo guardai.

«Pensavo che avessi detto che non dovevamo più sentirci.»

Lo dissi come se fossi preoccupata, come se stessi cercando di essere pratica. *Forse non è una scelta saggia, forse dovremmo cercare di fare la cosa più giusta e tornare entrambi a casa.* Ma non era tutto. La verità era che volevo che mi dicesse che durante la sua permanenza in prigione non aveva mai smesso di pensarmi, che, anzi, se non fosse stato per me non sarebbe riuscito ad affrontare quelle ventiquattro ore. Volevo sentirgli dire che mi amava.

«Al momento sei l'unica persona con cui sento di poter parlare.»

Mi sforzai di nascondere la delusione. Almeno aveva espresso il desiderio di vedermi, per il momento era abbastanza.

«Com'era il tuo avvocato?»

Un'altra domanda pratica. Mi sentivo responsabile. Volevo che Matthew Clarkson fosse bravo, che fosse il migliore. E, anche se mi fidavo del giudizio di Tom Briscoe sul suo conto, non potevo fare a meno di preoccuparmi, il suggerimento gli era arrivato da me.

«Non posso dire di avere molta esperienza in queste cose, ma è stato bravo. Mi ha difeso. A dire il vero sembra un bastardo, nel senso buono. Penso sia stato un'ottima scelta.»

«Mi fa piacere» risposi.

Si infilò una mano in tasca e ne estrasse un vecchio cellulare.

«Alex è venuto alla polizia e mi ha dato questo: è un usa e getta. D'ora in avanti possiamo comunicare usando questo numero. Forse dovresti procurartene uno anche tu.»

«Mi sembra di essere in un film di spionaggio.»

Martin sbuffò. «La scena di ieri sera non assomigliava molto a un film di James Bond, te lo garantisco.»

Si tolse la giacca e iniziò a grattarsi la nuca.

«Lascia, faccio io» dissi, arrampicandomi sul letto e posizionando le mani sulle sue spalle. «Sophie mi ha detto che starai a casa loro.»

Martin annuì. «È partita in quarta per cercare di limitare i danni. Non so fino a che punto vivere da loro riuscirà a tenere a bada la stampa. La casa del socio in affari non è proprio un nascondiglio introvabile, ma andare da loro sarà comunque meglio che tornare al mio appartamento.»

Si chinò in avanti, stringendosi la testa tra le mani.

«Non riesco a credere che stia succedendo.»

«Al momento la cosa più importante è trovare Donna. Quando sarà tornata non avrai più niente di cui preoccuparti.»

«E se invece trovassero davvero il suo cadavere?»

«*Se*» enfatizzai. «E solo *se* lo trovano, allora avranno anche delle prove materiali. DNA, impronte digitali, fibre, tutti elementi che possono aiutare la polizia a individuare il colpevole, e provare che tu non hai niente a che fare con l'omicidio. Al momento stanno inseguendo dei fantasmi, e i fantasmi non lasciano tracce. Per questo se la prendono con te.»

Mi alzai e andai verso il bollitore.

«Ti va un tè?»

Finalmente Martin sorrise.

«Grazie» disse, avvicinandosi a me. «Sapevo di poter contare sulla tua razionalità.»

Se solo sapessi, pensai, mettendo le bustine di tè in due tazze.

«Dal momento che non ci sono né prove né un corpo, la polizia ti ha spiegato perché sei stato arrestato?»

Martin abbassò le spalle e distolse lo sguardo.

«Continuano a ripetere che si tratta di un'indagine su una persona scomparsa, ma so che pensano che sia morta.»

«Perché?»

«È sparita, Fran» rispose in tono irritato. «È scomparsa nel nulla, ed è passata più di una settimana. Sono l'ultima persona ad averla vista viva. Sulla carta ho tutte le ragioni per odiarla. Stiamo divorziando, e vuole mettere le mani su metà del mio patrimonio. Non si tratta di pochi soldi. Se fossi un poliziotto anch'io sospetterei di me. Con chi altri potrebbero prendersela?»

«In altre parole, stai dicendo che non hanno niente.»

«Hanno abbastanza, Fran!» sbottò furioso. «Ho ammesso di essere tornato a casa con lei, e non c'è niente che dimostri che io sia andato via. Nessun tassista, nessuna telecamera di sicurezza... E anche se ci fosse, cosa proverebbe? Quanto tempo ci vuole a uccidere una persona?»

Mi guardò senza battere ciglio, come se si aspettasse un qualche tipo di risposta.

Sapevo di doverglielo dire. Mi ero tenuta per me quell'informazione come un asso nella manica, ma era ora di darmi una regolata e aiutare Martin, e per farlo dovevo iniziare a condividere tutti i dettagli, per quanto imbarazzanti potessero sembrarmi.

«Penso che Donna avesse una relazione» dissi alla fine.

Gli occhi di Martin si spalancarono. «Cosa?» sbottò.

L'acqua bolliva, così spensi il bollitore e preparai il tè per evitare il suo sguardo.

«Ho assunto un investigatore privato, un tizio di nome Phil Robertson» spiegai. «Eravamo pronti a fare tutto il necessario, ricordi?» aggiunsi, porgendogli la tazza con uno sguardo di sfida. «Phil ha seguito Donna e si è convinto che avesse una storia con qualcuno. Alla fine ha dato per scontato che si trattasse di te.»

«Perché io?» chiese Martin.

«Aveva soltanto due informazioni. Ha fotografato te e Donna insieme e ha notato che Donna non è tornata a casa in due o tre occasioni. La conclusione più plausibile era che fosse con te.»

«Donna non ha mai passato la notte da me.»

Studiai il suo viso con attenzione.

«Se non era a casa tua, allora doveva essere altrove» dissi, misurando le parole. «Con qualcun altro. Per come la vedo io, ci sono tre possibilità. Uno, Donna è partita con il suo uomo del mistero e i due sono tappati da qualche parte, ignari del polverone che hanno sollevato. Oppure è possibile che abbia letto i titoli dei giornali e sia perfettamente consapevole di quello che sta succedendo, ma non abbia alcuna fretta di tornare.»

«E perché mai dovrebbe fare una cosa simile?»

«Per ripicca, per dispetto... Sta puntando a metà dei tuoi soldi, ricordi? Non aiuterebbe la sua causa se si scoprisse che ha già un'altra relazione.»

Martin metabolizzò la notizia e vidi un barlume di speranza accendersi nel suo sguardo. «E la terza possibilità?»

Riflettevo su quell'ipotesi da giorni.

«Forse l'amante misterioso vi ha scoperti, ha scoperto che la relazione tra te e Donna non era finita, almeno dal punto di vista sessuale,» spiegai con cautela «e si è ingelosito.»

«E l'ha uccisa?»

Annuii lentamente, aspettando che capisse perché non sarebbe comunque stata una buona notizia. Non ci mise molto.

«Ma se la trovassero morta, la polizia penserebbe comunque a me come primo sospettato, prima di ipotizzare l'esistenza di un nuovo amante sconosciuto» mormorò affranto, scuotendo il capo. «Se trovassero il corpo, ai loro occhi sarei io l'unico con un movente.»

«E con l'occasione e i mezzi.»

Si fermò per un attimo a riflettere, poi smise di sorseggiare il suo tè.

«Hai idea di chi possa essere?»

«Mi chiedevo se potessi saperlo tu.»

«Certo che no» rispose accigliato.

«Phil sta cercando di scoprirlo. Sei andato a Parigi con Donna?»

«Parigi?»

«O in Belgio. O in qualunque altro posto dove si possa arrivare in Eurostar.»

«No. Prendo sempre l'aereo per andare in Europa» rispose, con una punta di irritazione. «E poi è dall'estate scorsa che non vado da nessuna parte insieme a Donna. Quando sarebbe successo?»

«Le date esatte sono in un fascicolo in ufficio. Comunque Phil l'ha vista entrare nel terminal internazionale della stazione di St. Pancras, ma senza biglietto non poteva seguirla oltre i controlli di sicurezza.»

«Era da sola?»

«Sì, ma potrebbe aver incontrato qualcuno.»

«E dove? A Parigi? In treno? Perché non darsi appuntamento in stazione?»

«Perché non voleva essere vista.»

«E quindi Phil, il tuo investigatore... adesso sta battendo questa pista?»

Annuii.

«E lavora da solo?»

«È la prassi quando si tratta di questioni private.»

«Be', non c'è più niente di privato in questa storia» ribatté lui, alzandosi in piedi e attraversando la stanza con il passo felpato di un gatto. «Chiedigli di mettere insieme una squadra, non mi interessa quanto costa. Se la polizia è convinta che sia stato io non cercheranno nessun altro. Dobbiamo farlo da soli.»

«Devo dirti un'altra cosa.»

Martin avvertì la serietà del mio tono e si fermò.

«Ti ho visto andare a casa di Donna quella sera...» Feci una pausa. Da giorni immaginavo con terrore il momento in cui gli avrei fatto quella confessione. «Quando Phil mi ha informata che pensava che vi frequentaste ancora, mi sono sentita ferita. Volevo scoprire se fosse vero, così l'ho seguita fino al ristorante dove vi siete incontrati. E poi ti ho visto andare a casa con lei.»

Se pensava che ci fosse qualcosa di strano nel mio comportamento, non lo lasciò trasparire.

«E mi hai visto andare via?» chiese.

«Non mi ricordo. Ero ubriaca.»

«Non ti ricordi?» esclamò, con un impeto di rabbia. «Che cazzo significa?»

«Ero ubriaca. Ho aspettato nel pub dall'altro lato della strada. Non so bene come sia riuscita a tornare a casa mia, ma quando mi sono svegliata la mattina dopo non ricordavo niente.»

Cadde in ginocchio davanti a me. «Fran, devi cercare di ricordare» mi implorò. «Per favore.»

«Lo farei, se potessi» risposi con voce tremante per la frustrazione.

«Allora devi sforzarti» disse, con tono più duro e insistente.

«Lo farei, se potessi» ripetei con la voce ridotta a un sussurro. Lo guardai, e vidi l'idea formarsi nella sua mente. Stavamo pensando la stessa cosa.

Potevo mentire per aiutarlo: raccontare alla polizia la storia che avevo appena condiviso con lui, aggiungendo che ricordavo di averlo visto andare via da casa di Donna.

«Mi dispiace di averti seguito» dissi, prima che me lo chiedesse.

Mi rivolse un debole sorriso.

«Sono felice che tu l'abbia fatto» rispose, sedendosi sul bordo del letto.

«Perché?»

«Perché significa che mi ami.»

Le sue parole mi fecero rabbrividire. Guardai i suoi occhi fissi nei miei, e mi sentii travolgere dal desiderio di sentirlo dentro di me.

«Vieni qui» disse lui con voce roca, allungando una mano verso la mia. «Oggi volevo soltanto vederti.»

«E io volevo vedere te.»

«Anche in queste condizioni? Non ho mai avuto tanto bisogno di vestiti puliti.»

«No che non ne hai bisogno. Non adesso» dissi, sentendomi improvvisamente audace. Iniziai a sbottonargli la camicia, attirandolo a me. Passai le mani tra i suoi capelli, mentre lui affondava la testa nella mia gonna. Lo sentivo inspirare il mio odore e volevo soltanto sentire il tocco delle sue labbra sulla mia pelle.

Allungai le mani dietro la schiena e mi sbottonai la gonna, lasciandola cadere sul pavimento con un fruscio.

Non avevo portato biancheria di ricambio a casa di Clare, quindi non ne indossavo.

Martin si alzò in piedi e iniziò a spogliarsi finché non rimase nudo, il suo corpo era splendido proprio come ricordavo. Tornò a letto e appoggiò la testa sul cuscino, osservandomi mentre finivo di spogliarmi.

Strisciai sul letto accanto a lui e iniziai ad accarezzarlo. Per la prima volta da giorni mi sentivo potente e piena di vita. Mi sedetti sulle sue gambe e ci baciammo, mentre schiacciavo il seno contro la peluria ruvida sul suo petto.

Emise un gemito soffocato quando ci staccammo per respirare e poi mi afferrò, girandomi sulla schiena. Mi succhiò un capezzolo e si fermò sopra di me, pronto a penetrarmi.

La sua testa oscillava verso la testiera del letto, prima in modo lento e ritmato, poi sempre più forte.

Sentivo crescere la sua frustrazione. Mi tenni aggrappata a lui, con le dita premute contro la sua schiena, avvertendo i muscoli robusti e tesi sotto la sua pelle. Prima di allora non avevo mai notato quanto fosse possente, ma in quel momento la sua forza bruta mi paralizzò. Non riuscivo a fare altro se non piegarmi alla sua volontà. Continuò a penetrarmi, ma quando provò ad allargarmi di più le gambe iniziò a farmi male.

Gemetti. Avrei preferito che fosse più delicato, ma una parte di me desiderava sentirsi sopraffatta da lui. Era come se volesse consumarmi e possedermi, entrare dentro di me al punto da diventare una sola cosa, legati insieme per sempre.

I suoi gemiti aumentarono, diventando via via più ferini. Sentivo montare la sua rabbia e la sua frustrazione a ogni spinta.

Mi allargò le gambe ancora di più con un violento gesto della mano, provocandomi delle fitte acute di dolore. Cercai di gridare, ma riuscivo a stento a respirare, figurarsi a chiedergli di fermarsi. Il mio desiderio svanì non appena mi resi conto che non stavo più provando alcun piacere.

Martin mi afferrò i capelli con forza tale che temetti potesse strapparmeli. Teneva la bocca schiacciata contro il mio orecchio, la sua saliva mi inondava la pelle mentre continuava ad ansimare.

Volevo soltanto che finisse e mi strinsi più forte a lui, gemendo sempre più forte per fingere un orgasmo.

Le vene sul suo collo si gonfiarono e gli occhi si chiusero.

«Donna» rantolò, un attimo prima di esplodere dentro di me.

Per un istante mi rifiutai di credere a quello che avevo sentito, ma quel nome continuava a riecheggiare nella mia mente, non potevo ignorarlo.

Rimasi immobile a fissare il soffitto mentre Martin rotolava di lato. Restammo distesi fianco a fianco e lui allungò una mano per accarezzarmi la coscia, iniziando a respirare in modo più regolare, ma io non volevo stargli vicino, così mi alzai dal letto e andai alla finestra.

Il cielo era coperto, e faceva sembrare la stanza ancora più buia. Incrociai le braccia sul petto e fissai lo sguardo su una pista di atterraggio per elicotteri in lontananza.

Rimasi alla finestra finché non sentii dei passi alle mie spalle. Non mi voltai a guardarlo, ma avvertii il suo fiato sul collo.

Quando sentii le braccia di Martin stringersi attorno al mio corpo trasalii.

«Che succede?» chiese con dolcezza.

«Sei stato troppo violento» sussurrai.

«Mi dispiace. Ho perso il controllo.»

«Non dire niente» risposi, voltandomi. Distolsi lo sguardo da lui e aggiunsi: «Mi hai chiamata Donna».

Ero rigida e tesa, e l'aria fresca del condizionatore mi faceva venire la pelle d'oca.

«Non negarlo» sussurrai. Mi sembrava quasi di poter udire il suo cervello azionarsi in cerca di una scusa.

«Mi dispiace. Non volevo.»

Un altro silenzio.

«Perché? Perché mi hai chiamata Donna?» Mi allontanai da lui, sentendo il disgusto e la rabbia montare nella mia gola.

«Perché non riesco a pensare ad altro. Mi ripetono il suo nome da ventiquattro ore. Non è come credi.»

«E cosa credo?»

Per un secondo non riuscii a pensare ad altro che all'immagine di Martin e Donna a letto insieme. Il sesso violento, senza freni, fatto di puro desiderio. Lo vedevo mentre le stringeva i polsi, sempre più forte, e sulla pelle di lei si formava una macchia violacea. Vedevo i suoi occhi lampeggiare di desiderio, dolore e rabbia. E mi resi conto di quanto sarebbe stato facile per lui premerle un cuscino sul viso per attutire le sue grida, e poi rotolare via, staccandosi dal suo corpo senza vita. Di colpo quell'immagine mi sembrò terribilmente vivida.

«Fran» sussurrò Martin, sfiorandomi una guancia. Per un secondo mi mancò il respiro. «Fran, per favore. Volevo vederti oggi perché ti amo, perché ho bisogno di te.»

«Forse è meglio se vai via» risposi.

Annuì con aria comprensiva e raccolse la sua camicia dal pavimento.

Ci vestimmo in silenzio.

«Dove vai adesso?» chiesi.

«A casa di Alex.»

Avevo bisogno di una sigaretta, o di bere. Ero impaziente di restare sola con il minibar.

«Chiamerai Phil?» mi chiese alla fine, esitando sulla soglia.

Annuii, le braccia ancora strette attorno alla vita mentre lo guardavo chiudere la porta. Per la prima volta da quando lo conoscevo, ero felice di vederlo andare via.

30

Decisi di passare la notte in albergo. Non perché l'avessi già pagato – per quanto una parte di me detestasse l'idea di buttare via i soldi –, ma dopo quello che era successo con Pete Carroll e il mio ultimo incontro con Martin non volevo ritrovarmi faccia a faccia con Clare al tavolo della colazione o dover rispondere alle domande di Dom. Avevo bisogno di stare da sola.

Presi qualche appunto in vista di un eventuale appello del caso Kahn e andai a letto presto. La mattina dopo chiamai la reception per prolungare la mia permanenza e lasciai la stanza. Non avevo nemmeno uno spazzolino da denti, era ora di andare a fare shopping.

L'albergo si trovava a pochi passi dal Westfield Center, già affollato alle dieci e mezza del mattino. Nello stato mentale in cui mi trovavo era troppo da sopportare: chiacchiere, musica di sottofondo e il riecheggiare di migliaia di passi si condensavano in un ruggito, mentre la fiumana di corpi sembrava intralciarmi il passo ovunque mi girassi. Ma c'era metodo nella mia follia: dovevo fare in fretta, e un enorme centro commerciale era il posto migliore per trovare tutto quello di cui avevo bisogno. Feci incetta di articoli per l'igiene personale da Boots e comprai l'essenziale per vestirmi da Gap: biancheria intima, pantaloni, un paio di magliette e uno zaino, ed emersi dal negozio con la sensazione di prepararmi a una fuga.

Stavo percorrendo Holland Park Avenue quando il mio cellulare squillò. Con mia grande sorpresa, era Phil Robertson. Gli avevo lasciato diversi messaggi dopo la mia ultima conversazione con Martin, ma non mi aveva richiamata.

«Iniziavo a pensare che avessi lasciato il paese.»

«Non ancora» rispose. «Ma non lo escludo per il futuro. Comunque, ho bisogno di parlarti.»

Sapevo di non dovergli chiedere niente al telefono. Come la maggior parte degli investigatori, la cui vita è dedicata a estrapolare informazioni sensibili e sfruttare i punti deboli nei sistemi di sicurezza, Phil era paranoico su questi aspetti.

«Ti va se ci incontriamo nel giardino giapponese al parco?»

All'aria aperta, ma non troppo all'aperto, il genere di posto che Phil approvava.

«Perfetto» rispose.

Nell'attesa mi fermai in un bar nei dintorni e fui sorpresa di trovarlo già ad aspettarmi, seduto su una panchina accanto alla fontana.

«Non ero mai stato qui» disse Phil, sorseggiando un caffè da asporto. «Non mi è mai interessato andare in Giappone, ma questo posto è molto bello.»

«Come può non interessarti andare in Giappone?»

«Tu ci sei stata?»

«No.»

«Appunto» sogghignò. «A quanto pare non interessa tanto nemmeno a te.»

«Sì, invece, mi sarebbe piaciuto vedere la fioritura dei ciliegi in primavera o il colore delle foglie in autunno, ma di solito quelli sono i mesi più impegnativi, quindi resto bloccata in ufficio.»

«Non sapevo che i divorzi fossero stagionali» osservò Phil, sorridendo con aria cinica.

Scoppiai a ridere. Negli ultimi tempi il mio lavoro mi dava poche occasioni di sorridere, ma mi era sempre piaciuto l'approccio pratico di Phil alla vita.

«Stranamente sì. Un sacco di gente si lascia dopo Natale o poco dopo l'inizio delle scuole.»

«Nuovi inizi» commentò Pete, annuendo con aria saggia.

Inspirai a fondo, cercando di assorbire la calma del giardino. Deboli raggi di sole provavano a fare capolino dalle nuvole, ma il parco era ancora poco affollato e riuscivo a sentire chiaramente lo sciabordio della cascata.

«Volevo parlarti» dissi alla fine. «Martin Joy è stato arrestato e non è convinto che la polizia stia cercando altri sospetti. Dobbiamo scoprire con chi avesse una relazione Donna, in modo da riuscire a distogliere l'attenzione della polizia da lui.»

«Ed è per questo che ti ho evitata finché non avevo niente da dirti.»

Mi chinai in avanti per ascoltarlo, ogni nervo del mio corpo era attraversato da fremiti di speranza.

«Non avendo accesso alla casa e al cellulare di Donna, l'unico modo di scoprire qualcosa era chiedere in giro. Ho usato i suoi account social e ritagli di riviste per ricostruire la rete della sua cerchia di amicizie. A questo ho aggiunto le feste e gli eventi ai quali sapevo che aveva partecipato, e ho iniziato a parlare con le persone. Alcuni si sono rifiutati di rispondere alle mie domande. Altri erano già stati interrogati dalla polizia. Alla fine ho trovato una persona. Qualcuno che l'ha vista insieme a un uomo con cui non avrebbe dovuto essere.»

«Insieme in che senso?»

«A quanto pare si stavano baciando.»

I miei occhi si spalancarono. «Quando è successo? Sai chi era?»

«A una festa l'estate scorsa. E l'uomo era Alex Cole.»

Ero sconvolta, anche se – a ben pensarci – non era poi così assurdo. Quanti tradimenti accadono alla luce del sole? Colleghi, amici, vicini di casa. Le persone di cui abbiamo motivo di fidarci sono quelle di cui ci innamoriamo più facilmente.

«Significa che Alex Cole ha un movente» dissi, pensando ad alta voce.

«Tu credi?» ribatté Phil. «Io avrei detto il contrario. La polizia penserà che Martin avesse ancora più ragioni per volere Donna morta.»

«Nessuno sta parlando di omicidio» osservai bruscamente.

A giudicare dalla sua espressione, Phil non la pensava come me. «In ogni caso, devi dirlo alla polizia.»

Annuii, anche se sapevo che era un rischio.

«Vorranno interrogare Alex.»

Phil si chinò in avanti. Sembrava preoccupato. «Fran, ti rendi conto che potrebbero non essere affatto buone notizie per Martin Joy?»

«Ma significa che c'è un altro sospettato!»

«Certo, ma pensa a cosa ne farà la polizia. Si sono già concentrati su Martin, e questa notizia confermerà i loro sospetti.»

«In che modo?»

«La vedranno così» spiegò con pazienza. «Martin torna a casa con Donna per qualche bacio e un po' di sesso riparatore. Donna gli dice di Alex. Discutono, litigano e Martin perde il controllo. Donna muore. Dimentica la storia del liberarsi di Donna per non intaccare il patrimonio, il buon vecchio delitto passionale è sempre la soluzione migliore. Dal punto di vista della polizia, Martin è un sospettato ancora più plausibile.»

«Ma se Alex andava a letto con Donna...»

Si fermò come per ascoltare il vento tra gli alberi e poi mi guardò.

«Avevi una relazione con lui, Fran? Con Martin?»

Esitai appena per un istante. Non aveva senso cercare di nascondere la cosa a Phil.

«È così ovvio?»

«Riconoscimi almeno le capacità deduttive» sorrise mestamente.

«Vai alla polizia, Fran» aggiunse poi, posandomi una mano sul ginocchio. «Prima che siano loro a venire da te.»

31

L'ispettore Michael Doyle, responsabile dell'inchiesta su Donna Joy, voleva incontrarmi in un Pizza Express di Pimlico alle otto di sera, una scelta piuttosto insolita, sebbene apprezzassi il terreno neutrale e fossi sollevata all'idea di non dover tornare al commissariato di Belgravia. Avevo già mentito alla polizia quella settimana, e speravo che l'ambiente informale del ristorante avrebbe reso le cose più facili. In più non mangiavo niente da quella mattina e stavo morendo di fame.

Doyle era sulla quarantina, con capelli scuri e sguardo scaltro, tutti tratti prevedibili in un poliziotto del suo grado. Mi sorprese di più che avesse ordinato un'insalata e sorseggiasse un tè che profumava di erbe.

«Sono Francine Day» mi presentai, porgendogli la mano.

«Michael Doyle. Grazie di essere venuta.» Mi indicò la sedia accanto a lui con un cenno del capo.

«Se fosse una serie poliziesca saremmo in un qualche posto malfamato a mangiare roba fritta» dissi, decisa ad avviare l'incontro su una nota leggera, ma Michael Doyle assunse un'aria offesa.

«Il mio capo è appena andato in pensione anticipata. Quarantanove anni, problemi cardiaci e diabete. L'intero dipartimento è preda di un attacco salutista» disse, inarcando un sopracciglio.

Ordinai un caffè, chiedendomi se mi sarei trattenuta abbastanza a lungo da riuscire a berlo.

«Dunque, di cosa voleva parlare?»

Le luci sopra le nostre teste erano particolarmente intense, avrei preferito avere un tavolo più nascosto. Quando avevo composto il numero che mi aveva lasciato il sergente Collins ero convinta di aver preso la decisione giusta. Per prima cosa avrei voluto chiamare Martin e dirgli di Alex, ma dal momento che era ospite dei Cole non mi sembrava una strategia saggia, soprattutto visto che il suo comportamento con me in albergo dimostrava che era nervoso e imprevedibile. Avrei potuto telefonare a Matthew Clarkson, il penalista di Martin, ma non lo conoscevo e di conseguenza non potevo essere certa di ottenere informazioni da lui in cambio della mia rivelazione.

Mi appoggiai allo schienale della sedia e guardai Doyle. Lui aspettava che dicessi qualcosa. Chissà, forse durante l'addestramento imparavano a valutare la colpa dal punto di vista psichiatrico. Una volta in televisione avevo visto un programma su un medico specializzato nel decifrare il linguaggio del corpo e mi chiesi cosa Doyle fosse in grado di leggere nel mio in quel momento.

«Non so quanto sappia del mio lavoro» esordii.

«È un avvocato divorzista?» disse, bevendo un sorso di tè. «Posso immaginare. Conosco la categoria per esperienza.»

Ricambiai il suo sorriso, consapevole di dovermi muovere con cautela. Metà dei poliziotti che avevo conosciuto nella vita erano divorziati. Se sua moglie aveva ottenuto la casa e l'affido dei figli, era probabile che a Michael Doyle non piacessero le persone come me. E comunque in generale alla polizia non piacciono molto gli avvocati, quindi partivo svantaggiata.

«Seguo spesso le cause di persone facoltose» dissi. «Il che significa gestire contabilità forense e altre aree che di solito non sono necessarie nei normali divorzi.»

«E...» mi invitò a continuare, agitando la forchetta.

«Diverse settimane fa, ho chiesto a un collega di indagare sulla vita privata della signora Joy. È una strategia standard in divorzi di questo tipo, dove cerchiamo di ottenere il risultato finanziario migliore possibile per i nostri clienti.»

«Problemi da ricchi, eh?»

«Il mio investigatore ha scoperto che la signora Joy aveva una relazione. Era coinvolta con il socio in affari di Martin, Alex Cole.»

«Ne sono al corrente» disse lui, infilzando un pomodoro con la forchetta.

Spalancai la bocca per la sorpresa. «Lo sa?»

«Molti amici di Donna ci hanno contattati per fornirci informazioni potenzialmente utili.»

«Cos'hanno detto?»

Doyle fece una smorfia ma non rispose subito. «Qualcuno ha assistito a un "episodio romantico" tra la signora Joy e il signor Cole» disse alla fine.

«E cosa significa?»

L'ispettore mi fissò con uno sguardo di ghiaccio. Evidentemente non intendeva dirmi altro.

«Avete intenzione di interrogare Alex Cole, dico bene?» chiesi, sentendo il battito accelerare.

«L'abbiamo già fatto.» Doyle si tamponò l'angolo della bocca con il tovagliolo.

Lo fissai imbambolata, colta di nuovo alla sprovvista. «E cos'ha detto?»

«Signorina Day, lei è l'avvocato divorzista del signor Joy, e questa è un'indagine di polizia» rispose, senza nemmeno cercare di mascherare il suo avvertimento a starne fuori.

«Ma sono qui per cercare di aiutarvi nell'indagine» dissi, sforzandomi di riprendere il controllo.

Doyle emise un leggero sbuffo. «Alex Cole era con sua moglie quel lunedì sera. Sono andati a cena e poi sono tornati a casa insieme.»

«Quindi ha un alibi.»

Doyle iniziava a perdere la pazienza, e iniziò a esaminare attentamente i resti della sua insalata, come se fossero un'alternativa appena vagamente preferibile al continuare l'incontro con me.

«Va bene, allora può dirmi perché il mio cliente è stato arrestato quando non avete alcuna prova che il crimine sia stato effettivamente commesso?»

Doyle sospirò di nuovo, infastidito.

«Signorina Day, non ero obbligato a incontrarla. Sono sicuro che possa rivolgersi al team di avvocati penalisti del signor Joy se desidera ulteriori informazioni.»

«Se è sicuro che saprò comunque tutto dai suoi avvocati perché non mi risparmia una telefonata e me lo dice lei?»

L'ispettore sbuffò per l'ennesima volta, mentre la cameriera mi portava il caffè.

«Cosa vuole?» disse alla fine.

«Voglio sapere cosa sta succedendo. Devo sapere perché il mio cliente è stato arrestato, quando ci sono sicuramente altre persone alle quali la polizia dovrebbe interessarsi.»

Il suo volto rimase impassibile. «Non capisco cosa abbia a che vedere con lei» rispose. «Immagino che la causa di divorzio sia stata sospesa, dal momento che la signora Joy non può presentarsi in tribunale, dico bene?»

Aveva ragione, ma avevo la risposta pronta. «Capisco che probabilmente non nutre grande simpatia per gli avvocati, ma è il mio lavoro, e dobbiamo sapere con cosa – e con chi – abbiamo a che fare. Un danno per la reputazione dei nostri uffici sarà l'ultimo dei suoi problemi, ma...»

Annuì. «Non vuole continuare a rappresentare Martin Joy se è colpevole, giusto?»

Non era esattamente quello che intendevo, ma se bastava a farmi ottenere l'informazione desiderata ero pronta a stare al gioco.

«Allora, lo è?» chiesi. «O meglio, potete provare che lo sia?»

Doyle abbassò il tovagliolo e mi guardò. «Mettiamola in questo modo: Donna Joy è scomparsa da dieci giorni» disse. «Non ci sono state attività sui suoi account social, mentre prima li usava con regolarità. Non ci sono movimenti sul suo cellulare e sulle sue carte di credito. Non possiamo dare per scontato che sia al sicuro, a meno di non trovare delle prove al riguardo. Se a Donna Joy è successo qualcosa, vogliamo scoprirlo il più in fretta possibile e arrestare chiunque sia coinvolto.»

«Penso che siamo tutti d'accordo su questo punto.»

«Allora perché non mi dà una mano, signorina Day?»

Scrollai le spalle con una certa indifferenza. «Se posso, senz'altro.»

«Donna ha chiesto il divorzio sulla base del comportamento del marito» continuò Doyle. «Sua sorella, Jemma Banks, ci sta aiutando nelle indagini. Secondo lei Martin aveva un brutto carattere. È a conoscenza di episodi di violenza domestica avvenuti durante il loro matrimonio?»

«Ha mai sentito parlare di segreto professionale?» dissi, guardandolo dal bordo della mia tazza di caffè.

Doyle rispose con un sorriso appena accennato. «So che non è tenuta a dirmi niente, ma nemmeno io sono obbligato ad avere questa conversazione con lei.»

Lo lasciai aspettare, prendendomi del tempo per pensare.

«Non ci sono stati episodi di quel genere» dissi alla fine. «Nessuna minaccia, nessuna violenza. Era solo un matrimonio ormai spento, con le solite frustrazioni reciproche, ma lui non l'ha mai sfiorata con un dito.»

«Non che lei sappia.»

«Lo avrei saputo» dissi.

«Ebbene, a noi hanno detto diversamente» ribatté il poliziotto.

La rivelazione mi mozzò il fiato. Emozioni contrastanti iniziarono ad attraversarmi la mente, il mio bisogno di ottenere informazioni cozzava contro l'istinto a ritrarmi.

«Chi? L'avvocato di lei? La sorella?»

Fu il turno di Doyle di scrollare le spalle. Era chiaro che non avesse intenzione di condividere quel dettaglio.

«*Do ut des*: perché lo avete arrestato ieri?»

«*Do ut* cosa?»

«Andiamo. Le ho detto una cosa, adesso tocca a lei.»

Restò in silenzio.

«Senta, verrò comunque a sapere tutto dal team legale del signor Joy. Non è un segreto.»

Doyle spinse il suo piatto di lato e mi fissò. «Il signor Joy aveva un taglio sospetto sulla mano quando lo abbiamo interrogato. Ha detto di esserselo procurato in un incidente in bicicletta, ma secondo i nostri agenti la sua bicicletta era nuova di zecca. Mai usata.»

«Non sono sicura che sia possibile stabilirlo...»

«Ieri abbiamo perquisito di nuovo l'appartamento di Donna con i cani» aggiunse, dopo un'altra pausa. «E abbiamo rinvenuto tracce di sangue.»

Avvertii una stretta alla gola e feci un respiro profondo per ricompormi.

«Dove?» chiesi, sforzandomi di mantenere la voce ferma.

«Sul letto. E in bagno.»

«Sangue mestruale?»

Doyle sorrise. «È quello che ha detto Martin Joy.»

Mi sentivo debole e avevo freddo, come se il mio corpo si stesse svuotando.

«Lo scopriremo presto» continuò Doyle. «Il sangue mestruale contiene tracce di tessuto endometriale che è possibile individuare attraverso un'analisi forense. Se così non fosse, dobbiamo prendere in seria considerazione la possibilità che quella sera sia successo qualcosa in casa della signora Joy.»

«Come fate a sapere da quanto tempo era lì? Voglio dire, ammesso che sia il sangue di Donna Joy, potete datarlo a una sera specifica?»

Doyle sorrise di nuovo di fronte al mio sconforto, interpretandolo probabilmente come la prova della perdita di fiducia nei confronti del mio cliente.

«I ragazzi della scientifica sono in gamba» rispose. «Vedremo cosa viene fuori dalle analisi di laboratorio.»

«D'accordo» dissi. «Ma non ha risposto alla mia domanda principale: Martin Joy è colpevole? Ha ucciso sua moglie?»

«Ha ragione, non abbiamo prove per il momento, ma se mi sta chiedendo la mia opinione professionale basata sull'istinto, signorina Day...»

Annuii, mentre il terrore mi gonfiava il petto.

«Allora direi che Martin Joy è colpevole, senza ombra di dubbio.»

32

Camminai per ore dopo aver lasciato il ristorante, continuando ad analizzare la conversazione che avevo avuto con Doyle. Erano le due del mattino quando rientrai finalmente in albergo, infreddolita e con i piedi doloranti per le scarpe troppo strette. Eppure non riuscivo a dormire. Era inutile anche solo provare. Ero troppo arrabbiata e frustrata dal fatto che ogni mia mossa portasse a un vicolo cieco o puntasse sempre più esplicitamente alla dura verità che Donna Joy fosse morta.

Quando mi ritrovavo un caso spinoso o non riuscivo a individuare la giusta argomentazione utilizzavo un trucco. Smettevo di lavorare: leggevo, nuotavo o andavo in palestra, senza mai rinunciare a pensare e pianificare la mossa successiva, ma concedendo al cervello il tempo di respirare. Quella notte camminai e camminai, e aspettai l'alba per inviare un messaggio a Martin sul nostro numero segreto. Il contenuto era semplice. Volevo vederlo, da solo. Mi rispose un attimo dopo. A quanto pareva nemmeno lui riusciva a dormire.

Alex e Sophie Cole abitavano in una grande villa in stucco bianco in un viale alberato di South Kensington, il genere di casa che potrebbe appartenere a ricchi sceicchi, vecchi aristocratici o finanzieri in cerca di prestigio. Nel complesso, la scelta di Alex Cole era più prevedibile di quella di Martin, con il suo rifugio dickensiano in un vicolo, ma la cosa non contribuì a ridurre il mio nervosismo mentre percorrevo il viale, superando una fila ordinata di porte nere e lucide. Ero pronta ad affrontare paparazzi o giornalisti in agguato, ma non incontrai niente di più inquietante di un gruppo di tate filippine e una bionda in tuta da ginnastica diretta al suo quattro per quattro. Era un'oasi di pace in piena città. Non mi stupiva che Martin si fosse rifugiato lì.

Salii lentamente i gradini dell'ingresso e suonai il campanello, chiedendomi chi sarebbe venuto alla porta. Martin non voleva farsi vedere in pubblico, ma nella nostra comunicazione mi aveva suggerito di incontrarci a casa dei Cole in mattinata, quando Alex era al lavoro e Sophie giocava a tennis. Eppure, considerando ciò che avevo saputo – ovvero che Alex e Donna erano romanticamente coinvolti –, bussare a quella porta mi sembrava un po' come stuzzicare un nido d'api con un bastone.

«Ehi.»

Prima di lasciarmi entrare, Martin mi guardò con nervosismo da uno spiraglio nella porta.

Una volta che fui entrata ci abbracciamo goffamente, il ricordo del nostro ultimo, imbarazzante saluto nella stanza d'albergo aleggiava ancora tra noi.

«Ti trovo in forma» dissi. Di sicuro più in forma dell'uomo abbattuto e spaventato che mi aveva raggiunta in hotel. Si era fatto una doccia e la barba, e indossava un maglione di cachemire blu e dei jeans scuri. Anche se somigliava di più al vecchio Martin, le occhiaie viola erano rimaste, simili a quelle di un pugile dopo una brutta batosta.

«Entra» disse, facendomi strada attraverso l'ampio ingresso.

«Wow» mi lasciai sfuggire. «Niente male.»

Nel mio lavoro di tanto in tanto mi era capitato di visitare le case di alcune persone facoltose. Le trovavo sempre spettacolari, ma quella dei Cole aveva qualcosa di speciale. Si respirava un'atmosfera di pace quasi ultraterrena, era come entrare nell'area relax di una spa di lusso. Alle pareti erano affissi dipinti a olio: motivi astratti in sfumature di bianco e crema con pennellate di colore che conferivano loro un aspetto dinamico. Originali, senza dubbio, anche se non riconoscevo l'artista.

«Sì, Sophie ha un ottimo gusto.»

Annuii, ma era a dir poco un eufemismo.

Avevo dedicato buona parte della mia carriera a lottare per case come quella, discutendo per opere d'arte e pezzi di mobilio, malte e mattoni. È incredibile su cosa si ritrovi a litigare la gente alla fine di una storia. Migliaia di sterline di spese legali per accaparrarsi collezioni di riviste, tavolini, utensili da cucina, tutti oggetti di scarso valore economico o affettivo, pur di arrivare primi in una gara insensata. Pur di vincere. Ma la casa dei Cole era diversa. In quel caso avrei capito perché valeva la pena lottare.

«Mi piacciono quei quadri» dissi, indicando tre grandi tele alla parete.

«Sono di Donna» rispose, quasi in tono di scusa.

«Ha molto talento» dissi. Ero sincera.

Cercai di ignorare il fastidio provocato dal fatto che fossero così belli. Anche quando avevo visto la ex moglie di Martin ed ero stata costretta ad ammettere che fosse splendida, ero comunque riuscita a sminuirla e considerarla una moglie trofeo arrogante ed egoista, che si dilettava a dipingere per passare il tempo tra una visita al club e una in gastronomia. Persino quando l'avevo spiata ridere al ristorante in compagnia di Martin mi ero consolata al pensiero di essere molto meglio di lei: più intelligente, più realizzata. Forse mi sbagliavo anche su quello.

Seguii Martin nel salotto, che si estendeva dalla facciata della casa fino a un'ampia serie di finestre a golfo affacciate sul retro. Sentivo gli uccelli cinguettare in giardino, ma non potevo condividere la loro gioia.

«Vuoi un caffè?» chiese.

«No, grazie.»

Aspettai finché non ebbi la sua completa attenzione.

«Devo dirti una cosa.»

«Immaginavo che non fosse una visita di cortesia.»

«Sono stata alla polizia» dissi alla fine. Martin si accigliò, confuso.

«La polizia? Perché?»

«Per parlare.»

«Di cosa?»

Sapevo di dover affrontare per primi gli argomenti più sgradevoli, quelli ai quali avevo cercato di non pensare da quando Michael Doyle me ne aveva parlato a cena.

«Doyle ha menzionato dei casi di violenza domestica.»

«*Cosa?*» Sembrava sbalordito. «Tra me e Donna?»

Annuii.

«Sono tutte cazzate. Te lo giuro, Fran, non l'ho mai sfiorata. Non farei mai niente di simile.»

«È quello che ho detto anch'io» risposi, rassicurata dal suo sconcerto.

Martin si premette una mano sulla bocca. Feci un passo verso di lui e gli sfiorai il braccio. «Senti, ho incontrato Doyle perché sono finalmente riuscita a parlare con Phil, il mio investigatore.»

La notizia accese il suo interesse, e fece un passo nella mia direzione, ma alzai una mano.

«Non sono necessariamente buone notizie» dissi in tono di avvertimento. «Donna vedeva qualcuno, in effetti. Oltre a te.»

Osservai con attenzione il suo viso per testare la sua reazione, ma sembrava solo confuso.

«È la persona con cui è andata a Parigi?» chiese.

«Non lo sappiamo.»

«Cosa sapete, allora?»

Mi fermai un attimo, cercando di interiorizzare la calma della stanza.

«Donna aveva una relazione con Alex.» Le parole aleggiarono nello spazio vuoto tra di noi e io distolsi lo sguardo. Non volevo assistere all'esplosione di emozioni sul suo viso.

«Alex?» mi fece eco lui. «Il mio Alex?»

Annuii.

«Questo tizio, Phil, ne è sicuro?»

«Non abbiamo prove fisiche né fotografie, ma...»

«E allora come fa a sapere che è vero?» mi interruppe, alzando la voce. Mi sembrava quasi di vederlo caricarsi come una molla, pronto a saltare.

«Non ci credo» disse, scuotendo la testa. «Donna e Alex non andavano nemmeno d'accordo.»

Riconobbi la sincera incredulità nella sua espressione e mi sentii invadere da un'ondata di sollievo. L'invito alla cautela di Phil durante il nostro incontro nel giardino giapponese si era fatto strada nella mia mente come un tarlo. Una relazione con Alex avrebbe dato a Martin una motivazione ancora più forte per liberarsi di Donna. Forse lei aveva confessato, e lui aveva perso il controllo. Un crimine passionale. Ma da quanto vedevo, a meno che non fosse un attore da Oscar, Martin non sapeva niente della loro relazione, per quanto potesse essere stata fugace. Il movente ipotizzato da Phil non era plausibile.

Mi sentivo in colpa per aver anche solo preso in considerazione quella teoria, ma mi costrinsi a riferire quanto avevo appreso da Phil, cercando di lasciare a Martin il tempo di metabolizzare la notizia.

«E sei andata a dirlo alla polizia» disse lui, grattandosi la fronte.

«Volevo che lo sapessero il prima possibile.»

Mi lanciò un'occhiataccia. «Anche prima di me?»

«Non è una gara, Martin. E dal momento che il tuo avvocato ti ha detto che potrebbero arrestarti di nuovo volevo assicurarmi che la polizia fosse al corrente dell'esistenza di altri possibili sospettati con un movente plausibile.»

Ci pensò un attimo e annuì.

«Quindi interrogheranno Alex?»

«L'hanno già fatto» dissi. Nemmeno questa parte sarebbe stata piacevole.

«Pensi sia per questo che mi hanno lasciato andare? Per questo non hanno formalizzato l'accusa?»

Scossi la testa, tristemente.

«Hanno parlato con Alex lunedì.»

La fugace espressione di gioia sul suo viso si dileguò in fretta. Strinse le labbra, e lo osservai fare due più due e arrivare alla conclusione alla quale ero giunta ore prima. Alex era stato interrogato *prima* dell'arresto di Martin, il che significava che lo avevano escluso dalla lista dei possibili sospetti.

«Ascolta» dissi con voce dolce. «Non cambia niente. La polizia non ha formalizzato l'accusa perché non ci sono abbastanza prove. E se non si trova un corpo non ce ne saranno mai abbastanza. Il fatto che parlino con altre persone significa che sono aperti ad altre linee di indagine, e quindi non sono sicuri che sia tu il colpevole. Bisogna essere sicuri prima di accusare qualcuno, o quantomeno essere sicuri che la procura abbia realistiche possibilità di raggiungere una condanna.»

«Ma come fanno a essere sicuri che Alex non sia coinvolto nella scomparsa di Donna?» Formulò la domanda a bassa voce, come se stesse parlando a se stesso, nel tentativo di accettare la cosa. Notai una piccola vena che pulsava sulla sua palpebra sinistra. Nonostante quello che era successo in quella stanza d'albergo, provai l'istinto di abbracciarlo e dirgli che sarebbe andato tutto bene. Ma non ne ero affatto certa, soprattutto dopo il mio incontro con Michael Doyle. Sapevo che la polizia non si sarebbe rimboccata le maniche per tirare fuori Martin da quel vicolo cieco, quindi doveva farlo qualcun altro. Mi erano sempre piaciuti gli enigmi e le serie poliziesche. Amavo unire i puntini. In fondo, non era quello che facevo tutti i giorni? Cercavo punti di vista alternativi e scappatoie, mi sforzavo di superare in astuzia la controparte. E in quel momento Martin non aveva bisogno della Francine Day avvocato o amante. Dovevo trasformarmi in detective.

«Secondo la polizia, Alex ha un alibi per la sera del lunedì, quando Donna è stata vista per l'ultima volta» dissi, provando una sorta di gioia macabra. «Tuttavia, per escluderlo del tutto dalle indagini, bisogna essere convinti che a Donna sia successo qualcosa proprio quel lunedì. Ma si devono per forza prendere in considerazione anche i giorni successivi. Non si può escludere nessun giorno tra allora e oggi, a mio parere. Quali sono stati gli spostamenti di Alex a partire da lunedì?»

Martin alzò lo sguardo. «Sono abbastanza sicuro che fosse a una conferenza martedì e mercoledì. Posso chiedere in giro.»

Annuii.

«E c'è un'altra cosa» disse. «Ho passato qui due notti da quando Alex è stato interrogato dalla polizia e non me ne ha parlato. Non pensi che suggerisca che ha qualcosa da nascondere?»

Su quel punto ero più scettica. «Non penso che Alex abbia molta voglia di affrontare il tema della sua relazione con tua moglie a cena.»

Mi guardò e scrollò le spalle per darmi ragione.

«Sono proprio un idiota. A quanto pare ero l'unico a non saperlo.»

«Non credo che la polizia pensi che la relazione di Donna con Alex fosse una cosa seria» dissi.

«Magra consolazione.»

Rimanemmo entrambi in silenzio per qualche minuto.

«A proposito, come ha fatto la polizia a scoprirlo?»

«Lo hanno saputo da un amico di Donna. Ma Doyle è stato piuttosto vago sui dettagli. Potrebbe essere la stessa persona che l'ha detto al mio investigatore. Sarebbe strano che avesse parlato con Phil e non con gli inquirenti, soprattutto visto che Donna è scomparsa e la polizia ha chiesto a chiunque avesse informazioni di farsi avanti.»

«E le accuse di violenza domestica?» chiese con una nota di apprensione nella voce.

«Penso sia stata la sorella di Donna.»

«Jemma?» disse, alzando la voce. «Ma se si parlano a stento!»

«Secondo l'ispettore Doyle, sta aiutando la polizia nelle indagini.»

Martin si alzò e si avvicinò alla finestra.

«Quando è iniziata? Lo sanno? Quando il mio socio d'affari ha iniziato a scoparsi mia moglie?»

«Vorrei saperlo anch'io.»

Mi voltai di scatto. La voce alle mie spalle mi aveva fatto balzare il cuore nel petto.

«Sophie» ansimai. «Non mi ero accorta che fossi arrivata.»

«No» rispose piccata. «Evidentemente no.»

Indossava un completo sportivo, e portava una sacca da ginnastica a tracolla. Sono sicura che in qualunque altra occasione sarebbe sembrata appena uscita dalla copertina di una rivista, ma in quel momento il suo viso era livido. L'atmosfera di imbarazzo nella stanza era palpabile. Martin era in piedi accanto al bracciolo del divano, con l'espressione di un quindicenne sorpreso a sottrarre delle monete dal portafogli della madre.

«Pensavo che stessi giocando a tennis.»

«La partita è stata annullata. Ho pensato di tornare a casa per stare con te, ma è stato un errore.»

C'era un lieve tremito nella sua voce ed era difficile non provare compassione per lei.

«Quanto hai sentito?» chiesi.

«Abbastanza.»

«Mi dispiace che tu lo abbia scoperto così.»

«Lo sapevo già» disse, raddrizzando la schiena, come per cercare di recuperare la sua dignità. «O meglio, so di cosa è accusato Alex. Come potete immaginare, la polizia me ne ha parlato quando mi hanno interrogata. Ovviamente è tutta una fantasia.»

L'ispettore Doyle non mi aveva detto di aver parlato con Sophie, ma, a pensarci meglio, aveva senso, dato che era stata lei a confermare l'alibi di Alex.

«Non proprio, Sophie» osservai con gentilezza. Si era aperto uno spiraglio, tanto valeva sfruttarlo per ottenere più informazioni possibili. Fare l'avvocato ti trasforma in un predatore capace di individuare il punto debole e colpire.

«Uno dei miei investigatori ha scoperto la relazione tra Alex e Donna mentre stavamo valutando l'accordo finanziario dei coniugi Joy. Pensavo che Martin dovesse saperlo.»

«E questo rientra nel diritto di famiglia?» sbottò, furibonda.

Il calore e l'affetto dei nostri precedenti incontri sembravano un lontano ricordo. Non potevo biasimarla.

Si voltò verso Martin.

«Alex nega tutto» disse con fermezza. «Sta a te decidere a chi credere.»

Per un attimo la guardai con ammirazione. Stava proteggendo il suo uomo, proprio come io mi stavo lanciando a capofitto nella missione di salvare Martin.

«Mi dispiace non averti detto dei nostri colloqui con la polizia» disse Sophie a Martin con un tono più misurato. «Non stavamo cercando di ingannarti né di agire in modo scorretto. Ma ne abbiamo discusso e abbiamo deciso di non rendere questa situazione più difficile del necessario.»

Martin la aggredì. «Difficile? Non stiamo parlando di una gaffe a una cena, Sophie. La polizia – la *polizia* – è convinta che Alex avesse una relazione con Donna. Se è successo qualcosa, è *lui* ad avere un movente.»

«Stronzate!» esclamò lei. «Alex dice che sono sempre stati solo amici. E non si può certo dire che tu sia un esempio di virtù, non ti sembra?»

Non sapevo a cosa alludesse. E in quel momento non volevo saperlo.

«Insultarci a vicenda non serve a niente. Forse è più utile confrontarci su quello che sappiamo di Donna nella settimana prima della sua scomparsa. Fino a che ora sei stata a cena con Alex quel lunedì sera?»

«Hai una gran faccia tosta» rispose Sophie, scuotendo la testa. «Vieni a casa mia ad accusare mio marito di avere avuto una relazione con una delle mie migliori amiche, e ti permetti persino di insinuare che avrebbe potuto avere il tempo di allontanarsi da me per ucciderla?»

Mi sembrò di vedere una lacrima luccicare all'angolo dei suoi occhi, ma non potevo esserne certa.

«So che è difficile, ma vogliamo soltanto scoprire cosa sia successo a Donna.»

«Di Donna non ti importa niente» ribatté, spostando lo sguardo da me a Martin.

Aveva ragione, ma non avevo intenzione di fermarmi.

«Per favore, Sophie, rispondi alla domanda. Donna era una tua amica.»

Sophie posò la borsa e si lasciò cadere sul bracciolo del divano. Inspirò ed emise un sospiro lungo e profondo, mentre le sue spalle si afflosciavano.

«Okay» disse. Dopo una pausa di qualche secondo continuò: «Ho visto Alex dopo il lavoro. Il lunedì di solito usciamo insieme, è una nostra tradizione. Siamo andati a cena da Locatelli, siamo tornati a casa intorno alle undici e abbiamo guardato un po' di televisione».

«A che ora siete andati a dormire?»

«Più o meno a mezzanotte. E, prima che inizi a domandarti se Alex possa essere in qualche modo sgattaiolato via mentre dormivo, ti dico già che ero sveglia perché sono uscita dalla stanza per chiamare mia madre. Vive a Chicago, con il mio patrigno. Era il suo compleanno. Non l'avevo ancora sentita e ci tenevo, visto che era un giorno importante. Sarà stata l'una e mezza quando sono tornata a letto e Alex dormiva come un sasso.»

Tacque per un attimo e serrò le labbra. «Quanto alla loro presunta relazione... Non ho mai notato niente di strano. Donna è bellissima, ovviamente, e mentirei se non ammettessi che la sua presenza a volte mi ha innervosita. Le nostre vacanze estive a Ibiza, in Umbria, i pomeriggi a bordo piscina... Non so quante mogli si sentirebbero a proprio agio distese accanto a Donna, con i suoi bikini microscopici e il corpo perfetto. Ma poi una persona sceglie di fidarsi dei propri amici e dell'uomo che ha sposato. Non ci sono alternative, no?» concluse in tono freddo e composto.

Guardò Martin e continuò: «A proposito, dovresti parlare con Alex il più presto possibile. Meglio evitare di creare situazioni imbarazzanti, sia qui che al lavoro».

Martin scosse la testa e abbassò lo sguardo sul pavimento. «Forse dovrei tornare a casa» disse.

La reazione di Sophie fu immediata. «Non fare il bambino» disse, tornando alla sua solita efficienza. «Hai detto tu stesso che quel posto pullula di giornalisti. È vero, dovrai affrontare una conversazione imbarazzante con Alex, ma al momento è meglio per tutti se resti qui.»

Guardai Sophie, senza sapere se ammirarla o compatirla. O stava attraversando una fase di negazione – e ne dubitavo, visto il suo pragmatismo al limite del patologico –, oppure si stava mostrando leale con entrambi: Alex, l'uomo che quasi sicuramente l'aveva tradita, e Martin, l'uomo che poteva aver ucciso la sua amica. La guardai alzarsi in piedi, lisciarsi la gonna e sollevare il mento con aria di sfida: «Adesso, direi che abbiamo tutti bisogno di una bella tazza di tè».

33

Lasciai la casa dei Cole prima che mi fosse chiesto di andarmene. In ogni caso, non mi sarei potuta trattenere a chiacchierare: quella mattina Vivienne McKenzie mi aveva inviato un'email chiedendomi di presentarmi in ufficio e, sebbene temessi il confronto con lei, non avevo altra scelta se non tornare al lavoro.

Avevo programmato di intrufolarmi di nascosto a Burgess Court durante l'ora di pranzo. Era venerdì, e quasi tutti gli avvocati sarebbero stati al pub. Potevo dare una sistemata al mio ufficio, passare da Paul, parlare con Vivienne e andarmene prima delle tre, quando la maggior parte dei miei colleghi sarebbe rientrata. L'ultima cosa di cui avevo bisogno era cercare di evitare domande preoccupate sulla mia crisi di nervi in aula. Dovevo occuparmi di questioni molto più importanti.

Mi trovavo su un autobus diretto verso Piccadilly quando il mio cellulare squillò.

«Francine?»

Non riconobbi subito la voce e Alex Cole fu costretto a presentarsi.

«Dobbiamo parlare.»

Non ero sorpresa che mi avesse chiamata, ma il mio cuore aveva accelerato i battiti. Alex sembrava tranquillo, ma insisté perché ci incontrassimo il prima possibile. Ero infastidita dalla sua interferenza nei miei piani, ma quando mi disse che mi avrebbe raggiunta nel giro di un'ora, calcolai che sarei riuscita lo stesso ad arrivare in orario al mio appuntamento con Vivienne e avrei avuto il tempo di lasciare Middle Temple prima del rientro dei miei colleghi.

Ci incontrammo da Riojas, un'enoteca in una stradina del West End. Il locale sembrava un incrocio tra un club per gentiluomini e un pub: pannelli di legno scuro alle pareti, poltrone traballanti e tavolini che sembravano risalire ai tempi in cui i gemelli Kray imperversavano per le strade di Soho.

Alex era già lì, seduto a un tavolo in un angolo. Davanti a lui c'era una bottiglia di vino rosso, e un bicchiere pieno a metà. Mi avvicinai, con lo stesso brutto presentimento che avevo da bambina quando mi spedivano dalla preside per una ramanzina.

«Ciao, Alex» dissi, prendendo posto.

Sollevò la bottiglia per offrirmi del vino, ma scossi la testa.

«Cos'è, hai smesso di bere?»

Mi guardò come se fosse al tempo stesso un'accusa e una critica.

«Sono certa che sia ottimo, ma sto andando in ufficio.»

Le sue labbra erano macchiate di rosso, ma non sembrava rilassato. Tutt'altro.

«Sophie mi ha detto che sei andata a casa nostra oggi» disse alla fine.

Pensai al discorso maturo della signora Cole sul fatto che avevamo tutti lo stesso obiettivo, ma capii che la mia intuizione era corretta: Sophie aveva deciso di restare leale ad Alex e non potevo biasimarla, anche se non ero sicura che avrei fatto lo stesso, al suo posto.

«Sì, esatto» annuii. «Avevo un'informazione per Martin. Immagino tu sappia di cosa si tratta.»

«Della stessa informazione che hai dato alla polizia» ribatté in tono pungente.

Vuotò il bicchiere, riprendendo la bottiglia per riempirlo di nuovo prima ancora di aver finito di deglutire.

«Avremmo potuto parlare anche noi con la polizia, Fran. Della tua relazione con Martin, tanto per dirne una. Ma non lo abbiamo fatto.»

«Noi?» chiesi, alzando un sopracciglio.

«È stata Sophie a convincermi.»

«Non penso sia stata una scelta altruistica.»

«No, infatti, l'abbiamo fatto per salvaguardare gli affari» rispose tranquillamente.

Una cameriera venne a prendere il mio ordine. Sembrava a disagio, forse era convinta di interrompere un battibecco fra amanti. Le chiesi un bicchiere d'acqua e lei corse al bancone, guardandoci per capire quando fosse il caso di tornare.

«La Gassler Partnership gestisce patrimoni nell'ordine di miliardi di sterline, lo sapevi?» esordì Alex, biascicando un po'. «Forse avrai sentito nominare alcuni dei nostri investitori. Abbiamo un sistema di trading basato su un algoritmo invidiato da tutto il mercato. Ma, soprattutto, abbiamo un'ottima reputazione» disse, stringendo una mano a pugno sul tavolo. «La nostra reputazione è legata al rendimento che gli investitori pensano di poter ottenere grazie a noi. Senza non siamo nulla. Cosa pensi che succederebbe se uno dei due soci venisse arrestato in relazione alla scomparsa di sua moglie e l'altro fosse trascinato in commissariato perché qualcuno ha detto che andava a letto con la moglie del suo amico? Saremmo rovinati.»

Nella furia uno spruzzo di goccioline di saliva gli aveva imperlato le labbra. Le tamponò con un tovagliolo, cercando di darsi un contegno. Per un istante intravidi il lato oscuro del maschio alfa.

«Pensi che si arriverà a questo?» chiesi, in tono pacato. Avevo rappresentato diversi uomini d'affari, ma non sapevo molto del settore finanziario e mi sfuggivano i sottili meccanismi del suo funzionamento.

«Abbiamo almeno due gruppi di private equity interessati ad acquisire una quota di minoranza della società» disse Alex, abbassando la voce ma agitando una mano per enfatizzare il concetto. «Sono ancora in ballo, ma uno degli investitori ha già accennato all'eventualità di ritirare i suoi soldi se dovessero esserci altri "episodi imbarazzanti",» proseguì mimando le virgolette «e a quel punto basterà poco per far crollare l'intero castello di carte. Dobbiamo tenere tutto segreto, Fran. *Tutto.*»

Si chinò in avanti, guardandomi con intensità.

«Non fare niente senza informare me o Martin, qualunque mossa deve essere approvata dalla nostra squadra di gestione della crisi. Dico sul serio.»

Scrollai le spalle, poi annuii, riflettendo sulla sua scelta di parole. *Castello di carte.*

«A questo proposito, posso farti una domanda?»

Scrollò le spalle, stringendo gli occhi fin quasi a chiuderli.

«Ce l'avevi o no una relazione con Donna?»

«No.»

«Non stai parlando con tua moglie, e nemmeno con la polizia.»

Alex sbuffò, abbassò gli occhi sulla tovaglia macchiata di vino e poi tornò a guardarmi. «Senti, è successo qualcosa. Una volta sola. Un bacio da ubriachi, forse un anno fa. È stato a una festa d'estate a casa di un'amica, in campagna. Mi ero fatto una striscia, e anche lei. Era una bella serata, con un sacco di lanterne sospese che rendevano "romantica" l'atmosfera.»

Pronunciò quella parola con disprezzo e il suo sguardo si perse nel vuoto, come se stesse ripensando a quella serata con disgusto.

«Non siamo andati a letto insieme» continuò, tornando a guardarmi. «Onestamente, non c'è stato il tempo. E non abbiamo avuto una relazione una volta tornati a Londra. Non sono uno stupido. Donna è la moglie del mio socio e io sono sposato. Il divorzio e il disfacimento della mia attività non mi sembrano un rischio accettabile per una scappatella. In più amo mia moglie e considero Martin un fratello.»

Mi presi un attimo di tempo per elaborare le sue parole.

«Allora dov'è Donna?» chiesi. «Cosa pensi sia successo quella notte?»

Cercavo una risposta ormai da giorni. Ne avevo parlato con Clare e Phil, ma nessuno di noi conosceva Martin bene quanto Alex Cole.

In quel momento sembrava meno sicuro di sé, come se il vino avesse prosciugato la sua autostima invece di rafforzarla.

«Martin è un uomo brillante» disse, fissando il suo bicchiere. «L'ho capito fin da quando l'ho incontrato all'università. Si faceva notare. Era più sicuro di sé degli ex studenti di Eton e più intelligente dei ragazzi già laureati. Fummo assunti dalla stessa banca per il programma di tirocinio dell'università. All'inizio maledissi la mia sfortuna per essere capitato insieme a lui perché non sarei mai riuscito a distinguermi, ma poi decisi di sfruttare il suo successo.»

Fece ruotare il resto del vino nel bicchiere.

«Martin era determinato» continuò con voce sempre più bassa. «Era questo a dargli una marcia in più. Era sempre pronto a lavorare e impegnarsi più degli altri.»

«Dove vuoi arrivare, Alex?»

«Sto dicendo che non voglio pensare a cosa sia successo quella notte.»

«Pensi che possa aver fatto del male a Donna?»

Alex sbuffò.

«Prova a parlare con uno dei nostri soci. Se gli dicessi che Donna stava puntando a metà del suo patrimonio, non sarebbero affatto sorpresi di sapere che è scomparsa.»

«Quali soci?»

Alex aveva quasi finito la bottiglia di vino. Lanciò uno sguardo ansioso verso il bancone, come un drogato in cerca della prossima dose.

Lo guardai, esortandolo a concentrarsi.

«I fondi speculativi scommettono sul mercato» spiegò. «Il nostro ha diversi tipi di investimento: obbligazioni, azioni, valuta, oro... Compriamo, vendiamo, rivendiamo. Gli algoritmi ci aiutano a identificare le anomalie del mercato, ma in realtà il nostro successo si basa sulle informazioni.»

Esitò.

«Due anni fa ricevemmo una soffiata. Martin aveva un amico, Richard Chernin, che gli promise una dritta su una fusione da miliardi di dollari in cambio di un prestito. Martin gli diede i soldi, ma l'informazione promessa non arrivò. Deve aver avuto paura di infrangere le regole della FSA, l'autorità di vigilanza finanziaria. Ma non restituì i soldi a Martin.»

Fece una pausa per sottolineare l'effetto drammatico, ingollando l'ultima goccia di vino. Mi morsi le labbra e rimasi in attesa.

«Chernin disse di aver ricevuto delle intimidazioni e minacciò di rivolgersi alla polizia. Un paio di giorni dopo fu investito da un pirata della strada e si ritrovò con entrambe le gambe rotte.»

«E pensi che Martin fosse coinvolto?»

Alex continuò come se non l'avessi interrotto: «Chernin chiese di incontrarmi in privato. Era convinto che Martin avesse organizzato l'incidente, mi disse che aveva minacciato di ucciderlo se non gli avesse restituito i soldi. Con gli interessi».

Lo guardai, trovandolo spaventosamente convincente.

«Se davvero pensi questo di Martin, perché lo stai ospitando a casa tua?»

«Come potevo rifiutare? E poi non sappiamo se a Donna sia davvero successo qualcosa. Potrebbe stare bene» disse, ma a giudicare dal suo tono era convinto del contrario.

«Te lo sto dicendo soltanto perché sei il suo avvocato, e voglio che tu sia al corrente di tutto. Prevenire è meglio che curare, no? Se sai tutto quello che c'è da sapere su Martin puoi preparare una controffensiva. E apprezzerei molto se potessi ricambiarmi il favore. Se dovessero accusare Martin di omicidio devo saperlo.»

Estrasse il portafogli, sfilò una banconota da venti sterline e la posò sul tavolo per pagare il vino.

«L'amore può ferire» disse, alzandosi in piedi e toccandomi la spalla. «Mi ha fatto piacere vederti, Fran.»

E con quelle parole uscì dal locale.

34

Fleet Street era trafficata mentre mi avviavo verso Middle Temple. La gente stava già uscendo dal lavoro e i primi avvocati in completo scuro iniziavano a emergere dagli uffici con le ventiquattrore piene di documenti da studiare durante il weekend. La giornata lavorativa non era ancora finita, si stava soltanto spostando dall'ufficio a casa. *Fino a poco tempo fa anche la mia vita era così.* Quel pensiero si formò per caso, ma mi colpì così forte da costringermi a fermarmi. L'uomo d'affari con il viso arrossato che camminava a pochi passi da me per poco non mi urtò.

Borbottai una scusa e ricominciai ad avanzare, con il nervosismo che cresceva man mano che mi avvicinavo a Burgess Court. Vivienne McKenzie mi aveva convocata per discutere "le attuali circostanze". Almeno mi considerava ancora "attuale", il che era meglio di "cancellata da tutti i registri", ma non ero comunque impaziente di incontrarla.

Mi resi conto che, per quanto cortese fosse il tono della email, c'era la possibilità concreta che Vivienne mi chiedesse di lasciare l'ufficio. A quel punto il licenziamento vero e proprio sarebbe stato solo una questione di tempo e, se fosse andata così, sarebbe stato quasi impossibile trovare un altro studio disposto ad assumermi. Tutto quello per cui avevo lavorato negli anni, ogni gradino della scala che ero riuscita a scalare, ogni noiosissimo volume studiato... sarebbe stato inutile. Avevo buttato via tutto – *tutto* – per una storiella con un uomo che conoscevo a stento.

Continuai a mettere un piede davanti all'altro, cercando di ignorare il cielo grigio e il temporale incombente, sforzandomi di non interpretarli come cattivi presagi. La prima persona che vidi entrando nell'edificio fu Helen, la nostra receptionist. Almeno un viso amico.

«Cosa ci fai qui?» disse, contorcendosi per infilarsi il cappotto. «Paul ha detto che eri in ferie. Ti immaginavo già in qualche paradiso esotico.»

«No, sono rimasta a casa. Aspetta, ti aiuto» dissi.

«Le ferie a casa...» sogghignò Helen. «Le adoro. Restare a letto fino a tardi, guardare una serie dopo l'altra e rimpinzarsi di pizza: fantastico!» aggiunse, alzando le sopracciglia.

«Qualcosa del genere» commentai senza entusiasmo. Non vedevo Paul nel suo ufficio, ma lui aveva l'inquietante abitudine di spuntare fuori all'improvviso.

«Tutti i messaggi che hai ricevuto sono sulla tua scrivania, a parte un paio nuovi che ho ancora qui» disse, afferrando due post-it fucsia coperti di appunti e cacciandomeli in mano.

«Devo andare. Oggi mi ero presa mezza giornata, ma il tempo vola. Il mio nuovo ragazzo mi porta a Brighton questo weekend. Ho appuntamento con lui a Victoria Station tra... accidenti, dieci minuti. Buona "vacanza"!»

Sorrisi e restai a guardarla correre fuori dalla porta. Mi infilai i post-it in tasca e salii le scale fino al mio ufficio.

Mi presi un attimo per contemplare il mio minuscolo spazio: le matite allineate in bell'ordine sulla scrivania, un contenitore di ferro battuto che avevo trovato ad Amalfi – un ricordo di momenti più felici – e che usavo per elastici e graffette, una notevole quantità di libri impilati in verticale per sfruttare tutto lo spazio disponibile mi ricordavano la vita tranquilla e organizzata che avevo condotto un tempo. Mi lasciai cadere sulla sedia, chinando il capo e chiedendomi se sarei mai riuscita a tornare a quella routine ordinata e prevedibile.

Vivienne mi scrisse un messaggio per avvisarmi che era in ritardo.

Ero grata di avere qualche istante in più per prepararmi. Aprii i cassetti, afferrai il fascicolo dell'indagine di Phil su Donna Joy e lo infilai in borsa insieme a un paio di taccuini e, con un ripensamento dell'ultimo minuto, al fiocco bianco e nero che chiudeva la scatola della borsa che Martin mi aveva regalato.

Il faldone con il materiale relativo al divorzio Joy era ancora sugli scaffali dove tenevo la documentazione sui casi in corso. Forse lì dentro c'era qualche dettaglio che mi era sfuggito. Sapevo di non poter portare via tutto. Era troppo pesante, per non parlare poi delle domande che avrebbe scatenato la sua assenza se fosse stata notata. Sfogliai in fretta il fascicolo più gonfio, fotocopiai le dichiarazioni più importanti e rimisi a posto l'originale. Ispezionai la stanza un'ultima volta, chiedendomi di cos'altro avrei potuto avere bisogno e cercando di ripetermi che quelle cose erano mie. Quasi tutte, almeno.

Mi sedetti alla scrivania e aprii una bottiglietta semivuota di acqua minerale. Le pareti erano tempestate di bollicine, non c'era da stupirsi: dovevo averla aperta almeno una settimana prima. Stavo perdendo il senso del tempo.

Mi infilai una mano in tasca e ne estrassi i post-it che Helen mi aveva consegnato alla reception.

Il primo era una richiesta di richiamare un avvocato con cui sarei dovuta andare a pranzo. Ero sicura che nessuno mi avrebbe più voluto al suo fianco in aula una volta che si fosse diffusa la notizia della mia crisi di nervi. Lo accartocciai e passai al secondo. Mi si gelò il sangue.

ORE 14.55 PETE CARROLL. DICE CHE TI ASPETTA A CASA.

Helen aveva disegnato una faccina sorridente sotto quelle parole. Un codice scherzoso, da donna a donna, e d'un tratto capii le sue allusioni sullo stare a letto a mangiare pizza. Non mi era difficile immaginare cosa potesse aver pensato quando aveva trascritto quel messaggio: Francine Day si è finalmente trovata un fidanzato, ecco perché ha preso una settimana di ferie.

Di colpo mi sentii irrequieta, sporca, come se una tossina avesse infettato il mio ambiente di lavoro, insozzando le pareti e strisciando sul pavimento, migliaia di minuscole zampette di ragno che marciavano verso di me.

Chiusi la porta di scatto e scappai, tenendo gli occhi fissi sulle scale. Non osavo alzare lo sguardo sui ritratti a olio allineati alle pareti, i loro occhi mi avrebbero guardata con severa disapprovazione, giudicandomi. *Sospettavamo che fosse debole, signorina Day, le abbiamo dato una possibilità e guardi cos'ha combinato. Ci ha delusi tutti, di nuovo.*

«Fran, sei tu?»

Vivienne era in fondo alle scale, in attesa, come se avesse sempre saputo dove trovarmi. E stava bloccando la mia via di fuga. Da tempo mi chiedevo se Paul avesse fatto installare un sistema di sorveglianza segreto nell'edificio, e qualche volta mi ero immaginata lui, Vivienne e Charles intenti a visionare i filmati per tenerci sotto controllo.

Mi sentii avvampare mentre la raggiungevo, rallentando il passo.

«Andiamo in biblioteca» disse, con fare più brusco e formale del solito.

Vivienne non era esattamente un mio superiore. Un *barrister* è un libero professionista autonomo, ma, data la sua posizione, Vivienne restava una figura di grande autorità a Burgess Court. Presentendo che non mi sarebbe affatto piaciuto quello che aveva da dirmi, strinsi più forte la mia borsa e presi posto al tavolo di noce.

«Yusef Khan ha portato il figlio fuori dal paese» esordì, senza preamboli. «Holly Khan minaccia di intraprendere azioni legali contro di te per negligenza.»

Rimasi immobile e in silenzio, mentre lei aspettava una mia risposta.

«Ho sbagliato a lasciare l'aula» dissi alla fine. «Sono uscita prima dell'arringa finale, ma non credo che la decisione del giudice sarebbe stata diversa se avessi...»

Mi fermai, stavo cercando di giustificare le mie azioni e la cosa mi disgustava. Avevo abbandonato la mia cliente, e lei aveva perso suo figlio. Aveva tutte le ragioni di prendersela con me: l'avevo tradita, nel peggiore dei modi e nel momento cruciale. Vivienne non commentò.

«Paul ha verificato la tua polizza assicurativa» disse. «È tutto a posto, quindi se dovessero denunciarti saresti coperta. Ho anche preso appuntamento con Tanya Bryan per lunedì. Non è chiaro se anche il suo studio intenda rifarsi su di te, ma devi essere preparata a una simile eventualità. Ti consiglio di richiedere un certificato al tuo medico, anche se immagino tu sappia che eventuali problemi di salute mentale potrebbero avere delle conseguenze sulla tua vita lavorativa.»

Me lo sentivo. Mi avrebbero estromessa da Burgess Court. E infine sarei stata espulsa dalla Inn of Court.

Invece l'espressione di Vivienne si addolcì, e sentii il respiro mozzarsi nel mio petto.

«E con questo mi tolgo la mia veste "istituzionale", d'accordo?»

Mi rivolse un sorriso, che accolsi con gratitudine. Vivienne aveva degli interessi in gioco. La mia caduta in disgrazia avrebbe avuto delle ripercussioni su Burgess Court. Gli avvocati amano il gossip e non osavo immaginare quanto successo avrebbe riscosso la storia della denuncia ai danni del legale di Martin Joy.

Non avevo idea di come stesse andando la fusione con Sussex Court, ma se la pubblicità negativa legata alla scomparsa di Donna non era bastata a comprometterla, sospettavo che le voci sulla mia sconsiderata condotta professionale avrebbero dato il colpo di grazia all'operazione.

«Prenditi una vacanza, Fran» disse, in tono più gentile. «Una vacanza vera. Vai fuori città, vai a trovare la tua famiglia. Ho una casa di campagna nel Devon, se vuoi posso darti le chiavi. È affacciata sul mare e circondata da centinaia di sentieri. Prendere la seta è meno importante del salvaguardare la propria salute.»

La seta. Era l'ultimo dei miei pensieri. Per molto tempo – quasi quindici anni – era stato il mio unico obiettivo, il mio personale santo graal, e mi stava scivolando come sabbia tra le dita. Eppure in quel momento, seduta di fronte a Vivienne, una persona che ammiravo come avvocato e come donna, mi sorpresi a desiderarla più che mai.

«Le selezioni non avverranno prima di settembre. Se mi prendo del tempo, cerco di pubblicare qualche articolo e lavoro duro per riparare al danno causato alla mia reputazione...»

«Gli esaurimenti nervosi causati dal lavoro sono sempre più frequenti. Non sono un problema da sottovalutare» rispose Vivienne, in tono calmo ma deciso.

Distolsi lo sguardo da lei, imbarazzata, e mi tornò in mente una storia che avevo sentito durante il praticantato: un giovane avvocato particolarmente ambizioso si vantava di poter diventare giudice della Corte suprema entro i quarant'anni, ma a quell'età era stato costretto al pensionamento anticipato, dopo essere stato sorpreso a correre nudo attraverso Middle Temple la sera della vigilia di Natale, cantando *Good King Wenceslas*. Non volevo diventare un esempio da evitare, un altro cervellone incapace di tenere il ritmo di giornate lavorative da dodici ore per quindici anni di fila. Non avevo fatto tanta strada e superato tanti pregiudizi per fallire.

«Sai perché l'anno scorso ho preso un periodo sabbatico di sei settimane?»

Non ne sapevo niente. Avevo un vago ricordo di una fantastica vacanza con un giro sull'Orient Express e una crociera lungo il fiume Mekong, ma avevo dato per scontato che fosse per festeggiare un compleanno importante di Vivienne o di suo marito.

«Stavo per scoppiare» mi confessò. «Dovevo staccare.»

Il viso più imperscrutabile che conoscevo arrossì.

«Questo lavoro non è facile, Fran. Ma se non accettiamo la nostra imperfezione, il fatto che non siamo dei robot ma persone che vogliono una vita al di fuori del posto di lavoro, se non ci concediamo una pausa di tanto in tanto, rischiamo di spezzarci.»

«Allora non mi stai chiedendo di andarmene?»

«Andartene?»

«Non volete cacciarmi?»

«Certo che no. Pensavi che ti avessi convocata per questo?»

Annuii con crescente sollievo.

«Fran, di tutti i giovani avvocati entrati in questi uffici, di tutti quelli a cui ho fatto da mentore, tu sei quella di cui vado più orgogliosa.»

«Ma la fusione...»

«Prenditi una vacanza, Fran. Lascia le preoccupazioni a chi si è riposato sul Mekong.»

Una volta all'esterno, inspirai una profonda boccata di aria fresca.

Il crepuscolo iniziava a scendere su Fountain Square, ma sapevo che presto sarebbero arrivate giornate più lunghe e calde. A breve avrebbe aperto uno champagne bar temporaneo, per onorare la tradizione che vedeva Middle Temple come una meta per lo svago di lusso. Si diceva che la prima rappresentazione della *Dodicesima notte* di Shakespeare fosse stata messa in scena in un cortile all'angolo della piazza. Avevo studiato il testo per l'esame di maturità, ma non ricordavo quasi niente della trama, a parte il fatto che ruotava attorno a uno scambio d'identità. Stranamente era l'aspetto che preferivo di quell'opera: i personaggi non erano quello che sembravano. Ironico, pensai, dal momento che avevo passato le ultime settimane a non capire le persone che mi circondavano.

Mi gettai lo zaino sulla spalla e proprio in quel momento vidi Tom Briscoe dal lato opposto della piazza.

Mi salutò con la mano e ci incontrammo a metà strada, accanto alla fontana.

«Pranzato tardi?» sorrisi.

Il mio umore era decisamente migliorato dopo la mia conversazione con Vivienne ed ero felice di vederlo.

«Più o meno» rispose, spingendosi indietro i capelli. «Allora, sei tornata» aggiunse dopo un attimo. «Bene, mi stavo chiedendo che fine avessi fatto.»

Non sapevo se fosse al corrente della triste vicenda del caso Khan, quindi sviai la sua osservazione.

«Sembra quasi che ti sia mancata, Tom.»

«Come potrebbe non mancarmi la mia dose quotidiana di insulti mentre preparo il caffè?»

Strinsi più forte la borsa e sorrisi.

«Come stai?» chiese, con espressione sinceramente preoccupata.

«Non benissimo» ammisi. «Ma un weekend di relax mi rimetterà in sesto.»

«C'è uno spettacolo all'Hampstead Theatre, se ti interessa» disse, senza incrociare il mio sguardo. «Il regista è mio fratello, gli ho detto che mi sarei fatto vedere. Ti va di venire?»

«Io?» chiesi sorpresa. «Non voglio importi la mia presenza. Ci sarà la tua famiglia, immagino... E Hannah?»

«In realtà no.»

Ero certa che Tom stesse solo cercando di essere gentile, ma non volevo complicare la mia situazione iniziando a uscire con un collega.

«Al momento sono ospite da una mia amica. Un'altra volta, magari?» Sentii una goccia di pioggia bagnarmi la fronte, e fui felice di avere una scusa per dileguarmi in fretta.

«Sta per piovere, meglio andare.»

«Hai ragione. Meglio farmi vedere da Paul, prima che invii una squadra di soccorso al Devereaux Arms.»

Mi allontanai in fretta, pentendomi quasi immediatamente di aver rinunciato alla possibilità di trascorrere una normale serata fuori.

«Francine.»

Mi voltai, sperando che Tom mi stesse richiamando. Ma mi bloccai di colpo quando vidi di chi si trattava.

Avrei dovuto riconoscere la voce di Pete Carroll. Era venuto a cercarmi.

Fece un passo verso di me e poi si fermò con i piedi ben piantati sul lastricato.

«Chi era quello?» chiese, affondando le mani nelle tasche del piumino.

«Ciao, Pete» dissi, ignorando le pesanti gocce di pioggia che iniziavano a colpirmi le spalle. Non gli avrei dato la soddisfazione di sapere di avermi turbata.

«Ti hanno dato il mio messaggio?» chiese, con un sorriso inespressivo.

L'appunto sul post-it. Avevo dato per scontato che avesse chiamato, invece doveva essere venuto di persona per vedermi.

«Qualche minuto fa, quando sono passata in ufficio. Questa settimana non ho lavorato.»

«E cos'hai fatto?»

«Sono stata a casa di amici» risposi, maledicendomi subito per l'errore. Non avrei dovuto dargli quell'informazione.

«Quali amici? Martin Joy?»

«No, non da lui» sospirai.

«E allora da chi? Quell'uomo con cui ti ho appena vista?»

«È un collega» dissi, riuscendo a trattenermi dall'usare il nome di Tom.

«Non sembrava un collega. A dire il vero, credo di aver capito ormai qual è il tuo tipo.»

«Pete, piantala» dissi, mentre l'irritazione iniziava a prendere il sopravvento sul malessere. «Che cosa ci fai qui?»

«Non torni a casa da due notti. Ero preoccupato per te.»

«Be', come vedi sto bene.»

«Avevo cucinato per noi martedì sera, ma non sei tornata. Pensavo fossi arrabbiata perché l'altro giorno me ne sono andato senza salutarti. Dormivi così bene che non volevo disturbarti...»

«Pete, ho una vita piena di impegni» replicai, cercando di mantenere un tono distaccato. «Spesso viaggio per lavoro, ho tanti amici...»

«Bene» disse. «Perché per un attimo avevo pensato che stessi cercando di evitarmi. E fa male, considerando che l'ultima volta che ti ho vista ero dentro di te.»

Le sue parole mi fecero rabbrividire, ma dissimulai il disagio stringendomi addosso il cappotto.

«A proposito, come sta Martin?» continuò, noncurante. «Pensavo che a questo punto sarebbe stato in prigione. Ma forse la polizia è più sveglia di quanto pensiamo. Forse sospettano che non fosse da solo a casa di Donna Joy quella notte.»

Non dissi niente. Pete Carroll era imprevedibile ed era meglio non provocarlo.

«Torni a casa stasera?»

«Non credo» risposi, iniziando a tremare. «Come ti ho detto, sono ospite a casa di amici...»

Si chinò su di me, riuscivo a sentire il suo respiro acre sulla mia pelle.

«Andrò alla polizia, Francine. Se non torni a casa questo weekend, andrò a trovare l'ispettore Doyle.»

Tenni a freno la lingua. Era inutile chiedergli come sapesse chi fosse a capo delle indagini sulla scomparsa di Donna. Pete Carroll era intelligente, e su internet c'era un mondo di informazioni a portata di clic.

«E allora?» ribattei, cercando di suonare sprezzante. «Ero ubriaca, non sono esattamente una testimone affidabile. Credi davvero che possa interessargli?»

Pete scoppiò a ridere.

«Oh, credo proprio di sì. Pensaci: hai confessato di essere stata lì la notte in cui Donna Joy è scomparsa senza lasciare traccia. Penso che possano fare due più due. Io l'ho fatto.»

Ero decisa a non fargli capire il mio turbamento. Le sue insinuazioni somigliavano ai pensieri oscuri che cercavo di ignorare da dieci giorni, pensieri che stavano avvelenando il mio subconscio fin da quando avevo saputo della scomparsa di Donna Joy. Non ricordavo niente di quella sera, non sapevo per certo chi fosse entrato in casa e a che ora fosse uscito. Ma sapevo di essere stata lì. A dire il vero, era l'unica cosa di cui fossi certa. Avevo osservato tutto dal pub, appostata nell'oscurità. Ero io l'unica presenza costante sulla scena. E proprio come non sapevo dire quando Martin e Donna fossero andati via, non conoscevo nemmeno i miei spostamenti.

«Sta piovendo» mormorai, alzandomi il bavero del cappotto. «Dovremmo andare.»

«Bene. Sapevo che ti avrei fatta ragionare. Prendiamo un taxi, non è mai troppo presto per iniziare una serata tranquilla in casa.»

Sarebbe stato facile capitolare. Cedere ai suoi tentativi di manipolazione pur di tenerlo tranquillo. Ma non potevo. Non adesso che sapevo che Vivienne McKenzie era dalla mia parte e che stavo facendo qualche progresso nelle indagini per aiutare Martin. Potevo farcela. Dovevo riuscirci.

«Pete,» dissi «non torno a casa stasera.»

«Okay, capisco.» Annuì. «Sei impegnata. Ma ci vediamo domani, giusto?»

La sua capacità di cambiare marcia tanto in fretta mi turbava più delle sue parole: stava stravolgendo la realtà per adattarla alla sua narrazione. Trasalii quando allungò un braccio per prendermi la mano. Nonostante la sua fosse fredda e sudata, mi ustionò la pelle.

«So che ti preoccupa la differenza d'età, Fran, ma noi due abbiamo molto in comune» mormorò. «Quando ero da te ho dato un'occhiata al tuo armadietto dei medicinali. Anch'io ho avuto i miei problemi, ma si è risolto tutto dopo un soggiorno al Maudsley. Ne parliamo domani. Ti preparo la cena e ti racconto.»

«Va bene» risposi, liberando la mano dalla sua presa. Non volevo mentirgli, ma dovevo andarmene.

«A domani, piccola» ghignò.

Mi voltai e mi diressi verso la strada. Sentivo i suoi occhi sulla nuca, temevo che potesse afferrarmi da un momento all'altro, ma quando mi arrischiai a lanciare un'occhiata oltre la spalla, la piazza e la panchina erano deserte. Appena svoltai l'angolo ed entrai in un vicolo, mi piegai su me stessa e vomitai in un cestino della spazzatura.

35

Chiamai un taxi per tornare a casa di Clare. Ero troppo nervosa per prendere la metropolitana o un autobus, per non parlare del terrore che Pete potesse seguirmi. Il tassista non aveva molta voglia di parlare, il che era un bene perché riuscivo a stento a respirare, figurarsi a conversare.

Avevo ancora la copia delle chiavi di casa di Clare, ma bussai lo stesso.

«Fran, non ti aspettavo!» esclamò lei, aprendo la porta. «Pensavo che fossi tornata a casa.»

Indossava un paio di pantofole e dei pantaloni del pigiama con stampe di cartoni animati. Non mi capitava spesso di vederla in una mise diversa da quella della donna in carriera, e quel barlume di normalità fu la goccia che fece traboccare il vaso. Scoppiai a piangere.

«Ehi, ehi» si affrettò a dire, lasciandomi entrare. «Qual è il problema?»

«Tutto!» singhiozzai con il corpo scosso dai tremiti.

Mi guidò in salotto e accese la stufa, che gettò un bagliore aranciato nella stanza accogliente. Mi appollaiai sul bordo del divano. Mi ero seduta lì decine di volte, accoccolata nell'angolo con un bicchiere di vino in mano, i piedi infilati sotto un morbido cuscino. Mi sembravano i ricordi di un'altra vita.

«Pete Carroll è venuto a cercarmi in ufficio» singhiozzai.

«Il ragazzo del piano di sotto?»

Annuii. «Mi sta ricattando.»

«*Cosa?* E a che proposito?»

Abbassai lo sguardo sulle mie mani, vergognandomi. Era il momento di raccontarle tutto. Feci un respiro profondo e iniziai a parlare.

«Minaccia di andare alla polizia?» intervenne Clare.

Annuii e mi asciugai gli occhi con il dorso della mano. «Sta insinuando che potrei essere in qualche modo coinvolta nella scomparsa di Donna.» Sentivo il terrore trasudare dalle mie parole. «E diciamoci la verità, la polizia potrebbe trovarsi d'accordo con lui.»

«Quel piccolo stronzetto» sibilò Clare. «Cosa vuole? Soldi?»

Le rivolsi uno sguardo desolato.

«Sesso.»

Gli occhi di Clare si spalancarono.

«E... lo hai fatto?» chiese.

Annuii. Notai la sua espressione costernata e cercai di giustificarmi.

«Sì, dovevo farlo. È pericoloso, sul serio, Clare. Penso che abbia una cotta per me da tempo, aveva cercato di baciarmi la sera del mio compleanno, ma lo avevo respinto. E adesso sembra che voglia vendicarsi. Ha detto di essere stato ricoverato in una clinica psichiatrica, non so per cosa. Forse era disturbato. Mi sta perseguitando...»

Feci un respiro profondo per cercare di controllarmi e mi presi il viso tra le mani. Volevo piangere, urlare e singhiozzare, ma era come se ogni singolo muscolo del mio corpo fosse paralizzato. Clare venne a sedersi accanto a me e mi mise un braccio intorno alle spalle, ma non avevo il coraggio di guardarla.

«Fran, devi rivolgerti alla polizia» disse, in tono dolce.

«Chissà, magari Pete mi ha battuto sul tempo e sanno già tutto» replicai con amarezza.

«Ma no, stai tranquilla» ribatté lei. «E comunque, se anche fosse? Ha una mezza teoria su di te? Capirai! È lui quello che ha commesso un reato. Ti ha stuprata, Fran.»

Da qualche parte nella mia testa sapevo che aveva ragione, ma quella parola mi fece ritrarre. Gli stupri avvenivano nei vicoli bui, venivano commessi da pazzi maniaci, non in casa propria da un vicino di bell'aspetto. Ovviamente mi rendevo conto che un rapporto sessuale ottenuto attraverso coercizione non potesse essere visto come consenziente. Non era il mio campo, ma ero entrata in contatto con qualche vittima di reati del genere nei centri di assistenza legale. Ricordo ragazzine spaventate e pallide. Ragazze minacciate con la pubblicazione di foto e video pornografici se non avessero acconsentito ad altri rapporti, donne sposate raggirate o forzate da cognati e colleghi. Non ero io a occuparmi di quei casi, venivano gestiti da volontari con esperienza in campo penale, e in tutti i casi il loro consiglio era uguale a quello di Clare: rivolgersi alla polizia. Ma la verità era che alla legge piace la chiarezza, e la mia storia non era chiara, nemmeno a me.

«La cosa che mi spaventa di più è che possa avere ragione» dissi, la voce ridotta a un sussurro.

«Ma è una follia!» esclamò Clare. «Non hai niente a che vedere con la scomparsa di Donna.»

«E se non fosse così?» chiesi, guardandola intensamente, cercando di farle capire il senso di colpa con cui convivevo da giorni. Detestavo Donna Joy – quel lunedì sera più che mai – e nella mia carriera avevo avuto modo di vedere quanto potesse essere distruttivo l'odio.

«Ricordo di essermi svegliata da Pete e di essere rimasta a osservare casa di Donna. Ma non ricordo nulla di cosa ho fatto nelle quattro ore che separano questi due eventi, Clare» confessai, disperata.

«Fran, non puoi davvero pensare di aver fatto del male a Donna Joy.»

«Pete crede che sia così.»

«Pete sta cercando di manipolarti per ottenere ciò che vuole.»

«Pensi che io possa essere capace di un'azione violenta?»

«Fran... è ridicolo.»

«No, sto parlando seriamente, Clare. So che c'è una correlazione tra bipolarismo e violenza. Ho ragione, vero?»

Clare si ritrasse, scuotendo la testa. «Ho passato metà della mia vita a cercare di convincere i miei pazienti che una malattia mentale ha poco o niente a che vedere con le stronzate a cui la gente tende ad associarle» replicò, furiosa. «Tu dovresti saperlo bene. Non ti ricordi come ti chiamavano? Schizzata, pazzoide, psicopatica. Niente di più offensivo e di più sbagliato.»

«Questo lo so» dissi. «Ma adesso siamo soltanto noi due. Dimmelo, per favore... È possibile?»

Clare si lasciò sfuggire un sospiro di disapprovazione.

«Durante un grave episodio maniacale in teoria sarebbe possibile. Sì, può capitare che il paziente diventi violento.»

«Diamo per scontato che abbia perso il controllo, cosa potrebbe fare?»

«Ho sentito parlare di atti di forza sovrumana» ammise con riluttanza. «Più spesso, ma anche quello in rari casi, si tratta di semplice comportamento aggressivo. A volte è necessario ricoverare i pazienti durante gli episodi maniacali, e l'abuso di sostanze può aumentare il rischio di violenza, ma resta lo stesso molto improbabile.»

Posò una mano sulla mia.

«Sto parlando in via puramente ipotetica, e solo perché mi hai messo alle strette. Sono casi estremi, Fran. E poi ci stiamo riferendo a due cose diverse: non hai dato di matto rischiando di farti internare, hai solo avuto un blackout di qualche ora.»

Mi guardò, e la preoccupazione si trasformò in irritazione, la psicoterapeuta in amica.

«Andiamo, Fran, cosa pensi sia successo? Sei entrata in casa di Donna scassinando la serratura, l'hai fatta fuori con una mossa di karatè e poi ti sei liberata del corpo, il tutto prima delle due del mattino, ora del tuo ritorno a Islington? Ah, e non dimentichiamo che avresti dovuto strigliare ogni superficie della casa con il Mister Muscolo: immagino che la scientifica abbia analizzato le tracce di DNA, e abbia trovato soltanto quelle di Donna e Martin.»

Non mi piaceva la sua allusione al DNA di Martin, ma dovevo ammettere che il suo ragionamento aveva senso.

«Restano comunque tre ore di buio dalla chiusura del pub. Cosa posso aver fatto? Se solo potessi tornare indietro. Se solo potessi ricordare...»

Clare si alzò , si avvicinò alla finestra e si mise a guardare la strada buia.

«Ho un amico che potrebbe aiutarti» disse dopo un po'. «Si chiama Gil, lavora con me al centro. È uno psichiatra clinico specializzato in traumi.»

La fissai con un barlume di speranza.

«Pensavo che avessi detto che è impossibile recuperare la memoria dopo un blackout come questo.»

«Non è una scienza esatta, e non sono sicura che nel tuo caso possa funzionare. Ma se esiste un modo, Gil saprà come fare. Dovremmo almeno provarci, non credi?»

Balzai in piedi e l'abbracciai. «Grazie, Clare. Sei fantastica.»

«Ehi, non preoccuparti» sussurrò, stringendomi a sé e accarezzandomi i capelli. All'improvviso mi tornò in mente un ricordo. Una sera all'università, la sera del ballo di fine anno. Era stata una giornata calda e la serata si preannunciava umida. Le ragazze del comitato organizzativo avevano fatto un ottimo lavoro nel trasformare i prati intorno alla nostra residenza in un paese delle meraviglie disseminato di lanterne. Sembrava che tutto fosse stato cosparso di polvere di stelle e lucciole, proprio come alla festa di cui mi aveva parlato Alex, quella in cui aveva baciato Donna. Anche io e Clare ci eravamo sentite disinibite. Eravamo ubriache e felici, e i giri sulle giostre del luna park improvvisato in fondo ai giardini avevano contribuito a farci venire le vertigini. Mi sentivo bellissima nel mio lungo abito vintage scovato in una vendita di beneficenza. Appena un anno prima ero la ragazzina difficile, la puttana della scuola che fumava e andava a letto con mezza città per farsi notare. Ma quella sera, con Clare al mio fianco, mi sentivo una principessa in una favola. Mi chiesi se la mia amica ricordasse quella festa. Quei giorni spensierati e sconsiderati della nostra gioventù. Quanto mi mancavano.

36

Il centro terapeutico di West London appariva grigio e insignificante sotto la pioggia di quel sabato mattina. Il piccolo parcheggio sul davanti era vuoto, a parte una monovolume ferma in un posto contrassegnato dal cartello RISERVATO AL PERSONALE.

«Sembra deserto» commentai con una certa irritazione. «E pensare che se c'è un posto che dovrebbe essere aperto nel weekend è proprio questo. Con tutta la gente che fa lavori stressanti durante la settimana, perché non...»

Clare mi fermò.

«Sei agitata» disse, digitando il codice di accesso su una tastiera all'ingresso. «Lo capisco, ma cerca di ricordarti che Gil potrebbe non essere in grado di aiutarti. Non farti troppe speranze. Forse oggi non otterremo niente: la terapia è un processo lento, non una soluzione lampo. Potrebbero volerci sei mesi di sedute. Ne sei consapevole?»

«Martin sarà in prigione fra sei mesi, se non riesco ad aiutarlo» risposi, entrando e scuotendo il bavero del cappotto. «Lo sai, vero?»

Clare sembrò sul punto di rispondere, però poi ci ripensò e annuì, rivolgendomi un sorriso stanco mentre mi guidava lungo i corridoi bianchi. Era disposta a tollerare la mia lealtà nei confronti di Martin, ma non a condividerla. Stava aiutando me, non lui.

«Da questa parte» disse, strisciando una tessera per aprire la porta. «Lo studio di Gil è all'ultimo piano.»

La tromba delle scale era inserita in una struttura in vetro. Nastri argentei di pioggia scorrevano lungo la superficie, facendo apparire il mondo esterno distorto, sfocato. I nostri passi riecheggiavano nel silenzio.

«Gil?» disse Clare, bussando gentilmente alla porta.

«Oh, ciao, buongiorno.» Un uomo alto balzò in piedi dietro la scrivania. «Venite, entrate.»

Aveva poco meno di cinquant'anni, un viso sottile e un principio di calvizie, ma era sorprendentemente ben vestito, come un professore di liceo alla moda. Ma il dettaglio più impressionante del suo aspetto erano gli occhi: neri come il carbone e maliziosi. Mi piacque subito.

«Tu devi essere Fran» disse, stringendomi la mano. Mi chiesi quanto gli avesse raccontato Clare e, soprattutto, quanto dovessi raccontargli io.

«Scusate il disordine» continuò, afferrando i resti di un sandwich e gettandoli nella spazzatura. «È l'ufficio più brutto del centro, ma in fondo sono qui soltanto due giorni a settimana.»

«Non preoccuparti» lo rassicurai. «Non è peggiore del mio. Dove eserciti di solito?»

«Al Baverstock Hospital» rispose, sistemando distrattamente la scrivania, come una casalinga sorpresa da una visita improvvisa. «Mi occupo soprattutto di traumi: pazienti con disturbi da stress post-traumatico. Come potrai immaginare, seguo parecchi ex militari.»

Dalle pareti pendevano diversi certificati incorniciati, accanto a una pila di cd su una mensola. Piegai la testa per leggere i nomi delle band sulle copertine. The Smiths, Jesus Jones, Royal Blood. Non so che cosa mi aspettassi, forse un tipo anziano e ammuffito con un dolcevita nero e un sottofondo di musica classica.

«Vi lascio, allora» disse Clare, che non si era mossa dalla porta. «Anche la mia scrivania ha bisogno di una ripulita.»

«Disse la psicoterapeuta più maniaca di ordine e perfezione del centro» sorrise Gil.

Clare abbassò lo sguardo, arrossendo. «Mi conosci troppo bene» borbottò, alzando un sopracciglio nella mia direzione. *Interessante*, pensai, con una fitta di dispiacere. In parte perché mi ero resa conto dell'esistenza di un lato della vita della mia migliore amica di cui ero del tutto all'oscuro, e in parte perché ero delusa che Clare non fosse finita con una persona intelligente e ironica come Gil. E invece avesse scelto Dom. O si fosse lasciata scegliere.

Gil prese il mio cappotto bagnato e lo sistemò su un appendiabiti accanto alla porta. Mi fece cenno di accomodarmi su un divano grigio, e spostò la sua sedia in modo da posizionarsi davanti a me.

«Quindi sei la migliore amica di Clare?»

«Direi di sì» risposi, appollaiandomi imbarazzata sul divano. «Strano non esserci mai incontrati prima.»

«Sono arrivato da appena sei mesi, perciò mi hanno rifilato la stanza più piccola» spiegò Gil. «Prima lavoravo in America.» Si spostò, appoggiandosi al bracciolo. «Clare mi ha accennato che hai avuto un blackout.»

E con questo stavamo iniziando la seduta. Efficiente e diretto: proprio come piaceva a me. Clare aveva scelto bene.

«Ho bisogno di ricordare cos'è successo» dissi, osservandolo per valutare la sua reazione – disapprovazione, forse, o una certa riluttanza –, ma lui si limitò ad annuire. Che fossi o meno un'amica di Clare restavo una paziente, un altro problema da risolvere.

«Bene, perché non mi dici cosa ricordi?»

Esitando, raccontai a grandi linee come mi fossi ritrovata nell'appartamento del mio vicino di casa alle due del mattino, stressata e agitata, senza ricordare quasi nulla di cosa avessi fatto la sera precedente. Pensai che il mio disturbo bipolare fosse un dettaglio rilevante, quindi gliene parlai.

«Hai avuto altri blackout in passato?»

«Non ne avevo dai tempi dell'università. Da matricola bevevo parecchio, niente di troppo strano immagino, ma a volte mi capitava di andare a un evento della Wine Society e risvegliarmi il giorno dopo completamente vestita, senza ricordare niente. Nei primi tempi non mi facevo molte domande, davo per scontato che fossero i postumi della sbronza, ma poi per mia fortuna incontrai un medico dell'infermeria dell'università che si insospettì, in particolare dopo un episodio di autolesionismo. Alla fine mi fu diagnosticato il disturbo bipolare.»

Gil annuì, prendendo un appunto sul taccuino.

«Immagino che a quel punto tu abbia abbandonato la Wine Society» sorrise.

«Sono passata al badminton» risposi. Ero a mio agio a parlare con lui, e mi piaceva, ma avevo bisogno di togliermi un peso dallo stomaco. «Secondo Clare se ero ubriaca ci sono possibilità che non riesca a recuperare la memoria. È vero?»

Gil sospirò e si appoggiò allo schienale della sedia, intrecciando le mani sulla nuca.

«La risposta a questa domanda è una sola: dipende. Il problema della terapia è che il cervello è un organo incredibilmente complesso. Se sei un cardiochirurgo hai a che fare con un paio di valvole. Se le sistemi nel modo giusto è ragionevole aspettarsi che tutto funzionerà bene una volta ricucito il paziente. Con il cervello non vale lo stesso, temo.»

Probabilmente intuì il mio malessere, perché mi rivolse un sorriso rassicurante.

«Questo non significa che non abbiamo scovato qualche trucchetto negli anni» proseguì. «Sì, Clare ha ragione nell'affermare che alcuni ricordi persi in un blackout non possono essere recuperati, ma questo vale soltanto se diamo per assodato che il blackout sia legato al consumo di alcol.»

«E ci sono altre cause possibili?»

«Le cause possono essere diverse. Nei pazienti bipolari mi è capitato di incontrare molteplici casi di vuoti di memoria, scatenati, per esempio, da psicosi, stati di amnesia, dissociazioni di vario tipo. Per nostra fortuna, è la mia area di specializzazione.»

Mi sorrise con fare ironico. «O, per nostra sfortuna, dipende dal punto di vista. I cardiochirurghi non si ritrovano spesso con i pazienti in lacrime.»

«Anche perché di solito sono sotto anestesia» osservai.

«Giusto» sogghignò. «Dovrei fare più attenzione alle parole in presenza di un avvocato, vero? Va bene, parlami della serata che non riesci a ricordare.»

Annuii, abbassando lo sguardo sulle mie mani giunte. Ero sorpresa dal mio nervosismo. Volevo davvero recuperare la memoria di quella notte, ma ero spaventata. Avevo paura di non ricordare, ma anche paura di riuscire a farlo. Volevo provare l'innocenza di Martin, certo, ma volevo davvero rivivere il dolore di vederlo insieme a sua moglie? Volevo la conferma che gli importasse così poco di me da essere andato a letto con lei? E poi c'erano le insinuazioni di Pete Carroll. Ero davvero responsabile della scomparsa di Donna? Non ero affatto certa di volerlo ricordare, nel caso in cui si fossero rivelate vere.

«Tranquilla» continuò Gil con voce dolce e profonda. «Raccontami solo gli eventi a grandi linee, in modo da potermi fare un'idea.»

Non avevo scelta, dovevo dirgli tutto. Raccontai come avessi seguito il mio amante fino a casa della sua ex moglie e di come fossi rimasta a guardarli seduta nel pub dall'altro lato della strada. Gli dissi poi di essermi risvegliata in casa di un vicino – dove, da quello che sapevo, ero stata accompagnata da un tassista –, con la memoria cancellata. Come un libro con le pagine strappate.

«Quanto avevi bevuto quella sera?»

«È questo il punto: non lo so. Non ricordo niente dopo il primo cocktail.»

«Immagino che vedere il tuo compagno andare a casa della sua ex moglie ti abbia turbata. Non è così?»

Incrociai il suo sguardo, ma non lessi alcun giudizio, solo curiosità e interesse. Ero nervosa, e mi chiesi di nuovo quanto fossi pronta a condividere con un estraneo.

«Hai mai sentito parlare di "dissociazione"?» chiese lui.

Scossi la testa.

«È uno stato di distacco dalla realtà» spiegò Gil, posando la penna. «Può essere lieve come in un sogno a occhi aperti oppure più estremo, e portare per esempio alla creazione di identità alternative. Capita spesso alle vittime di abusi o agli ex militari: è una strategia per bloccare ricordi traumatici. Il cervello cerca di proteggersi dalle sensazioni sgradevoli fingendo che gli eventi in questione non siano mai avvenuti.»

«E pensi che il fatto che non ricordi nulla sia dovuto a questo? A una dissociazione?»

Gil annuì. «È quello che chiamiamo "amnesia da dissociazione", si tratta di un avvenimento unico. Di solito è causato da un'esperienza traumatica, ma può essere indotto dall'uso di droghe o alcol. I ricordi ci sono ma la mente li ha bloccati attraverso un meccanismo di negazione.»

«Quindi in questi casi è possibile recuperare la memoria. Come?» chiesi, impaziente di iniziare.

«Spalancando la porta» disse, alzandosi. Si avviò verso l'angolo dell'ufficio con un grugnito sommesso, sollevò un macchinario e iniziò a metterlo in funzione. Sembrava una specie di video proiettore, ma più all'avanguardia. «Il problema del subconscio è nel suo nome» disse Gil, continuando ad armeggiare. «È *sub*-conscio: al di sotto della coscienza. Laggiù succedono un sacco di cose interessanti, alle quali purtroppo non abbiamo accesso. Quindi dobbiamo escogitare un modo per indurre il cervello ad aprirsi.»

Poi disse: «Ecco qui, dovrebbe andare». Fece un passo indietro per ammirare il suo operato. Una scatola lunga e sottile posizionata in cima a un treppiede, con diversi fili sul retro.

«Oggi faremo un tentativo» continuò, avvicinandosi alla finestra per chiudere le tende. «Si chiama EMDR, desensibilizzazione e rielaborazione attraverso i movimenti oculari, che è solo un nome pomposo per questo.» Cliccò su un telecomando e una serie di luci blu attraversarono la superficie della scatola da sinistra a destra, accompagnate da un sommesso *bip*. Un altro *clic* e la luce si fermò.

«Tutto qui?»

«Sembra stupido, ma è molto efficace, te lo assicuro. In pratica replichiamo i movimenti dell'occhio durante la fase REM, la fase del sonno durante la quale sogniamo, quando il cervello rielabora le informazioni cercando di dare un senso a quello che abbiamo fatto e visto durante il giorno. Se riusciamo a raggiungere quello stato, i ricordi potrebbero tornare spontaneamente.»

Spostai lo sguardo da Gil alla scatola, con una stretta allo stomaco.

«Sei preoccupata» osservò lui, sedendosi. «Non c'è niente di cui aver paura. Il bello della EMDR è che in questo modo induciamo il cervello a guardare quei ricordi in modo distaccato: è come rivederli su uno schermo. Usiamo questo metodo con i veterani e le vittime di stupro: sarebbe controproducente se gli facessimo rivivere tutto, rischieremmo di riprodurre il trauma e peggiorare la loro angoscia. Questo non significa che non possa avere effetti drammatici: ho avuto vittime di abusi che hanno subito una regressione all'infanzia. Persino il loro modo di parlare tornava infantile.»

Sollevò un dito. «Ma attenzione, ho detto "drammatici", non "traumatici". Quando funziona, di solito ha un effetto liberatorio.»

Annuii, ripetendo a me stessa che potevo farcela.

«Okay, rilassati» disse. «Cerca di metterti a tuo agio e raccontami di Martin.»

La sua voce dolce e profonda mi cullava. Eppure ero nervosa, avevo le mani sudate e stavo cercando di combattere l'impulso di asciugarle sulla mia gonna. Chiusi gli occhi e mi sforzai di abituarmi all'oscurità. Mi sentivo disorientata, come se avessi perso il senso del tempo e mi fossi risvegliata in piena notte.

«Martin è il mio compagno» iniziai, scandendo le parole. «Be', più o meno. È un mio cliente. Non dovremmo frequentarci.»

«Probabilmente questa è una prima causa di ansia. Una relazione proibita.»

«Sì. Sto anche facendo domanda per la nomina ad avvocato della Corona, sarebbe un passo importante per la mia carriera. Bisogna essere corretti, responsabili. Iniziare una relazione con un cliente ancora legalmente sposato è una pessima idea.» Cercai di sorridere, ma non ci riuscii.

«Sei innamorata?» chiese Gil, in modo diretto.

Scoppiai in una risata nervosa, subito rimpiazzata dal bisogno di condividere con qualcuno la forza dei miei sentimenti.

«Sì, lo amo così tanto da esserne spaventata. Non mi sono mai sentita così prima d'ora, è come se mi fossi svegliata e avessi provato tutte quelle emozioni per la prima volta.»

«Hai l'impressione di perdere il controllo sulle tue emozioni a volte?»

«Sì.» La mia risposta era solo un sussurro, ma nella stanza buia e intima sembrava quasi che avessi gridato. Continuai con voce tremante. «Ho quasi sempre l'impressione di essere su una macchina senza freni. Quando sono con lui ho la sensazione di essere libera e felice, con il vento tra i capelli, ma non sono mai completamente calma.»

«Ed era per questo che ti sentivi nervosa quella sera?»

«Ero nervosa perché sospettavo che andasse ancora a letto con sua moglie. È per questo che l'ho seguito.»

«Okay, descrivimi cos'è successo. Tutto quello che ricordi. Cosa indossavi?»

Aprii gli occhi e lo guardai.

«Cosa indossavo?» Mi accigliai, sorpresa di averlo dimenticato. Ricordavo il cappotto rosa di Donna, ma io? Niente.

«Non lo so.»

«Okay» disse lui, schiacciando un pulsante sul suo telecomando. Le luci blu attraversarono lo schermo. *Bip... Bip... Bip...*

Risi. Sembrava tutto ridicolo, come in un film di spionaggio degli anni Sessanta con un cattivo che cerca di sottoporre l'eroe al lavaggio del cervello.

«Guarda le luci» disse Gil.

Annuii, inspirando a fondo. Dovevo farlo. Per Martin, se non altro. Fissai le macchie blu lampeggianti. Era rilassante, come guardare le luci di un albero di Natale. *Bip... Bip... Bip...*

«Okay» disse lui, cliccando sul telecomando per spegnere le luci. «Adesso dimmi cosa indossavi.»

«Un cappotto nero.»

Ovviamente indossavo il mio cappotto nero. Lo mettevo sempre.

«Non preoccuparti» continuò, riaccendendo il macchinario. «Non c'è fretta, rilassati e guarda le luci.»

Affondai sul divano e mi concentrai di nuovo sulle saette blu. *Bip... Bip... Bip...* Erano di un azzurro intenso, come il mare in un cartellone pubblicitario dell'Italia o della Grecia. Santorini, pensai di colpo. Ci ero stata quando avevo vent'anni, le spiagge erano splendide...

«Cappotto nero, una sciarpa verde...» dissi, incerta se si trattasse di particolari estrapolati dall'identikit dell'«Evening Standard» o se stessi davvero iniziando a ricordare. Mi sforzai di concentrarmi, e riuscii a mettere a fuoco altri dettagli. Mi sembrava quasi di vedermi camminare lungo la strada. «Indossavo quello che metto di solito al lavoro. Una camicia bianca e una gonna scura.»

Gil spense le luci.

«Adesso descrivimi il tempo.»

Mi accigliai nello sforzo di ricordare. Riuscivo quasi a sentirlo, ma mi sfuggiva...

«No, io... non riesco...»

«Non c'è nessun problema» rispose Gil, riattivando il macchinario. «Riproviamo con le luci.»

Bip... Bip... Era rilassante guardarle, come vedere l'acqua scorrere sulle rocce.

«Era terribile. Il tempo, intendo» biascicai, pronunciando le parole senza pensarci. «Pioveva e faceva freddo, talmente freddo che mi sono messa il cappello. Ricordo di aver pensato che la pioggia mi avrebbe sciolto il trucco.»

Gil spense le luci.

«Stai andando alla grande. Qual è la prima cosa che hai visto?»

Strinsi gli occhi, scrutando l'oscurità.

«Ho visto Donna. Sono andata al suo atelier e l'ho seguita fino al ristorante, dove si sono incontrati. Ridevano, bevevano vino. Sono tornati a casa di lei insieme. Io sono andata al pub. Ho ordinato un cocktail e mi sono seduta accanto alla finestra.»

«E poi?»

«Non mi ricordo» dissi, in preda all'agitazione.

«Sono soltanto immagini, Fran. Qui sei al sicuro, niente può farti del male» disse Gil, la sua voce profonda nell'oscurità.

Le luci tornarono. *Bip... Bip...* Blu e morbide, blu, blu, verde. Iniziavo a intravedere altri colori.

«Ricordo la sua mano sulla schiena di lei» dissi, esitando. «Il loro modo familiare di stare insieme, un'intimità che noi non avevamo raggiunto.»

Oddio, era così a suo agio insieme a lei. Bip... Bip...

Poi di nuovo la voce di Gil, forte e rassicurante. «E questo come ti ha fatta sentire?»

«Mi sono resa conto che tutto quello che Martin mi aveva detto era una bugia.»

«Cos'altro, Fran, cos'altro?»

«Non lo biasimavo, perché non andare a letto con due donne se poteva passarla liscia?»

Aprii gli occhi e guardai il mio nuovo confidente con aria sprezzante, sfidandolo a reagire, ma il suo viso rimase impassibile.

«Cosa ricordi del pub?»

In quel momento Gil aveva iniziato ad accendere e spegnere le luci in modo apparentemente casuale, oppure ero io a non riuscire più a capire la sequenza. In un certo senso mi sembrava di essere in due posti nello stesso tempo. Nella clinica, al sicuro e rilassata, e nel pub a fissare l'altro lato della strada.

«Era pieno, troppo per un normale lunedì sera. Penso che ci fosse una festa o una serata giochi al piano di sopra. Quando sono andata al bancone qualcuno mi ha chiesto la risposta a una domanda. Mi piacciono i quiz. Sapevo la risposta, ma dovevo tornare al mio posto, guardare la casa.»

I ricordi stavano tornando, ma la mia agitazione cresceva. O meglio, iniziavo ad avvertire la stessa agitazione che avevo provato quella notte, la stretta allo stomaco mentre guardavo Martin toccare sua moglie. Il mio polso era accelerato – *bip, bip, bip* – ma allo stesso tempo mi sembrava che la persona nel pub fosse un'altra, non io.

«Perché pensi che Martin ti abbia mentito?» chiese Gil.

«Si scopava sua moglie» dissi con amarezza, biascicando le parole. Dio, avevo bisogno di bere.

«Come fai a saperlo? Forse non stavano facendo sesso.»

«Invece sì» insistei. «Ricordo il modo in cui lei lo ha guardato mentre tornavano a casa, il modo in cui lui le ha toccato le spalle, un attimo prima di entrare. E la luce era accesa.»

Una luce blu che si accende e si spegne. Si accende e si spegne.

«Cos'altro, Fran? Continua.»

«Si è accesa una luce» dissi. «Alla finestra del piano di sopra. La sua camera da letto.»

«Perché pensi che significhi che stavano facendo sesso?»

Capivo la tattica che stava usando e funzionava, ma non ero ancora del tutto pronta a lasciarmi andare. Gil aveva detto che era possibile che nel rivivere il trauma avrei provato le stesse sensazioni. Ed era vero. Sentivo la bile salirmi in gola, il bruciore della vodka, l'oppressione al petto. Sentivo tutto come se fossi ancora seduta nel pub a fissare la casa dall'altro lato della strada, e al tempo stesso sapevo che non era reale. Il turbamento, la rabbia, il tradimento... Sentivo tutto, ma mi sembrava di essere più una spettatrice che una protagonista.

«So cosa stavano facendo» dissi, a voce bassa ma sicura. Mi girava la testa e la camicia mi sembrava improvvisamente troppo stretta intorno alla gola, ma mi sentivo bene, finalmente riuscivo a mettere a fuoco. Li vedevo in casa, proprio come quella sera, rivedevo ogni singolo atto di piacere mai provato con Martin, a parte che al posto della mia faccia e del mio corpo sotto di lui c'era quello di Donna. Ma Gil aveva ragione. Non lo avevo visto, non avevo visto niente di tutto quello. Avevo visto solo una luce. Una *luce*.

«Ecco cosa ho visto» dissi, balzando in piedi.

«Fran, aspetta... Per favore!»

«No, non posso» dissi, sentendomi di colpo forte e leggera. «Gil, so cosa è successo.»

Gil si alzò in piedi e aprì le tende, inondando la stanza di luce. La sua sagoma rimase in ombra. Come quella di Martin. E fu allora che ricordai tutto. Non più soltanto frammenti, ma tutto, ero in grado di collegare i puntini.

«Mi ricordo.»

Ricordavo il buio e il freddo. Ricordavo Donna e Martin entrare in casa. Il pub, il vodka tonic, il posto accanto alla finestra. Ricordavo la domanda del quiz sul nome del bassista dei Queen. Ricordavo la luce che si accendeva nella camera da letto e le conclusioni che ne avevo tratto. E poi la porta della villetta di Donna che si apriva, la luce del portico che illuminava la schiena di Martin mentre correva giù dalle scale e scompariva nell'oscurità.

«È andato via, Martin è andato via» dissi.

E ricordavo di aver rialzato lo sguardo e intravisto una figura sbirciare attraverso le persiane. La nuvola di capelli biondi e i tratti delicati di Donna mentre guardava Martin allontanarsi. Donna Joy era alla finestra. Era ancora viva quando Martin era uscito di casa. Il che significava, quasi certamente, che non l'aveva uccisa.

Era innocente.

37

Salutai Gil e rimasi in attesa nella reception del centro. Sorseggiai un bicchiere d'acqua, ascoltando il rumore di una portiera che si chiudeva e la macchina di Gil che si allontanava.

Dopo i primi sorsi mi resi conto che la mia ansia di poche ore prima era stata rimpiazzata da qualcosa di simile all'ostinazione. Il desiderio insistente di sistemare tutto, dal momento che avevo la chiave.

Clare apparve in cima alle scale. Doveva aver visto Gil ripartire dalla finestra dell'ufficio.

«Com'è andata?» chiese quando mi raggiunse.

«Un'esperienza notevole.»

«Stai bene?»

«Mi sento ubriaca.»

«Ubriaca?» ripeté, allarmata.

«Non hai una mentina in borsa, vero?»

«Forse dovremmo fare una passeggiata, un po' d'aria fresca ti farà bene» suggerì, disorientata.

Annuii e mi avviai verso l'uscita.

«Cos'è successo?» chiese dopo qualche secondo.

«Ha fatto saltare in aria quella cazzo di porta» dissi, gettando il bicchiere nel cestino.

Clare scosse la testa, non capendo perché stessi citando *The Italian Job*.

«Senti, devo parlare con Martin» dissi, guardandomi intorno

nella stanza e individuando il telefono della reception. «Ti dispiace se lo chiamo?»

«Certo che no. Fran, che succede? Gil ti ha aiutata? Hai bevuto?»

Mi stavo già accomodando sulla sedia vuota della segretaria, battendo sui tasti per comporre il numero del cellulare usa e getta di Martin, che avevo annotato su un foglio di carta.

Afferrai una biro rossa dal portapenne e iniziai a scarabocchiare mentre il mio cuore accelerava, impaziente di sentire la sua voce.

«Pronto?»

«Sono io.»

«Va tutto bene?»

«Oh sì» risposi, iniziando a ridere. «Le cose iniziano ad andare meglio.»

«Dobbiamo vederci.»

«Vediamoci subito» proposi in un sussurro ansioso. «Non dire niente a nessuno, ma vediamoci il prima possibile. In un posto dove possiamo parlare in privato. Soltanto tu e io, e nessun altro.»

Iniziavo ad avere la sensazione di essere un agente segreto. La scelta istintiva di utilizzare il telefono del centro invece del mio cellulare, la proposta di incontrarci a Hampstead Heath, ricordava tutto un film di 007. Per un attimo mi balenò in mente l'idea di fare domanda per i servizi segreti se la mia carriera da avvocato fosse andata a rotoli. Ma forse l'MI6 sarebbe stato selettivo quanto l'ordine degli avvocati.

Clare mi lasciò in un parcheggio nei pressi di Kenwood Park. Percorsi i prati intontita, eccitata all'idea di rivedere Martin e parlargli della mia seduta con Gil.

Non conoscevo bene il parco. Probabilmente anche se ci fossi andata tutti i giorni per decenni non avrei scoperto tutti i suoi angoli nascosti.

Un paio di anni prima c'era stato un breve periodo in cui avevo deciso di abbandonare il tapis roulant in palestra e allenarmi all'aria aperta. Stavo iniziando a pensare di iscrivermi a una dieci chilometri. Stavo attraversando un periodo di stallo al lavoro e avevo bisogno di una nuova sfida. Così ogni domenica prendevo l'autobus che attraversava Holloway e Archway fino alla collina di Hampstead Heath e iniziavo a correre.

Proprio in quel periodo avevo scoperto Wood Pond. Aveva un nome che gli si adattava molto, stagno di legno: uno specchio d'acqua circondato da prati e boschi. Era meno famoso degli altri laghetti del parco e, sebbene d'estate potesse essere piuttosto affollato, dubitavo che avremmo incontrato qualcuno in un sabato grigio e uggioso.

«Sicura che non vuoi che ti accompagni?» si offrì Clare, mentre scendevo dalla macchina.

«Non essere sciocca» risposi, abbottonandomi il cappotto che mi aveva prestato il giorno prima.

«Posso aspettarti qui» insisté.

Per un attimo pensai che mi stesse trattando come una bambina, ma poi mi resi conto che non voleva lasciarmi da sola con Martin in un posto isolato e deserto. Nonostante le avessi raccontato i ricordi che avevo recuperato grazie al trattamento di Gil, sapevo che non si fidava di lui.

Affondai le mani nelle tasche e discesi la collina allontanandomi da Kenwood House, superando le radure in direzione degli alberi. Trovai una panchina accanto al laghetto e aspettai finché non vidi una figura avvicinarsi, una sagoma scura e indistinta. Poi misi a fuoco il suo viso.

Martin indossava un paio di jeans, un cappello da baseball e un soprabito blu che non gli avevo mai visto prima. Aveva un aspetto ordinario, in un certo senso, come un abitante del quartiere uscito per portare a spasso il cane. Immagino fosse proprio quello il suo intento.

Sorrisi, combattendo contro l'impulso di corrergli incontro a braccia aperte.

«Mi hai battuto» disse, sedendosi accanto a me sulla panchina coperta di muschio. «Come sei arrivata?»

«Mi ha dato un passaggio Clare.»

«Devo prenderti una macchina» disse, come se nulla fosse. Nel mondo di Martin evidentemente era una cosa normale. Gli uomini regalavano macchine alle donne.

«Sono più abituata a uomini che mi regalano mazzi di fiori malandati.»

Martin mi guardò con un sopracciglio inarcato. «Dici sul serio?»

«Però a volte ho ricevuto anche delle rose rosse» dissi, con una scrollata di spalle. «E scatole di cioccolatini.»

«Non è il mio stile» ribatté, guardando oltre la superficie del lago.

Poco lontano da noi, due donne con i bastoni da nordic walking si fermarono ad ammirare il paesaggio, appoggiandosi alle stecche e ansimando come se avessero appena finito di scalare l'Everest.

«Facciamo una passeggiata» dissi, prendendogli la mano e guidandolo lontano dal lago. Chiusi gli occhi, assaporando la sensazione delle nostre dita intrecciate.

«Mi sono ricordata una cosa» dissi, una volta raggiunti gli alberi. Faceva più freddo sotto i rami, anche la luce era più soffusa, più intima. «Mi sono ricordata di averti visto uscire da casa di Donna. E di aver notato lei alla finestra, che ti guardava mentre andavi via.»

Martin si fermò di colpo e mi prese tra le braccia, spalancando gli occhi verdi.

«Davvero? Pensavo che non ricordassi niente!»

«Stamattina ho fatto una seduta con un terapista.» Non riuscii a trattenere un sorriso. «Conosceva una tecnica che mi ha aiutata a recuperare la memoria.»

Mi guardò come se non esistesse nient'altro al mondo, e mi abbracciò stretta. Poi fece un passo indietro e mi squadrò di nuovo, con espressione estasiata.

«Sei il mio alibi» disse, stringendomi le dita.

Volevo unirmi alla sua gioia, ma sapevo di dover restare con i piedi ben piantati a terra.

«Non sono un testimone attendibile, ricordi? Ero ubriaca.»
«Lasciamolo decidere agli esperti.»

Continuammo a camminare, addentrandoci sempre più nei boschi. Per poco non schiacciai un preservativo usato, un disgustoso promemoria del fatto che quel posto veniva usato per ogni genere di attività. Il vento frusciava tra le foglie e dai rami sulle nostre teste proveniva il gracchiare di un corvo.

«Ti ringrazio di non aver dubitato di me» disse.

«L'ho fatto» risposi, in piena onestà. «O per meglio dire ho preso in considerazione anche quella possibilità. Perché hai mentito.»

«Non ho mentito su niente» ribatté, accigliandosi.

«Hai detto di essere caduto dalla bici per spiegare il taglio sulla mano, ma Doyle non ci crede perché le ruote della tua bicicletta sono pulite, come nuove.»

«Non sono caduto dalla bici» disse, tenendo lo sguardo fisso sugli alberi.

«Allora perché l'hai detto?»

Mi lanciò un'occhiata.

«Perché non mi ricordo come mi sono tagliato, ma mi sembrava troppo stupido, così ho pensato a una spiegazione plausibile. Pensavo fosse meglio che ammettere di non saperlo.»

«Ma non avevi bisogno di mentire anche a me.»

«Lo so, e mi dispiace. Penso di essermi convinto che fosse vero, alla fine. Ma il taglio non ha niente a che vedere con Donna, di questo sono sicuro.»

Mi afferrò la mano. Era una giornata fredda, ma le sue dita erano calde. Le intrecciò alle mie e mi guidò in avanti, addentrandosi ancora di più nei boschi.

«Dopo il nostro incontro di ieri mi ha chiamata Alex» dissi, mentre gli alberi si facevano più fitti e l'aria fredda. «Sophie deve avergli riferito che sono stata alla polizia, così ci siamo incontrati.»

«Cos'ha detto?»

Scrollai le spalle.

«Un po' di cose» risposi. «Ma niente di importante, non mi fido di lui.»

Martin scosse la testa.

«Nemmeno io.»

Mi voltai per guardarlo negli occhi. «Hai dato un'occhiata in casa dei Cole?»

«E cosa dovrei cercare? Un rompighiaccio?» Doveva essere una battuta, ma non c'era alcuna ironia nella sua voce.

«Hai controllato se è stato davvero a quella conferenza martedì e mercoledì?»

«Era lì entrambi i giorni e di sera ha cenato con dei clienti. Un paio di persone hanno detto che si comportava in modo strano il martedì. Uno gli ha chiesto se andasse tutto bene, ma lui ha sminuito la cosa. Ha detto di avere solo i postumi di una sbronza.»

Non sapevo se quell'informazione potesse essere rilevante, ma Martin stava cercando di riordinare i pezzi del puzzle nella sua mente.

«Comunque, a proposito di fiducia, devo dirti che ho chiesto all'avvocato della società di inviarmi il nostro accordo societario» disse Martin, con espressione seria. «Sapevo che c'era una clausola morale, ma non ricordavo quanto fosse stringente.»

«L'accordo riguarda te e Alex?»

Martin annuì.

«Se uno dei due soci getta in discredito la società questo costituisce una ragione sufficiente per la rottura dell'accordo e il socio in difetto è tenuto a offrire la sua quota azionaria all'altro.»

«Discredito? È un termine un po' vago.»

«Grazie per il consiglio legale.»

«Cosa pensi che significhi in termini pratici?»

«Significa che se continuo a essere implicato nella scomparsa di Donna potrei essere estromesso dalla Gassler Partnership.»

«Cosa? Anche in mancanza di un'accusa formale Alex avrebbe diritto alle tue azioni?»

«Può comprarle, ma esistono tanti modi per abbassare il

prezzo. Per esempio, Alex potrebbe incoraggiare alcuni investitori a ritirare i propri capitali.»

«Può essere pericoloso. Sa delle cose su di te.»

Martin si accigliò.

«Abbiamo tutti i nostri lati oscuri, e probabilmente Alex ti conosce meglio di chiunque altro» osservai, decisa ad andare fino in fondo. «Se ha interesse a screditarti potrebbe decidere di usare le informazioni in suo possesso.»

«Di che lati oscuri parli?»

«Un tizio di nome Richard Chernin ti dice qualcosa?» domandai, dopo un attimo di esitazione. «A quanto pare Alex pensa che tu lo abbia "costretto" a un accordo.»

Lo guardai, sperando che stesse per negare tutto, ma lui si infilò le mani in tasca e fissò un punto davanti a sé.

«Quello degli affari può essere un brutto mondo, Fran» disse. «A volte le negoziazioni si fanno dure. Ho fatto cose di cui mi pento? Purtroppo sì.» La sua voce si spense.

«Tipo cosa? Di cosa ti penti?»

Dovevo sapere di cosa fosse capace.

Martin scosse la testa e distolse lo sguardo.

«Voglio saperlo» insistei.

«Cosa vuoi sapere?» sbottò, avvampando. «Che sono andato a letto con delle prostitute per non offendere un cliente? Che ho pagato per ottenere informazioni in modo da chiudere un affare, che ho cospirato con altri finanzieri e stretto accordi con despoti e tiranni africani sui loro jet privati? Accordi pagati con denaro sporco? Sì, l'ho fatto. Non ne vado orgoglioso, ma sono cose che capitano. L'avidità è il motore che muove il mondo.»

«Adesso so tutto, allora» commentai. «Conosco i tuoi lati oscuri.»

Attesi che la mia bussola morale entrasse in funzione e mi impedisse di amare quell'uomo pieno di difetti, ma non sentii altro che il travolgente desiderio che provavo sempre quando ero con lui.

«Cosa pensi che dovremmo fare?» chiese, dopo una pausa.

«Se dici alla polizia che mi hai visto lasciare casa di Donna all'una del mattino, ti chiederanno cosa ci facevi lì. Non voglio trascinarti in questa storia, Fran. Non voglio che ti trattino come hanno trattato me. Come un criminale.»

«Non preoccuparti, penso abbiano già qualche dubbio sul mio conto» dissi, pensando all'identikit e al mio incontro con il sergente Collins, alle bugie che gli avevo raccontato.

Martin imprecò a mezza voce e si passò una mano tra i capelli. «Scommetto che preferiresti non avermi mai incontrato» sussurrò.

«Non l'ho mai pensato» risposi, allungando una mano per prendere la sua.

Martin rimase in silenzio, immerso nelle sue riflessioni. «Visto che non possiamo dire alla polizia cos'hai visto, dobbiamo agire diversamente» disse, con maggiore convinzione. «Dobbiamo trovare Donna e assicurarci che la polizia stia prendendo in considerazione altri possibili sospetti. Perché io non c'entro niente.»

«Nemmeno io» mormorai.

«Non ho mai pensato che c'entrassi qualcosa» disse, voltandosi verso di me. Tenevo la schiena contro il tronco di un sicomoro. Mi appoggiai alla corteccia ruvida mente le sue labbra morbide si posavano sulle mie e con le dita mi sfiorava dolcemente il lobo dell'orecchio.

«Ti amo» sussurrò.

«Ti voglio» risposi ansimando, già travolta dal desiderio.

Martin avvolse il cappotto intorno ai miei fianchi, e appena fui nascosta tra le calde pieghe di stoffa gli sbottonai i jeans. Glielo liberai e glielo presi in mano, mentre lui gemeva di piacere. Armeggiai con i miei vestiti, mi sollevai la gonna e lo guidai dentro di me. Allungai il collo per fissare un intreccio di rami e un fazzoletto di cielo più in alto, e dimenticai tutto. Alex, Donna, la polizia. Mi importava soltanto di lui e di poter finalmente essere insieme.

Quando finimmo crollammo sul terreno coperto di muschio e

foglie. Martin mi circondò le spalle con un braccio e per un attimo che sembrò durare un'eternità restammo distesi in silenzio.

Più tardi, passeggiammo lungo l'intero perimetro del parco, mano nella mano come due giovani innamorati, superando i laghetti e la pedana dell'orchestra al limite più meridionale prima di dirigerci a ovest, verso il pergolato e poi fino alle Spaniards Inn, dove prendemmo posto a un tavolino in strada con due pinte di birra, godendoci gli aneddoti stampati sul retro del menu: l'accenno al pub nel *Circolo Pickwick* di Dickens e la presunta frequentazione del locale da parte del bandito Dick Turpin. Forse sapevamo entrambi che era una follia farci vedere in pubblico insieme, ma non ne parlammo. E in generale nessuno ci degnò di uno sguardo, né tantomeno si rese conto che l'uomo con il cappello da baseball era lo stesso il cui viso compariva su tutti i giornali in relazione alla scomparsa di sua moglie.

Erano quasi le sette quando tornammo a Kenwood House. Seguii Martin fino a una lucida Audi nera nel parcheggio.

«È tua?» chiesi, mentre disattivava l'allarme.

«È di Sophie. La mia è stata requisita dalla polizia. Immagino che sperino di trovare uno stivale insanguinato o qualcosa del genere.»

«Non è divertente.»

Scrollò le spalle ed entrammo in macchina.

«Dove ti lascio?» chiese.

Mi resi conto di non avere un posto dove andare. Non un lavoro, non una casa. E la prospettiva di sopportare gli sguardi di disapprovazione di Clare era poco allettante.

«Pensi che a Sophie dispiacerà se facciamo un giro?» chiesi.

«Cosa avevi in mente?»

«Chelsea?» proposi. Sembrava lo scenario adatto per quella macchina, con i suoi sedili in pelle color crema e il cruscotto in legno di noce. In un angolo del parabrezza notai l'adesivo per il parcheggio di una delle palestre più esclusive di Londra. Avrei voluto anch'io una macchina così e un abbonamento in quella palestra. Per tanti anni avevo criticato le mogli degli uomini d'affari per la loro scelta di rinunciare alla propria vita e al proprio cervello, di essere trattate come un giocattolo. E dall'altra parte c'ero io, che, nonostante il duro lavoro e i miei successi professionali mi allenavo nella scalcinata palestra del mio quartiere e mi spostavo con i mezzi pubblici. La verità era che volevo la vita di Sophie. La vita di Donna. La splendida casa dei Cole con i suoi toni pastello e le tende cucite su misura, il guardaroba e le borse di Donna e la sua bellezza radiosa e spontanea. Volevo essere la moglie di Martin.

«Dove di preciso?» chiese Martin, interrompendo il mio sogno a occhi aperti e facendo rombare il motore.

«A casa di Donna» risposi, fissandolo.

«Dai, Fran, non mi sembra una grande idea.»

«Fidati di me» dissi.

Mi squadrò per un istante, poi annuì con decisione e mise in moto. Le strade erano congestionate dal traffico del sabato sera, l'asfalto reso oleoso dalle file interminabili di veicoli. Impiegammo un'ora per raggiungere King's Road. Martin parcheggiò a pochi metri dal pub dove mi ero rifugiata la notte della scomparsa di Donna. Da quel punto avevamo una visuale limitata sulla casa, ma sufficiente a notare che i veicoli della scientifica erano scomparsi.

Martin spense il motore e rimase seduto in silenzio.

«Abbiamo comprato questa casa per quei lampioni a gas» disse, indicandoli.

«Ci sono gli stessi anche a Spitalfields. Ti piacciono proprio.»

Con la coda dell'occhio lo vidi sorridere.

Mi concentrai sul motivo per cui ero voluta andare lì.

«Quindi pensi di essere uscito di qui a mezzanotte?» dissi. «Secondo Pete sono arrivata a Islington alle due.»

«Chi è Pete?» chiese, irritato.

Non riuscivo a credere di essermi tradita in modo tanto ingenuo. Non ricordavo più cosa avessi raccontato a chi.

«Il mio vicino. Lo hai conosciuto alla fermata dell'autobus

la sera del nostro primo appuntamento» dissi, cambiando subito argomento. «Avevo bevuto troppo dopo averti visto entrare in casa con Donna, e non riuscivo nemmeno a trovare le chiavi del mio appartamento. Il tassista ha dovuto bussare alla porta principale e svegliare Pete.»

«Pete ha le chiavi di casa tua?» chiese. La sua irritazione era palpabile.

«No, ho dormito sul suo divano.»

Ero felice che fosse buio. Non volevo che qualche dettaglio – il rossore sulle mie guance o le mie labbra secche – gli rivelasse che non stavo dicendo tutta la verità. Avevamo passato un bel pomeriggio insieme, avevamo condiviso tanto. Non solo i lati oscuri della sua professione, i compromessi accettati per il successo, tutti aspetti che aveva confessato con l'imbarazzo e il sollievo di chi racconta la propria storia a un prete. Avevamo anche parlato del nostro passato, dei nostri ricordi felici, dei tempi della scuola, quando eravamo entrambi bambini svegli e un po' secchioni, in cerca di attenzioni.

«Hai dormito a casa di Pete quella notte?» ripeté.

«Non avevo molta scelta. Ero troppo sbronza per trovare le chiavi e lui non poteva certo abbandonarmi in strada.»

«Non poteva aiutarti a trovare le chiavi e farti entrare in casa?»

«Be', non l'ha fatto» tagliai corto, impaziente di chiudere l'argomento. «In effetti forse è un po' strano, ma non ero in me, quindi non potevo obiettare.»

Questo sembrò placarlo per il momento. Non volevo dirgli altro. Ricordavo il racconto di Alex a proposito di Richard Chernin e non osavo immaginare cosa avrebbe potuto fare se avesse scoperto che Pete Carroll mi stava ricattando. Se poi avesse saputo che avevamo fatto sesso nel mio letto, probabilmente lo avrebbe ucciso.

«Voglio fare quattro passi e capire se riesco a recuperare qualche ricordo su dove sono andata dopo la chiusura del pub.»

Uscii all'aria aperta e trassi un respiro profondo. Non mi

voltai a guardare la macchina. Sapevo che Martin mi stava osservando.

Mi ci volle un attimo per orientarmi. Il pub era all'angolo della strada, e la villetta di Donna sulla destra.

Alcune case dal lato opposto della strada avevano piccoli giardini sul davanti, alcuni circondati da una bassa recinzione, altri da un muretto, altri ancora da cancelli neri. Cercai di ricordare il flashback avuto nello studio di Gil, in modo da ricostruire la mia posizione e replicarla. Notai un villino che sembrava deserto, con finestre buie e tapparelle abbassate. Il giardino era circondato da una bassa recinzione e un paio di gradini conducevano a uno spazio seminterrato.

Mi posizionai all'ingresso e mi accoccolai sulla pietra fredda, alzando lo sguardo verso casa di Donna. Se fosse stata in piedi davanti alla finestra, avrei avuto esattamente la stessa visuale del ricordo rivissuto quella mattina. Dopo la chiusura del pub dovevo essermi spostata lì per continuare a osservare. Mi presi un momento per vedere se riuscissi a ricordare altro.

Non mi venne in mente niente. Guardai a sinistra, intravedendo il traffico in fondo alla strada, e poi a destra, dove una sbarra metallica impediva l'accesso dei veicoli in una via adiacente.

Dopo qualche minuto mi alzai in piedi. L'unico risultato dell'esperimento fu un sedere indolenzito.

Tornai alla macchina ed entrai.

«Ti sei ricordata qualcos'altro?» chiese Martin con tono fiducioso.

«No, ma ho trovato il posto dove devo essermi nascosta per sorvegliare la casa.»

Cademmo in un silenzio interrotto soltanto dal nostro respiro e dal lieve brusio del traffico in lontananza.

«Perché sei andato a casa con lei?» domandai dopo un momento.

«Fran, per favore.»

«Quando avete iniziato a scopare? Subito, o ci sono stati dei preliminari?»

Martin rimase in silenzio.

«Lo avete trovato eccitante? Tornare a sedurre il coniuge...»

«Non torturarti» disse, allungando una mano oltre il cambio.

«È proprio quello che voglio fare, invece» sussurrai, senza guardarlo. «È quello che ho fatto questa mattina con Gil. Aiuta a smuovere i ricordi.»

Martin mi fissò intensamente e annuì.

«Ci siamo incontrati per discutere dell'udienza» disse alla fine. «A cena, un posto che piaceva a entrambi. Abbiamo bevuto un'ottima bottiglia di vino. Lei era piacevole, stava flirtando. Era un sollievo, dopo tanti litigi. Così sono andato a casa con lei.»

«Devi esserti divertito.»

«Donna era sempre molto brava a farti sentire speciale.»

«È questo che ti è piaciuto di lei la prima volta che l'hai vista?»

«Al nostro primo incontro ho pensato soltanto che fosse bella. E sexy. Forse anche vulnerabile, ma in un modo particolare, come se stesse fingendo. Mi intrigava. Ci siamo fidanzati nel giro di sei settimane e sposati dopo tre mesi.»

«Dove vi siete incontrati?»

«In un bar vicino al negozio dove lavorava. Mi chiese di offrirle un cocktail, e poi di portarla a casa.»

Volevo chiedere perché gli uomini perdessero sempre la testa per cose del genere, ma forse era ovvio. Agli uomini piace l'ovvio.

«Era brava a letto?»

Mi guardò, come per chiedermi se volessi saperlo davvero.

«Lo era?» insistei.

«Avrebbe potuto vincere le olimpiadi del sesso» rispose in tono sommesso. «Era senza freni. Le piacevano cose che a nessun'altra piacevano. Amava il rischio, i giochi. Ci sapeva fare. Mi faceva sentire un re.»

Pensai ai messaggi che mi aveva inviato qualche settimana prima. Quelli che mi avevano fatto venire voglia di toccarmi. Ripensai alle mie timide risposte e solo allora mi resi conto cosa mi stesse chiedendo di fare. Voleva che stessi al gioco, voleva che fossi come Donna. E lo avevo deluso.

Il cuore accelerò il battito e iniziai a sentire il respiro corto.

«È per questo che sei tornato a casa con Donna quella sera? Non ti soddisfacevo?» chiesi, convinta che la nostra vita sessuale fosse troppo poco stimolante per lui.

«No» rispose con trasporto. «La situazione mi è sfuggita di mano, è stato un errore.»

«Dimmi di più» continuai, fredda. «Parlami di quella sera. Avevi deciso già a cena di andare a letto con lei?»

«Non lo so. Non sono uscito con lei con quell'intenzione.»

«Cos'è successo quando siete arrivati a casa?»

Martin sospirò nello sforzo di ricordare i dettagli.

«Abbiamo bevuto qualcosa, poi è andata di sopra. Quando ho visto che non tornava sono andato a cercarla. Era sul letto in tenuta sexy.»

«Ovvero?»

«Biancheria intima e tacchi alti» rispose.

«Poi cos'è successo?»

«L'ho raggiunta a letto. Ci siamo baciati. Il resto puoi immaginarlo.»

«Come lo avete fatto?»

«Fran, per favore, smettila.»

«No, voglio saperlo» dissi, mentre la pressione aumentava. Bruciavo dalla rabbia, dall'invidia e dal desiderio. Mi sentivo in bilico, come una moneta da dieci centesimi in una di quelle console per videogiochi che mi piacevano tanto da bambina, dove inserivi i soldi fino a sentire un soddisfacente tintinnio di metallo contro metallo.

«Lo abbiamo fatto in tutti i modi, Fran. E poi lo abbiamo fatto di nuovo, godendo più della prima volta.»

«Perché sei andato via, allora? Se ti stavi divertendo tanto, perché non siete rimasti a letto tutta la notte?»

«Non era una buona idea.»

«Ti ha chiesto di andare via o te ne sei andato tu?»

«Non importa...»

«Dimmelo. Di chi è stata l'idea?»

«Sua» mormorò lui alla fine. L'ennesimo colpo al cuore.

Non parlammo per almeno un minuto. Chiusi gli occhi e cercai di immaginarli in quella stanza al primo piano. Afferrai la maniglia, scossa da un improvviso flash di memoria. Un ricordo pericolosamente vicino, come una parola sulla punta della lingua. Ma la mia mente mi bloccò, non riuscivo ad afferrarlo. Quando aprii gli occhi, Martin stava fissando un punto davanti a sé.

«Qualche tempo fa ho letto lo stralcio di un'intervista a un famoso amministratore delegato» disse lui. «Gli avevano chiesto di descrivere la sua donna ideale, e lui ha risposto: "Una donna che saprebbe tirarmi fuori da una prigione del terzo mondo".»

Non commentai, le sue parole di poco prima facevano ancora male.

«Penso che intendesse dire che la sua donna ideale doveva avere cuore, cervello e coraggio. È questo che ho pensato la prima volta che ti ho vista. È questo che ho amato di te, non solo la tua bellezza.»

Si voltò a guardarmi. «Vuoi venire a vivere con me quando tutto questo sarà finito?»

Lo chiese in tono così esitante che sentii aprirsi una breccia nel mio cuore.

«Non devi provare pena per me soltanto perché ho un vicino inquietante» dissi, alzando la guardia.

«Sì, il tuo vicino di casa è un tipo strano con una cotta per te, quindi in effetti preferirei che non abitassi lì un minuto più del necessario, ma non è per questo che ti ho chiesto di trasferirti da me.»

Fece un'altra pausa prima di parlare di nuovo. «Te l'ho chiesto perché penso che sarebbe bello provare a vivere insieme senza essere sposati. Possiamo vedere come vanno le cose.»

Il mio cuore iniziò a battere forte. Non sapevo se si trattasse di un suggerimento pratico dettato dal fatto che non gli piacesse Pete Carroll, o dal bisogno di avere una persona dalla sua parte. Oppure se mi stesse davvero proponendo di convivere.

Signora Joy. Suonava benissimo.

38

Erano le dieci passate quando arrivammo a Queen's Park. Mi sentivo ancora su di giri. La giornata era stata strana, troppo piena di emozioni, e avevo bisogno di fumare per calmarmi. Martin non sapeva che lo facevo di tanto in tanto, e non volevo che mi scoprisse, ma la camera degli ospiti di Clare aveva un piccolo balcone, e già mi immaginavo aprire la portafinestra, accendere la sigaretta e osservare il bagliore arancione della brace nell'oscurità.

«Devo comprare un paio di cose» dissi, non appena l'Audi svoltò in Salusbury Road. «Puoi lasciarmi qui.»

«Non ti lascio da sola, è tardi. Dove devi andare a quest'ora?»

«Penso che ci sia un piccolo supermercato vicino alla stazione. Parcheggia in un vicolo, ci metto un attimo.»

Il supermercato era sorprendentemente affollato. La gente usciva dai pub e dalla stazione della metropolitana con una sola idea in mente: sigarette e alcol, per feste improvvisate o nottate solitarie e meditative.

Mi rilassai camminando lungo le corsie illuminate dai neon, sentendomi una persona normale con una vita normale. O quasi. Comprai un pacchetto di Marlboro Lights che infilai in borsa e poi una lattina di Coca-Cola e delle gomme da masticare per coprire le tracce. Un vero genio del crimine.

Quando uscii vidi il ristorante di Dom dal lato opposto della strada e mi fermai a dare un'occhiata. Le finestre erano illuminate, e i tavoli all'interno sembravano affollati. Forse l'investimento di Clare non si sarebbe rivelato un totale fallimento. Rimasi a guardare due coppie uscire tenendosi a braccetto, ridendo e chiacchierando. Alle loro spalle emerse un'altra figura, intenta a infilarsi un cappotto e tirarsi su il bavero. Il mio cuore sprofondò quando mi accorsi che si trattava di Dom. Speravo di entrare a casa di Clare senza farmi notare e godermi in pace la mia dose di nicotina, invece lui sarebbe rientrato prima di me e lo avrei trovato seduto in salotto o in cucina. E, soprattutto, non sarei riuscita a evitare il suo sguardo carico di disapprovazione. Ma Dom non svoltò verso casa. Prese la direzione opposta e scomparve nella strada residenziale dove aveva parcheggiato Martin. Strano.

Aspettai finché non fu risucchiato dall'oscurità e poi attraversai la strada di corsa per tornare alla macchina.

«Hai preso tutto?» chiese Martin, mettendo in moto.

«Fai inversione» dissi, agitandomi sul sedile.

«Cosa?»

«Ho visto una cosa... una persona. Voglio capire dove sta andando.»

Martin fece come chiedevo, alzando le spalle. Quando i fari illuminarono la strada mi guardai intorno in cerca di Dom, ma non riuscii a vederlo. Doveva essere salito su una delle vetture parcheggiate o entrato in una delle case.

«Vai piano» sussurrai, e l'Audi rallentò, avanzando a passo d'uomo. Davanti a noi, sulla destra, c'era un'utilitaria argentata con la luce accesa, i sedili anteriori occupati da due persone.

«Che succede?» chiese Martin, ma ero troppo distratta per rispondere. La strada era buia, quindi non era difficile sbirciare nell'abitacolo. Una coppia si stava baciando, ma non riuscii a mettere a fuoco di chi si trattasse.

«Fai inversione» dissi, quando Martin arrivò in fondo alla strada. «Torna indietro.»

Sospirando, Martin tornò indietro. In quel momento potevo vedere il parabrezza.

«Accosta e lasciali passare» ordinai, e l'Audi si infilò in uno spazio libero sulla sinistra.

La macchina ci superò con un rombo. Non avevo bisogno

della luce del lampione per riconoscere Dom sul sedile del passeggero. Al volante c'era una donna: bionda, giovane. Carina.

«Vuoi dirmi che succede?»

Sul momento non riuscii a rispondere. Ero furiosa. Pensavo a Clare, così leale e ingenua, che per anni aveva finanziato i progetti megalomani di Dom aspettandolo pazientemente a casa.

«Era Dom» dissi, calma. «Il marito di Clare. Stava baciando quella bionda in macchina.»

«E immagino che la bionda non fosse Clare, giusto?»

«Non l'ho vista bene, ma non era lei. Di questo sono sicura.»

«Wow» commentò Martin. «Vuoi che ti lasci lo stesso a casa sua?»

Tacqui, poi annuii. Clare era sempre stata presente quando avevo avuto bisogno di lei, e, che ne fosse o meno consapevole, in quel momento aveva bisogno di me.

Martin mi salutò con un bacio e inserii la chiave nella serratura con un senso di angoscia. Casa di Clare era tranquilla e silenziosa. Tutte le luci erano spente a parte una lampada nel salotto. Una tazza e un thriller in edizione economica sul tavolino erano le uniche tracce della presenza di qualcuno al piano terra. Strisciai al piano superiore. La porta della camera da letto padronale era socchiusa, e attraverso lo spiraglio intravidi Clare sotto il piumone, dormiva profondamente. Erano più o meno le dieci e mezza, ancora presto per un sabato sera, e mi sentii in colpa per non averle tenuto compagnia.

Andai nella stanza degli ospiti in fondo al corridoio, ma non avevo più voglia di fumare. Mi misi a letto e chiusi gli occhi, ma la mia mente era troppo attiva per dormire. Mi ero appena assopita quando fui svegliata da un vocio. Ero stordita, ma riuscii a distinguere le voci di Dom e Clare. Mi sembrò che lei stesse piangendo. Rimasi immobile finché le voci non si smorzarono. Nonostante avessi gli occhi chiusi, avvertii una presenza davanti alla mia porta. Se fossero stati aperti avrei visto il viso di Dom che mi osservava attraverso lo spiraglio.

39

Quando mi svegliai ero abbastanza lucida da sapere di non poter restare a ciondolare in casa tutta la mattina. La sera prima Clare e Dom avevano litigato e potevo immaginare quanto sarebbe stato imbarazzante fare colazione insieme a loro.

Uscii dal letto, lisciai il piumone e vi posai sopra il contenuto del mio zaino. Non riuscivo a credere di essere arrivata a quel punto: vivere con lo stretto indispensabile, e con due sole mutande pulite. E soprattutto, cosa molto più preoccupante, la mia scorta di litio sarebbe stata sufficiente a coprire appena un paio di giorni. Sapevo di dover tornare a casa a fare il carico di pillole, anche se significava rischiare di incontrare Pete.

Sbirciai attraverso la porta, chiedendomi se qualcun altro fosse già sveglio. Non mi allettava l'idea di incontrare Dom e Clare, ma non potevo restare rinchiusa nella mia stanza per sempre.

Attraversai il corridoio in punta di piedi con il beauty case tra le mani, e mi infilai in bagno per lavarmi i denti. Morivo dalla voglia di farmi una doccia, ma non volevo fare rumore e rischiare di svegliarli.

Mi lavai la faccia e poi i denti con un dentifricio alla menta, e mi sentii meglio, pronta ad affrontare la giornata.

Qualunque cosa mi offra, dissi a me stessa, guardando il mio riflesso allo specchio.

Mi vestii e scesi al piano di sotto, convinta di essere da sola. Invece mi ritrovai davanti Clare, seduta a tavola con i pantaloncini del pigiama, i capelli legati in una coda disordinata e il viso pallido. Non capivo se fosse stanca, turbata, o semplicemente non fossi abituata a vederla senza trucco.

«Dio, mi hai spaventata» dissi, stringendomi il petto. «Pensavo che steste ancora dormendo.»

«A quanto pare il ragazzo dei giornali si è svegliato prima di tutti» disse, facendo scivolare un tabloid sul tavolo. «Ti consiglio di leggerlo. Penso che si possano definire calunnie.»

Girai il giornale nel verso giusto e lanciai un'occhiata alla pagina lasciata aperta da Clare. Per prima cosa vidi la foto. Un'immagine a colori di Donna sorridente su un prato. Era sgranata, forse era vecchia o era stata ingrandita troppo. Propendevo per la prima ipotesi, perché Donna aveva un'aria particolarmente giovane e felice. Portava i capelli raccolti in una coda di cavallo e sfoggiava un sorriso smagliante. Non sembrava affatto la moglie di un uomo d'affari. Nessuna traccia di freddezza o senso di superiorità. Mancava soltanto un cucciolo per trasformarla nello scatto perfetto per attirarsi le simpatie del pubblico. Il titolo era semplice (*Dov'è Donna?*), mente l'articolo era più complesso. A un primo sguardo si trattava dell'elaborazione degli eventi che avevano preceduto e seguito la scomparsa di Donna. Ma la disposizione delle fotografie – Martin a una cena di gala da migliaia di sterline, Martin che esce dal suo appartamento di Spitalfields con aria losca e trasandata – dipingevano il matrimonio Joy come una specie di versione metropolitana della *Bella e la bestia.*

Si faceva riferimento al divorzio, per fortuna senza alcun accenno a me o al mio lavoro. Dal punto di vista di Martin, però, Clare aveva perfettamente ragione. Si trattava di calunnie, questo era certo. Pur non accusando esplicitamente Martin di un crimine, l'articolo tratteggiava la vicenda di una bellissima moglie bohémienne e del suo spietato marito magnate della finanza, ricordando ai lettori in almeno tre diverse occasioni che i finanzieri erano i maggiori responsabili della crisi economica e di ogni altro disastro sociale che ne era seguito. Era questa la storia: il ricco e cattivo Martin Joy contro la sua bella e adorabile moglie Donna. Mezza pagina era dedicata al suo impegno di volontariato con bambini e animali, attività che non avevo sentito menzionare da nessuno che la conoscesse, per non parlare delle raccolte fondi e del suo generalizzato amore per il prossimo.

«Ne parlano anche sul "Times"» aggiunse Clare, in tono quasi dispiaciuto. «Non citano Martin, ma ripetono le stesse cose su Donna, definendo sospetta la sua scomparsa.»

Andai verso il lavandino e mi versai un bicchiere d'acqua, consapevole dello sguardo di Clare fisso su di me.

«Hai già raccontato alla polizia quello che ti sei ricordata?» chiese.

Scossi la testa. Sapevo che i tempi per Martin si stavano facendo sempre più stretti. Tutta quell'attenzione mediatica avrebbe messo sotto pressione la polizia, spingendola a cercare un nuovo arresto o a dare un altro segnale per dimostrare di aver fatto dei passi avanti nelle indagini.

Era un disastro. Non era quello che mi aspettavo dalla giornata, ed erano soltanto le otto del mattino.

«Dov'è Dom?» dissi.

«Fuori. A fare jogging, immagino.»

«Ormai correre è lo sport preferito da tutti» commentai con un debole sorriso.

«Dubito che Dom stia correndo davvero» ribatté Clare con voce tremula.

Sollevò lo sguardo e mi sembrò di intravedere qualcosa sul suo viso prima che si voltasse per accendere il bollitore.

«Va tutto bene? Tra te e Dom, intendo.»

«Abbiamo litigato ieri notte.»

«Perché?»

«Niente di che, siamo solo nervosi. Nessuno ha mai detto che aprire un ristorante fosse facile.»

Feci un passo nella sua direzione. «Clare» sussurrai, dolcemente. «Puoi parlarmi di tutto, lo sai.»

«Hai già abbastanza problemi» disse, agitando una mano.

«Clare, sono la tua migliore amica.»

Scosse la testa, restia a mostrarsi debole.

«Ero solo infastidita che fosse tornato a casa tardi. So che era sabato sera e doveva lavorare, ma ho chiamato il ristorante prima delle dieci e mezza e la cameriera con cui ho parlato mi ha detto che era già andato via da mezz'ora. Volevo soltanto sapere dove fosse stato.»

«E cosa ti ha detto?» chiesi, curiosa di capire fino a che punto l'avesse presa per i fondelli.

«Che era nell'appartamento al piano di sopra, sommerso da pratiche burocratiche. Mi ha accusata di essere stanca e irascibile.» Mi sorrise debolmente. Odiavo vedere la mia amica in quello stato. E sapevo che non credeva a quella storia.

«Clare, ieri sera ho visto Dom in una macchina. Era con una donna. Una bionda, non l'ho riconosciuta.»

Clare mi fissò a occhi stretti. «Quando, di preciso?»

«Poco dopo le dieci. Martin mi ha dato un passaggio a casa. Mi sono fermata al Sainsbury su Salusbury Road. Ho visto Dom uscire dal ristorante. È salito su una macchina posteggiata in una delle stradine laterali.»

«Come fai a saperlo?»

«L'ho seguito.»

«Sta diventando un'abitudine, eh?» chiese in tono amaro.

«Clare, ti sto soltanto raccontando cosa ho visto.»

«Perché sei molto affidabile negli ultimi tempi, giusto?»

Le sue parole mi turbarono, ma mi sforzai di mantenere la calma. Al suo posto nemmeno io avrei voluto sentirlo.

«E allora?» chiese, incrociando le braccia. «Sono andati via in macchina?»

«Alla fine sì.»

«Alla fine?»

Inspirai a fondo. Non volevo ferirla, ma non volevo nemmeno che Dom la passasse liscia dopo aver trattato male per anni la mia amica.

«Li ho visti baciarsi in macchina» confessai.

«Dom stava baciando la bionda?»

Si portò una mano alla gola, muovendo le dita in cerchio come per stimolare artificialmente la respirazione.

«Ne sei sicura?»

«Sì. Era buio, ma vedevo bene l'abitacolo della macchina.»

«Nonostante fosse buio?» Mi stava mettendo alla prova, così mi presi un attimo per riflettere. Volevo essere certa di riferirle esattamente cosa avevo visto.

«Non lo sei, vero?» sbottò Clare, sull'orlo di una risata isterica. «Non sei sicura che fosse Dom. Potrebbe essere una cazzata.»

«Potrei sbagliarmi, ma ne dubito» risposi. «Non ho visto bene la donna, ma l'uomo era senz'altro Dom.»

Clare strinse una mano a pugno e colpì con violenza la superficie del tavolo.

«Non dire cose del genere se non ne hai la certezza assoluta» disse con voce aspra. «Non devi andare a puntare il dito contro le relazioni altrui soltanto perché sei infelice e hai fatto delle scelte sbagliate.»

«Te l'ho detto perché ci tengo a te» risposi con dolcezza. «Lavori tanto, Clare. Hai sostenuto Dom in tutte le sue avventure e forse pensi di aiutarlo, ma la verità è che con te è sempre scontroso, risentito. A volte non vogliamo vedere quello che abbiamo davanti agli occhi e abbiamo bisogno di un'altra persona per accorgerci della verità.»

«La verità?» gridò. «Forse dovresti fermarti un attimo a riflettere sulla tua cazzo di vita, Fran!» Afferrò uno dei giornali e me lo sventolò davanti al naso. «Perché non leggi quello che dicono i giornali sul tuo nuovo fidanzato perfetto?»

«Per favore, Clare, sto soltanto cercando di aiutarti. Se non vuoi che...»

«Cosa? Te ne andrai di nuovo? Non sarebbe la prima volta. Per poi tornare da me soltanto quando sta andando tutto a rotoli.»

La fissai a bocca aperta, incapace di credere alle sue parole.

«Perché non te ne vai dai tuoi nuovi amici ricchi?» disse, in tono di scherno. «Sembrano avere un sacco di tempo da dedicarti, almeno quando fa comodo a loro.»

«Clare, per favore...» La ferocia del suo tono mi spaventava.

«Vattene» sibilò, asciugandosi gli occhi.

Annuii. La conoscevo abbastanza bene da sapere che era inutile insistere. Forse si sarebbe calmata, ma per il momento era meglio lasciarla da sola.

«Va bene» dissi. «Ma almeno cerca di pensare a quello che ti ho detto. Chiedi al personale del ristorante, chiedi a Dom. Chiediti se questo è il matrimonio che vuoi davvero.»

Incrociò le braccia sul petto e mi rivolse uno sguardo sprezzante, ma con gli occhi umidi di lacrime.

«Alcuni di noi non hanno scelta» disse.

«C'è sempre una scelta» risposi.

«Non per me» replicò Clare, scuotendo la testa. «Sono incinta.»

«Oh, Clare.» Feci un passo avanti per abbracciarla, ma mi spinse via.

«No!» Gridò, arretrando per allontanarsi da me. «Lasciami in pace, per favore. Tornatene da Martin e Sophie e lasciaci a vivere la nostra vita senza giudicarci.»

«Clare, non volevo...»

«Per favore» ripeté, indicando la porta. «Vattene.»

Così feci quello che si aspettava che facessi, e me ne andai da casa sua.

40

Iniziai a camminare verso sud, senza sapere dove stessi andando. Avrei voluto provare rabbia o sentirmi tradita, ma la verità era che capivo la reazione di Clare. Perché si sarebbe dovuta fidare di me? Perché rivolgersi a me quando le cose andavano male? Aveva ragione, non l'avevo trattata come un'amica, ma come una vecchia parente, presentandomi alla sua porta come ultima spiaggia. Clare mi aveva sempre aiutata, si era presa cura di me, e io l'avevo ripagata ignorandola tutte le volte che le cose mi andavano bene.

Ero ferita, ma non del tutto sorpresa che Clare mi avesse tenuto nascosta la sua gravidanza. Da quando era arrivato Martin, tra noi avevano iniziato a esserci dei segreti: io per prima le avevo taciuto diverse cose. In passato avevamo sempre condiviso confidenze e gioie. Ricordavo la mattina dopo il suo primo incontro con Dom, in un bar di Islington dove avevano guardato una partita dei Mondiali di calcio sul grande schermo. Mi raccontò che si erano baciati quando l'Inghilterra aveva segnato e avevano passato il resto della serata insieme, finendo prima in un jazz bar di Camden e spostandosi verso nord fino a raggiungere il suo appartamento condiviso a Kentish Town. Era così felice! Ricordo ancora i suoi occhi luccicanti mentre pianificavamo insieme la prossima mossa. Doveva chiamarlo, aspettare o programmare un altro incontro? Alla fine fu Dom a telefonare, e da allora non si erano più lasciati. Non proprio un "per sempre felici e contenti", forse, ma all'inizio erano stati molto innamorati. Ormai io e Clare non ridevamo più tanto, e non dedicavamo tempo ad analizzare le nostre relazioni come in passato, ma forse non era così strano.

Eppure faceva male pensare che ci stavamo allontanando, proprio quando Clare aveva bisogno di me. Non che fossi un'esperta di bambini.

Avevo deciso anni prima che non avrei avuto figli. O meglio, il mio bipolarismo aveva scelto per me. Le gravidanze sono sconsigliate a chi assume regolarmente litio, e non volevo sospendere la cura. Clare si era mostrata d'accordo con la mia scelta, o almeno si era seduta accanto a me e mi aveva tenuto la mano mentre gliene parlavo tra le lacrime. Probabilmente quel precedente sarebbe bastato a renderle difficile raccontarmi della sua gravidanza anche se non mi fossi allontanata da lei. Ma l'amicizia è una strada a doppio senso, e mi maledissi per non averle mai chiesto niente.

Un pensiero improvviso mi costrinse a bloccarmi di colpo in mezzo alla strada. Se fossi davvero andata a vivere con Martin, prima o poi avremmo dovuto affrontare l'argomento bambini.

Mi sentii invadere dal panico. Non perché fossi preoccupata che la mia reticenza alla procreazione potesse scoraggiarlo. Tutt'altro. Di colpo capii, con assoluta e profonda certezza, che mi sarebbe piaciuto avere dei figli con lui. Mi sentivo intontita, quasi delirante, con più pensieri di quanti la mia mente riuscisse a elaborare. Trovare un farmaco alternativo per sostituire il litio... trovare un altro appartamento, perché il loft non sarebbe stato adatto a un bambino... scegliere un nome per lui o per lei... immaginare a chi di noi due sarebbe assomigliato di più...

Il nostro futuro era eccitante. Dovevamo soltanto risolvere il problema Donna Joy.

Alzai lo sguardo e mi resi conto di aver raggiunto Notting Hill, per l'esattezza Portobello Road, accanto al bar di cui mi aveva parlato una volta Clare, quello che serviva caffellatte rosa. Acquistai un giornale in un'edicola, lo stesso tabloid che avevo sfogliato poco prima, entrai nel locale e rilessi la storia da cima a fondo sorseggiando un caffè rosa pastello, sentendo la rabbia divampare di nuovo. Era stampa scandalistica della peggior specie. Non capivo come un giornalista potesse scrivere cose del genere e conservare la coscienza tranquilla. E sapevo bene a chi chiedere ulteriori dettagli: Jenny Morris, la mia ex compagna di scuola che mi aveva rintracciata quando ero scappata di casa l'estate prima dell'inizio dell'università.

Jenny aveva fatto il mio stesso percorso, partendo da un semplice liceo di provincia, prendendo una direzione diversa soltanto una volta raggiunta la capitale, scegliendo il giornalismo invece della legge.

Non la vedevo da anni, ma se ricordavo bene lavorava per l'edizione infrasettimanale del tabloid che tenevo in mano.

Cercai il suo nome su Google, ottenendo il link alla sua pagina LinkedIn. Lavorava ancora allo stesso giornale, anche se la sua posizione aggiornata era quella di vicecaporedattore della sezione spettacoli, un gradino più in alto rispetto all'ultima volta che avevamo parlato. La posizione di rilievo di Jenny al giornale era allo stesso tempo un bene e un male. Un bene perché sarebbe stata al corrente di tutto ciò che succedeva in redazione, e un male perché non mi avrebbe fornito le informazioni che volevo senza chiedere nulla in cambio, a prescindere dall'amicizia che ci aveva legate. Sorrisi, ripensando a un articolo che aveva scritto per il giornale della scuola sugli esami truccati. Era un pezzo esplosivo, corredato da ricerche e da una solida indagine nel corso della quale Jenny aveva comprato in un losco parcheggio una traccia d'esame rubata. Sfortunatamente il preside del liceo, imbarazzato, si era vendicato sostenendo che l'acquisto illecito di Jenny costituiva a sua volta un'infrazione delle regole e l'aveva espulsa. Jenny aveva risposto contattando il «Manchester Evening News» e ottenendo una commissione per scrivere un articolo sul fallimento del corrotto sistema educativo britannico nel sostenere la libertà di parola.

Trovai il suo numero in rubrica e mi chiesi se fosse ancora attivo. Non la chiamavo da anni. Ci eravamo incontrate qualche volta dopo il suo trasferimento a Londra. Ovviamente aveva sempre una montagna di gossip da raccontare, di solito qualche clamorosa "storia vera" dietro a quelle pubblicate sul giornale, ma per entrambe era poi diventato sempre più difficile trovare tempo di vederci, per non parlare del fatto che le nostre professioni erano incompatibili. Come potevo raccontarle aneddoti divertenti su una coppia nel pieno di un divorzio quando sarebbe potuta – e siamo onesti, sarebbe successo – apparire sul giornale il giorno dopo? Non era cambiato niente, ovviamente. Anzi, gli ultimi eventi avevano soltanto intensificato il conflitto di interessi. Ma avevo bisogno di sentire raccontare quella storia da una diversa prospettiva. Nessuno degli articoli su Donna era firmato da Jenny, ma immaginavo che fosse comunque al corrente di tutti i dettagli e avrebbe saputo meglio di me per quale soluzione propendesse la polizia. Dovevo soltanto evitare altre sorprese, e Jenny poteva aiutarmi. Non ero in grado di prevedere quale sarebbe stato il suo prezzo. La chiamai.

Jenny mi raggiunse in meno di un'ora. La sua voce al telefono mi era suonata tanto familiare che solo quando mi sedetti ad aspettarla mi resi conto che non avevo idea di quali impegni avesse dovuto spostare per incontrarmi a Notting Hill di domenica mattina. Aveva cancellato un brunch con un compagno? O aveva saltato la partita di calcio di un figlio? Non sapevo nemmeno dove abitasse. Ma il mio intuito si era rivelato corretto: da giornalista, non poteva rinunciare a un incontro con una conoscente coinvolta nel caso di scomparsa di persona di più alto profilo degli ultimi anni. Poco dopo stava zigzagando fra i tavoli, a braccia aperte e con aria sicura di sé.

«Ciao, straniera. Come stai?» sorrise, abbracciandomi stretta proprio mentre mi alzavo per salutarla. Aveva preso qualche chilo, il viso sembrava più rotondo, il che rendeva il sorriso ancora più caldo e smagliante. Jenny aveva fatto carriera soprattutto grazie al suo carisma. Alle persone piaceva, così le raccontavano le loro storie, e poi la perdonavano quando le ripeteva sul giornale. Dovevo tenerlo a mente.

«Sto bene. E sono felice di avere avuto una scusa per chiamarti» dissi. Era vero. Ero sorpresa di quanto mi mancasse.

Forse era soltanto rassicurante vedere qualcuno che avevo incontrato quando ero giovane, una sorta di legame con un'epoca più facile della mia vita, oppure era perché mi conosceva già quando avevamo entrambe tutto da dimostrare e niente da perdere.

«Mi dispiace di averti fatta venire fin qui» dissi mentre si sedeva e faceva cenno alla cameriera di portarle un caffè.

«Non preoccuparti, vivo a Kilburn» rispose. «E poi il caporedattore è ossessionato da Donna Joy. A dire il vero lo siamo tutti, come avrai notato» rise, picchiettando sul giornale appoggiato sul tavolo di fronte a me. «Una persona scomparsa fa vendere parecchi giornali, soprattutto se è bellissima e sposata con la versione moderna del cattivo di una pantomima.»

Sorrisi, decisa a non rivelare che stava descrivendo l'uomo che volevo come padre dei miei figli.

«Così tu sei il suo avvocato» esordì quando arrivò il suo caffè.

«Divorzista, sì.»

«Sto perdendo colpi» disse. «Se lo avessi saputo ti avrei chiamata quando la polizia ci ha detto che stavano arrestando Martin Joy.»

«Davvero?»

Jenny ricambiò il sorriso. Sapevamo entrambe che la risposta era sì, ma soltanto se fosse stato utile per il giornale. Non sarebbe stata una telefonata di cortesia. Nel migliore dei casi mi avrebbe chiesto un commento appena prima che il giornale andasse in stampa, in modo da non lasciare tempo alla "vittima" di ottenere un'ingiunzione.

«Devo chiedertelo, pensi che Martin Joy accetterebbe di farsi intervistare?»

Mi concessi un altro sorriso e guardai l'orologio.

«Due minuti. Mi chiedevo quanto ci avresti messo a chiedermelo.»

Jenny iniziò a ridacchiare e non riuscii a non farmi coinvolgere. Era sfacciata, ma almeno era una persona che giocava a carte scoperte, a differenza delle altre con le quali avevo a che fare in quel momento.

«Andiamo, cosa ti aspettavi? Sono nella stessa posizione da secoli. Non faccio parte del gruppo con un passato da privilegiati, quindi devo ottenere qualcosa di grosso per sperare in una promozione.»

La guardai, consapevole che quella situazione si basava sul *do ut des*, come in un mercato medievale dove, al posto dei beni di prima necessità, ci si scambiava informazioni.

«Non sono sicura che voglia parlare» risposi, come se mi fosse appena venuto in mente. «Ma posso chiederglielo. Non c'entra niente con la scomparsa di Donna e potrebbe aver voglia di mettere in chiaro le cose dopo il linciaggio pubblico al quale è stato sottoposto dal tuo giornale stamattina.»

«È l'edizione della domenica» mi fece notare Jenny. «Stesso titolo e stesso proprietario, ma squadra completamente diversa. E posso giurarti che il mio caporedattore non è affatto contento dello spazio dedicato a Martin Joy sul giornale di oggi.»

«Be', forse si riprenderà quando convincerò Martin a parlare con te.»

A differenza dell'ispettore Doyle, Jenny sembrava conoscere il significato di *do ut des*. Era il suo turno di offrirmi qualcosa.

«Allora, perché volevi vedermi?» chiese, stringendo gli occhi.

«Ho una domanda semplice: dov'è?» chiesi. «Cos'è successo a quella donna? Niente può aiutare me e il mio cliente più di ritrovare Donna Joy e poter assolvere suo marito una volta per tutte.»

«Lo capisco» rispose lei. «Ma io lavoro alla sezione spettacolo, non sulla cronaca. Perché lo chiedi a me?»

«Perché sei la migliore» risposi, in piena onestà. «Sei riuscita a trovarmi in un monolocale di Fallowfield quando nessun altro aveva la più pallida idea di dove fossi, e – da quel che mi dici – sembra proprio che sia ora di rinfrescare la memoria al tuo capo su quanto sei brava.»

«L'adulazione ti aprirà tutte le porte» sorrise.

«Sul serio, Jenny, saprai cosa dice la polizia. Hai sempre tenuto gli occhi aperti. Persino al liceo sapevi tutto delle scappatelle degli insegnanti.»

«Te l'ho detto, il caporedattore è furioso per la pubblicazione dell'articolo sull'edizione domenicale. Stiamo lavorando a una storia molto migliore, ma deve prima essere passata al setaccio dal team legale. Oggi ne hai letta una versione edulcorata – lo avrai notato: pochi fatti e molte insinuazioni –, ma comunque ci rovina la piazza per quello che abbiamo in cantiere questa settimana.»

«Di cosa si tratta?» continuai a insistere.

Jenny scosse la testa.

«Fran, non sono stupida: sei il suo avvocato. Se dico qualcosa, domani rischiamo di ritrovarci con un'ingiunzione dai suoi legali.»

«Jenny, è importante per me, davvero. Ti chiedo un favore da amica.»

«Puoi farmi avere un'intervista con Martin Joy?» Non aveva la minima intenzione di facilitarmi le cose, ma non potevo biasimarla.

«Farà quello che gli chiederò.»

«Davvero?» domandò, inarcando un sopracciglio. «In altre circostanze potrei persino essere gelosa di te. Martin Joy è piuttosto attraente.»

Annuii con impazienza. «Allora, qual è la storia?»

Jenny lasciò cadere una zolletta di zucchero nel suo caffè e lo girò con calma.

«La polizia non sta accusando ufficialmente Martin Joy di aver ucciso sua moglie, ma sono convinti che lo abbia fatto. Hanno un sacco di roba su di lui. E anche noi.»

Mi si formò un groppo in gola.

«Per esempio?»

«I nostri informatori nella City lo descrivono come un operatore finanziario spregiudicato, del tutto privo di empatia. Inoltre, pare che in ufficio sia un vero e proprio tiranno. Una sua ex segretaria sostiene di essere stata afferrata per la gola perché aveva per sbaglio interrotto una chiamata mentre cercava di trasferirla sulla sua linea. Un'altra ex impiegata ci ha raccontato di essere stata maltrattata al punto da subire un aborto spontaneo. O almeno così sostiene.»

Avevo la nausea, ma non potevo lasciar trapelare i miei sentimenti. Agitai una mano con fare noncurante, cercando di nascondere il tremito.

«Sono solo chiacchiere, Jenny. Niente di più delle dicerie infondate pubblicate oggi. E comunque non provano che Martin Joy sia coinvolto nella scomparsa della moglie.»

«Forse» disse, concedendomi il beneficio del dubbio. «Ma la polizia ha anche trovato i diari di Donna. Fran, pare che nelle settimane prima del divorzio fosse spaventata. Martin la stava minacciando, la avvertiva di non cercare nemmeno di avvicinarsi alla sua attività. Le aveva detto che le avrebbe reso la vita un inferno se ci avesse provato.»

Fui di nuovo costretta a fare del mio meglio per assumere un'espressione scettica. «I tipici scambi da coppia in procinto di divorziare. Ne ho già sentiti centinaia di volte.»

Iniziavo a mettermi sulla difensiva, lo sapevo. Jenny era una persona sveglia, e non potevo rischiare che sospettasse che la mia relazione con Martin non fosse soltanto professionale.

«Ma se Donna fosse morta prima del raggiungimento di un accordo finanziario, Martin Joy non perderebbe niente, giusto? Tutti i suoi soldi, le azioni, la sua attività. Sei un avvocato, lo sai meglio di me. E, oltre ad avere un movente, gli manca l'alibi. Joy ha dichiarato di aver lasciato casa di sua moglie all'una. Le telecamere a circuito chiuso lo hanno filmato mentre attraversa Londra alle due del mattino. Ma cos'è successo in quell'ora? Anche se non fosse stato lui a ucciderla e disfarsi del corpo,

Martin Joy è un uomo con molti legami nel mondo della criminalità. Abbiamo sentito che un suo conoscente è finito in ospedale dopo un tentato accordo di insider trading andato male.»

Mantenni un'espressione neutrale. «Se Donna aveva tanta paura di lui, perché avrebbe accettato di uscire a cena con Martin la sera in cui è scomparsa?»

Jenny fece spallucce.

«È un tipo affascinante, no? Molti psicopatici lo sono.»

Quel diluvio di propaganda anti Martin avrebbe dovuto irritarmi, ma ero passata in modalità professionale ed ero impegnata ad assorbire le informazioni e considerarle da diverse prospettive, creando un quadro complessivo. E, nonostante la mia scarsa obiettività, non ero comunque convinta, soprattutto non da quelle prove inconsistenti e dall'idea che Martin Joy fosse uno psicopatico. Avevo visto come lo guardava Donna quella sera al ristorante. Era lei che sorrideva con fare seducente, non lui. Nel frattempo Jenny mi stava fissando, in attesa di una reazione.

«Mi sembrano un sacco di cazzate» conclusi, e Jenny scoppiò a ridere.

«Perché ci siamo perse di vista, Fran? Mi manchi.»

«Non lo so» risposi. «Penso sia stata colpa del lavoro.»

«Due ragazze del Nord che si arrampicano su per la scivolosa scala del successo nella capitale e si ritrovano per la prima volta dopo anni per parlare delle loro vite nel crimine.»

Le rivolsi uno sguardo scettico.

«Vuoi dire che saremmo dovute rimanere ad Accrington a lavorare in banca?»

«Voglio dire che per il prossimo lavoro potrei propormi come esperta di servizi da tè per "Country Life"» sorrise Jenny sulla sua tazza di caffè.

«La vita semplice» commentai senza convinzione.

Il mio cellulare iniziò a squillare. La chiamata proveniva da un numero sconosciuto, quindi mi alzai da tavola per rispondere.

Non riconobbi la voce finché l'ispettore Michael Doyle si presentò.

«Mi scusi se la disturbo di domenica, signorina Day, ma pensa di poter trovare un momento per incontrarmi e parlare?»

«Non possiamo parlare al telefono?» chiesi.

«Penso sia meglio se ci incontriamo di persona» rispose con un tono più risoluto di quello che aveva usato durante il nostro precedente incontro.

«Al momento non sono in casa» dissi. Iniziavo a sentirmi le labbra secche. «Posso chiederle di cosa si tratta?»

«Venga in commissariato, allora» concluse. Fu allora che capii che gli eventi stavano iniziando a precipitare.

41

L'ispettore Doyle sembrava contrariato quanto me di trovarsi in commissariato all'ora di pranzo di domenica.

«Dunque, Pete Carroll, il suo vicino, è venuto da noi questa mattina» disse, sorseggiando da un bicchiere di plastica un caffè che sembrava freddo.

«Sostiene che la notte della scomparsa di Donna Joy lei sarebbe tornata a casa nelle prime ore del mattino, sconvolta e coperta di sangue, lamentando che Martin Joy, il suo amante, fosse andato a letto con sua moglie.»

Pete Carroll. Il mio stomaco si contorse al solo sentirlo nominare. Sapevo quanto potesse essere vile e manipolatore, ma non mi aspettavo che desse seguito alle minacce così in fretta. L'angoscia mi stringeva la gola mentre ripercorrevo il nostro ultimo incontro nella mia mente. Ero stata chiara nel comunicargli di non essere interessata a lui dal punto di vista sentimentale, ma avevo cercato di non farlo agitare troppo. Avevo pensato che stare al gioco fosse la scelta migliore, ma mi sbagliavo.

Doyle mi fissò, in attesa di una risposta, ma scelsi di restare in silenzio. Appena entrata in commissariato avevo capito che genere di conversazione mi aspettava, e conoscevo abbastanza il diritto penale da sapere che avrebbero potuto usare contro di me qualunque cosa avessi detto.

«So che lei è anche al corrente che il signor Joy possiede una proprietà sull'isola di Dorsea, nell'Essex. Se non sbaglio ci è stata.»

Di nuovo, preferii restare in silenzio.

«Abbiamo parlato con il titolare dell'Anchor Pub, che ci ha confermato di avervi visti insieme, cinque giorni dopo la scomparsa di Donna.»

Gettò via il bicchiere e mi guardò.

«Vorremmo prenderle le impronte digitali e prelevare altri campioni, se è d'accordo.»

«Impronte digitali? Per cosa?» risposi, sentendo il terreno franarmi sotto i piedi. «Non voglio darvi le mie impronte digitali.»

«In tal caso saremo costretti ad arrestarla.»

L'unica persona con cui volessi parlare era Tom Briscoe. Non mi importava più della nostra rivalità. Era l'unico di cui mi fidassi.

Arrivò in meno di quaranta minuti. Non mi capacitavo di come avesse fatto a raggiungermi così in fretta da Highgate, e mi concessi persino il malizioso pensiero che fosse arrivato direttamente da casa di una delle sue fidanzate di Belgravia. Forse la stessa che aveva portato a vedere lo spettacolo del fratello.

«Ho pensato che ne avessi bisogno» disse appena fuori dal commissariato, porgendomi un bicchiere di Starbucks.

Non lo avevo mai visto in abiti casual. Quel giorno indossava un paio di jeans, una polo e un giubbotto beige. Mi ricordava un professore universitario, o la versione hollywoodiana di un accademico, quantomeno.

«Che cos'è?» chiesi una volta assaggiata quella bevanda stucchevole.

«Una roba da donne.»

Mi sorrise, e per un attimo mi sentii rinfrancata.

«L'ispettore mi ha fatta uscire per fare una telefonata, ma mi sta trattando da criminale.»

Iniziavo ad avvertire delle fitte al petto, e sollevai una mano per massaggiarmi lo sterno.

«Ti hanno solo convocata per rispondere a qualche domanda» disse, rifilandomi una pacca amichevole sulla spalla. «Sei libera di andare e venire come preferisci.»

«Ma se dicessi la verità temo che le cose si metterebbero male.»

Sapevo di dovergli raccontare tutto. La verità nuda e cruda – o meglio, quello che ricordavo della verità – sulla mia relazione con Martin, la notte della scomparsa di Donna, il nostro viaggio e le bugie raccontate alla polizia.

«Andiamo dentro a cercare un posto per parlare?» propose Tom, efficiente.

Scossi la testa. Temevo che potessero esserci microspie in commissariato.

«Non possiamo restare qui?» chiesi, appoggiandomi alla parete con le mani strette intorno al bicchiere di carta.

Mi guardai intorno in cerca di telecamere a circuito chiuso o spioni, ma la strada era deserta, immersa nella pace domenicale. Iniziai a tamburellare con il piede sull'asfalto non appena aprii bocca per parlare.

«Hai visto Martin dopo il suo arresto?»

«Sì.»

«Sei ancora coinvolta con lui?»

Annuii, poi evitai il suo sguardo, chiedendomi cosa pensasse di me.

«Tom, li ho seguiti fino a casa di Donna. Ricordo di aver visto Martin andare via e Donna guardarlo dalla finestra, ma non ricordo altro. La dichiarazione di Pete per cui sono tornata a casa confusa e stordita è incriminante. Questa storia distruggerà la mia carriera.»

«Fran, stai correndo troppo» mi rassicurò lui. «Ancora non c'è nessun corpo, il che rende praticamente impossibile ottenere una condanna, che, al momento, è ciò di cui la polizia ha bisogno.»

«Certo, vogliono fare il loro lavoro.»

«Ricordi il caso di Rachel Miles dell'anno scorso? Dopo il ritrovamento del suo corpo a Leas Wood furono arrestati una serie di uomini. Alla fine si scoprì che era stato il suo capo, al quale la polizia aveva fatto al massimo un paio di domande.

Presero il colpevole, ma si attirarono tanta cattiva pubblicità e denunce per arresti illeciti che penso abbiano imparato la lezione. Non vorranno commettere lo stesso errore.»

«Quindi non pensi che mi arresteranno?» Il primo barlume di speranza in una giornata deprimente.

«Sulla base della testimonianza di un pazzo secondo cui ti sei smagliata le calze in taxi? Non credo.»

Annuii. Volevo credergli, ma lo trovavo difficile.

«Risolveremo tutto, Fran, credimi. So prendermi cura dei miei amici e dei miei clienti.»

«Mi faccia capire bene» disse Doyle. Ci eravamo trasferiti nella sala degli interrogatori. Sentivo la moquette appiccicosa sotto i miei piedi. «Lei è l'avvocato incaricato di seguire la pratica di divorzio del signor Joy. Ha iniziato una storia con il suo cliente e la sera dell'ultimo avvistamento di Donna Joy l'ha seguita dal suo atelier d'arte al ristorante dove ha incontrato suo marito. Infine li ha pedinati entrambi fino a casa di lei ed è tornata al suo indirizzo intorno alle due del mattino, dove è stata fatta entrare da Pete Carroll, secondo la cui testimonianza lei era ferita e sanguinante.»

«Non ero ferita e sanguinante» dissi, decisa a non perdere la calma. «Probabilmente sono inciampata e mi sono rotta le calze. Avevo un piccolo taglio, tutto qui.»

Doyle non sembrava convinto.

«Era gelosa del fatto che i signori Joy avessero ricominciato una relazione?»

«Non direi che avevano ricominciato una relazione. Certo, mi è sembrato insolito che Martin la seguisse a casa, ma non credo implicasse un ripensamento sul divorzio.»

«Una cameriera del Walton Arms sostiene di ricordare una persona seduta alla finestra per tutta la sera. Da sola. Pensiamo che si tratti di lei.»

«Sono rimasta lì per un po', sì. Aspettavo di vedere a che ora Martin sarebbe andato via.»

«Ma non ricorda di averlo visto uscire.»

Ogni sua domanda suonava come un'esplicita affermazione della mia colpevolezza.

«Sì, invece, mi ricordo. Era tardi. Non saprei dirle l'orario esatto, ma sicuramente dopo la chiusura del pub. Ho visto Martin uscire di casa e Donna guardarlo dalla finestra.»

«E nessuno dei due ha visto lei.»

«No, esatto.»

«Martin Joy sostiene di aver lasciato Chelsea intorno all'una. Secondo Pete Carroll lei è arrivata a casa circa alle due del mattino. È un'ora piena. Cos'ha fatto in quel tempo?»

«Ero piuttosto ubriaca, quindi non ricordo con precisione. E poi ci vuole del tempo per arrivare da Chelsea a Islington.»

«È andata da Donna Joy?»

«No.»

Doyle emise un lieve sospiro di disapprovazione.

«Signorina Day, è difficile capire a cosa credere. Solo sei giorni fa il mio collega Rob Collins ha raccolto una sua deposizione durante la quale lei ha dichiarato di essersi recata all'atelier della signora Joy e, non avendola trovata, di essere tornata subito a casa.»

«Mi vergognavo, e stavo cercando di proteggermi.»

«Da cosa?» chiese.

«Dalla possibilità di sembrare colpevole.»

Non riuscivo a credere di essermi fatta beccare così facilmente.

Tom Briscoe si arrotolò le maniche e guardò Doyle.

«Francine è qui per rispondere alle vostre domande, e sta cercando di essere onesta e collaborativa. Potremmo andarcene in qualsiasi momento, ma vogliamo aiutare il più possibile.»

«In tal caso vorremmo dare un'occhiata nel suo appartamento» ribatté l'ispettore, fissandomi intensamente.

«Perché?» chiesi, incapace di celare il panico.

«Temo che sia ora di mettere fine a questo incontro» s'intromise Tom, alzandosi in piedi. «Si sta muovendo su un terreno insidioso, ispettore Doyle. Niente suggerisce che la signorina Day abbia commesso alcun crimine. E non siete riusciti a produrre alcuna prova del fatto che la scomparsa di Donna Joy sia qualcosa di più della fuga di una donna infelice dalla sua gabbia dorata e dall'umiliazione del divorzio.»

Fece una pausa a effetto, come se si trovasse in tribunale in procinto di pronunciare l'arringa finale. «Non sta a me dirle come fare il suo lavoro, ispettore, ma sappiamo entrambi che ha già trattenuto una persona in custodia per poi rilasciarla senza accuse. Mi chiedo che impressione potrebbe dare se lo facesse di nuovo. In più, il nocciolo della questione è che Pete Carroll sta sfruttando il fatto di avere aperto la porta alla signorina Day quella notte per ricattarla, imponendole rapporti sessuali sotto la minaccia di utilizzare le informazioni su di lei in caso di rifiuto. Devo parlare con la mia cliente della possibilità di denunciare l'aggressione sessuale. Penso che, considerate le circostanze, la mia assistita dovrebbe essere trattata con tatto e rispetto, non essere subissata di insinuazioni.»

Strinsi le mani a pugno. Avrei voluto gridare: *Fate pure, perquisite il mio appartamento. Non ho niente da nascondere.* Ma Doyle si limitò a spostare lo sguardo da me a Tom e ad annuire.

«Ci sentiamo domani» disse, chiudendo il blocchetto per appunti e spegnendo il registratore. «Rimanga in zona, signorina Day» aggiunse.

Le sei erano passate già da un po' quando uscimmo di nuovo in Buckingham Palace Road. Inspirai a fondo, felice di essere all'aria aperta. Mi piaceva avere il controllo sulla mia vita, ma in quel momento mi sentivo impotente. Tom Briscoe mi sembrava la mia unica rete di sicurezza, così allungai un braccio per prendergli la mano e stringergliela il più forte possibile.

«Va tutto bene» disse, senza ritrarsi.

Lo lasciai andare e mi girai a guardarlo.

«Avrei dovuto autorizzarli a perquisire il mio appartamento» dissi, scuotendo la testa per la frustrazione.

«Non avrebbe migliorato la tua posizione» rispose.

«E allora cosa potrebbe migliorarla?»

«Ci stiamo lavorando» disse, urtandomi la spalla con la sua mentre camminavamo.

In altre parole, nessuno di noi sapeva come rispondere a quella domanda.

«Ti va di mangiare un boccone?» propose.

«Mi è passata la fame.»

«È l'effetto del commissariato, è normale.»

«Ti manca?» chiesi. «Lavorare con i criminali?»

«Non sei una criminale» rispose.

«Sei stato fantastico lì dentro.»

Mi sorrise e per un attimo pensai che stesse per fare una battuta, ma poi rispose seriamente. «Sì, mi manca. È quello che ho sempre voluto fare. Quando ero al liceo ogni sabato andavo in libreria a comprare un giallo. Ho letto tutto, da Sherlock Holmes a Ian Rankin. La mia razione settimanale di misteri. I miei genitori non volevano che entrassi nella polizia, così sono diventato un avvocato.»

«Perché lavorare dalla parte della difesa?» chiesi, immaginando un giovane Tom Briscoe nella sua divisa di Eton, con il naso affondato in una vecchia edizione economica in un angolo ombreggiato vicino al Tamigi.

«Perché nei libri i criminali erano sempre i personaggi più interessanti.» Sorrise, e aggiunse: «E perché a volte gli accusati non sono i veri colpevoli».

«Non avresti dovuto lasciare che il caso di Nathan Adams ti distogliesse dalla tua passione.»

«No» rispose, in tono mesto.

«Dico sul serio, Tom.»

Guardò dritto davanti a sé, nel crepuscolo.

«Amavo davvero quel lavoro, anche se tutti continuavano a chiedermi come facessi. Come potevo difendere i criminali? Davo sempre la stessa risposta. Alla mia famiglia, ai curiosi o alle persone incontrate alle feste: lo facevo perché credevo nel nostro sistema giudiziario. Perché non sta a me decidere se qualcuno sia colpevole o meno.»

Esitò per un attimo prima di continuare.

«Ma non dimenticherò mai quando Suzie Willis venne a parlarmi fuori dal tribunale dopo l'assoluzione di Adams. Dopo che *io* ero riuscito a farlo assolvere. Aveva gli occhi rossi di pianto. Tremava. Non per la rabbia, la frustrazione o l'ingiustizia, tremava per la paura. Era con il suo avvocato, che si girò verso di me e disse: "Non ci resta che aspettare la prossima volta". E aveva ragione. Alla fine Adams fu giudicato colpevole, solo che la volta successiva che picchiò la sua fidanzata la uccise. Ed era colpa mia.»

La sua voce si spezzò, così fu il mio turno di sfiorargli il braccio per rassicurarlo, ma Tom sfilò una mano dalla tasca per allontanarmi con discrezione.

«Vuoi che ti accompagni da qualche parte?» disse, in tono sbrigativo. Mi accorsi che ci eravamo fermati accanto alla sua macchina.

Sulle prime non risposi. Non sapevo dove fosse casa mia, dove potessi essere al sicuro e sentirmi accettata.

«Ho una stanza degli ospiti, se non vuoi tornare al tuo appartamento. Dovrai condividere lo spazio con la mia attrezzatura da squash, ma ho appena comprato una macchina per il caffè e puoi testare i miei macchiati.»

Dovevo ammetterlo, la prospettiva non era affatto sgradevole.

Da tempo pensavo che il corso delle nostre vite non fosse frutto del caso, ma il risultato delle nostre azioni, e in quel momento mi chiesi se non avrei dovuto compiere scelte diverse. Forse se avessi scelto Tom Briscoe non mi sarei ritrovata in un commissariato di polizia di domenica pomeriggio, sotto minaccia di arresto per la scomparsa della moglie del mio amante.

No. Una vita con Tom Briscoe o con qualcun altro come lui avrebbe avuto un ritmo rassicurante. Niente grandi emozioni, un apprezzamento dei rispettivi talenti e una quotidianità soddisfacente.

Non che Tom avesse mai mostrato un interesse romantico nei miei confronti, mi ricordò una voce nella mia testa.

«È molto allettante, soprattutto il caffè, ma non preoccuparti» dissi, abbandonando le mie riflessioni. «Ti ho già chiesto fin troppo.»

«Non è un problema.»

«Dovrei andare a casa. Ormai sono stata alla polizia, Pete Carroll non può più ricattarmi.»

Tom scosse la testa. «Avresti dovuto dirmi di lui. Avrei potuto fare qualcosa.»

Inarcai un sopracciglio. «Tipo? Aggredirlo alla fermata dell'autobus? Sappiamo entrambi che non possiamo farci niente. Non posso ottenere un'ingiunzione, né un ordine restrittivo. Non sono la sua fidanzata, e lui non è mai stato condannato o arrestato.»

«Ci sono delle possibilità, Fran, lo sai.»

Scossi di nuovo la testa, per rafforzare la mia determinazione.

«Credo di dover andare a casa. In questo momento Pete Carroll non è il mio problema principale.»

Salii in macchina e Tom guidò attraverso Londra, distraendomi con qualche pettegolezzo dell'ufficio. La potenziale fusione con Sussex Court ormai era di dominio pubblico. Tom la riteneva una mossa sensata e se pensava che la mia reputazione costituisse una possibile minaccia non fece cenno alla cosa.

Quando il brontolio del mio stomaco superò il suono soffuso che si diffondeva dall'impianto stereo della macchina, Tom si fermò in un fast food vicino al mio appartamento e tornò con due hamburger di pollo e un paio di lattine di Coca-Cola.

Parcheggiò la macchina in una strada secondaria, mentre aprivo il contenitore di polistirolo e mi leccavo le dita per non far cadere grasso e briciole sul rivestimento dei sedili.

«Siamo una coppia di alta classe, non trovi?» dissi sorridendo, con il ketchup che mi colava lungo il mento.

«Mi piace pensare di sì» rispose Tom, aprendo la sua lattina con un sibilo.

«Cavolo, è buono» dissi. Non mi ero resa conto di quanto avessi fame. «Promettimi che quando sarai nominato avvocato della Corona non sarai troppo altolocato da rinunciare al fast food dietro casa.»

«Quando prenderemo la seta ti porterò a festeggiare da Kebab Kid a Parson's Green. I migliori shawarma di pollo di Londra.»

Non risposi. Restammo in silenzio, senza dire ad alta voce quello che stavamo pensando entrambi: mi sarei dovuta ritenere fortunata se non fossi finita in prigione, figurarsi se potevo puntare alla seta.

«Grazie, sei stato un amico.»

«E pensare che non ti sono mai piaciuto» ridacchiò.

«Non mi sei mai dispiaciuto.»

«Ma per favore! Pensavi che fossi un coglione pomposo, lo so.»

«Non è vero.»

«Invece sì» sorrise. «Per questo ti ho evitata per quasi tutto il nostro primo anno in ufficio.»

«Mi evitavi perché mi trovavi strana.»

«Non strana. Disinvolta. Sicura di te. Mi ricordo il primo giorno a Burgess Court. Avevo un abito nuovo, i capelli appena tagliati e una toga nuova. E mi resi conto di essere soltanto uno sfigato di una scuola prestigiosa che non sapeva niente della vita. Se ti ho evitata è solo perché eri così alla moda e intelligente da intimidirmi.»

«La gente non finisce mai di sorprenderti.» Sorrisi.

«Per questo ho deciso tempo fa di smettere di giudicare tutti.»

Mi accompagnò al mio appartamento e gli chiesi di parcheggiare in una stradina laterale. Non volevo che qualcuno mi vedesse uscire dalla macchina.

«Sei sicura di stare bene?» chiese.

Avvertii un'altra ondata di panico al pensiero che Pete Carroll mi stesse osservando.

«Ti dispiace accompagnarmi dentro?»

Tom annuì, comprensivo.

Era strano tornare a casa. Nell'aria aleggiava già un odore

stantio, di ambiente poco vissuto. Accesi la luce e notai subito il cestino dal quale spuntava il mio piumone. Mi voltai e chiusi la porta a doppia mandata.

«Forza, perché non prendi qualche vestito e vieni a stare da me?» propose ancora, intuendo la mia agitazione.

Sapevo quanto sarebbe stato facile afferrare altre pillole di litio e una valigia di vestiti e trasferirmi da lui, ma ero stanca. Non volevo più scappare.

«Non sopporto l'idea che Pete Carroll sia al piano di sotto» sussurrai. «Ma continuo a spostarmi da martedì, Tom. Non posso andare avanti così. E poi Pete non ha più niente da usare contro di me.»

«Dovresti sporgere denuncia alla polizia» disse.

Non risposi.

«Non è troppo tardi, Fran, ma devi osservare alcuni accorgimenti. Non lavare le lenzuola, conserva ogni possibile prova in tuo possesso.»

Guardai di nuovo il cesto della spazzatura e mi venne la nausea. Volevo che Pete Carroll fosse punito, ma non ero sicura di essere abbastanza forte da affrontare il trauma di una denuncia per violenza sessuale.

«Posso non pensare a niente per un momento?» sussurrai, stringendo le mani a pugno.

«Ti preparo un caffè» disse.

Guardando Tom entrare nella mia piccola cucina e prendere due tazze dalla credenza, provai una fitta di tristezza per non essere andata a teatro con lui. Era una persona per bene, di cui ci si poteva fidare.

42

Nel sogno stavo annegando. L'acqua mi raggiungeva la bocca e iniziava a scivolare lungo la gola. Prima piano, poi sempre più rapidamente. Alla fine non riuscivo più a respirare, nemmeno tirando indietro la testa. Quando l'acqua cominciava a entrare nei polmoni la vista mi si offuscava. L'unica cosa che riuscivo a vedere erano delle bolle, lontane dalla mia portata, che galleggiavano intorno a un alone di luce sopra di me. Allungavo le braccia e cercavo di nuotare, ma ero così debole da riuscire a stento a muovermi. E mentre affondavo inesorabilmente, chiudendo gli occhi e sollevando le braccia, il mio ultimo pensiero era che finalmente fosse tutto finito.

Fui svegliata dal *bip* di un nuovo messaggio.

Sbattei le palpebre disorientata, prima di rendermi conto che era stato soltanto un incubo e che il suono proveniva dal mio cellulare. Mi allungai per afferrarlo.

Esitai un attimo prima di cliccare sull'icona dei messaggi, chiedendomi chi potesse essere, ma era soltanto Jenny Morris, appena uscita dalla riunione del mattino durante la quale aveva accennato alla possibilità di un'intervista con Martin Joy, possibilità di cui il suo caporedattore era "entusiasta".

Un colpo sulla porta della mia camera da letto mi fece sobbalzare una seconda volta. Impiegai qualche secondo prima di ricordare che Tom Briscoe aveva dormito sul mio divano, e ancora un istante per rendermi conto che mi vergognavo troppo per fargli vedere la mia stanza, e soprattutto che avevo dormito in un vecchio sacco a pelo steso sopra un asciugamano.

«Un attimo, arrivo» urlai, sbucando fuori dal mio nascondiglio in nylon.

Tom indossava già scarpe e giubbotto quando lo raggiunsi al piano di sotto.

«Devo andare» disse. «Non posso presentarmi in ufficio in queste condizioni.»

«Non saprei» risposi con un mezzo sorriso. «Sono anni che si parla di eliminare l'abbigliamento formale dai tribunali.»

«Ma credo di non voler essere il primo a inaugurare questa nuova moda» rispose Tom.

«Grazie per essere rimasto...» Mi sembrava insufficiente, ma non riuscivo a trovare le parole.

«Pensi di prenderti un periodo di ferie?»

Scrollai le spalle. «Vivienne mi ha suggerito di andare in vacanza per un paio di settimane. Venerdì non mi era sembrata una brutta idea, ma le cose sono diverse adesso. Non sono sicura che Doyle sia incline a considerare la Thailandia "in zona".»

«Tieni il cellulare acceso» disse Tom, tornando in modalità avvocato. «Doyle potrebbe convocarti di nuovo questa settimana. Probabilmente contatterà prima me, ma tieniti comunque pronta.»

«Sarai un ottimo avvocato della Corona» dissi, aprendo la porta. Dicevo sul serio. D'impulso gli stampai un bacio sulla guancia e per un minuto il suo viso bello e sicuro di sé sembrò offuscato da un'ombra di imbarazzo.

Non ero certa che tornare a casa fosse una buona idea, ma dovevo ammettere che c'era qualcosa di consolante nell'essere di nuovo in un ambiente familiare. Rovistai in dispensa cercando qualcosa da mangiare per colazione, e fui costretta ad accontentarmi di qualche dolce avanzato da Natale: mezza scatola di bastoncini ricoperti di cioccolato e una di praline regalatami dalla mia donna delle pulizie. Non proprio un pasto sano, ma avevo bisogno di un'abbuffata di zuccheri.

Tornai al piano di sopra e mi spogliai mentre lasciavo riscaldare l'acqua della doccia. Troppo agitata per restare sotto il getto più di due minuti, balzai fuori, mi asciugai e andai a vestirmi: jeans, maglietta, maglione e stivaletti che allacciai stretti. Accesi tutte le candele, aprii le finestre e rifeci il letto con federe e lenzuola pulite.

Dopo aver sistemato, sfregato e rassettato, mi fermai a prepararmi qualcosa da bere e mi sedetti a tavola. Ero impaziente di fare un'altra seduta con Gil, ma mi aveva detto che sarebbe partito a breve per le vacanze, e immaginavo che in quel momento fosse in aeroporto, desideroso di dimenticarsi di pazienti come me. Nel frattempo, per l'ispettore Doyle e la sua squadra si prospettava un lunedì mattina piuttosto movimentato. Non dubitavo che il mio nome sarebbe stato pronunciato più di una volta nelle riunioni di inizio settimana, durante le quali gli agenti, eccitati e con gli occhi accesi, avrebbero parlato di "nuove piste" e presentato le loro prove contro me e Martin Joy.

Il mio sguardo si spostò sulle mensole, dove erano allineate ordinate file di fascicoli e libri. Negli spazi vuoti spiccavano ricordi come la piccola coppa d'argento vinta nelle gare di dibattito al liceo, e una elegante scatola di David Linley regalatami da un cliente. Ricordi del fatto che un tempo ero stata considerata brava.

Spinsi la tazza di lato, allungai un braccio verso una pila di taccuini gialli e ne presi uno.

«Contrattacca» sussurrai a me stessa. Era quello che mi aveva detto mio nonno l'estate del mio ultimo anno di liceo. Dopo l'umiliazione della festa di fine anno e la fuga, mi aveva portata a fare una lunga passeggiata sulle colline. In lontananza si intravedeva Pendle Hill, e mi raccontò della sua esperienza in guerra, parlandomi dei caccia e delle missioni segrete in cittadine della Normandia dove era rimasto intrappolato oltre le linee nemiche, ma non si era arreso e alla fine era riuscito a tornare a casa, aveva dimenticato tutto e aveva ricominciato.

«Contrattacca» mi aveva detto e, anche se non sapevo se le sue storie fossero vere – non avevo mai visto medaglie o sentito nessuno in famiglia parlare delle sue gesta eroiche –, fu quella conversazione a spingermi a rimettermi in piedi. Furono le sue parole a convincermi a smettere di compatirmi e comportarmi da vittima.

Tolsi il piercing al naso e mi trovai un lavoretto part time. Lasciai perdere storia e decisi di iscrivermi a legge quando una sfilza di "A" mi convinsero che ero brava abbastanza da fare tutto quello che volevo.

Contrattacca.

C'era una penna nera accanto ai miei occhiali da lettura, che avevo comprato mesi prima sebbene non fossi ancora riuscita ad ammettere di averne bisogno. Fissai la pagina bianca e poi iniziai a scrivere. Stilai una lista di moventi sia per Martin che per Alex, e ipotesi su cosa avrebbe potuto essere successo a Donna se non fosse stata uccisa o rapita. Appuntai tutto quello che ricordavo delle mie conversazioni con Doyle, Phil Robertson e Jenny Morris: il sangue sul letto di Donna, la cattiva reputazione di Martin, il viaggio di Donna a Parigi e la sua relazione con Alex Cole. E infine annotai quello che avevo visto con i miei occhi: Martin aveva lasciato la casa di Chelsea più o meno all'ora in cui aveva detto di averlo fatto, e Donna lo aveva visto andare via.

Abbassai gli occhi sulla pagina, ritrovandomi davanti un'accozzaglia di nomi e parole, una serie di forme, nero su giallo, simili a un nastro della scena del crimine. Spostai la penna sulla pagina, scarabocchiando frecce e linee come per collegare i puntini, ma non avevo abbastanza informazioni.

Per un attimo fui tentata di chiamare di nuovo Sophie Cole. A parte Martin era la persona che conosceva meglio Donna. Forse era al corrente di un dettaglio significativo, di cui fino a quel momento non aveva colto l'importanza. Ma dopo il nostro ultimo confronto sulla possibile relazione tra Alex e Donna, chiamarla non era una prospettiva allettante.

In cerca di ispirazione, afferrai lo zaino appeso allo schienale della sedia e ne estrassi il tabloid acquistato il giorno prima per rileggere l'articolo su Donna:

> L'estetista Jemma Banks, quarantadue anni, ha detto alla polizia che la scomparsa di sua sorella è del tutto inaspettata. «Donna era impaziente di partecipare alla mia festa di compleanno nella nostra città natale. Non sarebbe stato da lei perdersela.»

Rilessi il paragrafo, aggrottando la fronte. Secondo Martin, Donna e sua sorella non erano in buoni rapporti, ma Jemma sembrava decisa a sostenere la polizia nelle sue indagini. E se Donna era stata invitata alla festa di Jemma significava che il loro rapporto doveva essere più stretto di quanto lui pensasse.

Fu sorprendentemente facile rintracciare Jemma Banks. Registro elettorale, registro delle attività commerciali, Facebook: era quasi allarmante quanti fossero i posti in cui trovare una montagna di informazioni in pochi secondi.

Masticando un mini Bounty, presi il cappotto e i vestiti stipati nello zaino e li gettai in lavatrice. Proprio in quel momento sentii il cellulare.

Era tutta la mattina che pensavo di chiamare Clare. Mi sentivo in colpa per come ci eravamo lasciate il giorno prima e, anche se aveva messo in chiaro che non sarei stata la benvenuta a casa sua, avrei potuto scriverle lo stesso per dirle che non avrei passato la notte da lei.

Mi dispiace.

Rilessi il messaggio, ma non era firmato e non riconobbi il numero.

Chi sei? Digitai la risposta in fretta, impaziente di uscire di casa.

Pete.

Mi sforzai di respirare. Non avevo idea di come avesse fatto ad avere il mio numero e di colpo ebbi la sensazione che mi stesse osservando.

Abbassai lo sguardo sul cellulare, incapace di muovermi, ma poi scossi la testa. Dovevo contrattaccare, reagire, riprendere il controllo. Non ero più disposta a sopportare altro da parte sua, così mi precipitai a bussare alla sua porta.

Ero fuori controllo, consumata dalla furia. La sera prima ogni minimo rumore proveniente dal piano di sotto mi aveva fatta trasalire, ma in quel momento volevo soltanto prenderlo a pugni.

Aprì la porta e si accorse subito che ero furente.

«Come hai avuto il mio numero, Pete?» chiesi, senza lasciarlo parlare.

«Me l'ha dato la ragazza alla reception del tuo ufficio.»

«Non ne aveva nessun diritto» sibilai, puntandogli contro un dito.

«Calmati, Fran. Volevo soltanto scusarmi.»

«Capisco, quindi non era tua intenzione andare alla polizia ad accusarmi di omicidio?»

«Li sto solo aiutando nelle indagini. Vogliamo tutti ritrovare Donna Joy. Tu no?»

Si interruppe e mi fissò intensamente. Sostenni il suo sguardo. Aveva una macchia rossa sul naso e una pustola bianca sopra un sopracciglio.

«Visto che ci siamo, ho una domanda: chi era quell'uomo? Quello che ho visto uscire dal tuo appartamento alle otto del mattino?»

«Non sono fatti tuoi, Pete.»

Alzò le spalle. «Bisogna sempre tenere gli occhi aperti quando si vedono estranei in giro per il palazzo. È sensato. L'altro giorno un mio amico ha beccato un vagabondo a urinare nell'ingresso di casa sua.»

Si appoggiò allo stipite della porta, più disinvolto e sicuro di sé di quanto mi fosse sembrato quando aveva aperto la porta poco prima.

«Penso che fosse lo stesso uomo con cui ti ho vista venerdì» disse. «Il tuo collega. Siamo passati a un amore in ufficio, adesso?»

«Hai indovinato, è il mio collega. Prova a indovinare... ho bisogno di assistenza legale. Dovevamo discutere la mia situazione, e poi ha deciso di restare a dormire perché – forse non lo sai – negli ultimi tempi il mio vicino si sta comportando in modo imprevedibile.»

«Non stai parlando di me, vero, Franny?»

«Vaffanculo, Pete.»

Non era una gran risposta, ma ero stanca di lui.

«Non dire così, Fran. Ci tengo a te.»

Mi voltai, preparandomi a sentirlo gridare il mio nome, ma un attimo dopo udii la porta chiudersi e sospirai di sollievo. Feci i gradini due alla volta e corsi in strada, senza fermarmi finché non raggiunsi l'autonoleggio vicino alla mia gastronomia preferita su Highbury Fields.

Martin aveva ragione sulla macchina. Jemma Banks viveva a Colchester, che non era troppo difficile da raggiungere da Islington: mi sarebbe bastata qualche fermata di metropolitana fino a Liverpool Street e poi un treno diretto nell'Essex. Ma mi sentivo già abbastanza vulnerabile e non volevo più dover contare su nessuno.

La ZipCars noleggiava macchine a ore, ma senza esitare estrassi la carta di credito e ne chiesi una per un'intera settimana. Avvertii un'ondata di eccitazione ed energia mentre la giovane assistente faceva scattare l'antifurto di una Fiat Panda e mi consegnava le chiavi.

Di solito guidavo soltanto durante la mia annuale vacanza in Italia, quindi mi sembrava strano sedere sul lato destro. Mi ci volle qualche istante per prendere confidenza con il veicolo, muovendo il cambio e schiacciando lentamente il pedale della frizione con lo stivale. Finalmente il motore si accese. Digitai Colchester nella stringa di ricerca di Google Maps sul mio cellulare, e quando la voce registrata mi indicò di svoltare a sinistra eseguii gli ordini e cercai di pianificare la mia prossima mossa.

Grazie alla mia ricerca online su Jemma Banks avevo scoperto che era titolare di un centro estetico – Tans and Talons – alla periferia della città, affacciato sulla stessa strada di un negozio di animali, uno di liquori e un takeaway cinese.

Quando Google Maps mi informò che avevo raggiunto la mia destinazione rallentai fin quasi a fermarmi, ma notai che il centro estetico era piuttosto affollato, quindi continuai fino al centro di Colchester, parcheggiai e mi fermai a pranzare in un ristorante italiano.

Mentre mangiavo diedi un'occhiata ai messaggi e alle email. Non c'era molto, soltanto qualche comunicazione di lavoro e un messaggio di Tom Briscoe che mi chiedeva se stessi bene. Niente da parte di Clare, così decisi di telefonarle mentre aspettavo il conto, ma mi sentii sollevata quando la chiamata fu inoltrata alla segreteria telefonica.

Erano quasi le quattro quando tornai al negozio di Jemma. Tans and Talons era finalmente vuoto, proprio come avevo sperato. Attraverso la vetrina si intravedeva una sagoma solitaria intenta a spazzare e sistemare le riviste su uno scaffale contro la parete. Una folata di vento sospinse una lattina di Coca-Cola vuota, facendola sbatacchiare sul marciapiede proprio mentre aprivo la porta del centro estetico.

«Mi dispiace, tesoro, sto per chiudere» disse la donna. Appoggiò la scopa in un angolo e si diresse verso il banco della reception. «Possiamo prendere appuntamento per un altro giorno, se vuoi» continuò, sfiorando l'agenda con le unghie smaltate. «Ho posto già domani.»

«Non sono qui per un appuntamento» dissi, fissandola. Avevo notato la somiglianza tra le due sorelle quando l'avevo vista in televisione per l'appello. In quell'occasione il viso di Jemma era pallido e segnato dalla preoccupazione, il che aveva enfatizzato le differenze, ma adesso che la vedevo in carne e ossa mi sembravano meno evidenti. I suoi occhi erano di una sfumatura di verde meno particolare, e la sua camicia a fiori era del tipo che si può acquistare in un grande magazzino e non in una boutique. A Jemma mancavano l'apparenza e l'eleganza tipiche di una condizione agiata, ma per il resto le due avrebbero potuto essere gemelle.

«Un'altra giornalista?» chiese, chiudendo l'agenda di scatto. Il suo tono non era duro, ma rassegnato.

«No, sono l'avvocato di Martin Joy» mi presentai, sforzandomi di assumere un'aria accomodante.

Jemma mi lanciò un'occhiata sospettosa. «Ho già parlato con qualcuno del suo ufficio.»

«Sono la sua divorzista. Non ci conosciamo.»

«Come posso aiutarla, allora?» disse, senza entusiasmo.

«Ho bisogno solo di qualche minuto del suo tempo.»

Jemma lanciò un'occhiata all'orologio e assunse un'aria incerta.

«Devo tornare a casa, per questo sto chiudendo presto. Mia figlia è stata in gita scolastica e dovrebbe rientrare da un momento all'altro. Voglio esserci quando arriva.»

«Posso venire con lei, parliamo durante il tragitto.»

Jemma inarcò un sopracciglio.

«Avrei dovuto immaginare che Martin avrebbe assunto un segugio.»

Non sembrava proprio un complimento, ma non avevo intenzione di controbattere. Avevo bisogno di averla dalla mia parte.

Rimasi incollata al mio posto finché non andò nello stanzino sul retro e tornò con cappotto e borsa.

Spense le luci e uscì in strada, aspettando che la seguissi. Poi chiuse la porta a vetri del negozio.

«Mi sento quasi in colpa a lavorare in questo momento» disse, chiudendo la seconda porta e infilando le chiavi in borsa. «Ma lavorare aiuta. È un modo per distrarsi, non trova?»

Senza aspettare una risposta alla sua prima domanda, aggiunse: «Viene da Londra, allora?».

«Sì, ho la macchina proprio qui se vuole un passaggio.»

Jemma scosse la testa, tirando su la lampo del cappotto. «Abito dietro l'angolo, è più comodo andare a piedi.»

Accelerai il passo e la seguii fino a un complesso residenziale degli anni Trenta alle spalle della strada commerciale.

Jemma mi indicò una villetta in mattoni rossi non molto diversa da quella in cui ero cresciuta.

«Era la casa dei nostri genitori. Donna vive in un altro mondo ormai, ma io mi sono trasferita ad appena qualche centinaio di metri di distanza. Le persone sono così, no? Cercano di allontanarsi il più possibile da dove sono cresciute, oppure ci restano attaccate. È così, tutto o niente. Qual è il suo caso? Dall'accento non sembra del Sud.»

«Sono cresciuta nel Lancashire, e mi sono trasferita a Londra per lavoro.»

«Non ci sono avvocati a Manchester?» chiese, con lieve tono di rimprovero.

Ero come Donna, lo aveva capito subito. Una specie di Icaro, convinta di essere troppo brava per restare nella propria città natale.

«Nel weekend i giornali si sono dati alla pazza gioia. Le sue dichiarazioni erano citate spesso.»

«Citate male, a dire il vero» sottolineò Jemma, infilandosi le mani in tasca.

La guardai sorpresa. «Intende dire che hanno pubblicato informazioni false?»

«Non proprio, ma sicuramente hanno aggiunto particolari piccanti» disse. «Avrei avuto molto da dire a quei giornalisti, ma non pensavo fosse il luogo o il momento adatto. Non ho mai pensato che i processi mediatici fossero particolarmente utili, ed ero preoccupata di incasinare le indagini. Può succedere, vero?»

Mi guardò in attesa di una risposta. Evidentemente voleva il mio consiglio. E, visto che volevo qualcosa da lei a mia volta, pensai che fosse meglio stare al gioco.

«Ha ragione, non serve a nulla stigmatizzare o giocare alla

caccia alle streghe sui giornali. E poi Martin è stato soltanto arrestato, non formalmente accusato. Infatti lo hanno rilasciato dopo ventiquattro ore. Le insinuazioni sui giornali possono ritorcersi contro i loro autori. Una presa di posizione troppo netta rischia di esporre il giornale a una denuncia per oltraggio alla corte.»

«Eccoci» disse, indicando una piccola villetta a schiera. Una vecchia Corsa era parcheggiata nel vialetto, accanto a un barbecue arrugginito che speravo avessero lasciato fuori per la raccolta dei rifiuti ingombranti.

Jemma aprì la porta d'ingresso ed entrò, prendendosi un minuto per guardarsi intorno.

«Quanti figli ha?» chiesi, nell'attesa di essere invitata a entrare.

«Due. Ella ha quindici anni, Josh ha iniziato l'università a Bournemouth lo scorso settembre.»

L'ingresso era buio. Jemma accese il lampadario e la seguii in salotto, dove mi accomodai sul divano.

«Vuole un tè?»

Annuii e la guardai scomparire in cucina. Approfittai del momento di solitudine per osservare la stanza. Sembrava un luogo felice. Un vecchio pianoforte coperto di foto dei suoi figli: su un trampolino, alla giornata dello sport a scuola. Fotografie incorniciate dei bambini alle pareti, tutti lentiggini e sorrisi con denti mancanti.

Non ero stata nella villetta multimilionaria di Donna a Chelsea, ma non era difficile immaginare che fosse lontana anni luce da quello spazio accogliente e vissuto.

«Perché vuole parlarmi?» chiese Jemma, dopo aver versato il tè e aver preso posto su una sedia accanto alla finestra.

La mia storia era pronta. Era la stessa che avevo raccontato a Jenny.

«Martin è un mio cliente. Di conseguenza, è un cliente dell'ufficio per cui lavoro. Sono tutti preoccupati per i possibili danni alla nostra reputazione.»

Jemma sembrava sull'orlo delle lacrime.

«Mi sono sempre chiesta quando le ambizioni sociali di Donna avrebbero finito per metterla nei guai. Ha sempre avuto grandi sogni. Questa vita non era abbastanza per lei» disse, guardandosi intorno. «Voleva di più, e per avere di più iniziò a ronzare intorno a persone che avevano di più. A diciassette anni si trasferì a Chelmsford e, un passetto alla volta, iniziò ad avvicinarsi a Londra. Fu ammessa nella cerchia dei ricchi dell'Essex. Il suo primo fidanzato, Charlie, era il figlio di un gangster. Cercai di spiegarle perché le persone ricche fossero ricche: devi essere forte, ambizioso e spietato per acquisire quel tipo di benessere. Ma non mi ascoltò. Non sembrava nemmeno sorpresa quando alla fine Charlie fu arrestato per frode.»

Si interruppe per bere un sorso di tè.

«Donna scherzava sempre, diceva di essere il progetto di Martin.»

«Non le piace Martin?» mi arrischiai a chiedere.

Jemma fece spallucce. «All'inizio sì, pensavo che fosse diverso. Sa che non viene da una famiglia ricca? Ha perso i genitori da giovane, ed è stato cresciuto dai nonni. Si è pagato gli studi lavorando e poi ha fatto i milioni nella City... Mi sembrava generoso con i suoi amici, faceva beneficenza. Era difficile non rispettarlo.»

«E poi cos'è cambiato?»

«Non vedevo spesso Donna» disse, scuotendo la testa. «A volte per lunghi periodi di tempo. Non sono stupida, so che non le piace ricordare da dove viene, e per evitarlo è disposta a non vedere sua sorella. Ma nell'ultimo anno abbiamo cominciato a incontrarci più spesso. Penso che avesse bisogno di qualcuno con cui parlare, qualcuno che non facesse parte del suo mondo. All'inizio abbiamo pranzato insieme un paio di volte, ma poi gli incontri sono diventati più frequenti, soprattutto recentemente. Qualche settimana fa, però, avevamo appuntamento per un tè, ma ha disdetto all'ultimo momento. Le ho telefonato, pensando che una chiacchierata sarebbe stata comunque meglio di niente, e mi ha chiesto di andare a casa sua a Chelsea. Ci saremmo viste lo stesso a Londra, quindi non era un problema. E poi ero preoccupata per lei. Ho pensato che lo stress per il divorzio la stesse buttando giù. Ma quando sono arrivata da lei, ho scoperto che aveva un occhio nero.»

Espirò a fondo prima di continuare.

«Ho capito che l'aveva picchiata ancora prima che me lo dicesse. A quanto pare si erano visti per parlare del divorzio. Avevano litigato, lui aveva perso le staffe e le aveva lanciato addosso il cellulare. Donna mi ha detto che era già successo un'altra volta. Dopo che era tornata da un breve viaggio a New York. Era partita perché Martin in quel periodo era fuori controllo. Prendeva cocaina e beveva troppo, gli affari lo stressavano e si sfogava su di lei. Al suo ritorno l'aveva picchiata. Aveva paura di lui, per questo ha chiesto il divorzio.»

Mi presi qualche secondo per elaborare le notizie. Sapevo che a Martin piaceva bere, ma non lo avevo mai visto assumere droghe. Sapevo anche quanta cocaina girasse nella City. Ma la violenza, poi... Cercai di ricostruire quando si fosse verificato l'episodio del lancio del cellulare. Martin aveva ammesso di aver visto Donna per "parlare" nei giorni dopo la nostra cena da Ottolenghi. Non sapevo di cosa avessero discusso – era un tema troppo doloroso da affrontare –, ma non aveva accennato al fatto che fosse andata male.

Quanto all'aneddoto sul viaggio a New York, era molto diverso da come me lo aveva raccontato lui.

«Niente di tutto questo è venuto fuori nelle pratiche di divorzio, Jemma. Nessuno ha mai menzionato la violenza domestica, Donna non ha richiesto un ordine restrittivo e niente lascia pensare che avesse paura di Martin.»

Jemma scosse la testa.

«A Donna piaceva dare a intendere di avere una vita perfetta. Si vergognava del livido. Non lo avrebbe lasciato vedere nemmeno a me se non avesse avuto bisogno di parlare e chiedermi un consiglio su come comportarsi.»

«E cosa le ha detto?»

«Le ho consigliato di sporgere denuncia alla polizia, ma non mi sorprende che non lo abbia fatto. Donna voleva prendere le distanze da quegli episodi violenti, fingere che non fossero mai accaduti, trattarli come qualcosa di diverso. Temeva che la cosa diventasse di dominio pubblico. L'immagine e la reputazione erano tutto per mia sorella.»

Le sue parole mi fecero riflettere. Mi ero sempre chiesta cosa avessero davvero in comune Martin e Donna, e d'un tratto l'avevo capito: entrambi mettevano l'apparenza al vertice della loro scala di valori.

«Perché ha denunciato la scomparsa di Donna?» chiesi. «Cosa le ha fatto pensare che ci fosse qualcosa di strano?»

Jemma alzò le spalle, tristemente.

«Qualche giorno dopo la mia visita a Chelsea venne qui a Colchester nel pomeriggio. Chiusi il negozio e tornammo a casa insieme. Passammo il pomeriggio a guardare fotografie e parlare dei vecchi tempi. Era felice, disse che le avrebbe fatto piacere rivedere tutti. Così decisi di organizzare una festa di compleanno e invitare tutto il nostro vecchio gruppo. Non vedeva l'ora. Poi non si è presentata alla festa e non mi ha nemmeno fatto gli auguri, in più non riuscivo a contattarla. È stato allora che ho capito che qualcosa non andava.»

«Anche se parte spesso per i suoi viaggi?»

«Se mi sta chiedendo se mia sorella è inaffidabile, credo che conosciamo entrambe la risposta. Ma voleva davvero venire alla mia festa. Me l'aveva promesso.»

Mi presi del tempo prima di parlare di nuovo, bevendo un sorso di tè ormai freddo.

«Le ha detto che aveva una relazione con il socio in affari di Martin?»

«Una relazione?» ripeté, accigliandosi.

«Non ne ha parlato?»

«No, mai. Non penso che avesse una relazione.» Mi fissò con i suoi occhi da gatta, così simili a quelli di Donna.

«Come può esserne sicura?»

«Avevo l'impressione che fosse stanca degli uomini.»

«Non eravate molto vicine, Jemma, forse era un'informazione personale che aveva preferito tenere per sé.»

«Lo eravamo» rispose sulla difensiva. «Le nostre vite erano diverse, ma siamo pur sempre sorelle. Abbiamo condiviso una stanza per sei anni da ragazze, abbiamo riso, pianto e ci siamo preoccupate per le nostre questioni di cuore. Di notte restavamo sveglie per ore a chiacchierare. Penso che lo avrei saputo se fosse stata con qualcun altro, se fosse stata felice di avere un'altra persona.»

«Ma è successo qualcosa con il socio di Martin. Lui lo ha ammesso.»

Mi guardò con espressione più dura.

«Non sappiamo cosa sia successo a Donna, ma non provi nemmeno a prendersela con mia sorella» disse in tono gelido.

«Non me la sto prendendo con...»

«Ha a che fare con un uomo affascinante, brillante e manipolatore, signorina Day. Un uomo che non si ferma davanti a niente per proteggere i suoi soldi.»

Fu interrotta dal suono del campanello. Jemma aprì le tende alle sue spalle e sbirciò fuori.

«È arrivata mia figlia, e penso di averle detto abbastanza» dichiarò, alzandosi in piedi. Aspettò che mi alzassi anch'io, per sottolineare che il nostro colloquio era finito.

Quando uscii di nuovo nella sconosciuta strada di provincia, mi chiesi se quel viaggio fosse stato una buona idea.

43

«Fran? Sono Jenny.»

«Sto guidando» dissi, forzando un po' la verità. Avevo appena inserito la chiave nel quadro, ma ero ancora parcheggiata davanti al negozio di Jemma e stavo scorrendo il profilo Instagram di Donna alla ricerca di una prova della presenza di un livido.

«Puoi accostare un attimo da qualche parte? Dobbiamo parlare.»

Mi appoggiai allo schienale, consapevole di non poterla evitare per sempre.

«Mi dispiace di non averti risposto sull'intervista, ma non ho ancora parlato con Martin. Come puoi immaginare, le cose non sono affatto facili per lui al momento. Sono soltanto il suo avvocato, non proprio in cima alla lista delle sue priorità.»

«Non avevi detto che avrebbe fatto tutto quello che gli chiedevi?» osservò Jenny, piccata. Me lo meritavo.

«Farò del mio meglio, però devo avvertirti, non siamo in America. Gli indagati non amano la televisione.»

«Fran, vogliono scrivere un articolo su di te» disse.

Per un momento mi sentii quasi lusingata.

«Perché?»

«Perché pensano che tu sia coinvolta con Martin Joy. Insomma, che abbiate una storia.»

«È ridicolo.»

Speravo che non mi conoscesse abbastanza da notare il tremito nella mia voce.

«Siete stati visti insieme. Dal proprietario di un pub nell'Essex, poi da un vicino di Martin...»

«Sono il suo avvocato» risposi, fingendomi indignata. «Ci siamo dovuti incontrare in diverse occasioni.»

«Ti sto soltanto avvisando, Fran.»

«Ma è un'assurdità. Una sciocchezza totale» dissi, sentendomi avvampare.

«Sei coinvolta, vero?» chiese in tono più gentile. «Per questo t'importa così tanto...»

Mi resi conto che non era obbligata ad aiutarmi.

«È complicato» ammisi alla fine.

«Lo è sempre.»

Il cielo stava iniziando a incupirsi. Gonfie nuvole nere stavano arrivando dal Mare del Nord.

«Puoi cercare di ritardare l'articolo?» chiesi.

Jenny esitò.

«Sono vicecaporedattore della sezione spettacoli, Fran. Commissiono interviste per i protagonisti di serie televisive, non ho nessuna influenza sui giornalisti della cronaca. Ti sto dicendo soltanto cosa ho sentito. Ma se riesci a ottenere qualcosa con Martin, una specie di esclusiva, forse il caporedattore potrebbe essere disposto a concederti uno scambio.»

«Ti chiamo stasera» dissi, chiudendo la telefonata. Accesi il motore e sfogai la mia frustrazione sull'acceleratore.

Nel giro di qualche minuto iniziò a piovere talmente forte che il parabrezza sembrava colpito da secchiate d'acqua. Mi chinai in avanti, cercando di sbirciare oltre il vetro come un'anziana piegata su un libro. Non vedevo niente e non avevo idea di dove mi trovassi e mi pentii di non aver scelto una vettura con il navigatore satellitare. La batteria del cellulare era al venticinque per cento, e non volevo rischiare di prosciugarla soltanto per trovare il modo di uscire dall'Essex. Il mio viaggio a Colchester si era rivelato un buco nell'acqua. Avevo già sentito le dicerie sulla violenza domestica da Doyle e, sebbene suonassero più autentiche raccontate da Jemma, cercai lo stesso di non prendere le sue parole per oro colato. Non riuscivo a crederci. Avevo l'impressione che il tempo mi stesse scivolando fra le dita senza che riuscissi a fermarlo e, come se non bastasse, mi ritrovavo anche con i giornalisti alle calcagna.

Mi sforzai di pensare. La polizia non aveva niente di concreto su Martin, almeno fino a quando non si fosse trovato un corpo. Nella mappa mentale che avevo quella mattina mancava proprio quel tassello. Dov'era Donna? Avevo individuato sospetti e moventi, ma non avevo idea di cosa fosse successo dopo che Martin l'aveva lasciata.

Era possibile che fosse tornato indietro? Qualcun altro era andato a farle visita? Potevo essere stata io, chiese una voce nella mia testa? E dove si può nascondere un cadavere in piena Chelsea senza che nessuno se ne accorga?

Ripulii il parabrezza dalla condensa e guardai il segnale stradale davanti a me.

Stavo andando nella direzione sbagliata, ed ero pronta a fare inversione quando con la coda dell'occhio notai l'indicazione per Dorsea.

Non sapevo che Colchester e Dorsea fossero così vicine, ma in effetti fissando l'orizzonte riuscivo a intravedere il mare color carbone.

Ma certo, ecco dove si sarebbe potuto portare un corpo. In una casa solitaria sulla costa, a miglia di distanza dal villaggio più vicino, una casa cullata dallo sciabordio del mare, dove le onde si infrangono sulla scogliera e schiaffeggiano la spiaggia, sovrastando ogni altro rumore.

La sopraelevata era agibile e riuscii a raggiungere l'isola in meno di dieci minuti. Non sapevo quando fosse prevista l'alta marea, né se mi sarei ritrovata tagliata fuori dalla terraferma. Superai la zona commerciale di Dorsea, la piccola caserma dei pompieri e il pub dove io e Martin ci eravamo riparati dal temporale. Provai una fitta di fastidio per il gestore, che ci aveva denunciati alla polizia, e continuai a guidare.

Dorsea House comparve sul promontorio dopo qualche minuto. Era magnifica, incorniciata da un cielo viola sempre più scuro. Il cancello in fondo al viale era contrassegnato dal nastro giallo della polizia. Erano stati lì. Ma certo. Se stai indagando su una persona scomparsa, e il marito è tra i principali sospettati, è più che sensato perquisire la sua casa abbandonata sul mare, un posto dove sarebbe stato facile nascondere qualcuno, o ucciderlo. Come avevo fatto a non pensarci prima?

Al momento non c'era nessuno, e non potei fare a meno di pensare che fosse un chiaro esempio di negligenza. Se fossi stata a capo delle indagini avrei setacciato quel posto da cima a fondo. E invece avevano mandato la scientifica e i cani nella casa di Donna a Chelsea.

Strisciai lungo il perimetro dell'edificio finché non raggiunsi la veranda, ricordando che la porta era difettosa ma aperta. Diedi una spinta vigorosa e la sentii aprirsi con un cigolio.

La casa era stata perquisita, non c'erano dubbi. Si intravedevano cerchi di polvere nei punti in cui i vasi e le piante erano stati spostati o i libri rimossi dagli scaffali.

Attraversai le stanze, esaminando con attenzione ogni angolo senza sapere cosa stessi cercando, ma domandandomi se Martin fosse stato lì con Donna.

Era viva o morta quando era arrivata?

Stavo cercando segni di un corpo trascinato sul parquet o di sangue sulle pareti? Se Martin aveva portato lì sua moglie, come e quando era successo? Non sapevo rispondere a nessuna di quelle domande.

Salii al piano di sopra, sentendo le scale scricchiolare sotto il mio peso. Un leggero venticello filtrava in casa attraverso una fessura intorno al lucernario sul soffitto. Una voce nella mia testa, la mia parte razionale, mi diceva di tornare a Londra. Erano le sei passate ed era quasi buio. Cos'altro avrei ottenuto rimanendo lì a parte mettermi ulteriormente nei guai con la polizia, che aveva già perquisito il posto senza trovare niente di interessante?

La scala conduceva a un pianerottolo sul quale affacciavano diverse stanze. Ne controllai una, poi un'altra. Erano quasi tutte vuote, a parte un tappeto sdrucito, ma due o tre erano semiarredate, probabilmente si trattava dei mobili della casa di riposo, gli oggetti vecchi e rotti che i precedenti proprietari non erano riusciti a vendere e non avevano voluto portare via con loro. Vibrando di energia nervosa, rovistai in un armadio, aprii una cassettiera e poi mi fermai, quasi divertita dall'assurdità delle mie azioni. Nemmeno pensassi di trovare il cadavere di Donna Joy nascosto dietro un paio di cuscini.

Spalancai la porta della veranda e mi avviai verso la spiaggia, inalando l'aria carica di salsedine per calmarmi. Parte di me avrebbe voluto continuare a camminare verso il mare, fino a lasciarmi inghiottire dalle onde.

Mi fermai accanto al capanno delle ostriche e ripensai ai momenti felici ormai passati, quando ero ancora convinta che Donna fosse alle terme o in vacanza, e che la sua scomparsa fosse soltanto un tentativo per attirare l'attenzione. Ero arrabbiata con Martin quella mattina. Furiosa perché era andato a cena con la sua ex moglie e mi aveva mentito. Mi chiesi quante altre bugie mi avesse raccontato.

Mi inginocchiai e sollevai il mattone al di sotto del quale era nascosta la chiave. Aprii il capanno.

Il mio livello di energia ebbe un'impennata improvvisa quando entrai in quello spazio minuscolo. Ero tornata dove tutto era cominciato, al momento di svolta nella nostra relazione, l'istante in cui le normali frustrazioni e i sospetti più comuni si erano trasformati in qualcosa di più sinistro. La telefonata che ci aveva svegliati, richiamando Martin a Londra. La polizia lo aveva già nel mirino. La nostra normalità era finita.

Lanciai un'occhiata al caminetto e notai le braci ormai spente, con ogni probabilità risalenti alla notte che avevamo trascorso lì, la coperta rimasta come l'avevo piegata quel sabato sera. Allungai una mano e sfiorai il letto in ferro battuto dove avevamo fatto l'amore.

Sapevo che tutti gli indizi puntavano contro Martin, ma non volevo crederci. La polizia non lo conosceva bene quanto me. Eppure... era difficile non pensare allo splendido viso di Donna, difficile distogliere i pensieri da quello che mi aveva detto Jemma Banks. Sapevo che sarebbe stato capace di picchiarla. Stanchezza che si trasformava in rabbia. Strinsi le mani a pugno sul letto, tormentando le pieghe bianche delle coperte. Pensai a Martin, Donna e Pete Carroll e gridai per la frustrazione, strappando via le lenzuola dal letto con uno strattone violento prima di cadere in ginocchio, scossa dai singhiozzi.

Per un attimo smisi di respirare. Sembrò che sull'intero universo fosse calato il silenzio. Aprii gli occhi, vedendo e sentendo tutto tornare a fuoco. E fu allora che lì, sul pavimento, intravidi una scintilla dorata che non avevo notato prima. Doveva essere caduta a terra quando avevo spostato le lenzuola. Mi chinai in avanti e la sollevai da terra. Era una collana, un ciondolo attaccato a una catenina delicata e sottile. La posai sul palmo della mano, esaminandola con la stessa attenzione che un geologo dedica a un fossile.

Aveva l'aria costosa. Me la rigirai tra le dita e mi accorsi che il ciondolo aveva la forma della lettera "D". Non era la prima volta che vedevo quella collana. L'avevo già notata in tribunale. Quando pendeva dal collo sinuoso di Donna Joy.

44

Lui mi aveva detto che non ci era mai stata. Martin Joy era un bugiardo. Dal nostro breve incontro in tribunale, non potevo ricordare con precisione come fosse fatta la collana di Donna, ma ricordavo distintamente l'iniziale in oro alla base del suo collo, simile a una conchiglia posata sulla sabbia. Era improbabile che avesse due gioielli tanto simili. Doveva essere la stessa.

E Donna era scomparsa, sparita senza lasciare traccia. Nessuna briciola di pane da seguire, niente che aiutasse a ritrovarla. Fino a quel momento.

Se la sua collana era nel capanno delle ostriche, significava che doveva essere stata lì in un momento compreso tra quando l'avevo vista in tribunale e il giorno della sua scomparsa.

Un'immagine si formò nella mia mente. Martin e Donna nudi sul letto, le mani affondate nei capelli, persi nell'abbandono dei sensi, proprio come me in quella stessa stanza. Sarebbe stato facile che la collana si aprisse e scivolasse lungo il corpo sudato di Donna, per poi perdersi tra le pieghe delle coperte.

Era ironico, ma volevo con tutta me stessa che fosse andata così. Non osavo nemmeno pensare all'alternativa. Una colluttazione, proprio nel capanno dove io e Martin avevamo dormito e fatto l'amore.

Mi sedetti sul bordo del letto con la testa fra le mani, come per impedirle di spaccarsi. Mi ero già sentita così in passato, riconoscevo l'oscurità, i pensieri striscianti e privi di controllo.

E sapevo cosa stava per succedere. Riuscivo quasi a percepire la sensazione di una lama che mi attraversava la pelle, a vedere le perle rosse affiorare in superficie, e infine a sentire il senso di liberazione, come una valvola a pressione che sibila e geme per ristabilire l'equilibrio.

Aprii gli occhi e cercai di calmarmi. Volevo dare a Martin un'altra possibilità. L'ennesima. Dovevo sapere se era in grado di mentirmi di nuovo.

Capire se ero così inutile e poco meritevole del suo amore da essere trattata in quel modo.

Anche se ha trattato peggio Donna.

Dovevo sapere. Presi il cellulare e composi il suo numero. Il cuore mi martellava nel petto mentre ascoltavo gli squilli, in attesa che rispondesse.

«Per fortuna hai chiamato. Ho appena parlato con Matthew Clarkson. Dice che sei stata interrogata da Doyle ieri sera.»

«Donna è mai stata a Dorsea House?» chiesi, sforzandomi di mantenere la voce salda.

«Qual è il problema, Fran? È andato tutto bene in commissariato?»

«Rispondi alla domanda, Martin. Donna è mai stata a Dorsea House?»

«No» disse dopo un istante. «Mai. Sua sorella vive poco lontano, ma non ha mai mostrato alcun interesse per quel posto, almeno non finché resterà una catapecchia.»

Mi sforzai di pensare. Forse dovevo correre un rischio.

«Sei sicuro che non ci sia mai stata?»

«Perché? Dove sei? Qual è il problema?»

«Sono nell'Essex. Sull'isola di Dorsea.»

«Cosa diavolo ci fai laggiù?»

Il turbamento nella sua voce era palpabile. Il vento infuriava intorno al capanno quindi non lo sentivo benissimo, ma il panico era inequivocabile.

«Fran, stai bene? Perché diamine sei andata a Dorsea? La polizia è ancora lì?»

«No, la casa è vuota. Sono tornata al capanno delle ostriche. E ho trovato la collana di Donna.»

«La collana di Donna?»

«Il ciondolo d'oro a forma di "D".»

«Come fai a sapere che è sua?»

Seguì una pausa più lunga. Riuscivo quasi a vedere la sua espressione accigliata e, malgrado la distanza che ci separava, mi sembrava si sentire il rumore dei suoi pensieri.

«L'ho vista una volta in tribunale. Il giorno in cui pensavamo che non si fosse presentata all'udienza preliminare. È arrivata tardi, e l'ho incontrata di sfuggita, lei non sapeva chi fossi, ma io sì. Ricordo il cappotto rosa e la collana con il ciondolo, identica a quella che ho appena trovato nel capanno delle ostriche. Hai portato Donna a Dorsea House, Martin?»

«Mai. Te lo giuro. Non ci è mai stata. Fran, dobbiamo parlare. Torna a Londra, così ci vediamo. Non da Alex e Sophie. In un posto appartato.»

«Non voglio vederti.»

«Fran, per favore, sii ragionevole. Non puoi tornare e basta? Come sei arrivata nell'Essex? Posso mandare una macchina a prenderti se è troppo tardi per prendere il treno.»

«Cosa ci fa la sua collana nel capanno?»

«Non lo so. Potrebbe avercela messa qualcuno» disse.

Tacque.

«Fran, è importante. Devi portarmi la collana.»

«Così puoi disfartene?»

«Devi credermi. Donna non ha mai messo piede in quella casa. Sì, potrebbe essere la sua collana, ma non capisco come ci sia finita, a meno che non l'abbia portata lì qualcuno. Alex, forse?»

Cercai di seguire il filo dei suoi pensieri.

«Alex potrebbe averla vista indossare la collana» aggiunse con una nota di panico nella voce. «Potrebbe persino avergliela regalata lui. Ma se ha qualcosa a che fare con la sua scomparsa e vuole incastrarmi per intascarsi la mia parte di azioni potrebbe averne comprata un'altra e averla portata a Dorsea. Devi credermi.» Sembrava in crisi.

Non sapevo più a cosa credere. Martin poteva essere un uomo disperato e spaventato che cercava di provare la sua innocenza oppure un bugiardo subdolo e convincente. Stavo impazzendo?

«Per favore, Fran, non andare alla polizia» aggiunse con voce dolce e supplichevole.

«Dammi una buona ragione per non farlo» risposi.

«Non ho una buona ragione.»

Avevo la sensazione che fosse la prima cosa onesta che mi aveva detto dall'inizio della conversazione.

«Alex sta cercando di incastrarmi, Fran. Lo so. Vuole estromettermi dalla nostra società. Se credi anche a una sola cosa che dico, fidati di me su questo punto. Aiutami a provare la mia innocenza.»

«Non lo so, Martin. Non lo so.»

Chiusi la telefonata, infilai il cellulare in tasca e tornai a guardare il ciondolo sul palmo della mia mano.

Dopo averlo contemplato per un attimo lo indossai, sentendomi più forte e coraggiosa. Come se non fosse una semplice collana, ma uno scudo protettivo.

Tornai alla macchina e guidai verso il centro abitato. A quel punto avrei impiegato almeno un'ora e mezza per tornare a Londra e avevo bisogno di mangiare e di usare un bagno prima di poterci anche solo pensare.

Quando raggiunsi il bar sulla strada principale mi accorsi che era chiuso. Sui due lati della strada c'erano due pub. Uno era quello dove mi ero fermata con Martin mentre aspettavamo la fine del temporale, ma non mi andava di tornare lì. L'altro era più moderno, e una lavagna all'esterno pubblicizzava la presenza di un ristorante e di stanze libere al piano di sopra. Entrambe le idee sembravano allettanti.

Parcheggiai la macchina ed entrai.

Superai la soglia e per un attimo mi guardai intorno. Nel ristorante stavano cenando diverse coppie, e i piatti di salsicce fumanti e purè di patate provenienti dalla cucina avevano un profumo e un aspetto invitanti.

Presi un menu.

«Quello è solo per gli snack» disse una ragazza. Sul vassoio teneva una pinta di birra che molto probabilmente non aveva l'età legale per bere. «Se vuole cenare si sieda pure, sarò da lei fra un minuto.»

«Quanto costa una stanza?»

«Settantacinque sterline a notte.»

Un altro membro del personale, un ragazzo di appena qualche anno più della cameriera, si avvicinò a lei e fece una battuta. La giovane rise e flirtò con lui prima di porgergli la pinta.

«Ne prendo una» dissi, cercando il suo sguardo.

Lei si pulì le mani sui jeans con aria confusa.

«Okay, vado a prenderle la chiave.»

«E potrebbe mandarmi qualcosa da mangiare in camera?»

La mia stanza era all'ultimo piano, con travi dipinte che sospettavo fossero false ma progettate per conferire all'ambiente un'atmosfera più caratteristica. Non trovai un minibar, ma c'era una piccola ciotola piena di biscotti accanto al bollitore.

Ne presi tre pacchetti e mi sedetti con le gambe incrociate sul letto a mangiarli, noncurante della possibilità che mi rovinassero l'appetito prima dell'arrivo dell'hamburger che avevo ordinato.

Mi distesi sul cuscino e fissai il soffitto e le travi nere, nette strisce scure contro la vernice bianca delle pareti. Per un attimo ripensai allo studio di Gil, ai fasci di luce che mi avevano aiutata a far riaffiorare cosa fosse successo la notte della scomparsa di Donna. Non avevo ricordato altro, e non ero sicura di volerlo fare.

Avevo davvero visto Martin lasciare la casa, oppure quel ricordo si era confuso con qualcos'altro? Ero convinta di aver visto Martin e Donna: lui in strada e lei alla finestra della camera da letto, ma forse erano andati via insieme. Era possibile che Martin fosse riuscito in qualche modo ad attirarla nell'Essex? Non avevo idea di come avesse fatto, considerando che avrebbe dovuto agire dopo mezzanotte, ma decisi di prendere in considerazione l'idea per vedere fin dove mi avrebbe portato la mia riflessione.

Ha a che fare con un uomo affascinante, brillante e manipolatore. Un uomo che non si ferma davanti a niente per proteggere i suoi soldi. Non riuscivo a togliermi dalla testa le parole di Jemma. Con una stretta alla gola mi chiesi se avesse ragione. Avevo commesso un grave errore a fidarmi di Martin Joy e farlo entrare nella mia vita?

Certo, c'erano stati dei segnali di allarme, spie del suo lato oscuro, ma li avevo ignorati, interpretandoli come espressioni di forza e passionalità.

Avevo ancora il cellulare in mano. Me lo avvicinai al viso e digitai le parole "affascinante" e "manipolatore" in una stringa di ricerca. Forse si stava manifestando la mia deformazione professionale da avvocato.

I primi risultati erano articoli su psicopatici e sociopatici che mi fecero pensare alla battuta di Clare alla galleria d'arte su come finanzieri e amministratori delegati tendevano a mostrare più di altri questi tratti.

Trovai un articolo sulla psicopatia sul posto di lavoro e un altro sulle abilità sessuali dei sociopatici.

La psicopatia, scoprii, è un disturbo psicologico basato su valutazioni diagnostiche. Gli psicopatici sembrano intelligenti e sinceri, forti, affascinanti e tanto bravi nel manipolare che spesso nemmeno le persone più vicine a loro nutrono il minimo sospetto sulla loro vera natura. Fra le caratteristiche comuni ci sono una tendenza al comportamento violento e la difficoltà nel formare legami emotivi. Dimostrano una certa inclinazione al rischio, mancanza di empatia e rimorso, e scarsa tolleranza. Secondo un gruppo di ricercatori, persino l'ultima crisi economica poteva essere interpretata come una conseguenza diretta della psicopatia aziendale e della prevalenza di psicopatici a Wall Street. Altre categorie professionali maggiormente interessate dallo stesso disturbo rispetto alla media della popolazione erano i giornalisti, gli agenti di polizia e gli psichiatri. E gli avvocati, ma non mi soffermai troppo su quel dettaglio.

Più leggevo e più mi convincevo che Martin corrispondesse allo stereotipo. Affascinante sul lavoro, affascinante nella vita, affascinante in amore. Ero stata sedotta fin dal principio. Dal suo sorriso misterioso che mi faceva venire voglia di accontentarlo. E poi i grandi gesti: la borsa che mi ha regalato, la proposta quasi distratta di comprarmi una macchina... Non potevo negare di essere lusingata e attratta dalla sua stravaganza.

Ed ero sicura che Donna avesse subito lo stesso fascino. Una donna così ambiziosa da sedurlo e poi chiudere un occhio su tutti i difetti del suo matrimonio finché non ne aveva avuto abbastanza.

Un colpo alla porta mi strappò dai miei pensieri. Andai ad aprire e presi il vassoio del servizio in camera dalle mani della giovane cameriera. La ragazza sbirciò oltre la mia spalla, incuriosita dalla mia presenza a Dorsea in un lunedì sera. Probabilmente sarei diventata l'argomento dei pettegolezzi della serata. L'isola sembrava un posto ai confini del mondo, ma i suoi abitanti dovevano essere al corrente delle ultime notizie quanto chiunque altro a Londra. Martin Joy era proprietario della casa più grande dell'isola, quasi sicuramente si parlava di lui già prima della scomparsa di sua moglie. Il gestore dell'altro pub aveva raccontato alla polizia di avermi vista in compagnia di Martin e non dubitavo che lo stesso racconto fosse stato condiviso con amici e vicini, forse persino arricchito di dettagli di volta in volta.

Andai a sedermi alla scrivania accanto alla finestra, sistemando il vassoio davanti a me. Sollevai la cloche e mi ritrovai davanti un hamburger leggermente molliccio. Una goccia di salsa scivolò lungo la foglia di insalata e macchiò il piatto quando schiacciai il pane con la mano. Era troppo grande per addentarlo, quindi lo tagliai a metà con il coltello.

Quando il mio cellulare squillò fui tentata di non rispondere, ma una parte di me sperava ancora che Martin mi chiamasse per darmi una spiegazione sulla collana e tutto il resto.

«Sono Tom. Ti sto cercando da un po', dove sei?»

Non proprio chi mi aspettavo, ma ero comunque felice di sentirlo.

«Hai letto l'edizione online del "Post"?»

Impiegai un minuto per rendermi conto che si riferiva alla versione online del giornale di Jenny.

«No, perché?» chiesi, non volendo ammettere di essere appena stata su internet ma per informarmi sulla psicopatia.

«Ha pubblicato un articolo su di te, Fran.»

«Oddio» sussurrai, sentendo crescere il terrore.

«Non sostengono apertamente che hai una relazione con Martin, ma ci vanno vicini.»

Cazzo.

«Hai parlato con Vivienne o Paul?» chiesi.

«L'ho appena letto. A quanto pare l'articolo è uscito qualche minuto fa, quindi fai ancora in tempo a chiamarli prima che siano loro a contattare te.»

Se avessi avuto una busta di carta l'avrei usata per scongiurare il rischio di iperventilazione.

«E poi...»

Non voglio saperlo, avrei voluto urlare. Non ero sicura di poter sopportare altro.

«Domani Doyle vuole vederti...»

«Perché?»

«Non lo so di preciso, ma ha accennato a Pete Carroll. A quanto pare sostiene che questa mattina tu lo abbia minacciato.»

«"Minacciato"?! L'ho insultato, ma niente di più.»

«Fran, dobbiamo denunciarlo per quello che ti ha fatto la settimana scorsa. In modo ufficiale. Possiamo andare in commissariato stasera stessa. A Islington sono molto in gamba.»

«Non posso» gracchiai.
«Ho già lavorato con la Sapphire Unit, sono molto bravi a sostenere le vittime in questi casi.»
«Intendevo che non posso stasera.»
«Perché?»
«Sono nell'Essex.»
«E cosa diavolo ci fai laggiù?»
«Sono stata a casa di Martin.»
«Stai scherzando?»
«Non preoccuparti, lui non c'è.»
«Ma non dovevi allontanarti. Fran, non puoi permetterti passi falsi...»
«A che ora ci vediamo domani?» risposi.
«Fran, devi tornare a Londra.»
«A che ora ci vediamo?»
Sospirò rassegnato.
«Abbiamo appuntamento con lui alle undici.»
«Allora alle dieci e mezza» dissi prima di riagganciare.

Addentai il mio hamburger, ma mi era passato l'appetito. Spinsi via il piatto e mi portai le ginocchia al petto, posando i talloni sul bordo della sedia.

Tom aveva ragione. Cosa ci facevo lì? Intere squadre di polizia non erano riuscite a risolvere il caso di scomparsa di persona più seguito degli ultimi anni, quindi che speranze potevo avere io rispetto a Doyle e al suo team?

Mi restava un misero dieci per cento di batteria sul cellulare, ma dovevo leggere l'articolo del «Post».

L'AVVOCATO «INTIMO» DI MARTIN JOY
di Jenny Morris

Capii subito cosa fosse successo. Mi aveva presa in giro.

L'articolo, per usare un eufemismo, era debole. Se Jenny stava cercando il suo Watergate aveva ancora molta strada da fare.

La signorina Day si è rifiutata di esprimersi sull'esatta natura della sua relazione con il marito della scomparsa Donna Joy, ma l'ha definita «complicata».

Continuai nella lettura, stupita dal fatto di non essere delusa dal tradimento di Jenny perché in fondo me lo aspettavo.

Aveva capito che sarebbe stato difficile ottenere un'esclusiva con Martin Joy e aveva cercato di salvarsi la pelle nel migliore dei modi. In fondo, prima o poi capitava a tutti, no? Arrampicarci a fatica su per la scala del successo, faticare, sudare, riuscire, continuare. A qualunque costo.

Sbocconcellai una patatina, chiedendomi se chiamare Vivienne. Glielo dovevo. Probabilmente una relazione con un cliente non sarebbe bastata da sola a farmi espellere dalla Inn of Court, ma se considerata insieme a tutto il resto – l'ammissione di essere stata a casa di Donna quella sera, e le accuse di Pete Carroll – non c'erano dubbi: la mia carriera era finita.

A meno che Donna non fosse rispuntata. Oppure il suo corpo non fosse stato ritrovato e i sospetti fossero ricaduti su qualcuno di diverso da me e Martin.

Avevo due possibilità. Consegnare la collana a Doyle e fare affidamento su di lui perché mi sollevasse da ogni sospetto o credere a Martin e cercare di provare il legame tra Alex Cole e la scomparsa di Donna.

Martin mi aveva implorata di fidarmi di lui. Era davvero il momento di correre quel rischio?

Mi sforzai di pensare, ma era difficile. Paura e angoscia bloccavano gli ingranaggi del mio cervello.

I miei pensieri si allontanarono da Martin e Donna per concentrarsi su Tom, su qualcosa che aveva detto a proposito di un suo vecchio caso.

Quando Tom aveva difeso Nathan Adams aveva sostenuto che il fatto che il suo cliente avesse una reputazione da malvivente non implicava che avesse picchiato sua moglie. Per Tom

Briscoe il fatto che quell'argomentazione si fosse rivelata vincente e in seguito Suzie fosse stata assassinata era motivo di grande vergogna.

Le parole di Tom mi riecheggiarono nella mente.

L'avvocato di Suzie non riusciva a crederci. Mi disse: «Non ci resta che aspettare la prossima volta».

Riflettei sul significato di quella frase. Tutti sapevano che Nathan Adams era uno psicopatico violento, tuttavia era riuscito a evitare una condanna grazie al talento di Tom in tribunale e alla mancanza di prove concrete.

Ma in quel momento Nathan Adams era in prigione, a scontare un ergastolo per omicidio. La polizia lo aveva preso perché aveva reagito in modo violento una *seconda* volta.

La strategia che stava iniziando a frullarmi in testa mi dava le vertigini, ma lasciai che prendesse forma. Afferrai il coltello dal piatto e pulii la lama con il tovagliolo. Lentamente, cambiai la presa in modo da impugnarlo come un'arma, e non come una semplice posata.

Poi, senza fermarmi a pensare a quanto fosse rischioso il piano che avevo elaborato, indossai il cappotto, mi infilai il coltello in tasca, presi il cellulare e mi avviai a piedi verso Dorsea House.

45

Sapevo di dover fare la telefonata appena lasciato il pub, altrimenti rischiavo di ripensarci.

Esitai mentre scorrevo i miei contatti in rubrica e gonfiai le guance.

Rispose quasi subito.

«Iniziavo a temere che non mi avresti parlato mai più» disse in un tono che suggeriva che fosse sorpreso di sentirmi. «Dove sei? Sento il rumore del vento.»

«Sto camminando» risposi, avvicinando il cellulare alla bocca. «Devo dirti una cosa» continuai. «Devo raccontarti tutto.»

Seguì una lunga pausa, una pausa che mi diede tempo di riflettere e tornare sui miei passi.

«Dimmi» mi esortò Alex Cole.

Avrei voluto una sigaretta. Avevo bisogno di nicotina o alcol, ma nessuna delle due cose era lì per aiutarmi a calmare i nervi. Così mi portai un dito alla bocca e iniziai a tormentarmi un'unghia fino a quando non mi sentii pronta per tornare a parlare.

«So che tutti speriamo che Donna sia sana e salva in qualche posto. E, devo essere onesta, parte di me è ancora convinta che Martin non abbia niente a che vedere con la sua scomparsa.»

«Penso che siamo tutti d'accordo su questo punto» confermò Alex in tono incoraggiante.

«Come sai, ho assunto un investigatore privato per indagare sulla vita privata di Donna. È così che ho scoperto la vostra relazione.»

«Cristo, Fran. Quante volte devo ripetertelo? Non era una relazione...»

Lo interruppi senza lasciarlo finire. «Il mio investigatore mi ha riferito anche che Donna e Martin andavano ancora a letto insieme. Sapevo che si sarebbero visti la sera della sua scomparsa, così li ho seguiti. Sono andati a casa di Donna, ma Martin è uscito dopo qualche ora.»

«L'hai detto alla polizia?» Sembrava incredulo.

«Sì, ma non sono sicura che mi abbiano creduta. Anzi, penso proprio di no. Ieri per poco non mi hanno arrestata.»

«Davvero? Cazzo.»

«Come puoi immaginare le cose non si mettono bene per me: il mio coinvolgimento con Martin, le bugie, il fatto di aver seguito lui e Donna. Al posto degli inquirenti penseresti anche tu che il mio comportamento sia quello dell'amante ossessiva, forse persino pericolosa.»

«Perché mi stai raccontando tutto questo?»

Deglutii. Dovevo farlo.

«Perché ho una prova che può incastrare Martin e non so come usarla.»

«Che tipo di prova?»

Gli riferii della collana e del fatto che Martin continuasse a negare che Donna avesse mai messo piede a Dorsea.

«Se volessi liberarmi di qualcuno andrei proprio lì» sussurrò Alex. «La mia casa isolata sul mare.»

«La polizia l'ha già perquisita, ma non ha trovato la collana.»

«E nemmeno un corpo, direi.»

«Non penso abbiano trovato niente di significativo, altrimenti la scientifica sarebbe ancora lì» risposi.

Feci una pausa prima di esporgli il resto del mio piano. Nonostante il freddo, stavo sudando. Il cellulare mi scivolava dal palmo umido, mentre il mio respiro si faceva insicuro e ansimante.

«Stanotte resto a Dorsea House. E domani mattina porto la collana a Doyle.»

«Martin lo sa?»

«No» risposi subito. «E non dirglielo. Ti sto informando solo perché meriti di essere avvertito. Se Martin venisse arrestato – con un'accusa formale questa volta –, avrai bisogno di tempo per far fronte alle ripercussioni negative sugli affari.»

«Grazie. Apprezzo tutto quello che hai fatto per noi.»

Le mie mani tremavano quando chiusi la telefonata. Ormai dovevo solo aspettare.

Camminai ancora per qualche minuto prima di riprendere il cellulare.

«Sono Fran.»

«Grazie al cielo» disse Martin. Sembrava sollevato. «Quando hai riattaccato poco fa sono andato nel panico.»

Mi sforzai di calmarmi. «Possiamo vederci domani mattina?»

«Certo» rispose lui, speranzoso.

«Ho un appuntamento con l'ispettore Doyle alle undici. Che ne dici di vederci alle nove e mezza a Pimlico? Se dovessi fare tardi aspettami. Stanotte resto a dormire a Dorsea e forse troverò traffico tornando a Londra nell'ora di punta.»

«Non puoi rientrare questa sera? Potremmo andare in un hotel, come l'ultima volta.»

«Sono già qui e il tempo è pessimo, quindi preferisco non muovermi. Non ti dispiace se dormo a casa tua, vero? Forse fa troppo freddo nel capanno, ma ho notato che ci sono dei letti al primo piano.»

«Hai ancora la collana?»

«Ce l'ho al collo» dissi, sfiorandomi la gola.

«Hai già deciso cosa farci?»

«Non lo so, Martin. Ne parliamo domani.» Strinsi la collana come se potesse strangolarmi. «Dobbiamo soltanto trovare Donna, è la nostra unica possibilità.»

«Tom, sono io.»

«Dimmi che stai tornando a Londra.»

«Non stasera» risposi, decisa a non lasciarmi influenzare.

«Ho appena parlato con Doyle. Non voleva rivelarmi niente sull'incontro di domani, ma penso che dovremmo prepararci. Sono riusciti a trovare il tassista che ti ha portata a casa. A quanto pare ti ha caricata in King's Road all'una e mezza e ti ha riportata a Islington. Il personale del Walton Arms ha confermato che alle undici e venti tutti i clienti avevano lasciato il pub. Doyle vorrà sapere cos'hai fatto a Chelsea in quelle due ore.»

«Sai già che non so rispondere, Tom.»

«Ho anche parlato con Matthew Clarkson.»

A giudicare dall'attimo di esitazione che seguì, non mi sarebbe piaciuto quello che stava per dirmi.

«Il sangue ritrovato sul letto di Donna non era mestruale.»

Cercai di non pensarci. Nuvole brune su lenzuola bianche come alcali su cartine di tornasole.

«Secondo la scientifica Donna ha perso del sangue nella sua stanza quella notte. Stanno eseguendo ulteriori analisi per capire cosa potrebbe essere successo.»

Come aveva fatto Martin a ferirsi le nocche? E io a graffiarmi le gambe? Come aveva perso sangue Donna? E perché? Un'infinità di domande si inseguivano nella mia mente, pronte a esplodere da un momento all'altro.

«Fran, per favore. Torna a Londra. Se la polizia scopre che hai disobbedito agli ordini e sei a casa di Martin potrebbe arrestarti.»

«Devo correre il rischio.»

«Penso che dovremmo iniziare a radunare una squadra legale.»

«Non ci serve, non ancora. Ma devo chiederti di fare una cosa per me: ho bisogno che tu venga qui. Ti sto chiedendo tanto, lo so, ma potrebbe mettere fine a tutto questo.»

46

A mio nonno piaceva portarmi a pescare. Dopo il divorzio dei miei genitori, mia madre era ben felice di non avermi in casa. Non c'era molto da fare nella mia città natale per una quattordicenne. Al pub mi chiedevano sempre la carta d'identità e se provavamo a portarci alcol e sigarette al parco l'agente di zona ci beccava subito.

La pesca non era esattamente lo sport ideale per una ragazza di quell'età e io non ero molto paziente, detestavo restare ferma per ore in attesa che qualcosa abboccasse. Ma mi piaceva la scatola delle esche di mio nonno, le minuscole e delicate piume rosse, turchesi e verdi che attaccava all'amo con le sue dita tozze e macchiate di nicotina. Erano piccole esplosioni di colore nel mio universo scialbo.

Era molto tempo che non ripensavo a quei pomeriggi sul fiume, eppure in quel momento non riuscivo a togliermeli dalla testa. Erano ricordi sicuri, di cui potevo fidarmi...

Mi strinsi nel cappotto e mi lasciai guidare fino alla spiaggia dal profumo della salsedine. Alla mia destra si estendeva una fila di capanne di pescatori e alla mia sinistra una spiaggia punteggiata di barche. Continuai a camminare, allontanandomi rapida dal pub e lasciandomi cullare dai suoni della natura. Lo sciabordio delle onde sugli scogli e il fruscio del vento tra l'erba che cresceva ai lati dell'asfalto. Spostai lo sguardo sul mare, osservando le macchie di luce muoversi lentamente sull'acqua: navi cargo dirette con le loro merci in Europa, Africa e ancora più lontano.

Affondai le mani nelle tasche e decisi che, finita questa storia, avrei fatto una crociera. Mi immaginai in abito da sera, o intenta a sorseggiare Martini in un bar in stile art déco con pannelli in legno di noce alle pareti. Avrei chiacchierato con interessanti coppie di pensionati, e giocato a bocce sul pontile come l'eroina di un romanzo di Agatha Christie.

Non ero mai stata in crociera e d'un tratto non vedevo l'ora di partire, di lanciarmi in tutti i progetti che avevo sempre rimandato per via del lavoro: corsi di cucina in Toscana, escursioni a cavallo sulle montagne dell'Andalusia, lunghi viaggi in treno da San Pietroburgo alla Siberia oppure in macchina da New York a Los Angeles, corsi di ceramica e di scrittura creativa, lezioni di italiano e di sassofono.

Era tutto nella mia lista di cose da fare, ed ero decisa a non rinunciare a niente, sempre che fossi riuscita a sopravvivere a quella settimana.

La sagoma di Dorsea House incombeva in lontananza, nera contro il cielo blu striato di malva. Le nuvole cariche di pioggia di poco prima erano sparite e le stelle iniziavano a scintillare, come cristalli di zucchero su velluto blu, mentre la luna assomigliava a un fiore sospeso nel cielo.

Seguii la striscia di luci lungo il sentiero fino alla casa, entrando attraverso la porta aperta della veranda.

L'interno era buio e silenzioso, a parte il lieve tubare dei piccioni che avevano nidificato da qualche parte fra le travi. Usai la torcia del cellulare per trovare un interruttore, anche se non ero sicura che la corrente funzionasse ancora. Individuai il tasto accanto alla porta della veranda, e sospirai di sollievo quando una lampadina si accese tremolando.

Mi spostai da una stanza all'altra, accendendo lampade e interruttori fino a quando il posto non sembrò più accogliente. Tirai via le lenzuola dai mobili, tossendo per le nuvole di polvere che si sollevavano.

Mi sembrava di essere posseduta. Gli ingranaggi erano in movimento e, sebbene fossi ancora in tempo per bloccarli tornando a Londra, sapevo che giocare la carta della prudenza non avrebbe migliorato la mia posizione.

Avevo preso una serie di decisioni infelici negli ultimi tempi: rischiavo l'arresto e l'espulsione dalla Inn of Court. Le possibilità di ottenere la seta erano pari a zero. E poi c'erano due uomini che si dichiaravano innamorati di me. Il che poteva sulla carta sembrare anche un aspetto positivo, considerato che ero single ormai da anni, ma, dato che uno era un potenziale assassino e l'altro uno stupratore, direi che mi sarebbe potuta andare meglio.

Non tornare a Londra e informare Alex Cole e Martin Joy che mi trovavo in una vecchia casa abbandonata sul mare sembrava una delle mie idee più stupide. Essere lì da sola mi rendeva vulnerabile. Attaccabile. Ma era proprio quello il punto: ci era mancato poco, ma avevo ripreso il controllo e stavo contrattaccando.

Nella speranza di razionalizzare le mie azioni, mi misi a ripensare a un caso di divorzio di cui mi ero occupata poco tempo prima. La legge era sempre stata la mia coperta di Linus, la mia rete di sicurezza, e in quel momento ne avevo bisogno più che mai. Il mio cliente era un famoso calciatore e, sebbene non seguissi quello sport, ero abbastanza informata da sapere che era considerato tra i più grandi giocatori di sempre. E un gran latin lover fuori dal campo. Candace, sua moglie, aveva chiesto il divorzio quando la notizia della relazione del marito con la sua fisioterapista aveva occupato la prima pagina del «Sun» per una settimana. C'era stato uno scambio di colpi bassi – con una serie di accuse di infedeltà da entrambe le parti –, e il mio cliente era ben deciso a non cedere metà del suo patrimonio a colei che ormai definiva "un'arrampicatrice sociale".

Non stava a me decidere chi meritasse cosa: dovevo solo attenermi alle direttive del mio cliente e mettere in salvo il più possibile del suo patrimonio. Così, quando andammo in tribunale, dedicai quasi tutte le mie energie a dimostrare che il mio cliente era un fuoriclasse. Che possedeva un talento straordinario e impareggiabile, e aveva apportato un contributo unico al bilancio familiare, ragione per cui gli sarebbero dovuti spettare più beni coniugali rispetto alla moglie.

Il *solicitor* del mio cliente non era d'accordo con la strategia che avevo imbastito e a lungo andare anche il mio cliente si ribellò. Era una strada rischiosa, lo ammetto, soltanto in pochi erano riusciti a convincere un giudice a non applicare l'equa divisione dei beni.

Ma quel rischio fu ripagato. Come spiegai al mio cliente in estasi fuori dal tribunale: se vuoi vincere alla grande, devi rischiare alla grande.

Nonostante mi trovassi al chiuso, tremavo dal freddo. O forse era paura. Se Alex o Martin mi avessero raggiunta in quella casa, sarebbe stato senza dubbio allo scopo di mettermi a tacere, e non avevo idea di quanto lontano sarebbero stati pronti a spingersi.

Mi sedetti in poltrona sotto la luce soffusa di una lampada e cercai di decifrare la tabella delle maree. Secondo quello schema, l'alta marea dell'una e venticinque del mattino avrebbe fatto salire il livello dell'acqua a quasi cinque metri. Da quanto mi aveva raccontato Martin, oltre quel limite la sopraelevata non era più percorribile. Ricordai a me stessa che era soltanto una previsione, e che era possibile che nessuno venisse a Dorsea. Mi ero proposta come esca, ma era possibile che in quel mare non ci fossero pesci. Forse né Alex né Martin avevano niente a che vedere con la scomparsa di Donna. Forse, forse...

Seduta da sola al buio, mi sorpresi a ripensare a quella notte. Cos'altro avevo visto? Cosa avevo fatto nelle due ore dopo aver spiato Martin uscire di casa e prima di prendere il taxi? Continuavo a non saperlo.

Controllai il cellulare. Il livello della batteria era sceso all'otto per cento. Abbassai la luminosità dello schermo per risparmiare energia, ma prima di rimettermi il telefono in tasca inviai un messaggio a Clare.

Mi dispiace per ieri. Mi manchi. Sono nell'Essex stasera, ma domani parliamo, per favore.

Schiacciai invio, con la sensazione di averle detto addio.

Iniziavo ad avere sonno. Non potevo rischiare di addormentarmi.

Cercai invano del caffè in cucina, ma non trovai nemmeno un bollitore, quindi mi dovetti accontentare di bagnarmi il viso con l'acqua gelida del rubinetto.

L'edificio ospitava una piccola biblioteca, probabilmente usata come sala ricreativa ai tempi della casa di riposo. Una serie di giochi da tavolo erano ancora impilati sugli scaffali: backgammon, dama e scarabeo, le scatole sbiancate dal sole e dal tempo. E poi pile di riviste: «The Field», «Boating» e «Country Life», numeri vecchi almeno di dieci anni.

Ne presi un paio e salii al piano di sopra. Scelsi una camera sul retro, con una poltrona accanto a un'immensa finestra affacciata sul mare.

Era una delle poche stanze che ospitavano ancora un letto, rifatto con coperte e cuscino. Lo ispezionai rapidamente e spazzai via la polvere dalle lenzuola, poi andai ad appendere il cappotto a un gancino dietro la porta.

Dieci. Dieci e mezza. Aspettavo e mi guardavo intorno.

Batteria al sei per cento.

Mi concessi una ricerca su internet. C'era una caserma dei vigili del fuoco sull'isola, mentre il commissariato di polizia si trovava a Colchester, a qualche chilometro di distanza. In caso di emergenza la polizia avrebbe impiegato almeno un quarto d'ora per raggiungere Dorsea, ma i pompieri potevano arrivare nel giro di qualche minuto.

«Andiamo, Tom, dove sei?» dissi ad alta voce. Pensavo che Tom potesse essere il primo a raggiungermi. Partendo dal Nord di Londra, era a tutti gli effetti il più vicino. Perché ci stava mettendo tanto? Era passata un'ora e mezza da quando lo avevo chiamato. Secondo i miei calcoli sarebbe dovuto arrivare da un momento all'altro.

Nella stanza aleggiava un odore umido e stantio. Aprii la finestra per lasciare entrare un po' di aria fresca e sentii la sirena di una delle navi che prima avevo visto scomparire nell'oscurità.

Mi sedetti sul letto ad ascoltare il silenzio, tendendo le orecchie per riconoscere il rombo di un motore o lo scricchiolio delle ruote lungo il viale.

Spalancai gli occhi per non appisolarmi: la riuscita del mio piano dipendeva dal fatto che restassi sveglia, se mi fossi addormentata le conseguenze potevano essere disastrose. Sfogliai una rivista, poi un'altra, lessi tutto sulle bussole e la stagione di pesca dei salmoni. Cercai di assorbire ogni parola degli articoli, ogni immagine, sperando che potessero distrarmi dal martellare incessante del mio cuore.

Quando il cellulare squillò mi sporsi per afferrarlo.

Strisciai un dito sullo schermo per rispondere a Tom.

«Fran, devi uscire da quella casa.»

«Perché?»

«Perché ho forato una cazzo di gomma.»

Una scossa di energia ghiacciata mi infiammò le dita.

«Sono a Chelmsford, quindi non dovrebbe volerci molto a cambiarla e raggiungere Dorsea, ma non voglio rischiare. Esci subito, non dovresti stare lì da sola. Trova un posto dove fermarti. Ci sono due pub sull'isola, ed entrambi hanno delle stanze. Vengo a prenderti lì.»

«Okay» fu tutto quello che riuscii a dire.

Esitai un attimo prima di afferrare il cappotto. Prendere o lasciare. Restare o andare.

Mi sembrava che fosse troppo tardi per tornare indietro, ma Tom aveva ragione, sarei stata più al sicuro al pub.

Sfiorai la collana di Donna che portava al collo, invocando il suo aiuto.

Nel frattempo il temporale infuriava, e sentivo chiaramente l'acqua scorrere nelle vecchie grondaie. Poi notai un rumore quasi coperto dal picchiettare ritmico della pioggia.

Uscii sul pianerottolo buio e lo udii più distintamente. Il

brontolio del motore di una macchina, e poi i sottili fasci di luce diretti verso la casa. Per fortuna il viale era lungo e l'auto avanzava a bassa velocità per via del maltempo.

Non c'era tempo di uscire, ma sapevo di dover pensare in fretta. Tom non sarebbe mai potuto arrivare da Chelmsford tanto in fretta, quindi doveva essere qualcun altro.

Il cellulare rischiava di cadermi di mano. Cliccai sulla rubrica, ma il tremito delle mie dita era talmente forte da impedirmi quasi del tutto i movimenti. Non avevo il numero dell'ispettore Doyle, ma avevo il contatto diretto del sergente Collins.

Feci partire la chiamata e restai in attesa di sentire gli squilli, ma Collins non rispose. La telefonata fu inoltrata alla segreteria.

Le parole erano come bloccate in gola. Non mi aspettavo di sentirmi tanto indifesa, tanto paralizzata.

«Sergente Collins, sono Francine Day. È una telefonata urgente a proposito della scomparsa di Donna Joy. Mi trovo a Dorsea House, sull'isola di Dorsea, nell'Essex. Ripeto, Dorsea House sull'isola di Dorsea. La casa appartiene al mio cliente, Martin Joy. L'ho informato di essere in possesso di una prova contro di lui e penso che stia venendo qui. Per favore, mi richiami. Ho paura. Ho ragione di credere che possa farmi del male.»

Sapevo di sembrare completamente fuori di testa. Non potei fare a meno di pensarlo mentre le parole mi uscivano dalla bocca. Le parole di una donna paranoica. Non potevo essere sicura che il sergente Collins mi avrebbe creduto. E parlare con una segreteria telefonica non mi aiutò a essere fiduciosa sulla possibilità di ricevere aiuto.

Provai a contattare il commissariato di Belgravia, ma un'altra voce registrata mi informò che un servizio di assistenza ventiquattro ore su ventiquattro era disponibile a un altro numero.

Il mio cuore martellava così forte che temevo potesse volarmi fuori dal petto e atterrare sul pavimento.

Dovevo chiamare i pompieri. O forse la polizia era comunque la scelta migliore... ormai non riuscivo più a mantenere la calma, né la lucidità. La verità è che volevo soltanto vedere qualcuno. Chiunque. Chiunque potesse arrivare lì abbastanza in fretta.

Composi un numero di emergenza e una voce tranquilla mi chiese di quale servizio avessi bisogno.

«Pompieri» risposi, ricordandomi quanto fosse vicina la caserma che avevo trovato su internet.

«Sono a Dorsea House sull'isola di Dorsea e vedo del fumo. Ho bisogno di aiuto il più in fretta possibile.»

La voce mi chiese di spiegarle cosa fosse successo.

«Sono nella camera da letto al primo piano. Sento puzza di bruciato.»

«Vede le fiamme?»

«Sì» mentii. «Le vedo al piano di sotto, dalla finestra della mia camera. Sono in pericolo. Per favore, fate in fretta.»

Sbirciai nell'oscurità, dove riuscii a distinguere la sagoma di una macchina sportiva. Un'Audi nera.

Provai un'ondata di tristezza. Martin era venuto. Mi ero sbagliata, avevo sbagliato su tutto.

Avevo voluto credere che non mi avrebbe mai fatto niente di male. Per questo ero finita su quell'isola. Era un test: volevo metterlo alla prova per capire se mi amasse, e aveva fallito. Io avevo fallito.

Con un ultimo residuo di forza inviai un messaggio a Clare e Phil Robertson.

Martin Joy ha ucciso Donna Joy. Sono a Dorsea House, sull'isola di Dorsea. Ho le prove contro di lui, e adesso è qui.

Il messaggio tardava a partire. «Andiamo» gemetti, in preda alla frustrazione.

Sentii sbattere una porta. Corsi di nuovo nella camera da letto e chiusi la porta, appoggiando la schiena al legno e cercando di regolarizzare il mio respiro.

Potevo nascondermi, oppure affrontarlo e dirgli che era inutile tentare di mettermi a tacere. Avevo detto a tutti della collana: Clare, Collins, Tom Briscoe, Phil Robertson. Donna Joy era stata in quella casa. Lo sapevo, e lo sapevano tutti.

Oppure potevo combattere. Avevo ancora il coltello del pub nella tasca del cappotto. Lo estrassi e strinsi fra le dita il manico di legno.

Mi infilai a letto, tirai le coperte fino al mento e aspettai, con il coltello stretto fra le mani, pronta a colpire.

Sentii lo scricchiolio delle scale di legno e poi il rumore dei passi sul pianerottolo, davanti alla porta.

La luna fu inghiottita da una nuvola e la stanza diventò ancora più buia. I miei occhi non riuscivano a mettere a fuoco.

La porta si aprì cigolando. Mi aspettavo di sentirgli almeno pronunciare il mio nome, invece seguì un silenzio così assoluto che sembrava che la terra avesse smesso di ruotare.

Chiusi gli occhi, fingendo di dormire. Il coltello era bagnato dal sudore delle mie mani. Non riuscivo a credere che potesse farmi del male. Non ci credevo.

Sentivo la sua presenza nella stanza. Mi sforzai di non aprire gli occhi ma percepivo che si faceva sempre più vicino.

«Martin, non farlo» mormorai.

La figura si avvicinò. Diedi infine una rapida occhiata e notai che indossava abiti scuri come la notte e uno spesso passamontagna nero gli copriva quasi tutto il volto.

«Martin, per favore...» dissi, sentendo una lacrima scorrere lungo la guancia. «Sapevo che saresti venuto. Ho chiamato la polizia, e anche i pompieri. Arriveranno da un momento all'altro...»

Quando le sue mani raggiunsero il mio viso iniziai a lottare. Era forte.

Cercai di inspirare, ma il palmo schiacciato contro la mia bocca me lo impediva. Una serie di immagini iniziarono a rincorrersi nella mia mente. La stanza d'albergo. Lui che mi bacia stringendomi i polsi, schiacciandomi con il suo peso. Il pub di Chelsea, il rumore del quiz al piano di sopra, gli schiamazzi come durante una partita di calcio. La gente che se ne andava ridendo. Io da sola in strada a osservare, ad aspettare. Il cancello aperto di un seminterrato. Spuntoni neri. Gradini freddi. Io seduta a terra a osservare ancora, aspettare ancora.

La mano non abbandonava la presa. Non riuscivo a respirare, tutto il mio corpo gridava per il bisogno di ossigeno. Una porta aperta. Martin in strada. Donna alla finestra. Io confusa, assonnata. Avevo bevuto troppo. Mi girava la testa. Donna in strada. Una berlina nera. Capelli biondi. Fumo dal tubo di scappamento. Un taxi. Dolore. Sangue sulla gamba. Stava tornando tutto, come un fiume in piena.

Cercai di impormi di restare forte, ma le forze mi stavano abbandonando. «Francine!»

Qualcuno gridò il mio nome. La pressione diminuì e mi accorsi che l'aggressore veniva trascinato via. Mi rimisi seduta, stringendo il coltello, e vidi due persone impegnate in una lotta furibonda.

Impiegai un secondo per riconoscere Martin e rendermi conto che stava lottando contro l'uomo con il passamontagna, il che significava che non era lui ad avermi aggredito.

Il mio cuore pompava furiosamente, e continuavo a stringere il coltello.

«Alex, fermati!» gridai. Finalmente capivo.

Sapevo di dover aiutare Martin, ma avevo paura di colpire la persona sbagliata. D'un tratto notai un vecchio vaso sul comodino. Lasciai cadere il coltello e scesi dal letto, stringendo il vaso con mani tremanti. Il mondo mi sembrava confuso. Rumore, movimenti, ombre. Martin afferrò il passamontagna dell'aggressore, e iniziò a sfilarlo proprio mentre mi preparavo a colpire. Ci fu un improvviso rumore di vetri in frantumi e un grido acuto. Poi vidi Martin immobile accanto alla finestra rotta. Si voltò e mi prese tra le braccia. La sua pelle odorava di sudore e paura. Per un momento non mi mossi, grata di essere viva, poi mi girai verso la finestra e, quando guardai il patio sottostante attraverso il vetro rotto, vidi il viso pallido di Sophie Cole rivolto verso il cielo.

I pompieri furono i primi ad arrivare, seguiti dai paramedici partiti da Colchester.

Riuscivo a stento a parlare, così lasciai che Martin prendesse il controllo. Non volevo guardare né ascoltare niente. Scovai un angolo tranquillo e mi sedetti con le ginocchia contro il petto, con il suono delle sirene e le loro luci blu che si dissolvevano nell'oscurità, mentre Sophie veniva portata in ospedale e i pompieri si rendevano conto che ormai potevano andarsene.

Sentii qualcuno gridare che la sopraelevata non era agibile e ci sarebbe voluta un'ora prima che fosse di nuovo possibile attraversarla, ma Doyle era già stato informato ed era in viaggio.

«Come stai, cara?» Una poliziotta entrò nella mia stanza e mi sistemò una coperta sulle spalle. «C'è un bollitore da qualche parte?»

«No, niente del genere» risposi.

Mi guardò, sembrava chiedersi che genere di vita conducessi a Dorsea House. Probabilmente pensava che fossi una specie di signorina Havisham, e dovevo ammettere di sentire una certa affinità con il personaggio di Dickens in quanto a fragilità mentale.

«A proposito, penso che ci sia un suo amico.» Quando alzai lo sguardo, vidi Tom sulla soglia.

Mi alzai in piedi a fatica e mi lasciai abbracciare.

«Ce l'hai fatta» dissi, con il viso schiacciato contro la sua spalla.

«Ho attraversato la sopraelevata appena in tempo. Meglio tardi che mai.»

«Be', ti sei perso tutta l'azione.»

Non lo trovò divertente.

«Mi dispiace tanto, Fran.»

«Alla fine non ho avuto bisogno di te» risposi.

«No, te la sei sempre cavata da sola.»

Era un complimento, così gli rivolsi un sorriso di gratitudine.

«Ho origliato qualche conversazione» disse. «A quanto pare

Sophie Cole è ancora viva. Non riescono a credere che sia sopravvissuta alla caduta.»

Annuii. Non ero sicura che sarei mai riuscita a dimenticare la vista del suo corpo schiacciato sul cemento, come un burattino con i fili tagliati.

«Sophie è una dura. È forte, in forma. Se la caverà.»

«Forse è il caso che vada. Martin vuole parlarti.»

«Resta ancora un po'» dissi. Non sapevo come mi sarei sentita a stare da sola con Martin.

«Mi sbagliavo su di lui» aggiunse Tom. «Ero sicuro che avesse ucciso Donna. Mi dispiace. Mi sarei dovuto fidare del tuo giudizio.»

«No, anch'io mi sono sbagliata» replicai, più a me stessa che a lui. Poi aggiunsi: «Digli che ci vediamo fuori».

Camminai fino al viale ignorata da tutti, con la coperta avvolta intorno alle spalle che strisciava sulla ghiaia. Sapevo che prima o poi qualcuno avrebbe voluto interrogarmi, ma in quel momento non mi sembrava così importante. Trovai una panchina sotto un faggio e mi appollaiai sul bordo, poi rimasi a osservare Martin che mi seguiva all'esterno.

«Grazie» dissi, mentre si sedeva accanto a me. «Grazie di avermi salvata.»

Non rispose, si limitò ad allungare una mano e stringermi la spalla.

«Come facevi a sapere di dover seguire Sophie?» chiesi. Stavo cercando di mettere insieme i pezzi, ma avevo la mente annebbiata.

«Perché so quanto sei in gamba. Quando mi hai chiamato per dirmi che eri rimasta a Dorsea e che avevi tenuto la collana, ho capito subito che mi stavi mettendo alla prova, sfidandomi a raggiungerti. Ma pensavo, anzi speravo, che avessi fatto lo stesso con Alex. E avevo ragione. Sono solo rimasto sorpreso quando ho visto Sophie uscire di casa per venire a cercarti, e non lui.»

«Sono coinvolti entrambi?»

Martin posò una mano fredda sulla mia. «Non lo so, ma sono sicuro che lo scopriremo presto.» Fece una pausa prima di proseguire. «Non riesco a credere che Sophie abbia fatto una cosa del genere. Uno pensa di conoscere le persone, e poi...»

Alzai lo sguardo e mi accorsi che stava piangendo.

«Tranquillo, è tutto finito» lo consolai, dolcemente.

«Mi chiedo soltanto cosa le abbiano fatto. Cosa abbiano fatto a Donna» disse, asciugandosi le lacrime.

Feci scivolare un braccio attorno al suo, sentendomi a disagio. Mi sembrava di essere seduta accanto a uno sconosciuto, anche se mi dispiaceva pensare a lui in quel modo.

«Dobbiamo trovare il suo corpo» riprese Martin, ricomponendosi. «Le sarebbe piaciuto un bel funerale. A Donna piacevano le persone. Inviteremo tutti. Lo avrebbe apprezzato.»

Gli occhi mi si riempirono di lacrime e non riuscii più a mettere a fuoco quello che avevo di fronte. Le stavo asciugando con il dorso della mano quando sentii un rumore di passi sulla ghiaia. Alzai lo sguardo e mi ritrovai davanti un poliziotto in uniforme dall'aria autorevole.

«Signor Joy?» chiese, incerto.

Martin annuì.

«Ispettore Bannister, polizia di Colchester. L'ispettore Doyle sta arrivando, ma pensavo che fosse meglio informarla subito... Uno dei miei colleghi è in ospedale con Sophie Cole ed è riuscito a scambiare qualche parola con lei... Non siamo ancora in grado di confermare la sua versione, ma Sophie Cole sostiene che sua moglie, Donna Joy, sia ancora viva.»

47

Quando mi svegliai nel capanno delle ostriche ero sola e sentii un gabbiano gracchiare e agitare le ali da qualche parte sopra la mia testa. Il cielo si era schiarito e le stelle non si vedevano più. Il sole stava sorgendo, creando nastri di luce rosata sull'acqua e trasformando il paesaggio cupo della sera prima in uno scenario quasi paradisiaco.

Impiegai un attimo per rendermi conto che in realtà ero stata svegliata da qualcuno che bussava alla porta.

L'ispettore Doyle era in piedi sulla soglia del capanno. «Mi hanno detto che era venuta qui a dormire.»

«Stavo quasi delirando, avevo bisogno di riposo.»

«Come si sente?» chiese, entrando e prendendo posto su una sedia traballante.

«Sono stata meglio» risposi. Avevo la gola secca.

«Dov'è Martin?»

«Ancora in casa.»

Lo guardai con impazienza. «Ha già parlato con Sophie Cole?»

«Le hanno parlato i miei colleghi. A quanto ho capito si è fratturata la schiena, le gambe e alcune costole. Stiamo ancora aspettando una diagnosi completa, ma probabilmente dovrà restare in ospedale ancora per un po' prima di essere trasferita altrove.»

«È stata messa in stato d'accusa?»

Annuì. «Lesioni aggravate intenzionali e ostruzione alla giustizia.»

Ero delusa. Sophie aveva chiaramente cercato di uccidermi. Mi sembrava che l'accusa non corrispondesse al crimine.

«E Donna?» chiesi, mettendomi a sedere. «L'avete trovata?»

Doyle fece una pausa prima di rispondere.

«A quanto pare è in Francia. Sophie Cole ci ha fornito un indirizzo. Ho mandato due agenti a controllare.»

«In Francia? E cosa ci fa là?»

Mi tornò in mente Phil che mi diceva di aver seguito Donna mentre si dirigeva verso il gate degli Eurostar.

«Si nasconde» rispose lui, come se fosse ovvio.

Scossi la testa, invitandolo a spiegarsi meglio.

«Donna Joy ha inscenato la propria scomparsa. Donna e Sophie hanno organizzato la cosa insieme.»

Dovevo metabolizzare la notizia. Mi sforzai di pensare a quale potesse essere la prossima mossa. Sophie stava già puntando a un patteggiamento, scaricando la colpa sulla sua amica scomparsa?

«Non è stata rapita?»

Doyle scosse la testa.

«Non sappiamo ancora con certezza perché lo abbiano fatto. Se dovessi azzardare un'ipotesi, direi che volessero incastrare Martin per appropriarsi indebitamente della sua attività.»

Annuii. «Era quello che pensava anche lui. Una clausola nell'accordo societario prevede che uno dei due soci rilevi le quote dell'altro se questo è motivo di discredito per l'azienda.»

Cercai di sollevarmi ancora, ma avvertii un giramento di testa e mi portai il palmo alla fronte.

«Sta bene?» chiese Doyle, preoccupato.

«Penso di sì.»

«Dovrebbe andare a farsi visitare. Avremo bisogno di una dichiarazione da parte sua, ma non dovrebbe prenderle troppo tempo. Posso darle un passaggio a Colchester, devo andare anch'io in ospedale.»

Esitò.

«Mi dispiace che abbia dovuto passare tutto questo, Francine. Avrebbe dovuto lasciar fare a noi. Si è messa in pericolo.»

«Lo so» dissi, ancora scossa. «Ma quando si è disperati si farebbe qualunque cosa per rimettere tutto a posto.»

«Immagino sia per questo che ci ha mentito.»

Cercai di interpretare il suo tono, ma non riuscivo a capire se il suo commento fosse critico o conciliante.

«Sapevo che mi sarei messa in cattiva luce se avessi ammesso di aver seguito Martin e Donna. Per questo ho detto al sergente Collins di essere tornata a casa dopo essere passata all'atelier di Donna. Ho sbagliato, ma ero spaventata.»

Il mio cuore batteva all'impazzata. Chi meglio di me poteva essere consapevole di tutte le possibili conseguenze negative delle mie azioni? Rischiavo di essere accusata di tentata ostruzione alla giustizia ed essere radiata dall'ordine.

«Cerchi di non cacciarsi in altri guai» disse Doyle, con un accenno di sorriso. Sentii tutti i muscoli del mio corpo rilassarsi.

48

Martin mi accompagnò in ospedale, ma a dire il vero avrei preferito restare da sola. Forse Donna era viva, ma la mia relazione con suo marito sembrava morta.

Si sedette insieme a me in accettazione. Ero un caso prioritario, a quanto pareva, raccomandata da un cenno di un ufficiale di polizia, ma ci vollero comunque due ore prima che fossi visitata. Alla fine mi fecero una radiografia al petto e mi diedero del paracetamolo per il mal di testa.

«Rientriamo a Londra» disse Martin, mettendomi un braccio attorno alle spalle. «Finalmente possiamo tornare nel mio appartamento.»

«Penso che dovrei andare a casa mia» dissi, cauta.

«Si è risolto tutto stanotte, Fran, ma Pete Carroll resta pericoloso. A un certo punto sono arrivato a pensare che fosse coinvolto nella scomparsa di Donna. Che fosse innamorato di te al punto da essere disposto a ucciderla e incastrarmi per mettermi fuori dai giochi.»

«Se la finanza dovesse annoiarti, potresti prendere in considerazione una carriera da scrittore» sorrisi, impaziente di scrollarmelo di dosso e allontanarmi.

Mi guardò e posò entrambe le mani sulle mie spalle.

«Vieni a vivere con me. Anche non subito, fra una settimana o un mese. Forse dovremmo aspettare che sia tutto finito per poter andare avanti con le nostre vite e ricominciare da zero. Ma io non vedo l'ora di vivere con te.»

Era un uomo attraente, non potevo negarlo. I suoi occhi erano di una sfumatura di verde incredibile, e le sue braccia abbronzate e muscolose erano la quintessenza della mascolinità. Vivere in un attico multimilionario con Martin Joy, facendo un sesso straordinario e con uno stile di vita da film sarebbe stato il sogno di migliaia di donne. Ma non il mio, non più.

Strinse gli occhi, come se avesse avvertito la mia ritrosia.

«Non credi davvero a quei pettegolezzi, vero? Quelli sulle violenze domestiche?»

Non risposi.

«Fran, sono tutte cazzate. Donna ha cercato di incastrarmi, erano solo bugie.»

«Lo so, ci credo» risposi, anche se non riuscivo ancora a togliermi dalla testa i racconti sulla sua spregiudicatezza sul lavoro. Non pensavo fosse un violento, questo no, ma quelle storie dicevano comunque molto sul suo conto.

Mi divincolai da lui e gli posai una mano sulla camicia.

«Devo andare un attimo in bagno, e poi ho bisogno di un caffè. Ne vuoi uno anche tu?»

«Certo» rispose, distrattamente. «Ti aspetto qui.»

Percorsi il corridoio fino a quando non trovai una mappa colorata che indicava come raggiungere il reparto di cardiologia, gli ambulatori e la clinica oculistica. Avevo ascoltato una telefonata dell'ispettore Doyle e sapevo dove trovare Sophie Cole.

Da un certo punto in poi iniziai a fingere di zoppicare e nessuno mi fermò mentre mi facevo strada fino alla camera privata dove era ricoverata Sophie.

Individuai la stanza prima ancora di notare i due poliziotti in borghese davanti alla porta. Rimasi in attesa finché uno dei due non lanciò uno sguardo all'orologio e andò a parlare con un'infermiera. Poi il secondo rispose a una telefonata, allontanandosi verso una finestra per avere migliore ricezione. Era il mio momento.

Distesa sul lettino, Sophie sembrava un fantasma.

Si era rotta la schiena ed entrambe le gambe. Era attaccata a una flebo. Un braccio era ingessato, e le gambe erano bloccate con placche e stecche, ma Martin mi aveva detto che i medici non erano in grado di dire se sarebbe mai tornata a camminare.

Il suo letto era leggermente sollevato. Mosse lentamente il collo. Mi chiesi se le facesse male.

«Cosa ci fai qui?» chiese con un filo di voce.

«Volevo vederti.»

Per un attimo sembrò sul punto di ribattere che non avrei dovuto trovarmi lì, ma doveva essere troppo stanca, così lasciò perdere e distolse lo sguardo.

«Perché l'hai fatto?»

Aspettai una risposta, ma Sophie rimase in silenzio.

«Devi dirmelo, me lo devi. Tu e Alex avete tutto. Non era abbastanza?»

«Alex non c'entra niente con tutto questo.» Lo disse con un certo rammarico.

«Spiegami il perché di tutto questo» sussurrai, avvicinandomi al letto.

Il silenzio sembrava sul punto di inghiottire la stanza.

«La forza della Gassler Partnership sta tutta in un algoritmo» disse alla fine, mentre un rivolo di saliva le colava sul mento. «Tutta la loro tecnologia ruota intorno a un modello che ho creato io. È stata una mia idea.»

«Ma non sei un'esperta di informatica.»

«No, ma ero io a tenere le fila. Ho trovato i migliori analisti, i migliori computer, i migliori data scientist. Ho fatto tutto io, ma sulla porta non c'è scritto "Sophie Cole" e nemmeno sulla carta intestata. Non possiedo azioni a mio nome, nessuno nel settore riconosce i miei meriti. Nemmeno Martin o Alex. Mi hanno tagliata fuori.»

Osservai i suoi occhi concentrarsi sul paesaggio fuori dalla finestra, come se stesse raccogliendo i pensieri. O forse si stava chiedendo come si sarebbe comportata se avesse avuto la possibilità di tornare indietro.

«Hai idea di cosa significhi essere sposata con uomini come

Martin e Alex?» chiese, guardandomi negli occhi. «Uomini ossessionati dal denaro e dal loro status, consumati dal loro ego e dall'ambizione. Finora hai visto solo il lato positivo» continuò, cercando di sorridere come un'anziana saggia e benevola. Ma la sua espressione era soltanto sofferente.

«All'inizio si rimane colpiti dalla loro sicurezza, dal fascino, dai gingilli che ti regalano, i vestiti e le borse... Li usano per accalappiarti, poi cercano di metterti in trappola e controllarti.»

Faceva fatica a respirare, ma ero decisa ad ascoltare tutta la storia, fino alla fine.

«Per tanto tempo cerchi di giustificarli e poi, quando non ne puoi più, loro assumono gli avvocati migliori – persone come te – per fregarti.»

«Quindi volevate più potere, e più soldi» dissi, lentamente. «Ma Donna col divorzio avrebbe già ottenuto un assegno a otto cifre. Non era abbastanza? Era più di quanto sarebbe mai riuscita a spendere in una vita.»

«È stato facile convincerla che avrebbe potuto avere di più» rispose, con un sospiro trionfante.

La sua voce si stava affievolendo. Mi avvicinai al letto tanto da riuscire a distinguere i suoi occhi iniettati di sangue e sentire i suoi rantoli sommessi.

«Alex aveva una relazione. Non con Donna, ma con una qualche ragazzina in ufficio. È così stupido che non si è accorto che lo sapevo» continuò, senza guardarmi negli occhi.

«Avevo capito come sarebbero andate le cose» continuò. «L'algoritmo veniva aggiornato costantemente dalla squadra che avevo creato e continuava a migliorare. Ma sapevo che più redditizia e preziosa fosse diventata l'attività, più in fretta sarei stata tagliata fuori anche dal mio matrimonio e sostituita da una sgualdrina qualunque utile solo a lusingarlo e scoparlo. Così ho deciso di prendere in mano la situazione.»

Guardò fuori dalla finestra, come se il paesaggio potesse aiutarla a ricordare com'erano andate le cose.

«Erano anni che Donna voleva lasciare Martin. Non era mai

stata innamorata di lui, ma amava quello stile di vita, per questo motivo aveva resistito tanto a lungo. Non pensavo che Martin avrebbe mai avuto le palle di chiedere il divorzio, ma, quando mi raccontò che dopo il viaggio di Donna a New York il loro matrimonio era al capolinea, capii che era giunto il momento di passare all'azione. Suggerii a Donna di chiedere il divorzio per prima e le trovai un ottimo avvocato: il Piranha. Sapevo però che Martin avrebbe fatto altrettanto: non avrebbe mai rinunciato a metà della sua fortuna senza lottare. E quando fu chiaro che Donna non avrebbe ottenuto il cinquanta per cento, le ricordai quanto fosse ingiusto e le dissi che c'era un'altra via.»

La sua voce era poco più di un soffio. Sophie era troppo debole per parlare. La aiutai a riempire i buchi, cercando di ripercorrere ad alta voce il suo piano.

«Così avete inscenato la sua scomparsa. Sapevi che Martin sarebbe stato l'unico sospettato, il che ti avrebbe permesso di approfittare della clausola nell'accordo societario.»

«Donna fece la sua parte, scrivendo sul diario del comportamento violento di Martin e lavorandosi la sorella. Le raccontò un paio di episodi di violenza domestica. Non era difficile da credere. Era un uomo forte e possessivo.»

Sophie si fermò per prendere fiato. «La settimana dell'udienza Donna invitò Martin a casa sua. Nonostante tutto non riusciva a resisterle. Finirono a letto, e poi lei gli chiese di andarsene.»

«A quel punto sei passata a prenderla.»

«Avevo organizzato una cena con Alex quella sera. Dovevo assicurarmi di avere un alibi per lui, nel caso in cui si fosse rivelato utile. Quando tornammo a casa, misi un sonnifero nel suo bicchiere e trovai un pretesto per litigare in modo da avere una scusa per andare a dormire nella stanza degli ospiti. Non appena Alex si addormentò, passai a prendere Donna e la portai fuori Londra. Mi ero accordata per farla salire clandestinamente su un traghetto per la Francia. La mattina dopo era giunta a destinazione: sarebbe dovuta rimanere a Parigi finché non fossi riuscita a farla spostare altrove. Voleva andare a Bali. Le piaceva. Non è stato difficile venderle l'idea di un paio d'anni passati in spiaggia.»

«E poi?» chiesi, incredula di fronte all'audacia di quelle due.

«Una volta che Alex fosse riuscito a ottenere il pieno controllo della società, il piano era aiutarlo a farla fiorire. La Gassler Partnership sarebbe andata a gonfie vele, e tutti avrebbero dimenticato il coinvolgimento di Martin nell'attività. Inoltre avrei avuto una fila di investitori: fare amicizia con le mogli dei ricchi è una grande strategia» spiegò. «Alla fine avrei chiesto il divorzio. A differenza di quella di Donna, la mia richiesta del cinquanta per cento avrebbe avuto un fondamento più solido.»

«Cosa ci avrebbe guadagnato Donna?»

«Fai un paio di calcoli: poteva avere il trenta per cento del capitale di Martin oppure dividere con me una torta molto più grande. Donna era avida, non è stato difficile convincerla.»

«E ne valeva la pena?» chiesi, a voce talmente bassa che non ero sicura che mi avesse sentita.

«Non era tanto per i soldi, era una questione di principio» sibilò, come se avesse trovato la forza di continuare il racconto attingendo a una profonda sorgente di rabbia che scorreva dentro di lei.

«Se ti interessano tanto i principi, perché hai cercato di uccidermi?»

«Quello è stato un incidente di percorso, non sarebbe dovuta andare così.»

Mi guardò negli occhi e le credetti.

«Volevo solo estromettere Martin dalla società» riprese, lentamente. «Volevo che cadesse in disgrazia e sparisse. Per allontanarlo era sufficiente che la polizia nutrisse dei sospetti sul suo conto, tutto qui. Per questo Donna aveva lasciato la casa in quel modo: non ha cercato di inscenare una colluttazione. Siamo state sottili, allusive.»

«E il sangue sul letto?»

«Semplice: qualche piccolo taglio sulle dita. È incredibile

quanto sangue fuoriesca dai polpastrelli. Come dicevo, non volevamo inscenare un vero e proprio massacro: mi bastava lasciare una traccia, instillare il dubbio.»

Sophie emise un debole sospiro irritato.

«Ma poi Alex mi disse che quella notte avevi seguito Martin fino a casa di Donna come un cucciolo innamorato. Potevi fornirgli un alibi e hai rovinato tutto, comportandoti in modo patetico, proprio come tutte le altre donne che strisciano al seguito di uomini come Martin Joy.»

Mi limitai a scuotere la testa. Sophie sembrava sempre più pallida e debole. Ci volle qualche minuto prima che potesse continuare la sua storia.

«Ma ormai avevo iniziato, Francine, e dovevo portare a termine il mio piano. Così, dopo il suo arresto, suggerii a Martin di trasferirsi da noi. Volevo tenerlo d'occhio. Una sera abbiamo parlato e gli ho chiesto della vostra relazione. Mi disse che ti amava, ma temeva che fossi mentalmente fragile. Non avevo bisogno che me lo dicesse lui: avevo già notato le cicatrici sulle tue braccia.»

«Pensavi che sarebbe stato facile liberarsi di me: l'amante instabile con un passato di autolesionismo.»

«Infine ieri sera Alex mi ha raccontato della tua telefonata. Ha detto che eri paranoica, delirante. Ma ha anche aggiunto che avevi trovato la collana di Donna che avevo portato a Dorsea. Era per la polizia. Non riuscivo a credere che non l'avessero trovata. Incompetenti.»

«E a quel punto sono diventata un fastidio eccessivo.»

«Anche Donna lo era» sussurrò.

Lo aveva fatto di nuovo. Donna *era.*

«Perché continui a riferirti a Donna al passato, Sophie?»

«Al passato?»

«Me n'ero già accorta quando hai detto che "era avida".»

«Ha importanza?»

Sentii il formicolio della pelle d'oca che si formava sulle mie braccia mentre mettevo insieme gli ultimi tasselli del puzzle.

«È morta, vero? Hai detto alla polizia che è in Francia, ma non è così. Dico bene?»

Sophie non rispose.

«Donna è morta, vero, Sophie?» ripetei, avvicinandomi di un altro passo al letto. «Sarebbe potuta semplicemente tornare a casa quando hai capito che Martin avrebbe potuto fornire un alibi. Ma non l'ha fatto. Perché non poteva.»

«Donna era una stupida, proprio come te» sussurrò Sophie. «Un'incosciente codarda. Non potevo fidarmi di lei, non si sarebbe attenuta al piano. Sapevo che avrebbe finito per commettere un errore, tipo comprarsi un cellulare, o lasciare qualche traccia sui social. Oppure avrebbe potuto cambiare idea di punto in bianco e tirarsi indietro.»

«Non volevi dividere i soldi con lei, giusto?»

Sentii la porta aprirsi alle mie spalle. Mi voltai e mi ritrovai davanti l'ispettore Doyle con una tazza di caffè in mano, che mi fissava irritato ma non del tutto sorpreso.

«Forse dovrebbe andare» disse, in tono fermo. Sapevo che non era il caso di protestare.

«Non volevo farti del male, ma ti sei messa in mezzo» concluse Sophie. Uscii dalla stanza senza guardarmi indietro.

49

Due mesi dopo

Il Summerhouse Restaurant di Little Venice sembrava il posto ideale per incontrare Clare a pranzo. Non era lontano dal suo centro terapeutico e il fatto che fosse a pochi passi dal canale lo rendeva perfetto per i pomeriggi di inizio estate.

«Non riesco a credere che abbia offerto cinquantamila sterline più del prezzo di partenza» commentò Clare, infilzando un'oliva mentre le raccontavo delle offerte in busta chiusa per il mio appartamento.

«Per un attimo avevo pensato di tenerlo» confessai, bevendo un sorso di succo di mela. «Ero convinta che il mercato immobiliare a Londra fosse in calo, ma a quanto pare mi sbagliavo.»

«No, hai fatto bene» disse Clare con aria saggia, posandosi una mano sul pancione.

Annuii. La mia amica aveva ragione. Pete Carroll si era trasferito altrove nel giro di una settimana, dopo gli eventi di Dorsea. Che lo avesse fatto per vergogna o timore che lo denunciassi alla polizia, non lo avrei mai saputo. Non avevo idea di dove fosse andato. La sua posta aveva smesso di arrivare in fretta. A volte mi ritrovavo a domandarmi se fosse esistito davvero.

A due mesi di distanza, continuavo a chiedermi se avessi preso la decisione giusta non facendo causa a Pete subito dopo l'arresto di Sophie. Si era approfittato di me in un momento di vulnerabilità. Aveva abusato di me, e meritava di essere condannato e punito. Ma dopo tutto quello che era successo, nonostante l'incoraggiamento di Michael Doyle e Tom Briscoe, non avrei sopportato lo stress di denunciarlo. Il mio equilibrio mentale era più importante della vendetta o della giustizia. Avevo fatto bene? Ero stata egoista? Non so cosa avrebbero fatto altre persone al mio posto, ma per me, in quel preciso momento della mia vita, era la scelta giusta. Dovevo rimettermi in sesto e ritrovare le forze. Liberarmi di quell'appartamento faceva parte del processo per superare il trauma. Tuttavia mi piaceva pensare che a un certo punto avrei trovato il coraggio di denunciare Pete Carroll, ovunque si trovasse, perché in caso contrario non ero sicura di potermi definire del tutto guarita. Lo dovevo a me stessa e ad altre persone che si erano trovate nella mia posizione.

«Com'è andato il tuo incontro con Dave Gilbert?» mi informai, mentre la cameriera ci portava un'insalata straripante di lucidi pomodori maturi.

«Mi è piaciuto.»

«È il migliore avvocato divorzista che conosco. E Dom?»

«È andato a vivere con la cameriera nel monolocale sopra al ristorante. Suppongo che la poverina avesse immaginato un altro finale quando ha deciso di andare a letto con il capo. Aspetta solo che veda quanto quel buco è ingombro di tutte le sue cazzate da maschio.»

Clare mi rivolse un sorriso triste. Cercava di mostrarsi coraggiosa, ma sapevo che la separazione non era una passeggiata. Alla fine era venuto fuori che tutti i dipendenti del ristorante erano a conoscenza della relazione di Dom con la cameriera polacca. Era iniziata appena l'aveva assunta, e da tempo i due si allontanavano spesso e volentieri per una sveltina, persino prima dell'inaugurazione del ristorante.

Se non altro io e Clare potevamo attendere impazienti la nostra crociera.

Saremmo partite il mese successivo, navigando nell'Adriatico e poi nell'Egeo, e non vedevo l'ora di camminare per le calli di

Venezia o lungo i vicoli bianchi di Mykonos e di vedere i tetti di terracotta di Dubrovnik. Avevo comprato una decina di abitini per il viaggio, diversi da qualunque altro capo del mio guardaroba: vestitini corti e civettuoli con un caleidoscopio di colori e fantasie allegre. Clare da parte sua lo chiamava il suo "viaggio di gravidanza" e mi aveva nominata ufficialmente madrina.

«Forza, racconta. Com'è andato l'appuntamento con Gil ieri sera?» chiesi, appena finimmo di mangiare.

«Non era un appuntamento» rispose, indignata.

«Pensavo foste andati a cena» ridacchiai.

«Abbiamo mangiato un hamburger in un pub dove una band suonava cover degli Smiths. Ci siamo andati per la musica.»

«Giusto» sorrisi.

«A che ora lo vedi?»

«Alle due e mezza» risposi, guardando l'orologio. «Sono dieci minuti a piedi da qui, vero?»

Clare annuì. «Faccio la strada con te.»

Poi mi guardò con più intensità. «Sei pronta?»

Annuii. Non avevo accettato subito l'idea di aver bisogno di un aiuto per elaborare gli eventi degli ultimi mesi. Da quando avevo scoperto di essere bipolare ero stata sottoposta a trattamenti e terapie a sufficienza, o almeno così credevo, ma non riuscivo a liberarmi dei flashback e degli incubi. E avevo ancora difficoltà a frequentare luoghi isolati, persino gli spogliatoi della palestra mi innervosivano se non c'era nessuno.

Ma mi fidavo di Gil Moore, così avevo accettato di lavorare sui problemi che avevo sempre avuto, ma che erano stati esasperati da quanto era successo con Martin, Donna Joy e Sophie Cole.

Erano passate settimane prima che fossi in grado di parlarne, nonostante avessi letto ogni singola riga di ogni articolo pubblicato sul caso ormai ribattezzato "La vendetta delle prime mogli". Sophie era ormai famigerata, ma era anche riuscita a raccogliere consensi come icona ultra femminista: una sorta di simbolo nella lotta contro le discriminazioni salariali e i mariti capitalisti e autoritari. Mi chiedevo se le persone che la ammiravano avessero idea di quanto fosse stata traumatica per me l'esperienza sull'isola di Dorsea. O che per realizzare il suo geniale piano aveva ucciso Donna Joy.

La polizia non trovò mai Donna in Francia, né altrove. Ufficialmente è ancora dispersa, anche se ci sono stati avvistamenti in luoghi lontani come Paraguay o Papua Nuova Guinea.

Sophie Cole ha sempre negato di avermi raccontato di averla assassinata. Ed era vero: non lo aveva ammesso esplicitamente, ma in quel momento l'avevo guardata negli occhi e avevo capito cosa aveva fatto. Ma non sapevo quanto questo potesse reggere in tribunale, quando sarebbe stato il momento. L'ispettore Doyle stava completando le indagini su Sophie, voleva incriminarla per qualcosa di più grave della mia aggressione a Dorsea House. Nel frattempo stava esaminando i filmati delle telecamere di sicurezza nei quali sperava di trovare Sophie che lasciava Londra insieme a Donna. Volevo aiutarlo ma sapevo bene che se l'interesse per il caso fosse diminuito, se non avessero mai ritrovato il corpo, se non fossero emerse nuove prove sul nascondiglio di Donna, Sophie l'avrebbe passata liscia.

Sapevo meglio di chiunque altro che davanti a un banco dei testimoni non c'era spazio per congetture e speculazioni, tuttavia a volte provavo a immaginare cosa potesse essere successo a Donna Joy nelle ore successive alla sua scomparsa.

Mi ritrovavo a pensare a quello che avrei detto, alle ipotesi che avrei proposto, alla storia che avrei raccontato se fossi stata l'avvocato incaricato di presentare l'accusa contro Sophie, e non la parte civile chiamata a testimoniare.

Mi ritrovavo a pensare a Donna Joy che entrava nella macchina di Sophie quella notte, dopo aver chiesto a Martin di lasciare il suo letto, e a Sophie, ansiosa ma pronta, che l'aspettava al volante di una macchina acquistata in contanti. Le immaginavo entrambe mentre lasciavano Londra, due allegre Thelma e Louise su di giri per l'intimità, la libertà e l'adrenalina, e arrivavano in una casa in affitto o in un fabbricato nascosto, in un posto lontano e isolato.

Ero convinta che Donna non fosse partita subito per la Francia. A dire il vero, supponevo che non ci fosse andata affatto. Secondo me Donna era rimasta nel suo nascondiglio in attesa di ricevere ordini da Sophie, poi però aveva avuto un ripensamento sul piano e aveva deciso di tirarsi indietro prima che fosse denunciata la sua scomparsa. E a quel punto Sophie doveva essere andata a trovarla per convincerla a continuare, ma poi, non riuscendoci, l'aveva uccisa, occultando il suo cadavere in una buca o una cisterna.

Sapevo bene con quanta facilità l'avvocato difensore di Sophie Cole avrebbe potuto smantellare la mia teoria. Avevo un taccuino per gli appunti a casa, nascosto nel cassetto dei vestiti per la palestra, con le linee principali degli argomenti che io avrei usato in tribunale se mi fossi trovata a rappresentare Sophie.

Mi sarei battuta per far dichiarare inammissibile ogni singola ripresa sgranata di Sophie e Donna. L'avrei tempestata di domande sulla fidanzata ossessiva di Martin, la donna che aveva spiato casa di Donna la notte della sua scomparsa, l'amante inaffidabile che aveva tutte le ragioni di volere Donna morta.

Ma quelle riflessioni erano confinate nel mio taccuino, non desideravo pensarci più del necessario.

Tornammo a piedi al West London Counselling Center in silenzio. Mi piaceva guardare la luce riflettersi sul canale e i cigni scivolare sul pelo dell'acqua. Clare mi aveva consigliato di iniziare a cercare il bello e il buono in tutte le cose, ricordandomi che i piaceri semplici erano ovunque intorno a noi. E aveva ragione, nella mia vita c'erano tante cose che mi permettevano di sorridere. Avevo venduto il mio appartamento in fretta, e con un buon margine di profitto. Lavoravo ancora a Burgess Court – la fusione con Sussex Court sarebbe avvenuta da un momento all'altro – e Tom Briscoe era diventato un caro amico. Aveva cercato di convincermi a non ritirare la candidatura alla seta, ma, come gli avevo ripetuto almeno una decina di volte, non ero sicura di poter affrontare un rifiuto in questa occasione. Avrei avuto altre possibilità in futuro.

Daniyal Khan era tornato nel Regno Unito dopo una vacanza di due settimane in Pakistan, proprio come promesso da suo padre. Forse la relazione di Yusef con la sua nuova fidanzata di Bedford era più seria di quanto avessimo immaginato. Forse lui non era affatto un criminale, almeno non quando si trattava di suo figlio. L'amore vince su tutto.

Quanto alla mia vita amorosa, avevo deciso che stavo meglio da sola. Almeno per il momento. Martin Joy mi chiama ancora di tanto in tanto. Siamo ancora legati dalla vicenda di Donna, in qualità di testimoni dell'accusa contro Sophie Cole. A un certo punto ci vedremo in tribunale.

Ma i miei sentimenti per lui si erano spenti con la stessa rapidità con cui si erano infiammati.

Volevo solo dimenticare quel periodo della mia vita, e sembrava che anche le mie emozioni lo avessero capito.

Salutai Clare, lasciandola a recuperare i suoi messaggi alla reception. Mi dissero di andare al primo piano, in un ufficio diverso rispetto a quello dove si era svolta la mia prima visita.

«Bel miglioramento» dissi a Gil, contemplando lo spazio ampio e luminoso del suo nuovo ufficio.

«Qualcuno è andato via. Ero pronto a pagare di più, ma mi piace convincermi che si tratta di una promozione» sorrise.

«Allora, niente lucine blu, oggi.»

Non ero sicura che mi avrebbero aiutato. Ogni volta che chiudevo gli occhi di notte rivedevo i lampeggianti e risentivo le sirene intorno a Dorsea House. Sapevo che Gil voleva farmi parlare di quella notte, ma avevo bisogno di farlo nel modo meno traumatico possibile.

«Niente lucine. Parliamo e basta» disse.

Mi sedetti in una vecchia poltrona, strofinandomi nervosamente i palmi in grembo.

Gil venne a sedersi di fronte a me. Mi chiesi se fosse scattata una qualche scintilla tra lui e Clare nel pub di Putney. Se si fosse trattato di una semplice uscita fra amici, come quella alla quale mi aveva invitata Tom Briscoe per il venerdì successivo, o se invece ci fosse qualcosa in più. Erano colleghi, quindi forse non era il caso di iniziare una storia. Ma in fondo in che altro modo si potevano conoscere potenziali partner? Avevo cercato di ripetermelo nelle centinaia di volte in cui mi ero maledetta per essermi lasciata coinvolgere in una relazione con un cliente. Non era sbagliato. Era normale. Nessuno è perfetto. Seguiamo le nostre strade e le nostre inclinazioni, cogliendo al volo le opportunità quando si presentano, avvicinandoci alle persone con cui abbiamo qualcosa in comune. Forse era per quello che avevo comprato un vestito nuovo per l'uscita con Tom. O che iniziavo ad avere le farfalle nello stomaco quando prendevamo il tè insieme nella nostra minuscola cucina in ufficio.

Io e Gil parlammo del più e del meno. Mi fece qualche domanda e annotò le risposte sul taccuino.

«Oggi affronteremo la tua notte sull'isola di Dorsea. Sei pronta?»

«Vacci piano» dissi con un sospiro nervoso.

Gil incrociò le gambe e si posò le mani in grembo.

«So che è difficile ripensare a quella notte, Fran, ma se non ci fosse stata, Sophie Cole non sarebbe mai stata arrestata. Pensare alle cose positive che sono derivate da quella sera ti aiuterà a elaborare le emozioni negative che associ all'evento.»

«Da dove vuoi che inizi?» chiesi, esitante.

«Perché non me la racconti come se fosse una storia? Secondo me potrebbe essere d'aiuto. Crea un distacco iniziale, e poi possiamo passare a concentrarci sui tuoi sentimenti.»

Annuii, mi piaceva il suo suggerimento. Da bambina amavo i libri e da adolescente sognavo di scrivere un romanzo. In quel momento, da adulta, raccontarlo come se fosse una storia mi sembrava il modo migliore per affrontare un trauma.

Feci un respiro profondo e mi preparai. Mi sentivo forte,

pronta per andare avanti. Chiusi gli occhi, lasciando che il silenzio mi trasportasse indietro nel tempo, sull'isola. E iniziai a parlare.

«È strano come la mente sia in grado di modificare i ricordi sgradevoli, ma immagino che capiti a tutti. Se chiudo gli occhi, però, mi sembra quasi di riascoltare i suoni di quella notte di maggio. L'ululato di un vento insolitamente freddo, lo sbatacchiare della finestra della camera da letto, il fragore del mare contro i ciottoli in lontananza.»

Ringraziamenti

Grazie alla mia agente Eugenie Furniss, Liane-Louise Smith, Rachel Mills e Lucy Steeds di Furniss Lawton. E anche a Drew Reed, Marcy Drogin e Toby Jaffe alla Original Films.

Kimberley Young, Eloisa Clegg, Felicity Denham, Claire Ward, e tutto il team di HarperCollins, non solo hanno contribuito a dare vita al libro, ma hanno reso il processo di pubblicazione così divertente che ormai sono famosa per essere passata per un breve incontro in casa editrice ed essere stata ritrovata tre ore dopo rintanata in un angolo dell'ufficio. Grazie anche a Katherine Nintzel e alla fantastica squadra di William Morrow.

Molte persone mi hanno generosamente donato parte del loro tempo e della loro esperienza per aiutarmi nella costruzione della trama. I brillanti avvocati specialisti in diritto di famiglia – Michael B e Fiona S – mi hanno tenuta al corrente degli ultimi sviluppi nel loro campo, nelle procedure di divorzio e di accordi finanziari. La responsabilità per eventuali errori resta solo mia. Suzanne P è stata la mia prima lettrice, cassa di risonanza e occhi di falco. Abbiamo iniziato la nostra carriera legale insieme e siamo ancora grandi amiche, anche se ho lasciato quel lavoro tanto tempo fa. Ma appena possibile torniamo a parlare di libri e di legge sorseggiando cocktail al rabarbaro. Ringrazio il dottor Jim per le sue preziose spiegazioni sull'argomento affascinante e complesso dei blackout e del recupero della memoria. Grazie anche a Goat, Scarlett Taor e Benny Harvey.

L'amore pericoloso è rimasto a lungo un documento Word intitolato *Thriller* sul desktop del mio computer. Grazie a tutta la mia famiglia per il suo sostegno, in particolare a mio figlio Fin, che mi ha accompagnata allegramente nelle passeggiate per le strade di Chelsea per progettare le mosse di Francine, e a mio marito John, che ha sempre creduto in questo progetto e non ha mai protestato in tutte le occasioni in cui sentivo il bisogno di parlare della trama proprio quando lui voleva guardare l'ultimo episodio del *Trono di Spade*. Questo è per te.

Finito di stampare presso Grafica Veneta S.p.A.
Via Malcanton, 2 – Trebaseleghe (PD)